Der Tod ist mein Gott

Jürgen Auerbach

Der Tod ist mein Gott

Die Deutsche Nationalbibliothek verzeichnet diese Publikation in der Deutschen Nationalbibliografie; detaillierte bibliografische Daten sind im Internet über http://dnb.dnb.de abrufbar.

Illustrationen: Mario Nett

Herstellung und Verlag: BoD – Books on Demand, Norderstedt

ISBN: 978-3-7528-**2018-8**

Prolog

„Aus dem Buch der ewigen Erzählungen:
Dicke Säfte sickerten aus den lehmigen, seitlichen Schrägen einer Mulde und sammelten sich in ihr. Von der Wärme der Sonne angeregt, begann dieser Sumpf ganz sachte zu brodeln, wie das Innere von einem Ei, das ausgebrütet wird. Manche Säfte vereinten sich zu feste Grenzen wenn sie aufeinander trafen. Flüssig gebliebene Säfte begannen zu zirkulieren. Die Sonne hatte etwas belebt. Es war ein kugeliges Wesen geworden, das zum Überleben weiterhin die Wärme der Sonne aufnahm. Vormittags lag die eine Hälfte seines Körpers nach oben in der Vormittagssonne und mittags wendete es sich eine halbe Drehung, und dann lag die andere Hälfte des Wesens nach oben in der Nachmittagssonne.

Obwohl das Wesen rundherum unterschiedslos war, hatte es sich in zwei Hälften eingeteilt, in eine Hälfte die vormittags in der Sonne lag und in eine, die nachmittags in der Sonne lag.

Eines Tages hatte es den ganzen Vormittag geregnet und deshalb wollte am Mittag die Vormittagsseite oben bleiben um sich zu sonnen. Aber die Nachmittagsseite wollte jetzt, wie gewohnt nach oben. Dieses Wesen wurde mit sich selbst uneins darüber, welche Seite nun das Sonnenlicht abbekommen soll und wendete sich hin und her. Es wurde dabei immer zorniger und wälzte aus der Mulde heraus und rollte dann weiter kreuz und quer durch die hügelige Landschaft. Völlig aufgebracht zogen die beiden Körpertageshälften den Körper in die Länge und dann verdrehten sich die beiden entstandenen Enden so lange in gegensätzliche Richtung bis sich das Wesen in seiner Mitte in zwei Hälften abdrehte. Wegen des Streites mochten sich die beiden abgetrennten Hälften fortan nicht mehr leiden, und das, obwohl sie einmal ein einziges Wesen waren. Die Wunden der zwei Hälften heilten und es gab von nun an zwei dieser Wesen. Bald verknappte wieder ein Regen das Sonnenlicht und dann gerieten auch diese beiden Wesen mit sich in Streit um das Sonnenlicht, was ihre Teilung zur Folge hatte. So waren es nun vier Wesen.

Das Streiten und Trennen setzte sich fort.

Die ehemaligen Vormittagsseiten und die ehemaligen Nachmittagsseiten blieben unter sich. Sie konnten ihren Groll, den sie den anderen Seiten entgegenbrachten, nicht überwinden.

So entstanden die bösen Gefühle.", beendete der Vorleser die Geschichte, legte die Schriftrolle zur Seite und schaute zu seinen jungen Zuhörern, die in ihren Schülergewändern vor ihm im Halbkreis auf Strohmatten unter Bäumen auf dem Boden saßen. Dann fragte er: „Was lernen wir aus dieser Geschichte?"

„Knappheit führt zu Streit.", antwortete ein Schüler.

„Ja, aber noch mehr, nämlich, dass die Natur keinen Wert auf Frieden legt. Heuschreckenplage, Dürre, Missernten und noch mehr derartige Unglücke verursachen Knappheit. Fruchtbares Land ist knapp, Wasserquellen sind knapp. Und weil alles knapp ist, muss darum gekämpft werden. Die Natur erzieht uns Menschen zu Kämpfern. Diesem Willen der Natur müssen wir Folge leisten. Wer nicht kämpft hat keine Ziele. Das Ziel heißt, überleben durch siegen. Wenn wir kämpfen, dann können Werte wie Kameradschaft und Opferbereitschaft gelebt werden. Rinnsale von Schweiß und Blut sollen unsere Leidensfähigkeit in unsere Gesichter zeichnen."

„Wozu?", wurde ganz leise gewispert.

„Wer war das?!", fragte der Vorleser empört.

Ein Junge unter ihnen, der immer in sich zurückgezogen am Rand der Vorlesungen saß und in all den Monaten des Unterrichts nie etwas sagte, weil es ihm unangenehm sein würde, wenn andere seine Stimme hörten, wurde von Gedanken überwältigt, die ausgesprochen werden wollten: „Die Geschichte will zeigen, wie es nicht laufen soll. Dem Wesen mangelte nicht an Sonnenlicht sondern an erhellenden Gedanken. Das Wesen hätte sich den halben Nachmittag so auf eine Seite legen können, dass ein Teil der Vormittagsseite und ein Teil der Nachmittagsseite oben gewesen wäre. Dann wären beide Seiten halb beschienen worden und in der zweiten Hälfte des Nachmittags hätte sich das Wesen um die halbe Achse drehen können und dann wären die beiden anderen Hälften der Vormittagsseite und Nachmittagsseite beschienen worden. Dann wäre es auch rundherum beschienen worden, wenn auch nur einen halben Tag lang. Aber selbstsüchtige Gier unterdrückte bedachtes und umsichtiges Handeln. Denkfaule wählen das Mittel des Kampfes. Probleme können durch Überlegungen und Achtsamkeit bewältigt oder vermieden werden. Kämpfe und Siege werden dann nicht gebraucht.“

Während all dies über seine schmalen Lippen wippte, wagte er nicht jemanden anzuschauen. Mit gesenktem Blick sprach er weiter: „Vieles auf der Welt ist knapp und es reicht nur dann, wenn keiner gierig ist. Ohne Gier gäbe es keinen Mangel. Überleben ist schwer, aber genau deshalb ist es ein schädlicher Luxus, auch noch gegeneinander zu arbeiten.“

„Nur jemand mit geringer Lebenskraft kommt auf so was. Deine Theorie ist was für schwache Menschen wie dich, Nubdur!“, hielt ihm der Vorleser vor.

Nubdur schrumpfte wieder in sich zurück und äußerte nichts dazu, weil das stimmte, denn seit seiner Kindheit hatte er nur einen kümmerlichen Willen und deshalb lastet Lustlosigkeit zum Kämpfen in ihm. Sein schwacher Wille hatte ihn auf Gedanken gebracht, die krass unterschiedlich waren zu den Ansichten des Lehrers. Das rief bei ihm ein Gefühl des entzweit seins mit der Welt hervor. Bedrückt dachte er: Seine Erwiderung gegen meine Betrachtungsweise bestätigen mir, dass ich ein Außenseiter bin. Das war das erste und letzte Mal, dass ich hier was sage. Wie kam ich überhaupt dazu, einfach anzufangen zu sprechen?

In den folgenden Jahren blieb Nubdur im Unterricht stumm.

Teil eins

Auf dem Kamm der langen Hügelkette über dem Kjandartal verteilten sich Krieger. Weiter unten im Tal blickte eine zweite Armee von Krieger entsetzt die Hügelkette entlang. Der Gegner war viel zahlreicher als erwartet. Das Herz des Anführers unten im Tal drückte Zorn in seinen Kopf hoch. Der Anführer fuhr mit seinem Streitwagen ein Stück an seinen Kriegern entlang und bei seinem Späher angekommen, schleuderte er unvermittelt seinen ausgestreckten Arm in einer Kreisbewegung gegen dessen Hals. Ein metallisches Schimmern blitzte unter dem Kinn des Spähers vorüber und dann pumpte fett und schwungvoll ein langer Strahl Blut aus dessen Hals. Mit pressgespanntem Gesicht dachte der Anführer: Der hat uns über die Größe der gegnerischen Streitmacht belogen und uns in die Gefahr laufen lassen. Dieser Verräter hat sich ganz sicher vom Gegner kaufen lassen. Warum er noch mitkam, ist mir jetzt allerdings unverständlich.

Der Anführer hatte seinem Zorn den Späher als Opfergabe dargebracht, aber die Last des Tages blieb dem Anführer in Sichtweite. Von der Hügelkette her erschallte Geschrei. Der Gegner ergoss sich ins Tal.

Unten im Kjandartal bat der Anführer, mit zum Himmel gerichtetem Blick, seinen Gott um Beistand. Dann sah er dort oben Vögel in pfeilförmiger Formation fliegen. Er befahl seinen Kriegern ihre breite Aufstellung aufzulösen und sich in mehrere, zum Gegner hin spitz zulaufende Gruppen aufzuteilen. Unerwartet plötzlich für die mittlerweile nahen Angreifer, brachen also seine Krieger ihre Reihen an mehreren Stellen auf, sodass viele der breit verteilt angreifenden Krieger, nicht auf kämpfenden Widerstand trafen und zwischen sie hindurch rannten. Als die Gegner über sie hinweg waren, fielen sie die hinterrücks an, bevor die ihre Kehrtwende vollzogen. Doch diese Taktik nutzte sich schnell ab und vergebens bat der Anführer seinen Gott um eine weitere Idee. Die gegnerische Armee siegte wegen ihrer Überzahl.

Später berichteten die Chronisten von nur wenigen Überlebenden der Krieger aus dem Kjandartal. Die hatten sich lange nicht dem überlegenen Gegner ergeben wollen, weil ihr Anführer zu lange darauf hoffte, dass ihm noch eine zum Sieg verhelfende Taktik eingegeben wird.

Eine Schlacht wurde gewonnen und verloren.

Abseits solcher geschichtsträchtigen aber verzichtbaren Ereignisse, bestand ein bescheidenes Herrschaftsgebiet, das nur wenige verstreute Ansiedlungen umfasste. Es wurde von Miltmeru regiert, dessen unauffällige Politik bei den Geschichtsschreibern keine Beachtung fand. Große Geschehnisse schüchterten ihn nur ein und er wollte nicht in sie hineingezogen werden. Die Spiele im Welttheater waren ihm schon immer zuwider.

Ein bedeutungsloses Anhängsel an Miltmerus Regierung hetzte in seinen Strohsandalen einige in Felsen gehauene Steinstufen hoch und gelangte dann in eine weiträumige Grotte, die Miltmeru für öffentliche Empfänge und Versammlungen diente. Der Mann durchquerte die Grotte bis zu ihrem mit Fackeln beleuchteten hinteren Ende. Dort saß Miltmeru schlafend auf seinem mit Stroh und Schafshaaren komfortabel ausgepolsterten Herrschersessel, der den Schlafenden mit Armlehnen und Kopflehne bequem stützte.

Miltmeru hatte Nubdur zu sich rufen lassen. Der stand nun vor ihm und begutachtete den weichwellig atmenden Herrscher. Die Zeit, die der auf Nubdur gewartet hatte, war an den immer zahlreicher gewordenen kleinen haarigen Windhosen abzulesen, die sein Zeigefinger und Daumen jedes Mal in seinen langen Bart zwirbelten, wenn er aus seinem schläfrigen Zustand kurz aufstöhnte, bevor er dann wieder brummelnd weggedöste war.

Nubdur traute sich nicht ihn zu wecken und spazierte stattdessen umher und betrachtete dabei die Malereien auf den Felswänden. Davon abgelenkt rutschte er aus. Das Geräusch dazu stupste Miltmerus zurückgezogene Aufmerksamkeit an. Miltmerus munter gewordene Augenlider gaben den Blick auf Nubdur frei. Er bat Nubdur näher zu kommen, was dieser sofort befolgte.

In Nubdurs schmalem Gesicht, mit der steilen Stirn, dem ungepflegten Kopfhaar und den von vielem Grübeln gekräuselten Brauen unter den oft in leere Ferne schauenden Augen, regte sich meist nur eine träge Mimik mit Lippen in schlaffer Haltung.

„Nubdur, wir haben uns lange nicht gesehen.", begann Miltmeru, „Geht es dir gut?"

„Schwierige Frage. Ich weiß nicht genau. Ich glaube eher nicht gut. Aber vielleicht mir bestmöglich. Ich kann nichts finden, das mich erfreut. Zu anstrengend für m..."

Miltmeru schob das bei Seite: „Danke. Wir gehen zu meiner eigentlichen Frage über."

Miltmeru richtete räkelnd seinen Rücken auf, schwang seine Handflächen nach vorne und eröffnete sein Ansinnen: „An mir nagt diese große Frage, ob etwas über die Welt herrscht, ihr übergeordnet ist. Eine vielleicht allumfassende, alles bewegende und bestimmende, allwissende Macht?

Was kannst du mir dazu sagen?"

Miltmeru beugte sich nach vorne um Nubdurs Antwort genauestens zu vernehmen. Nubdur fand die Frage niedlich blöd. Das hatte seine Augenlider erschlaffen lassen, dem er nun mit lustlos hochgezogenen Augenbrauen entgegenwirkte. Dann gab er, gehorsam sein Desinteresse verbergend, brav zur Antwort: „Du fragst nach etwas, das allem Geburt und Antrieb gibt. So was könnte sein."

„Meine Frage war weiter gehender gemeint. Nämlich ob

etwas hinter allem wacht, einen Willen hat, irdische Abläufe lenkt, vielleicht Ziele mit uns und der Welt verfolgt"

„Nein, so etwas, denke ich, gibt es nicht.", antwortete Nubdur und zuckte ein nerviges Jucken zwischen seinen Schulterblättern weg.

Miltmerus Miene verdorrte vor Enttäuschung, da ihm eine bejahende Antwort lieber gewesen wäre. Er saß noch nach vorne zu Nubdur hin gebeugt auf der Kante seines erhöhten Sitzes. Nun aber ließ er sich langsam und schwer wie ein gefällter Baum nach hinten kippen, rutschte in sich zusammen und nahm dabei eine verkrümmte Haltung ein. Sein Kopf sackte zwischen seinen Schultern ab und seine Tränensäcke sanken auf einen neuen Tiefststand. Sein langer Bart hatte Miltmeru eben noch mächtig wirken lassen aber jetzt sah er damit nur noch ungepflegt aus.

Er atmete einen Brummton aus und sagte: „Dann bist du wahrscheinlich nicht dazu geeignet nach Hinweisen auf die Existenz oder vielleicht doch Nichtexistenz einer solchen allmächtigen Wesenheit zu suchen, da du schon ein Urteil darüber gefällt hast."

„Ein Urteil habe ich darüber nicht gefällt. Ich kann mir so eine Existenz nur nicht vorstellen.", milderte Nubdur seine Antwort für Miltmeru ab. Miltmeru lebte wieder auf und meinte vorschnell: „Dann kann ich dich doch damit beauftragen, etwas darüber herauszufinden."

„Dann werde ich los gehen um Schriftrollen darüber zu studieren.", gehorchte Nubdur.

„Moment. Du sollst nicht in Schriftrollen nach dem Allmächtigen suchen und dann nachplapperst was andere niedergeschrieben haben, sondern ich will, dass du draußen selbst nach ihm suchst."

„Wo draußen? Vor der Grotte?"

„Ich meinte natürlich überall draußen. Vielleicht musst du weit reisen um an Erkenntnisse über was Allmächtiges zu gelangen."

„Ich soll reisen?"

„Es täte dir gut wenn du dich mal in der richtigen Welt bewegst und nicht nur in der schriftlichen.“

„Für das Reisen bin ich wirklich nicht geeignet.“

„So urteilen wir erst, wenn sich das erwiesen hat.“

„Wird jemand mitkommen?“

„Nein, ich kann sonst niemand dafür erübrigen.“

„Wann muss ich los?“

„Gleich morgen wäre mir lieb.“

Nubdur stöhnte. Dann erwiderte er gefällig: „Ich klammere mich an das Vertrauen, das du in mich hast und mache das.“

„Das freut mich. Lass uns jetzt essen gehen. Ich habe gerade einen Riesenhunger bekommen.“

Beide liefen hinaus, vorbei an einem Haufen unbrauchbarer Bestandteile von Heuwagen, die jemand neben dem Eingang der herrschaftlichen Grotte abgelegt hatte. Miltmeru bemerkte das Gerümpel, vergab aber keine Gedanken dafür.

Im Freien nahmen die beiden an einem Essensstand ihr Mahl zu sich.

Nubdur richtete seinen Kopf über seiner Suppe auf und schlackerte mit seinem Holzlöffel vor Miltmerus Gesicht herum. „Vor kurzem habe ich gelesen, dass manche der Lichtpunkte am Nachthimmel deshalb kleiner aussehen als andere, weil sie weiter weg sind. Manche Gelehrte denken deshalb, es gibt einen unvorstellbar großen Raum über...“

Miltmeru drückte mit seinen Handflächen die lauwarme Luft vor Nubdur langsam nach unten, als Signal, er solle seine Ausführungen unterbrechen: „Davon habe ich von den Philosophen auf den Straßen auch schon gehört. Eine völlige Belanglosigkeit dieser unendliche Raum.“

Miltmeru blies kurz durch die Nase. Nubdur besänftigte ihn: „Entschuldige meine Abschweifung. Du willst wissen, ob etwas Allmächtiges die Welt und die nächtlichen Lichtpunkte erschaffen hat.“

„Nein, auch dieser Frage zwickt mich nicht. Wenn man

ein wenig theoretisiert, dann werden einem einige nette Geschichten dazu einfallen. Ginge es mir nur um die Entstehung der Welt, dann würde ich mich mit der Erklärung begnügen, dass natürliche Gesetze und anonyme Kräfte alles in Gang gesetzt haben. Mich juckt vielmehr die Frage, ob irgendetwas wollte, dass diese Welt und wir entstanden, und wenn ja, warum? Wenn es etwas gäbe, das trotz all dem zwecklosen, leidigen Getue in der Menschenwelt, unserem Leben einen Sinn eingehaucht hat oder einhauchen kann – dann wäre das wahrlich was Allmächtiges."

Der Gesichtsausdruck von Miltmeru wurde furchteinflößend ernst bevor er weiter sprach: „Im Kjandartal gab es kürzlich ein Gemetzel ohne zwingenden Grund. Die wollten sich gegenseitig beweisen, dass sie mit ihren jeweiligen Werten überlegen sind.

Manche Völker pflegen eine Zornkultur, weshalb sie weit zurückliegendes und beendetes Unrecht in der heutigen Gegenwart nachträglich rächen. Das ist dann ein Angriff aber keine Ausgleich für das Unrecht. Weil welche einen anderen Glauben oder eine spaßigere Lebensweise oder eine andere Abstammung haben, wird angriffslustiger Hass wachgerüttelt. Überflüssig. Passiert aber.

Kriegsmaschinen entwickeln und bauen genießt höheres Ansehen als faul dasitzen. Geld einnehmen mit Verkauf von Waffen geht vor Frieden.

Siehe dort die zierreiche Tisch, die Muster der Gewänder, der kunstvolle Schmuck und höre den Gesang. Das zeigt mir, der Mensch besitzt innere Schönheit. Deshalb glaube ich, die Menschheit könnte würdevoller leben."

Nubdur lauschte dem Gesang: Das schräge Getriller hat nichts würdevoll an sich.

„Vielleicht soll erst Schreckliches geschehen um das Gute wachzurütteln.", phantasierte Miltmeru hilflos und fragte fast flehentlich: „Meinst du, man kann Wissen darüber erlangen, dass es allmächtige Abläufe zum Besseren gibt? Eine derartige Hoffnung könnte mein aufgewühltes Gemüt wieder ausnüchtern."

Miltmeru verkrallte seine Hand in Nubdurs Unterarm und Miltmerus fahrige Ratlosigkeit übertrug sich auf ihn. Nubdur stutze: Miltmeru ist doch so ein Gemütlicher, der oft lässig scherzt. Diese verzweifelte Seite kenne ich nicht von ihm. Das muss mir bislang entgangen sein.

Oberflächlich hingenommener Eindruck kann trügen.

Nubdur blickte in die Umgebung, die sich zu einem einzigen bewegten Mosaik aus Farben und Schatten vereinte, hinter dem Verborgenes zu wirken schien. Von der Aufgabe ging ein ferner Ruf aus, der Nubdur lockte: „Ich werde das angehen."

„Prächtig."

Nubdur traf ein paar wenige Vorkehrungen für seine Reise. Er verbrachte allerdings ziemlich viele Tage damit, bis er dann unsicher vor Miltmeru zaghaft gestand: „Ich weiß nicht ob ich was herausfinden kann."

„Nur Mut. Vertraue auf dein Können."

„Welches Können?", fragte Nubdur verdutzt. Miltmeru beachtet die Frage nicht und Nubdur fehlte der Mut sich weiter gegen den Wunsch von Miltmeru aufzulehnen. Der gab ihm ein paar kleine Münzen: „Nicht zum Amüsieren verschwenden."

Nubdur sah auf einmal beleidigt aus.

„Entschuldigung, du machst so was nicht."

Nubdur schaute auf die wenigen Münzen: „Wenn die aufgebraucht sind, darf ich dann zurück kommen?"

„Gehe los und finde was heraus!"

Nubdur trottete aus der Siedlung.

Ich habe nicht die geringste Ahnung wie ich vorgehen soll, nörgelte Nubdur und Gereiztheit wühlte durch ihn: Warum habe ich ihm nicht ausgeredet, mich loszuschicken? Weil es mir gefallen hat, dass Miltmeru mir was zutraute und ermutigte zu reisen? Nun kann ich vom echten

Leben lernen. Die meiste Zeit habe ich über den Inhalt von Schriftrollen philosophiert und bin dabei eingestaubt. Doch diese abgehobene, weltfremde Suche erscheint mir jetzt kein großer Unterschied zur Träumerei zwischen den Schriftrollen zu sein.

Begehrliche Gedanken hechelten in Nubdur: Ich hätte gern greifbarere Aufgaben. Lieber würde ich breitbeinig und sturmfest inmitten von weitreichenden Geschehnissen stehen und bei einflussreichen politischen Entscheidungen beteiligt sein - bei mächtigeren Herrschern.

Nubdur schüttelte sich: Das sind größenwahnsinnige Tagträume einer frustrierten Randfigur. Ich fände mich dann in einem Strudel aus Gerangel um höhere Posten im Machtgefüge wieder und im Streit darum, nach wessen Auffassungen entschieden wird. Ich könnte mich in solchen Szenen nicht behaupten.

Seine überbordenden Wunschvorstellungen bei Seite geschoben, konnte sich Nubdur nun gedanklich um seine Aufgabe kümmern: Wie könnte etwas Allmächtiges beschaffen sein? Körperlos aber mächtig wie die Zeit? Ein vergessener Traum dessen Wirkung nicht verblasst?

Gedankenversunken trottete Nubdur den ganzen Tag einen Trampelpfad entlang und traf dann in einer Siedlung ein.

Geschrei verwirbelte seine Gedanken. Händler priesen lauthals ihre Waren an, ein Unheilverkünder verbreitete aufwiegelnde Lügengeschichten, Leute spendeten ihm Geld damit er weitererzählt, weil sie ihren mitgebrachten Unmut auf die Figuren der Lügengeschichten ableiten wollten. Weiter hinten, in einer Arbeitsstätte, die Öl aus Oliven presste, wurde mit einem jungen Arbeiter geschimpft, der während dem und noch danach auf den Boden schaute. Sein Gesicht hing die meiste Zeit nach unten im Schatten. Seine Gesichtsmuskeln pappten schlaff am Schädelknochen. Er bewegte sich mit zaghaften Schritten und mit seinen Armen nahe am Körper um möglichst wenig Platz zu brauchen. Seine Zurückhaltung war eigentümlich auffallend.

Dieser Arbeiter kannte seine Eltern nicht und weil er keinen eigenen Namen wusste, nannte man ihn `ohne Eltern`. Aber noch öfter wurde er mit einem Schimpfnamen gerufen.

Schmutz im Öl, übergelaufenes Öl, unauffindbare Werkzeuge, schlecht gelaunter Chef - immer wurde ihm die Schuld dafür zugeschoben. Obwohl er nichts davon verschuldete, verteidigte er sich nie dagegen. Er war ohne die Zuneigung von Eltern aufgewachsen, hatte nie zu spüren bekommen, geschätzt zu werden. Ohne das Gefühl von eigenem Wert, ließ er sich mit Vorwürfen besudeln. Oft wurde er Opfer von unlustigen Streichen, aber er wehrte sich nicht dagegen und ohne eigenen Stolz berührten ihn Beleidigungen nicht. Er war nur überrascht, dass seine Wenigkeit so oft im Mittelpunkt stand.

Der Betreiber der Ölmühle nutzte ihn aus, denn alle außer ihm wurden entlohnt. Er bekam nur zu Essen. `Ohne Eltern` kam nicht auf die Idee etwas für sich einzufordern. Es war ihm egal wie und für was er sein Leben hinter sich brachte, denn er wusste nichts mit sich anzufangen. Widerstandslos ließ er sich von den anderen Arbeitern einen Teil ihrer Arbeit zusätzlich zu seiner eigenen aufbürden.

Er empfand sein Leben als eine Strafe, die er glaubte verdient zu haben, allerdings ohne benennen zu können wofür. Er schämte sich seiner Gegenwart.

An diesem heißen Tag arbeiteten alle im Schatten einer Bedachung. Nur `ohne Eltern` stand knapp außerhalb in der Sonne. Die anderen hatten ihn rausgedrängt. Er zerdrückte in einem Mörser Oliven um sie dann entsteinen zu können, bevor die Oliven dann ausgepresst wurden. Aus einer wohlwollenden Laune heraus nahm der Chef der Ölmühle seinen Strohhut ab und streckte ihn `Ohne Eltern` entgegen: „Für dich."

`Ohne Eltern` schaute verdutzt auf den Hut. „Zu blöd

zum Zugreifen.", machte der Chef ihn an, setzt ihm den Hut auf und verschwand wieder. Der Hut wollte `Ohne Eltern` nicht stehen, als würde der Hut ihn auch nicht leiden. Einer der Arbeiter nahm den Hut vom Kopf von `Ohne Eltern`. `Ohne Eltern` kümmerte das nicht und er unterbrach dafür auch nicht seine Arbeit. Dem Kollegen gefiel der Hut doch nicht, aber anstatt ihn zurückzugeben, schleuderte er ihn weit die Straße hinunter und blickte dann zu `Ohne Eltern`: „Hole ihn wieder!"

`Ohne Eltern` holte den Hut und brachte ihn dem Mitarbeiter. Der warf den wieder auf die Straße. Ein Passant nahm sich den Hut. Das erlöste `Ohne Eltern` von dem Spiel.

Den ganzen Tag über brachte `Ohne Eltern` zwischendurch für die Mitarbeiter Wasser vom Brunnen. Keiner von ihnen übernahm das auch mal.

Ein Lieferant von Tongefäßen, in die das Öl abgefüllt wurde, hielt mit seinem Eselgespann vor der Betriebsstätte an. Er und sein neuer Helfer, der sich Timteru nannte - ein junger Mann mit entspanntem, rundlichem Gesicht und nach allen Seiten abstehende Haaren - gaben nacheinander einen der zehn bestellten Vorratskrüge, die schrittgroß und schwer waren, vom Karren herab, auf die Schulter jeweils eines Arbeiters zum Wegtragen.

Der Lieferant gab auch `Ohne Eltern` einen Ölkrug zum Wegtragen. Einer der Kollegen stellte `Ohne Eltern` beim Vorbeigehen ein Bein, und zwar so schnell, dass es für fast niemand geschehen war. `Ohne Eltern` stürzte und dabei zerschellte der Krug auf dem Boden. Aufgeschreckt von dem dumpfen Klirren, stürzte der Chef heran, sah wie sich `Ohne Eltern` träge aus den Scherben aufrichtete und beschimpfte ihn: „Was ist los mit dir? Hast du zu viel Sonne abbekommen? Wo ist mein Hut, den ich dir gab?"

Die Mitarbeiter erfreute die Darbietung, während `Ohne Eltern` wünschte, er wäre nicht so viel Aufsehen ausgesetzt.

Timteru hatte mit schnellem Blick das kurz ausgestreckte Bein gesehen und setzte an, dies zu verraten: „Ich möchte etwas dazu sagen..." Weiter kam er aber nicht, denn schnell legte der Lieferanten eine Hand vor Timterus Mund und zischelte: „Das geht dich nichts an!"

„Wenn schon, dann geht es uns nichts an.", erwiderte Timteru seinem Chef, mit Betonung auf uns. Timteru fand verdächtig, dass es nur ihn nichts angehen soll.

Kurze Zeit später ergab sich, dass `Ohne Eltern` vor Timteru stand, um einen Krug zu übernehmen. Den Krug, den Timteru übergeben wollte, wurde ihm vom Lieferanten weggenommen und der reichte ihm ein anderen Krug, welchen `Ohne Eltern` wegtragen sollte. Als Timteru diesen Krug auf eine Schulter von `Ohne Eltern` setzte, bemerkte Timteru Risse im Krug, die durch zu schnelles Abkühlen im Ton entstanden waren. Wieder schnellte dieser bestimmte Fuß nach vorne und gleich darauf lag `Ohne Eltern` wieder zusammen mit Scherben am Boden.

Der Chef der Ölmühle bezahlte die Krüge, auch die zwei, die durch die Stürze von `Ohne Eltern` zerbrachen. Alle ruhten sich aus, nur der Mitarbeiter mit dem Streckfuß drückte sich in der Nähe des Wagens herum und heimlich steckte der Lieferant ihm ein paar Münzen zu. Timteru hatte das gesehen, weil er den mit dem Streckfuß im Auge behalten hatte.

Timteru wollte sein Beobachtungen loswerden. Er zeigte mal auf diese und jene Gestalt und klärte die Anwesenden über den Betrug auf: „Er bekommt beschädigte Krüge zum wegtragen, dann bringt er ihn zu Fall und euer Chef bezahlt die zerbrochene Ausschussware und dafür bekommt der Fußsteller vom Lieferanten eine Belohnung."

Der Chef der Ölmühle forderte vom Lieferant: „Hey Betrüger, gebe mir mein Geld für die zwei Krüge zurück!"

„Beweise mir erst, ob es so war wie er sagt!", wehrte sich der Lieferant und deutet dabei auf Timteru.

„Die Tatsache bleibt, dass ich für Scherben Geld bezahlt

habe und das hole ich mir von irgendjemand zurück.", entschied der Chef und schaute dabei in die Runde seiner Arbeiter. Heftiger Widerspruch schallte: „`Ohne Eltern` hat die Krüge fallen lassen! Ziehe es von seinem Lohn ab!"

„Dem kann ich nichts vom Lohn abziehen.", klärte der Chef auf und nahm sich den Beinsteller vor: „Von deinem Lohn ziehe ich was ab, denn du hast ihm das Bein gestellt."

„Habe ich nicht!", log der Beinsteller und packte dann `Ohne Eltern` am Hals und fragte ihn grimmig: „Habe ich dir ein Bein gestellt?"

Sein Drang, sich aus allem rauszuhalten, ließ `Ohne Eltern` sagen: „Weiß nicht."

„Dann muss ich euch allen was vom Lohn abziehen!", beschloss der Chef.

Um seinen Lohn besorgt, meinte nun einer: „Ich habe auch gesehen wie er ihm ein Bein gestellt hast."

„Ich auch.", logen einige andere spontan, damit ihnen nichts vom Lohn abgezogen wird.

„Der Lieferant hat mich zu dem Plan verführt!", gestand plötzlich der Beinsteller.

Der Lieferant verteidigte sich erbärmlich: „Weil er mir erzählt hat, wie lasch hier die Krüge kontrolliert werden, hat er mich darauf gebracht. Eigentlich dazu überredet."

Der Chef blieb voll auf seiner Linie: „Gebe mir mein Geld zurück! Meine Mitarbeiter werden mir gerne dabei helfen es von dir zu holen, damit ihre Lohn gesichert ist."

Sofort umkreisten die Arbeiter den Wagen und hielten den Esel an seinem Geschirr fest, damit der Lieferant nicht flüchten konnte. Dem Lieferanten wurden auch die Zügel aus seinen Händen genommen. Der Lieferant zahlte seinen Anteil am Betrug. Dann ließen die Mitarbeiter von ihm ab und der Chef der Ölmühle verabschiedeten ihn mit: „Von dir kaufe ich keine Krüge mehr. Sicher hast du noch weitere Betrügereien in der Hinterhand."

Timteru wollte zurück auf den Wagen, aber der Lieferant verwehrte ihm das: „Du steigst hier nicht mehr auf.

Ich hatte dir gesagt, dass du dich raushalten sollst. Wegen dir habe ich jetzt meinen besten Kunden verloren."

„Nicht wegen mir, sondern wegen deiner Betrügerei. Nicht durcheinander bringen!", berichtigte Timteru.

„Ich will dich jedenfalls nicht mehr als Helfer haben."

„Auch gut. Für dich Unehrlichen will ich nicht arbeiten.", gab trotzig Timteru zurück.

„Deinen anstehenden Lohn kannst du in den Wind schreiben.", erwiderte der Lieferant und drosch mit seinem Stecken unnötig hart auf den Esel und sofort stand Timteru im aufgewirbelten Staub der durchdrehenden Wagenräder.

Während der Beinsteller von seinem Chef abkassiert und gerügt wurde, wendete nebenan Timteru seinen Blick auf `Ohne Eltern` und fragte ihn: „Wie ist dein Name?"

`Ohne Eltern` fühlte Sträuben zu antworten. Aber Timteru blieb ihm zugewendet. `Ohne Eltern` konnte sich ihm, der sich gerade auf seine Seite gestellt hatte, nicht lange verschließen. Ardamsu räusperte seine Stimme wach und antwortete widerwillig: „Habe keinen Namen."

„Deine Eltern müssen dir doch einen Namen gegeben haben."

`Ohne Eltern` würgte aus: „Kenne keine Eltern..." Dies auszusprechen, richtete seine Aufmerksamkeit auf ihn selbst, den er in Vergessenheit zurückgelassen hatte. Kein Gedanke sollte sein elendiges Dasein finden. Er wollte sich vor Timterus Worten wegducken aber dessen Worte trafen schnell: „Auch wenn du keine Eltern kanntest, dann ist immer noch die Macht, die uns Menschen erschuf, mit dir. Keinem Mensch kann mehr zukommen."

`Ohne Eltern` konnte nicht auf sich beziehen was Timteru meinte, aber er spürte tröstende Absicht dahinter und diese Worte wurden nicht wie bisher, wie Dreck auf ihn geworfen, sondern ihm wie ein Geschenk gereicht.

Timteru hatte klargestellt, wer wirklich schuld an den zerbrochenen Krügen war. Er hatte für ihn gesprochen. Das regte in `Ohne Eltern` die vermiedene aber überfällige

Frage an, warum er sich nie selbst verteidigte. Diese Frage verfolgte ihn wie ein vorwurfsvoller Blick. Erinnerungen an frühere Demütigungen durchbrachen die dünne Schicht der Selbstmissachtung und gängelten zum Aufbegehren. Seine dunkle Lähmung weichte auf und eigene Gefühle machten sich von einem Moment zum nächsten so dick, dass sie dort, wo sie sich bisher versteckt hatten, nicht zurückgedrängt werden konnten.

Die eigene Geringschätzung, die ihm jeglichen Gedanken über sich unterdrückt hatte, entschwebte. Sein hängender Kopf wippte ganz leicht nach oben und er schaute auf Timteru. Bislang hatte `ohne Eltern` nur zur notdürftigen Orientierung vor sich hin geglotzt, aber diesmal sah er willentlich jemand an. Dann ging er ein paar Schritte mit verwundertem Blick umher, als sei er noch nie hier gewesen.

Seine zuvor matten Augen glänzten jetzt, aber nicht durch Bewegtheit, sondern es war sein befreites Dasein, das in die Welt blickte, deren vielfältige Gelegenheiten auch für ihn sprudelten. Er fühlte sich schuldig, dafür dass er sein Leben lieblos behandelte. Das wollte er ändern. Das stand in seinen Augen.

In Nubdur sprang Anteilnahme auf: Was für eine wundersame Wandlung.

Derweil floh Timteru von der Ölmühle. Er war sich des größten Anteils vom Zorn des aufgeriebenen Beinstellers sicher.

Nubdur war erstaunt über Timterus Einsatz: Das war übermenschlich. Ich sollte ihn kennenlernen. Vielleicht nützt das Miltmerus Auftrag. Früher schon hätte ich gerne manche Menschen kennengelernt, wollte sie aber nicht mit mir belästigen. Aber diesmal darf ich nicht davor zurückscheuen. Für Miltmeru.

Nubdur zögerte dann doch, denn er sah Timteru in Eile: Er scheint schnell weg zu wollen. Ich sollte ihn nicht aufhalten. - Schon wieder! Wie bisher immer, entdeckt meine

Zurückhaltung einen Grund, jemanden nicht anzusprechen.

Nubdur fühlte sich von seinen vergangenen Auslassungen unter Druck gesetzt, jetzt zu diesem struppigen Mann zu gehen: „Alles Gute für dich. Mein Name ist Nubdur. Entschuldigung wenn ich dich so unvermittelt anspreche."

„Ich muss schnell verschwinden."

„Ich eile mit, wenn es dich nicht stört."

„Meinetwegen."

„Du hast diesem Arbeiter geholfen. Warum?"

„Weil ich es für richtig hielt."

„Aber du hast dir Nachteile eingehandelt."

„Das hatte ich in dem Moment nicht bedacht. Ich tat was ich für richtig hielt."

„Hast du hilfreich eingegriffen weil du einem allmächtigen Wesen gefallen wolltest?"

„Könnte sein."

Ist mein Auftrag hiermit erledigt, fragte sich Nubdur. Nein, seine Antwort gründet auf seinem Glauben. Also kein Beweis für die Existenz eines Allmächtigen. Ich sollte sehen was der noch treibt. Vielleicht handelt was Allmächtiges durch ihn.

„Ich bin unterwegs im Auftrag von Miltmeru. Willst du vielleicht ein bisschen dabei sein? Oder kann ich dich begleiten, wenn ich darf? Mir egal wer wem folgt.", meinte Nubdur vorsichtig.

„Was für einen Auftrag hast du?", wollte Timteru wissen.

„Es klingt ziemlich lächerlich: Ich soll herausfinden ob was Allmächtiges existiert."

„Das ist tatsächlich lächerlich. Denn natürlich gibt es das Allmächtige. Was sonst hat die Welt und uns erschaffen?"

Nubdurs Neigung, was Allmächtiges in Frage zu stellen, fühlte sich herausgefordert: „Woher hätte was Allmächtige das Material für das Geschaffene? Und wie wäre es selbst erschaffen worden?"

„Das Allmächtige gab es schon immer."

„Ebenso könnte man dann glauben, das Seiende existiert schon ewig. Es gibt Vorstellungen über die Entstehung der Welt, die ohne ein Allmächtiges auskommen.", betonte Nubdur, „Ich erkläre dir eine: Erstmal ist nichts. Das bedeutet, es gibt noch nicht mal Ausdehnung. Aber wo befindet sich dieses unendlich kleine Nichts? Innerhalb einer Ausdehnung? Müsste so sein, aber für das Vorhandensein von Ausdehnung gibt es keinen Grund. Der unendlich kleine Punkt, das Nichts, kann also nicht sein, weil dann um ihn Ausdehnung wäre, die auch nicht sein kann. Ein unentschiedener Wechsel zwischen der unmöglichen Ausdehnung und dem unmöglichen Nichts passiert, getrieben von deren beider Unmöglichkeit. Die Zeitabstände zwischen den Umkehrungen können gewaltig sein. Dieses Schrumpfen zu nichts und das Auseinanderdehnen verursachen Verwirbelungen, deren Energie sich zu unserer Welt verdichtete.

Beim Wechsel zwischen Nichts und Ausdehnung gibt es einen unendlich kleinen Moment des Stillstands, kurz vor der Umkehrung, in welchem die gegensätzlichen Bewegungen ausgeglichen sind. Wie bei zwei Kugeln, die angestoßen werden damit sie aufeinander zurollen. Wenn sie aufeinander treffen, dann sind für einen unendlich kleinen Moment die Kräfte des Entgegenrollens und des sich wieder Abstoßens ausgeglichen. Nun stellt man sich diesen Moment ohne Kugeln vor, dann sind da nur noch Kräfte, die sich für einen Moment gegenseitig ausbalancieren, ein Moment der Ruhe, in dem nichts passiert, nichts ist. Dann prallt das Nichts auseinander und teilt sich in auseinander strebende Kräfte."

Timteru wollte das Allmächtige gegen die Theorien verteidigen und das gab seinen Gedanken einen heftigen Schubs: „Diese Theorie ist nur albernes Gedankenspiel. Wenn ich aus einem unendlich langen Brot ein Stück herausschneide und die entstandenen Enden wieder zusammenschiebe, dann habe ich ein Stück von dem Brot genommen aber es wurde nicht kürzer weil etwas unendlich langes nicht kürzer werden kann. Folglich kann es nie dazu kommen, dass eine unendliche Ausdehnung sich soweit zusammenzieht bis nichts bleibt."

„Die Ausdehnung in dieser Theorie war doch gar nicht unendlich gewesen, denn ab dem Augenblick des Beginns des Zurückschrumpfens war sie endlich groß gewesen."

„Um diese endliche Ausdehnung herum müsste dann wieder eine unendliche Ausdehnung sein, die unmöglich ist."

„Zugegeben - die Theorien darüber, warum alles zur Existenz kam, sind versponnener Unsinn. Aber sich ein Allmächtiges als Erschaffendes vorzustellen, muss nicht richtig sein nur weil wir Menschen zu beschränkt sind herauszufinden, woher alles Existierende kommt. Wenn wir die Antwort nicht wissen, dann wissen wir sie eben nicht. Das ist nicht schlimm. Schlimm ist aber, dass Gläubige, Philosophen, Wissenschaftler und Besserwisser um ihr Nichtwissen streiten. Vieles wird uns Menschen unbegreiflich blieben. Käfer ist noch viel Weniger begreiflich als uns Menschen, aber die phantasieren nicht wenn ihnen was unbegreiflich bleibt und gründen keine Religionen, die Unkenntnis pflegen."

„Du machst mich wütend mit dem was du über Religionen sagst.", gab Timteru barsch kund und erschreckte damit Nubdur. Beide schwiegen betreten wegen ihrer auseinander klaffenden Anschauungen. Nubdur machte das nervös und er lenkte auf ein weniger heikles Gesprächsthema: „Wie es wohl dem Typen geht, dem du beigestanden hast?"

„Der Typ hat einen Namen: Ardamsu. Den gab ich ihm. Ardamsu geht es jetzt gewiss besser."

Noch an diesem Tag bestand Ardamsu auf eine regelmäßige Lohnzahlung für sich. „Dann bleibt den anderen weniger.", wollte der Chef die anderen gegen Ardamsu aufbringen. Aber Ardamsu bestand auf seiner Forderung bis sie erfüllt wurden.

In der Folgezeit kam es öfter zu Streitereien in der Öl-mühle als früher, weil Ardamsu sich gegen derbe Scherze und gegen unberechtigte Anschuldigungen wehrte.

Früher besaß er kein Geld, aber nun wo er welches hat-te, schien es ihm nicht auszureichen. Als Ardamsu wollte er nun gut essen, gut wohnen, gut angezogen sein, gut ausse-hen, Spaß und Sex haben.

Er rang immer wieder mit dem Chef um mehr Lohn und feilschte um den Preis von Waren. Wegen dieser andau-ernden Verhandlungen, schlug sein Herz wie gehetzt und das riss ihm den Ausblick auf, sich fortwährend im Leben behaupten zu müssen. Dem hechelten bislang ungekannte Gefühle hinterher, nämlich die Sorge um seine Zukunft und Angst vor bösen Überraschungen auf dem Lebensweg. Er befürchtete bestohlen zu werden, sorgte sich zu verletzten und dann die Wunde, anstatt zu verheilen, grässlich wird. Die Fragilität der Lebensgunst ängstigte ihn. Das trieb ihn jeden Abend nach der Arbeit durch die Siedlung, auf der Suche nach Timteru, weil er auf hilfreiche Worte von ihm hoffte. Aber eines Nachts wurde ihm klar, Timteru wohnt nicht hier und er befürchtete ihn nie wieder zu treffen. Ardamsu blieb stehen. Vollmondlicht schien ihm auf den Rücken. Er sah den Schatten seines Körpers auf dem Bo-den, auf dessen Unebenheit grotesk deformiert. Dieser Anblick schreckte verschwommene Vorahnungen von ab-gründigen Gefühlen auf und dabei wurde ihm ganz bange.

Timteru musterte Nubdur: Ob der zum Glauben an ein Allmächtiges findet? Darauf bin ich neugierig. Ich werde ihn begleiten.

Timteru schlug vor: „Versuche doch mal das Allmächti-ge in der Einsamkeit der erstaunlichen Natur zu entde-cken."

„Das versuche ich und werde mir dabei Mühe geben.", sagte Nubdur brav gegenüber Timteru.

Nubdur wich vom Weg ab in den Wald hinein. Timteru ließ Nubdur alleine ziehen.

Die Sonne erklomm ihren höchsten Stand und die Schatten schrumpften zu den Baumstämmen hin. Eine Eidechse flüchtete in ein Versteck, genau in dem Augenblick, als Nubdur zu ihr hinschaute.

Nubdur betrat eine Lichtung. Die heimelige Stimmung dort verlangsamte seine Schritte bis er stehen blieb. Ein großer, flacher Felsen bot sich als leicht erhöhte Aussichtsebene an. Nubdur stieg darauf und streckte sich aus.

Einige Felsen lungerten im Gras in der Nähe herum. Über das steinerne Antlitz des größten Felsen unter ihnen verlief quer ein breiter Riss mit leicht nach unten gebogenem Schwung, gleich einem verzogenen Mund, als hätte er vom Gras gekostet und es ihm zu bitter geschmeckt.

Schmetterlinge über dem Felsen verzierten mit ihren schnörkeligen Flugbewegungen die Luft.

Der große Felsen murmelte von alten Geschichten. Vor ihm lauschten junge Blumen mit winzigen Blüten.

Nubdur wurde döste ein.

Eine Stechmücke kam ganz nahe an sein Ohr. Seine Augen flogen auf. Helligkeit blendete ihn, die von einem schwarzen Blitz zersplitterte war. Der Blitz blieb bewegungslos als dunkler Ast.

Nubdur richtete sich auf.

Die Sonne neigte sich in den frühen Nachmittag und die Schatten krochen wieder unter dem schattigen Dach aus Ästen unter jedem Baum hervor.

Der große Felsen versuchte mit seinen rissigen Lippen angestrengt Worte zu formen. Nubdur war nicht interessiert. Das verstimmte den Felsen und er versank noch lange beleidigt hinter dem höher wachsenden Gras. Nubdur entzog der Szenerie seine Fühlung und ging weg.

Später fragte Timteru knapp: „Und?"

„Etwas Allmächtiges konnte ich in der Natur nicht entdecken, aber ich habe die Idee bekommen, meine Natureindrücke in kleinen Gedichten zu formulieren. Besonders die langsamen Schatten haben es mir angetan."

Die Schatten der Bäume auf dem Boden
strecken sich lang
aus ihrer Mittagsmüdigkeit heraus

„Ich glaube nicht, dass das für deine Suche nützlich ist.", urteilte Timteru, „Ich bin enttäuscht von dir, dass du in der Natur nicht das Werk des Allmächtigen siehst."

Sie kamen an einen Bach. Nubdur dichtete:

Ein langer heißer Tag
Erfrischendes Wasser lockt
Ich zögere noch ein wenig

„Ich zögere nicht.", sagte Timteru und trank sofort.
Die anliegende Ortschaft trug Narben eines Kampfes.
Neugier ist nötig für meine Aufgabe, dachte Nubdur und suchte mit Timteru den örtlichen Chronisten auf. Der erzähle gerne lebhaft: „Hier war früher das Volk der Kelpas ansässig. Sie glaubten an einen Gott mit dem Namen Pyux. Ein Heeresführer namens Duhmpaff wollte, dass die Priester bestätigen, dass Pyux ihn als Herrscher vorgesehen hat. Als Belohnung versprach er ihnen, andere Priester mit samt ihren Göttern aus der Gegend fernzuhalten.
Die Priester veranstalteten vor dem versammelten Volk eine religiöse Zeremonie. Sie ließen geweihte Hühner aus großer Höhe auf ein Laken kacken. Die Priester beäugten von allen Seiten die Spritzer auf dem Laken, bis sie den Namen des Herrschers herauslesen konnten. Die Priester machten das Volk glauben, dass der unfehlbare Pyux auf diese Weise Duhmpaff als Herrscher herausdeutete.

Duhmpaff feierte öffentlich die religiöse Zuweisung der Regierungsgewalt.

In der Nachbarschaft zu den Kelpas lebten die Juwunge. Sie glaubten nicht an Pyux. Dieser Unglaube bereitete den Kelpas Sorgen. Entlaufene Ziegen wurden als von den Juwungen aufgefressen phantasiert, Kelpafrauen, die Juwunge heirateten, als von denen verwünscht geglaubt.

Was den Juwungen unterstellt wurde, nahm bald so große Ausmaße an, dass die Kelpas in ihnen eine wachsende Bedrohung sahen, weshalb die Kelpas als vorbeugende Gegenwehr die Juwunge angriffen, die wenig entgegensetzen konnten. Die Armee von Duhmpaff siegte schnell.

Duhmpaff verkündete: „Pyux verhalf mir zu diesem Sieg."

Er verlangte von den Juwungen, dass sie sich zum Glauben an Pyux bekennen, damit er sie dann mit den Geboten und Regeln seiner Religion lenken kann. Die Juwunge nahmen den Glauben an, weil es der Glaube der Sieger war. Duhmpaff ließ für die Juwunge die Zeremonie mit der Hühnerkacke wiederholen.

Duhmpaff versklavte die Juwunge. Seine Bereicherung an den Juwungen rechtfertigte er in einer Rede an sie: „Ihr müsst uns diese Opfer bringen, dafür dass ihr, dank uns, auch in die Liebe von Pyux aufgenommen seid."

Es schien, als würden die Juwunge dies einsehen. Doch bald und unerwartet erhoben sich die Juwunge gegen Duhmpaff und sein Volk. Duhmpaff betete um einen Sieg über die Juwunge. Doch die Gebete nutzen nichts gegen die gründliche Planung der Juwunge. Die hatten sich eine schlaue Taktik aus umfangreichen Hinterhalten ausgedacht. Die Juwunge besiegten Duhmpaffs Krieger.

Die Juwunge tanzten auf den Straßen und sangen Jubellieder auf Pyux. Davon aufgeputscht, drangen sie mit unverdrossener Kühnheit in den Palast von Duhmpaff ein. Mit Freude eröffneten sie Duhmpaff: „Pyux hat uns Mut und Kraft dazu gegeben, über euch zu siegen."

Die Elitewachen von Duhmpaff brachten ihn nach einem kurzen und heftigen Kampf in die erstbeste Sicherheit.

Im Tempel nahmen die Juwunge das Tuch mit der Hühnerkacke von der Wand und legten es auf den Platz vor dem Palast. Einem mit Symbolen des Pyux bemalter Esel wurden Kräuterelixiere eingeflößt, die bei ihm Durchfall verursachten. Seine dünnflüssige Darmentleerung überschrieb die Hühnerkacke und aus Spritzern am Rand der Lache wurde der Name eines Juwunge herausgedeutet, der die Herrschaft von Duhmpaff übernehmen will. Diese Weissagung empfingen die Juwunge mit rasendem Jubel.

In seinem Versteck schrieb Duhmpaff in sein Erinnerungsbuch erschüttert über seine Niederlage: Pyux ist nicht mehr mit mir! Es war ein Fehler, die Juwunge gezwungen zu haben an Pyux zu glauben, denn der ist nun auf deren Seite. Den Fehler kann ich mir nicht verzeihen.

Duhmpaff konnte sich nur als Herrscher ertragen. Aber er wagte ohne das Vertrauen auf Hilfe von Pyux keine Rückeroberung. Seine Gefolgsleute verließen ihn. Nur einer blieb und der berichtete, wie Duhmpaff tagelang mit blassem Gesicht, als würde er sich gleich übergeben, vor sich hinstarrte. Ihm war als sei ihm sein Rückgrat herausgetrennt worden und das verbogene Teil blutverschmiert vor die Füße geworfen. Eine flaue Verzweiflung erbrach sich in seine innere Leere. Ein Leben ohne Macht war ihm wertlos. Wie eine innen hohlgefaulte Nussschale sah man eines Tages seine Leiche in einem Fluss auftauchen und dann wieder in die Tiefe absinken."

Nubdur bedankte sich beim Chronisten für die lebendige Schilderung.

Später meinte Timteru: „Pyux gab beiden Völkern Kraft und Zuversicht. Siehst du in Pyux das Allmächtige Wesen?"

„Nein. Erst hätte dieser Pyux Duhmpaff dabei geholfen den Juwungen Unrecht anzutun und dann denen zur Rache verholfen. Ich kann mir nicht vorstellen, dass das Allmächtige solches Tun sichert. Das waren typisch menschliche

Begehren. Kein übermenschliches Einwirken ist daran zu erkennen.", sagte Nubdur kurzweg mit Bestimmtheit, doch dann beschlich ihn erdrückende Ungewissheit über das Objekt seiner Suche.

Er eilte hinter der Siedlung in den Abend hinein und umrundete unruhig bis in die Nacht hinein einen nahe gelegenen See.

Der nächtliche See
Auf kleinen Wellen schaukeln Mondsplitter
Vergebens puzzeln die Wellen den Mond zusammen

Tags darauf überschritten sie eine Anhöhe und sahen dann eine lange Reihe von erschöpften Menschen, die sich zu Fuß durch eine Steppenlandschaft schleppten. Ein bleicher Nebel aus Sonnen beschienenem Staub umgab sie. Die müden Gestalten trugen schwer an zahlreichen, mit Flüssigkeit gefüllten Schläuchen aus Tierhäuten und hatten auch Pfeil und Bogen mit sich. Sie zogen ihre Schatten am Boden hinter sich her als würde das ihnen zusätzlich Mühe abverlangen.

Ein Mann stellte sich seitlich zur Vorwärtsbewegung der Menschenkette schwergewichtig hin. Er war die einzige Person aus der Karawane, die keine Last trug.

Seine Stimme donnerte plötzlich wie das Getrampel der Hufe einer rasenden Tierherde gegen die umstehende Menge: „Haltet die Mühen durch und erinnert euch an die edle Absicht, der ihr dient!"

Mit einem Ruck standen die Schatten still. Die Angestrengten legten ihre Lasten ab und schrien: „Wir wollen es noch mal hören!"

Der Redner kreischte seine Sprüche in die Menge: „Ich bin der Retter eurer Freiheit. Wir werden alles umgestalten. Nie wieder wird es so sein wie jetzt. Wir reinigen die Welt von verlogenen und bösen Menschen. Dann werde ich eine beständige Ordnung errichten, die nichts zulässt, was Angst machen könnte! Denkt daran: Ich tue das für euch!

Wer mir folgt, hat sich vom Verderbten der Welt abgesondert. Lasst uns alle Freunde sein, indem wir gemeinsam das tun was ich euch befehle! Wie Sturm den Samen weit trägt, so werden wir unser Reich des Friedens in alle Enden der Welt tragen!"

Die Augen des Anführers waren weit aufgerissen und kullerten wie angetippte rohe Eier in den Augenhöhlen. Ruckartig veränderte er seine Blickrichtung beim Versuch jedem in die Augen zu schauen.

„Unter meiner Führung werdet ihr stark sein!"

Die Zuhörer atmeten dies mit verhärteten Gesichtsmuskeln und erhobener Brust ein.

„Ich habe euch zu Auserwählten für mein Reich erhoben. Mein Reich wird wie ein Garten sein, in welchem ich euch hege, damit euer Schaffen reiche Früchte trägt. So sicher wie der Adler seine Beute greift wird jeder sein Glück finden."

Nubdur erkannte: Die undeutlichen, bilderreichen Sprüche lassen seine Anhänger glauben, all ihre unterschiedlichen Sehnsüchte und Wünsche seien beachtet.

„Wir richten über die Welt.", setzt der Redner fort, „Ich habe euer Leben mit Nutzen beschenkt, weil ihr mir helfen dürft die Welt zu roden für ein kommendes Reich. Wir hetzen die verschiedenen Gruppen, Völker, Stämme, Gemeinschaften, letztendlich die ganze Menschheit gegeneinander auf. Ein weltweiter Krieg wird folgen. Nur die mit der Hoffnung, dass das Allmächtige das Chaos beendet, werden nicht verzweifeln. Ihr unerschütterlicher Glaube öffnet die Welt für das Allmächtige. Dann kann sich sein Reich des Friedens herabsenken. Es gibt eine Prophezeiung, die das voraussagt. Die ist meine Führung. Ich bereite den Acker für das Reich des Allmächtigen, über das ich dann als Herrscher dem Allmächtigen diene. Ich bin der oberste unterwürfige Diener des Allmächtigen.

Ihr dürft an großen Umwälzungen teilhaft sein."

Mit flacher Hand schlugen sich seine Gefolgsleute aus Begeisterung seitlich an ihre Köpfe und johlten dabei entzückt. Eine Wendung im Fortlauf der Menschheitsgeschichte herbeizuführen, war ein so gigantisches Vorhaben, dass eine Beteiligung daran eine glorreiche Gelegenheit zur Erhebung aus der eigenen Bedeutungslosigkeit bot. Sie wollten Teil von was Großem sein. Und je größer das Vorhaben ist, desto mehr Begeisterung und Tatendrang erweckte es, und zwar so viel davon, dass dann die Frage, ob das gut enden kann, nicht dagegen aufbegehren kann.

Sie hofften auch, als die Schöpfer der neuen Welt, eine mächtige Position in der neuen Hierarchie einzunehmen.

Auch Nubdurs Größenwahn schnupperte hungrig: Ihm könnte gelingen ein großer Herrscher zu werden. Ich sollte für so einen arbeiten und nicht für Miltmeru.

Doch dann besann er sich darauf, dass der Plan einer religiösen Prophezeiung entwuchs und das weckte in Nubdur heftige Besserwisserei. Er meinte zu Timteru: „Wir sollten ihm das ausreden, meinst du nicht auch?"

„Meine ich auch. Dann mal los!", spornte ihn Timteru an.

Mit Timteru im Rücken trat Nubdur vor den Redner: „Wenn ihr nach eurer Weltvernichtung durch die blutgetränkte Zerstörung stapft, werden eure Herzen sich verhärten müssen um dies ertragen zu können. Und weil du deinen Auserwählten einredest, das war notwendig, werden sie dafür noch nicht mal Schuld empfinden. Mit dieser Brut schaffst du kein Reich des Friedens."

„Hast du eine besseren Vorschlag?", fragte der Anführer zum Spielen angeregt.

„Es sollten Worte ausgesät werden, die das schüchterne Gute in uns nährt und gedeihen lässt."

„Klingt poetisch schön, aber deshalb muss dies nicht gelingen. Menschen sind durch Worte nicht zu bessern. Alle Menschen werden einem friedvollen Zusammenleben zustimmen. Aber alle, auch jene, die sich für beherrschte, besonnene Bessermenschen halten, werden Frieden erst zulassen, wenn ihre Anliegen zu ihrer Zufriedenheit durchgebracht sind. Frieden wird es nur geben, wenn sich alle meiner Führung unterwerfen."

Der Anführer streckte den Beiden seine Hände wie alten Bekannten entgegen: „Lasst auch ihr euch durch mich in Frieden halten. Ich werde für alle denken und alle streng überwachen. Das erlöst die Menschen von Sorgen und Angst und dann werden sie friedlich. Freiheit lässt Raum für Gier und Recht des Stärkeren. Die Gegenmaßnahme ist ein streng gelenktes Leben. Ich zwinge alle gleich zu leben, dann sind wir vor Chaos sicher. Mit Regeln und Ritualen, die alle strikt befolgen müssen, füge ich eine geschlossene Gemeinschaft zusammen. Das sättigt euer Leben mit Zugehörigkeit und dem Gefühl jemand zu sein."

Nubdur widersprach: „Unsere einzige Zugehörigkeit ist Bewohner dieser Welt zu sein. Deine Anhänger sind haltlos weil ohne Lebensweisheit, leer und unfähig für eigene Zeile. Nur solche lassen sich mit so einem unsinnigen Plan wie dem deinigen abfüllen. Wird es dir Spaß machen, über einheitlich wandelnde Leichen und gefügige Langweiler zu herrschen?"

„Ich mag anhängliche Wesen, die zu mir aufblicken. Von der unberechenbar bösen Restmasse reinige ich die Welt."

„Die Welt ist deshalb voller Unheil weil es so Gestalten wie dich und deine Anhänger gibt, die sich gerne für grausame Vorhaben vereinnahmen lassen. Die sind nicht besser als die Opfer deines Vorhabens. Du willst der Welt Gutes tun? Dann bewahre sie vor eurem grauenvollen Unfug."

Der Anführer wurde wütend: „Du wagst es, gegen die Prophezeiung zu reden, die den Plan des Allmächtigen für diese Welt offenbart. Nicht mein Wille, sondern den des Allmächtigen erfülle ich.", enthob sich der Anführer jeglicher Verantwortung.

Timteru bekundete plötzlich: „Ich will unbedingt mithelfen und ihn werde ich überreden auch mit dabei zu sein.

Der meint sein Gerede nicht ernst. Das ist nur so eine Krankheit von ihm erst mal zu widersprechen. Wir wollen gerne unser Leben von dir verplant bekommen. Was könnten wir besseres mit uns anfangen?"

„Gut. Gesellt euch zu den anderen. Lasst euch was zum Schleppen abgeben."

„Los komme mit!", meinte Timteru zu Nubdur und zwinkerte dem listig zu. Unter den anderen eingereiht, fragte Timteru: „Was ist in den Tierschläuchen? Was haben wir vor?"

„Die Tierschläuche enthalten giftige Pflanzensäfte. Wir tragen die auf den Berg dort, töten dort die Wachen einer Wasserquelle und schütten die Säfte ins Wasser, das in einem Kanal zur Stadt Sapuka geleitet wird. Dann erzählen wir den Sapukanern, die Marakumen hätten ihr Wasser vergiftet."

„Werden die Sapukaner das glauben?", fragte Nubdur.

„Ja. Die Sapukaner trauen den Marakumen alles zu, weil die einen anderen Glauben haben. Der sicher folgende Kampf wird sich ausweiten, denn sowohl Sapukaner als auch Marakumen haben ihre eigenen Bündnisse mit anderen Stämmen, die mit in die Kämpfe gezogen werden. Weitere werden mitmischen, um bei der Gelegenheit alte Fehden kriegerisch auszutragen."

Nubdur erklärte Timteru: „Die nutzen die Feindseligkeiten unter den Religionen. Und sie nutzen das verbreitete Empfinden, dass es ein gerechter Ausgleich sei, eigene unschuldige Opfer zu rächen, durch Tötung von auch Unschuldigen der anderen Volksgruppen."

„Genug theoretisiert. Wir müssen ihren Plan vereiteln.", ermahnte Timteru.

Während einer Ruhepause wollten sich die beiden davonstehlen. Aber die Wachen hielten sie auf: „Wo wollt ihr hin?"

„Er muss pinkeln und ich begleite ihn damit er nicht abhaut. Man kann ihm nicht trauen.", erklärte Timteru listig.

„Dann passe gut auf ihn auf, denn Abtrünnige werden bei uns erschlagen."

Sie durften sich entfernen. Timteru wusste: „Wenn man sich nicht frühzeitig von Verrückten trennt, erleidet man Unheil."

Dann drängte Timteru: „Wir müssen den Kanal unterbrechen bevor das Gift in der Stadt ankommt."

Sie schritten den Kanal in Richtung der Stadt entlang aber der war durchgehend dick gemauerter und mit schweren Steinplatten bedeckt.

„Wir werden nicht schaffen den Kanal zu unterbrechen. Was sollen wir nun tun? Das vergiftete Wasser wird bald durchfließen."

Weiter voraus war ein Kontrollposten. Mit Lanzen bewaffnet standen Krieger herum. Neben ihnen saß steif, mit durchgedrücktem Rücken ihr Vorgesetzter an einem Tisch, auf dem der immer wieder Schriftrollen neu sortierte. Weiter hinten war ein Pferd mit einem Streitwagen geparkt.

Timteru kam eilig als erster beim Kontrollposten an. Die Krieger schwenkten ihre Lanzen gegen Timteru. Er sprach in die Runde: „Giftwasser fließt in eure Stadt. Das Wasser muss für eine Weile weggeschüttet werden. Sagt das den Bewohnern."

Der Oberwächter unter ihnen meldete sich: „Uns ist verboten unseren Posten zu verlassen."

„Dann müssen ich und der andere da hinten in die Stadt und die Leute dort schnellstens warnen. Wir müssen auch verhindern, dass die Täter Lügen in der Stadt verbreiten und dann ein Rachefeldzug beginnt und weitere mitmischen. Das könnte sich zu einer weltweiten Katastrophe ausweiten."

„Wenn ihr in die Stadt wollt, dann müsst ihr die Fragen auf dieser Formularrolle beantworten.", herrschte der Oberwächter am Tisch mit gedankenenger Bestimmtheit. Timteru plusterte sich mit weit geöffneten Armen auf: „Dafür ist keine Zeit! Die Rettung der Welt kann nicht warten!"

Der Beamte rollte im rechten Winkel zur Tischkante das Formular aus. Dann stürzte, wie vom Himmel gefallen, sein Zeigefinger senkrecht auf das Formular ab: „Wenn ihr die Welt retten wollt, dann müsst ihr vorher dieses Formular ausfüllen!"

Inzwischen war auch Nubdur angekommen. Der Oberwächter begann mit der Befragung: „Warum wollt ihr in die Stadt?"

„Das habe ich doch schon gesagt: Wir wollen vor Gift im Wasser warnen.", antwortete Timteru ungeduldig. In aller Ruhe überschaute der Oberwächter die beinlange Formularrolle. Dann meinte er: „Diese Antwort ist nicht auf dem Formular aufgeführt. Wenn ich euch nicht einordnen kann, dann kann ich euch nicht in die Stadt lassen.", hielt der Oberwächter die Situation in Bewegungslosigkeit.

„Wir verzichten darauf in eure schäbige Dreckstadt zu gehen!", schimpfte Timteru. „Aber dann müsst doch ihr selbst hin, um vor dem vergifteten Wasser zu warnen!"

„Woher weiß ich, dass die Geschichte mit dem Gift wahr ist?", fragte das Misstrauen auf zwei Pobacken.

Entfernt vom Posten trieb ein Junge eine Schafherde. Timteru sah eines der Schafe auf das Gras kotzen. Dann noch eins und ein weiteres. Ein paar plumpsten seitlich um.

„Seht euch das an!", wies Timteru auf die Szenerie. Die Krieger glotzten in die Ferne. Der Oberwächter schrie sie daraufhin an: „Lasst euch von denen nicht ablenken! Behaltet sie im Auge! Nur ich schaue nach, was der meint."

Der Oberwächter beobachtete: „Schafe kippen um."

Timteru erklärte dazu: „Die Schafe müssen vom vergifteten Quellwasser getrunken haben."

Ein Wächter, der auch für Kontrollgänge am Kanal eingesetzt wurde, wusste: „Durch öffnen eines Stopfen im Kanal, kann ein wenig Wasser in einen Trog für Nutztiere abgezweigt werden."

Der Oberwächter erläuterte den Umstehenden: „Unter

Bezugnahme auf mir kürzlich zugegangener Hinweise, folgere ich, dass unser Wasser womöglich vergiftet wurde."

Timteru nickte erleichtert und ermahnte: „Wenn das Gerücht ausgesät wird, wonach die Marakumen das gewesen seien, dann dürft ihr dem keinen Glauben schenken."

„Diesen Schweinen mit ihrer heuchlerischen Religion ist so was zuzutrauen. Dafür werden sie unsere Rache zu spüren bekommen."

„Höre genau zu. Es waren jene, die erzählen werden, dass es die Marakumen gewesen sein sollen.", wiederholte Timteru nachdrücklich, „Also kein Anlass die Marakumen anzugreifen."

„Warum schützt ihr die Marakumen?"

„Wir wollen euch aufklären, dass die Anschuldigungen gegen die Marakumen gelogen sind! Erkenne das doch an!"

Timterus ansonsten ruhiges Gemüt war von dem gedanklich ungelenken Offiziellen durchgerüttelt. Er schrie: „Steige jetzt auf den Streitwagen und fahre endlich los!"

Der Oberwächter fuhr davon.

„Wir gehen.", meinte Timteru zu Nubdur und sie entfernten sich von den Lanzen der Wächter.

Weiter weg meinte Nubdur zu Timteru: „Ich bin über dich verwundert. Denn du hast verhindert, dass diese Prophezeiung wahr wird und dich damit gegen allmächtige Pläne gestellt."

„Das ist kein Plan vom Allmächtigen."

„Woher weißt du das?"

Timterus entgegnete dem mit missmutigem Schweigen.

Kinder jagten sich vor einer Siedlung zwischen Büschen auf grünen Hügeln. Diesmal dichtete Timteru:

Es wird umgebogen
und richtet sich wieder auf
das Gras unter Kinderfüßen

Nubdur überlegte: Soll ich mir auch ein Gedicht über die Kinder ausdenken? Nein, besser nicht. Sonst könnte das zu einem Wettbewerb zwischen mir und ihm ausarten. Ich hasse Wettbewerbe.

Sie durchstreiften die Siedlung. Der Alltag war von Geschimpfe durchzogen und die Leute waren gedanklich nicht voll bei ihrer Arbeit. Verächtlich stellte ein Töpfer eine gerade gefertigte Schale von sich weg. Ein Händler war auf seinem gammeligen Gemüse eingenickt. Seine Arme und Beine lagen vom Körper schlaff abgewinkelt auf dem ungeordnet angehäuften Gemüse am Boden. Er bot den Anblick einer Marionette, deren Spieler gegangen war, um sich zu betrinken.

„Der sieht friedlich aus. Den fragen wir, wenn er wach wird, was hier los ist.", schlug Nubdur vor.

Als der Schläfrige erwacht war, erzählte er auf Nachfrage gerne aber auch geplagt was es mit dem Geschimpfe auf sich hat: „Ich bin ein Händler von außerhalb. Als ich das erste Mal hierher kam, lebten hier nur Regken. Es gibt hier eine kleine Quelle, die ihnen heilig ist weil dort ihr Religionsgründer sein religiöses Werk schrieb, während er aus dieser Quelle trank.

Vor einigen Jahren kamen Levoniter hier her. Für die ist diese Quelle auch heilig. Ihre Religionsgelehrten hatten in alten, religiösen Schriften gelesen, dass ihr Religionsgründer im Gemurmel der Quelle seine Berufung zum religiösen Künder heraushörte.

Die Levoniter hatten damals wenig Glück im Handel. Sie schlussfolgerten, der Grund für ihren Niedergang sei der Umstand, dass die Quelle von der falschen Religion besessen wird und folglich die Zirkulation allmächtiger Kräfte zu ihnen unterbrochen ist. Die Levoniter wollten sich deshalb die Quelle einverleiben mittels des Baus eines Tempels um und über der Quelle. Die Regken fanden die Idee eines Tempelbaus über der Quelle gut, allerdings sollte es ein Tempel ihrer Religion sein. Bisher ist keiner der beiden

Seiten gelungen ihren Tempel zu bauen, weil man sich gegenseitig daran hindert. Dabei gibt es sogar immer wieder Tote. Seit Jahren geht das schon so."

Der Händler unterbrach sich mit einem säuerlichen Gähnen und fuhr dann fort: „Beide Seiten haben uns Händlern verboten, der jeweils anderen was zu verkaufen. Entscheidet sich ein Händler für eine Seite, macht er sich die andere zum Feind. Deswegen traut sich kein Händler mehr hier seine Ware zu verkaufen. Ich komme noch, weil ich nur minderwertige Ware verkaufe. Deswegen gibt es keine Missgunst wenn ich beiden Seiten meine vergammelte Ware verkaufe, die eigentlich niemand will."

Plötzlich keimte in Nubdur unwillkürlich der Antrieb auf, sich einzumischen. Das kickte ihn nach vorne bis er vor der Quelle stand. Timteru folgte.

Doch dann erschrak Nubdur über sich selbst: Ich werde doch wohl nicht öffentlich sprechen wollen. Das ist mir zu aufregend. Außerdem werde ich mir damit Ärger einfahren. Das sollte ich mir ersparen.

Im akustischen Schatten einiger laut schreiender Händler traute er sich dann doch mit gedämpfter Stimme zu plappern. Er wiederholte immer wieder die gleichen Sätze, die immer leichter von seinen Lippen abgingen: „Denkt an das Allmächtige, wie es sich freut, wenn niemand mehr wegen der Quelle getötet wird. Wenn das Blut der Opfer des Kampfes um die Quelle versickert, dann wird sie entweiht." Auf Aussagen, die zu ihrer religiösen Gedankenwelt passen, sprechen sie vielleicht an, vermutete Nubdur.

Plötzlich blieb ein Regke vor ihm stehen und der erwiderte unreligiös: „Mein Vater ist beim Kampf um diese Quelle gestorben. Wenn wir aufgeben darum zu kämpfen, dann ist er umsonst gestorben."

„Dein Vater ist dann umsonst gestorben, wenn nicht daraus gelernt wird, mit dem Unsinn aufzuhören. Die ersten Toten sind die wenigsten."

„Wir dürfen nicht aufgeben, damit wir vor der Welt

nicht als Schwächlinge dastehen. Wir können unser Leben verlieren aber nicht unsere Ehre."

Der auswärtige Händler war in der Nähe und berichtete dem Regken: „Euer Kampf bringt euch kein ehrbares Ansehen. Im Gegenteil: In den Nachbarstämmen wird über euch gelästert, wegen eures Streits um ein Rinnsal."

Nubdur wusste dazu: „Die Nachbarstämme sollen sich nicht so überheblich geben. Die streiten auch um Unwichtiges. Unbeteiligte erkennen verzichtbaren Streit bei anderen, aber nicht bei sich."

Der Regke sagte gedrungen: „Wenn wir den Levoniter die Quelle kampflos überlassen, dann würden die uns nicht danken sondern das als ihren Sieger über uns feiern."

„Kann euch egal sein. Hauptsache ihr habt endlich Frieden."

„Wir würden uns als Feiglinge fühlen."

„Sich dem Kampf verweigern, erfordert Mut und ist deshalb heldenhaft. Wegen eines Streites sich so sehr aufregen, bis man bereit ist dafür Gewalt zu üben, ist nicht Tapferkeit sondern Verrücktspielen."

Dem Regke ging das nicht runter und er rief um sich: „An alle Regken. Kommt mal hier her!"

Ängstlichkeit zog Nubdurs Inneres zusammen, als einige Regken herbeikamen und der Rufer ihnen unterbreitete: „Der da will, dass wir nicht mehr um die Quelle kämpfen."

Empörung verzerrte ihre Gesichter. Nubdurs Zunge erstarrte.

Das Zusammenstehen einiger Regken machte ein paar Levoniter misstrauisch und sie kamen hinzu.

Ein aufgebrachter Regke schob dem Allmächtigen seinen Eroberungswillen unter: „Das Allmächtige will, dass seine heilige Quelle von der richtigen Gläubigen verehrt wird! Dafür kämpfen wir."

„Nein. Wir kämpfen dafür.", meinte ein angriffslustig Levoniter mit betontem Wir. Das flößte Nubdur ein: „Wenn diese heilige Quelle euren beiden Religionsgründern Ideen brachte, dann will das Allmächtige sicherlich, dass Regken und Levoniter Freunde im Glauben sind."

Ein Regke widersprach: „Nur unser Religionsgründer empfing an der Quelle den richtigen Glauben."

Ein Levoniter behauptete dagegen: „Nein, nur unser Religionsgründer wurde hier mit wahrem Glauben erleuchtet!"

Nubdur verlor die Beherrschung: „Reicht euch die Hände, denn ihr seid gleichsam verrückt, wenn ihr glaubt, die Quelle hätte euren Religionsgründern was eingegeben!"

Damit zog Nubdur die Erregung der Regken und der Levoniter auf sich. Einige von ihnen hoben Steine auf. Timteru wusste: Weil ihnen vor Aufregung kein Widerspruch einfällt, lassen sie jetzt Stein sprechen.

Timteru übernahm für sie und fragte gegen Nubdur gerichtet: „Wie soll es hier anders weitergehen?"

Gespannt auf die Antwort blieben die Steine in den staubigen Händen. Nubdur antwortete: „Beide Seiten sollten gleichzeitig nachgeben. Ihr werdet zu berühmten Vorbildern wenn ihr vorführt, dass man Frieden gewinnt, wenn man loslässt. Ihr werdet den Beginn eines neuen Zeitalters einleiten, in welchem Frieden vor schädlicher Verbissenheit steht. Man wird euch und eure Religion loben."

Berühmte Vorbilder werden, die ein neues Zeitalter begründen, das traf in ihnen auf einen Verbündeten, nämlich ihren Stolz. Unter den Regken und Levonitern wollten nun einige nicht mehr schuld daran sein, den Frieden zu verhindern. Aber wiederum andere auf beiden Seiten wollten keine Ruhe geben bevor der Streit um die Quelle für sie entschieden war. Zwischen dieser Vierteilung kam es zum Gerangel.

Timteru stellte sich vor Nubdur um ihn zu verdecken und flüsterte ihm zu: „Die sind mit sich beschäftigt. Wir nutzen den Tumult für deinen Abgang."

Mit kleinen seitlichen Schritten stahl sich Nubdur, hinter dem mitlaufenden Timteru versteckt, aus der Szenerie.

Immer mehr Bewohner strömten zu dem Menschenauflauf, aus dessen Mitte geschrien wurde: „Wo ist der Kerl, wegen dem sich jetzt sogar Levonitern untereinander streiten. Steinigt ihn!"

Die Dazugekommenen kannten Nubdurs Gesicht nicht und die ihn kannten, konnten ihn aus der Mitte heraus, aus der ihn Timteru geführt hatte, nicht sehen.

Noch lange massierte Aufgeregtheit bei beiden ihre Nieren und bald verlangten ihre Blasen nach Entspannung.

Zwei Männer pinkelnd im Freien
Der Wind verbiegt beide Urinstrahlen parallel

Nubdur nörgelte: „Dieser Streit um die Quelle ist verrückt. Menschliches Leben stresst sich, um unnütz unnachgiebig zu sein und sinnlose Siege zu erringen. Wenn was Allmächtiges uns erschaffen hat, dann hat es an uns gepfuscht."

„Dein Urteil über das Allmächtige ist unverschämt."

„Sollte es diesen allmächtigen Pfuscher geben, dann kann ich keinen Respekt vor ihm haben."

Timteru schüttelte entsetzt seinen Kopf: „Also mir reicht es mit dir! Ich gehe zurück zu meiner Familie."

Schweigend liefen sie noch ein Stück zusammen, weil es sicherer war zu zweit unterwegs zu sein.

Nubdur fühlte sich unwohl: Timteru hatte mir vorhin geholfen davonzukommen. Soll ich deshalb meine Meinung vor ihm zurückhalten? Warum sieht er nicht wie ich, dass was Allmächtiges verantwortlich wäre?

Eine laute Rede riss sie auf ihrem weiteren Weg aus ihrer abgestandenen Stimmung. Vor einer Siedlung verkündete jemand: „Das Allmächtige wird einen Lehrer senden, dem Wissen eingegeben wurde, das uns zu besseren Mensch heilt."

Der Verkünder machte die Zuhörer richtig fertig: „Ihr seid orientierungslos und unwissend. Deshalb wird unbedingt ein Lehrer gebraucht, der den wahren Weg ins bessere Leben aufzeigt. Und genau deshalb wird auch einer kommen."

Die Zuhörer jubelten. Timteru fuhr Nubdur an: „Hörst du, die Menschen wollen sich bessern. Das sagt uns: Das Allmächtige hat bei uns nicht gepfuscht."

Der Verkünder zog weiter. Nubdur und Timteru folgten ihm. Der Verkünder war ungeheuer fleißig. Die Leute wurden von kribbeliger Sehnsucht nach dem Lehrer gepackt. Menschenmassen strömten zum Verkünder: „Wir alle bündeln unsere Sehnsucht nach dem Lehrer, der die Liebe zwischen uns Mitmenschen bringen wird. Die gebündelte Sehnsucht wird ihn zu uns rufen."

Von der Hoffnung auf Nächstenliebe gepackt, kamen immer größere Zuhörermengen. Die hinteren Zuhörer drängten nach vorne zum Verkünder, um den Schauer zu spüren, wenn sich um ihn die kollektive Sehnsucht verdichtete und auch, weil sie ihre Sehnsucht nahe bei ihm aushauchen wollten. Sie stießen andere zur Seite und manche fielen hin, über die dann hinweggetrampelt wurde. Es brach Panik aus und kaum jemand achtete auf die am Boden liegenden. Die wurden verletzt oder kamen zu Tode.

Als sich die Lage wieder beruhigt hatte, wurden die Streber unter den Dränglern gefragt: „Warum habt ihr nicht aufgehört euch rücksichtslos nach vorne zu drängen?"

Ausweichend wurde geantwortet: „Wo anders sind bei seinen Auftritten auch Leute totgetrampelt worden."

Nubdur lernte daraus: Die können ihr gieriges Streben nicht erklären. Sich einen vorderen oder besten Platz zu erringen war ihnen wichtiger als ein verträgliches Miteinander.

In der kommenden Zeit erstarkte die vibrierende Erwartung auf den Lehrer in drängende Ungeduld. Einige Gruppierungen erfanden Zeremonien, die dem Erscheinen des Lehrers nachhelfen sollen. Orte wurden geweissagt, wo der große Lehrer seinen ersten Auftritt haben könnte. Drei der vielen Gruppierungen weissagten hierfür dieselbe Gegend. Das wurde als nicht zufällig erachtet und deshalb wanderten immer mehr dort hin. Auch Nubdur und Timteru trafen dort ein.

Doch dort war weit und breit kein Lehrer.

Eine Gruppe hatte einen großen Tempel auf Rädern durch ein schwer begehbares Gebiet hierher geschoben. Sie glaubten deshalb jene verspotten zu dürfen, die für den Empfang des Lehrers nur ein paar Blüten auslegten. Beim Erbauen ihrer Konstruktion verunglückten viele und der Aufwand an menschlicher Arbeitskraft war so enorm, dass der Anbau von Lebensmittel in ihrer Gegend vernachlässigt wurde und es zu einer Hungersnot kam.

Eine Gruppe forderte die anderen dazu auf ihre Zeremonie nachzumachen. „Unsere Zeremonie wirkt, aber nur wenn alle Gruppen sie ausführen." Andere meinten dazu: „Ja, alle müssen die gleiche Zeremonie ausüben, allerdings unsere."

Welche Zeremonie die Macht hat, den ersehnten Lehrer erscheinen zu lassen, war natürlich nicht zu beantworten und deshalb nahm das Streiten darüber kein Ende. Nubdur kommentierte: „Trotz ihrer gemeinsamen Sehnsucht sind sie sich uneinig."

Die Gruppe der Sapukaner meinte in dem verschnörkelten Muster der Zeremoniengewänder der Marakumen die Fratze eines Dämons entdeckt zu haben. „Wegen deren dämonischen Gewänder kommt der Lehrer nicht.", behaupteten sie. Die anderen Gruppen stimmten feige dem Gehetze der Sapukanern zu, damit nicht ihnen vorgeworfen wird, am Ausbleiben des Lehrers schuldig zu sein. Nubdur ahnte vorab: „Das gibt ihnen nur einen Aufschub, denn bald wird einer nächsten Gruppe die Schuld zuge-ordnet."

Von dem entfernt, in einer entlegenen Gegend, war eine junge Frau wegen bewegender Lebensfragen in Unruhe geraten. Zusammen mit dieser Unruhe wurde es ihr zu Hause zu eng. Sie trat deshalb eine Wanderschaft an. Vor-her verabschiedete sie sich von ihren neun Geschwistern. Ihre Mutter war schon gestorben und ihr Vater war fort um seine Dienste als Sandalenhandwerker anzubieten.
Die junge Frau machte sich ohne Ziel auf.
Die erwartete Ankunft des großen Lehrers war ein ver-breitetes Gesprächsthema, weshalb sie bald davon erfuhr.
Sie wählte den vorausgesagten Ort der Erscheinung des Lehrers als ihr Ziel. Sie hatte keine Essensvorräte bei sich. Auf ihrer Wanderung aß und trank sie das Wenige, das sie in der Natur fand. Ihre leichten Schritte waren ausdauernd und ihr Zuhause lag bald schon weit hinter ihr zurück.
Auch ihr Wohnort war nicht verschont geblieben von Besuchen der Unheilverkünder. Doch deren hetzerisches Geschwätz konnte ihr Denken nicht beschmutzen, denn das war von guten Gärungen geführt. So wurde sie nicht von boshaften Verdrehungen und verlogenen Darlegungen zerrüttet und ihre Gefühlslage von sowas nicht verdorben.
Wind brachte Regen. Sie stellte sich dicht mit ihrem Rü-cken an einen Baumstamm. Das Regenwasser kam ganz nahe an ihre Zehenspitzen heran. Dann ließ der Regen nach und das Wasser versickerte oder floss ab.
Ihr Blick folgte den Rinnsalen des Wassers, wie es sei-nen Weg über den unebenen Boden fand. Sie fand: Wasser sinnierte nicht darüber welche Richtung die richtige ist. Es sammelt nicht Gründe ob es rechts oder links an einem Felsen vorbei fließen soll. Das Wasser entscheidet ohne hadern und zweifeln, weil es einem Gesetz folgt, das ihm passt, nämlich in tiefere Ebenen zu fließen.
Uns ist ebenso ein Leben ohne Hadern möglich, wenn

wir die Weisheiten der Gelassenheit befolgen. Diese Weisheiten können jedem Mensch gewahr werden. Aber lärmende Gefühle wie Misstrauen, Gier und Ängste überlagern die ursprünglichen Alphaweisheiten in uns.

Wegen ihres unbefleckten Gefühlslebens war sie fähig, achtsam zu sein auf das um sie herum, was half, sich der wahren Gesetze über die Verträglichkeit zu erinnern. Ihr kam die Vorstellung, wie sich die vielen, wuselig zappelnden Menschenleben in atemberaubender Perfektion zu einer Ausgewogenheit der Gefühle fügten und all das unwichtige und widerborstige Gegeneinander zwischen ihnen ausflockte.

In einer allgemeinen eingeebneten Gefühlslage kann sich die Menschheit voll entfalten, weil es keine behindernden Verwerfungen durch das Gegenprallen von abweisenden Gefühlen mehr gibt.

Immer mehr Weisheiten wurden unterwegs in ihr angeregt. Dann hielt sie mitten im Abend an und rastete.

Die ganze Nacht saß sie mit angezogenen Beinen da, die Arme um ihren Bauch gelegt und mit ihrem Rücken an einen steil aufragenden Felsen gelehnt. Ihre Augen schimmerten im Dunkel. Ihre Weisheiten hielten sie wach. Gefährliche Schatten allerlei Art verbeugten sich vor ihr und zogen sich zurück.

Behäbig erhob sich die Morgendämmerung über den Rand des Horizonts. Schwerfällig und gewaltig fächerte sie sich auf, ein Ungetüm von einer Dämmerung, so eine wie damals beim ersten aller Tage, als die Erde erwachte.

Als die frühen morgendlichen Sonnenstrahlen sich in den neuen Tag vortasteten und dann die Sonne langsam ihr volles Antlitz erhob, wurde ihr klar, ohne dabei zu erschrecken, sie selbst war der erwartete Lehrer.

Am selben Tag kam sie zum Ort wo sie erwartet wurde. Sie war auf einer Hochebene unterwegs gewesen und erreichte jetzt dessen Rand.

Noch bevor sie die Menschenmenge unten in der Ebene

sehen konnte, hallte der hektische Lärm zu ihr hoch. Die verschiedenen Gruppen störten immer noch gegenseitig ihre Zeremonien, weil alle meinten, die anderen können den Lehrer nicht herbeilocken.

„Keine Zeremonie kann das. Von diesem richtigen Urteil ist die eigene Zeremonie ausgenommen.", äußerte Nubdur.

Die junge Frau war voll unbändigem Willen ihr Wissen kundzutun. Zeremonien um sie anzulocken waren unnötig. Das Gezeter um die lauten Zeremonien sogar abschreckend.

Sie stieg hinunter. Unten angekommen holte sie mehrmals Luft um ihre Verkündung von der Heilung durch Gelassenheit und Vergnügen zu beginnen, aber ihre gegen den Lärm sich auflehnende Stimme kam dabei ins Stocken. Beim Anblick, der immer wieder aufflammenden gegenseitigen Übergriffe zuckte sie zusammen und schwand innerlich zu einem ängstlichen kleinen Mädchen.

Ihr Körper war sowieso schon geschwächt, weil es fast ihre ganze Lebenskraft erforderte, um die kaum denkbare, schier übermenschliche Weisheit gedanklich mit den dazugehörigen Gefühlen festzuhalten, die empfindsam und schreckhaft waren.

Die Meute war so sehr in Streitereien vertieft, dass niemand sie beachtete. Beim Anblick des harschen Treibens verrohten die Gefühle der Frau. Die Weisheiten, die in ihren bisher feinporigen Gefühlen aufgesaugt waren, waren nun nicht mehr von ihr zu halten. Sie verbitterte und dann schauderte eine düstere Sicht der Dinge unter ihrer Haut: Meine Ermahnung zur Nachgiebigkeit würden als Verweichlichung verunglimpfen werden. Sauberleute werden mich verdammen, wenn ich fordere, dass Menschen, die gegen die Moral verstoßen, aber damit niemand schaden, in Freizügigkeit entlassen werden sollen. Die auf ihren Vorteil Gierenden würden durch mein Reden nicht bescheiden werden. Den Braven werden meine Lehren keine Hilfe gegen den heimtückischen Alltag sein.

Ich wollte nahebringen, wie wir unsere Gefühle gegenseitig in eine ruhige Ausgeglichenheit bringen können, aber viele haben einen untrennbaren Hang zum gegenseitigen Stressen und setzten rücksichtslos ihre selbstsüchtigen Ziele durch und hauen sich gegenseitig ihre Überzeugungen um die Ohren. Weisheiten können nicht heilen. Menschen brauchen väterlich gebende Herrscher, die sie mit einer besserwisserischen Meute von Gesetzteerfinder zur Ordnung rufen, dadurch dass sie sich in alles pingelig einmischen und bestimmen, was ein selbst bestimmtes Glück vereiteln.

Die Frau gab auf. Ihre Botschaften waren von der wilden Meute in die Vergeblichkeit verscheucht worden. Die ihren Gedanken der Weisheit Auftrieb gebenden Gefühle waren in ihr verebbt und Traurigkeit wendete sich nach oben. Ihrer edlen Absicht beraubt und die atemstockende Enttäuschung darüber, betäubte die Lust ihres Körpers weiterhin für Lebenskraft zu sorgen. Ihre sinnlichen Verbindungen zur Welt wurden hauchdünn und zogen sich dann ganz zurück. Was fiel war eine junge Frau, die wertvolles Wissen den Menschen hätte geben können, aber was hart auf der Erde aufschlug war eine Frau, deren Denken, nachdem sie wieder erwachte, so lustlos geworden war, dass es nicht mehr zu den eigenen Erinnerungen fand. Sie wusste nicht mehr warum sie hier war. An einen Nachhausweg erinnerte sie sich auch nicht. In der Folgezeit irrte sie selbstverloren umher und verschwand im Hinterland.

Die Versammelten hatten den Lehrer, nach dem sich alle sehnten, vernichtet. Ihr Vertrauen in das Kommen eines weisen Lehrers schwand. Nach und nach verließen alle abgekämpft den Ankunftsort.

Nubdur hatte die Frau nicht bemerken, weil er damit beschäftigt gewesen war zu kommentieren und Timteru hatte sich vom vielen Gezeter ablenken lassen.

„Warum wartet das Allmächtige damit, uns auf bessernde Weisheiten zu bringen?", fragte Nubdur Timteru.

„Ich will mich nicht mehr mit dir über das Allmächtige unterhalten. Bei der nächsten Weggabelung gehe ich in die Richtung meiner Familie und du in eine andere."

„Und wo soll ich hin gehen? Meine Familie ist mir unerträglich. Dorthin zieht es mich nicht. Zu Miltmeru zurückgehen traue ich mich nicht, denn ich werde seine Enttäuschung nicht ertragen können, weil ich ihm keine Antwort bringen kann. Ich hätte die Aufgabe ablehnen sollen."

Vielerorts wurde noch lange gesprochen über die unerfüllte Begegnung mit einem Lehrer. Davon angeregt, verbreitete einer, der sich wichtigmachen wollte und gerne viel schwätzte, aber nichts Gescheites zu erzählen wusste: „Ich habe damals einen Mann mit goldenem, lockigem Bart gesehen. Das muss der große Lehrer gewesen sein."

Auch andere glaubten nun nachträglich diesen Lehrer gesehen zu haben und einige erinnern sich bruchstückhaft daran, was dieser gesagt haben soll. Dies trug man zusammen und ergänzte die Lücken. Immer mehr Geschichten kursierten über den Lehrer bis kaum noch jemand zweifelte, dass er erschienen war.

Das unterstellte Geschwafel des Lehrers wurde als vieldeutiger und zusammenhangloser Text festgehalten und dazu eine Religion gegründet. Diese Gemeinschaft wuchs und fühlte sich bald stark genug Zweifler zu verfolgen.

Der Künder des großen Lehrers war auch zugegen. Die Religionsgemeinschaft wollte ihn als Seher der Ankunft des Lehrers verehren. Er aber sagte: „Wenn dort ein Lehrer war, dann hätte ich, als sein Künder, vor allen anderen ihn entdecken müssen. Aber da hat kein Lehrer gesprochen."

Daraufhin wurde er als Verleugner verurteilt.

Blumen im Wind
Ihre nach unten hängenden Blütenköpfe schütteln sich wie aus Unverständnis über die Menschen

Nubdur und Timteru kamen an eine viel benutzte Weggabelung. Timteru wendete sich zu Nubdur hin, um ihm zu sagen, dass er sich ab hier von ihm trennten will, lief aber an Nubdur vorbei, zu einer Felswand hinter ihm, auf der Gesichter gemalt waren, und bemerkte: „Dieses eine Gesicht hier sieht doch Ardamsu sehr ähnlich."

„Stimmt.", bestätigte Nubdur und deutete die Zeichen unter den Abbildungen: „Das sind Gesichter von gesuchten Räubern."

Timteru fragte einen Bauern auf einem Feld in der Nähe: „Weißt du vielleicht wo die Bande gerade ist?"

„Nein."

„Wird die Bande von Kriegern verfolgt?"

„Ja."

„Wo sind die Krieger jetzt?"

„Die lagern seit gestern hinter der Siedlung dort."

„Danke für die Auskunft."

Timteru beschloss: „Ich will wissen, ob tatsächlich Ardamsu unter der Bande ist. Die Krieger werden mich nicht dabei haben wollen, wenn sie auf Verbrecherjagt gehen. Ich folge ihnen aber heimlich."

„Darf ich mitkommen?", fragte Nubdur.

„Wenn du es schaffst keine abfällige Bemerkungen mehr über das Allmächtige zu machen."

„Ich kann darauf verzichten, wenn du das wünschst. Habe sowieso wenig Lust über was Allmächtiges nachzudenken."

Die Räuberbande hatte an einem Fluss durch einen Wald ihr Lager errichtet. Eine junge Frau war bei ihnen, die ihnen unterwegs über den Weg getrottet war. Die Bande hatte vor, für sie Lösegeld zu erpressen. Sie wurde übel behandelt, damit sie die Frage, wo ihr Zuhause ist, beantwortet, aber sie konnte sich nicht mehr an diesen Ort erinnern.

Näherte sich ihr einer mit bedrängenden Absichten,

dann wanderten ihre Augen über sein Gesicht, auf der Suche nach dem wundersamen Mensch, der in allen schlummert. Sie verurteilte den Bedränger nicht als ihren Feind und blickte ihn nicht als sein Opfer an. In dieser inneren Stärke der Frau speigelte sich die äußere Brutalität eines Bedrängers als seine innere Schwäche. Erschrocken über seine Schwäche, schämte der sich und ihm entglitt die Lust ihr etwas anzutun. Sie schaute ihn mitleidig an, weil er sein Leben so erbärmlich verbrachte. Manch Peiniger irritierte das so sehr, dass sie innehielten und sich dann verlegen von ihr abwendeten.

Obwohl die Bande kein Zuhause erpressen konnte, wurde sie von den hoffnungslos abgestumpften Gemütern unter ihnen behalten. Zum Kuscheln, wie sie verharmlosend meinten.

Ein Bauer, in dessen Haus sich die Räuberbande ein paar Tage eingenistet hatte bis der fliehen konnte, beschrieb auch das Aussehen der jungen Frau und wie sie bekleidet war. Sie war ab dann mit den verbreiteten Darstellungen der Verbrecher abgebildet. Ein Sandalenhandwerker war sich sicher, darauf seine vermisste Tochter zu erkennen und hatte sich zu den Kriegern durchgefragt, die nach der Bande suchten und durfte die Krieger begleiten. Er wollte auch klarstellen, dass sie kein Bandenmitglied ist.

Die Hinweise auf den Ort wo die Bande übernachtete, ergaben eine bestimmte Stelle am Fluss im Wald. In der Frühe wollten die Krieger die Bande schnappen.

Die Krieger schlichen durch die Dämmerung zwischen den Bäumen. Aber an der Stelle wo die Bande sich aufhalten sollte gab es keine Räuber. Der Truppführer kollerte: „Warum sind die nicht hier?"

Als Antwort verfielen alle Umstehenden in ein zuckendes und wortloses Minenspiel.

Die Morgendämmerung verging ins Helle. Nicht weit weg, aber auf der andern Uferseite, konnten die Krieger das Lager der Räuber sehen: „Da drüben sind sie!"

„Warum sind wir auf der falschen Uferseite? Flussabwärts auf der rechten Seite sollten sie sein, so wurde mir doch berichtet. Bringt mir jemand, der mir das erklären kann!"

Einer, der Zeugenaussagen notiert hatte, war mit dabei. Er wurde nun durch die Reihen der Krieger nach vorne geschubst. Der versuchte bemüht eine Erklärung abzugeben: „Die Aussagen der Zeugen waren nicht übereinstimmend. Einmal hieß es Flussaufwärts links, Flussaufwärts rechts, Flussabwärts links und so weiter. Möglicherweise hat die Bande zwischen den Aussagen ihren Platz gewechselt."

„Das nützt mir jetzt nichts."

„Natürlich nicht. Mir war das schon vor meiner Befragung klar."

„Schweig!", befahl der Truppführer beleidigt und fragte dann: „Außerdem sollte doch jemand an der Bande dran bleiben. Wo ist der?"

„Hat sich nicht mehr gemeldet. Er wurde vielleicht entdeckt und getötet."

„Der Befehl war, die Bande aus der Ferne zu beobachten. Wie kann man in dem dichten Wald dabei entdeckt werden?"

„Vielleicht hat er nichts von denen gesehen, weil der Wald so dicht ist und ging deshalb zu nahe an sie ran."

„Schweig!", schimpfte der Truppführer und wollte dann von einem Ortskundigen wissen: „Kann man den Fluss sicher überqueren?"

„Also hier ist das schwierig. Die Strömung des Flusses ist zu stark und drüben kommt man kaum aus dem Wasser weil die Böschung ziemlich steil ist. Aber weiter oben gibt es eine Furt. Dort ist eine Überquerung möglich."

„Dann soll die Hälfte meiner Krieger weiter oben den Fluss überqueren und die andere Hälfte hier mit Pfeil und Bogen sofort angreifen."

Die Krieger traten aus dem Wald und legten ihre Pfeile

an, was von der Bande gesehen wurde.

Timteru und Nubdur waren mit Abstand gefolgt, hatten sich aber inzwischen so nahe herangeschlichen, dass sie die Gesichter der einzelnen Bandenmitglieder drüben einigermaßen gut sehen konnten. Vor Bestürzung vergaßen sie zu atmen.

„Ist der eine da Ardamsu?", fragte Nubdur.

„Ja.", antwortete Timteru geschockt knapp.

Auch der Sandalenhandwerker erkannte drüben jemand: Seine Tochter. Er sprang vor die gespannten Bögen und breitete seine Arme aus: „Nein, nicht so! Wir brauchen einen anderen Plan, denn sie könnte von den Pfeilen getroffen werden!"

„Gehe aus dem Weg, sonst machst du dich zu deren Komplizen!" Doch der Vater wich nicht und der Truppführer befahl: „Bringt ihn weg!" Daraufhin packten zwei Krieger seine Arme und schleiften ihn gewaltsam davon, vorbei an Timteru und Nubdur. Nubdur schaute hin und sein Blick traf auf den des Vaters. Nubdur erschauderte an der panischen Verzweiflung in seinen Augen.

Ein Bandenmitglied schrie herüber. „Zieht ab oder wir töten die Frau!"

Der Truppführer befahl: „Nicht beachten. Die wollen uns damit täuschen. Die Frau hat sich sicher der Bande angeschlossen. Bogenschützen, los!"

Ein Pfeilhagel zwang die Bande zum schnellen Rückzug. Keine Zeit die Zelte abzubauen, nur hastig die Beute packen und weg. Einer zählte auch die Frau zur Beute und zog sie wie ein Schutzschild nahe zu sich.

Der Vater sah drüben wie seine Tochter weggeschafft wurde. Er konnte das nicht geschehen lassen und überraschend wirksam warf er sich mit den zwei Kriegern zu Boden. Dabei verdrehten sich deren Handgelenke und ihr Zugriff auf ihn lockerte sich. Er sprang auf und rannte los. Die Krieger eilten ihm hinterher. Der Vater spürte Finger an seinem Unterarm. Erschrocken schwang er seinen Un-

terarm weg und damit brachte er sich selbst ins Strau-
cheln. Er stolperte und krabbelte auf Händen und Füßen
schnell ein Stück weiter. Timteru lief, absichtlich nicht auf
seinen Weg schauend, gegen die Krieger und stürzte, sich
an ihnen festhaltend, mit ihnen um. Der Vater blickte überrascht zu Timteru. Der zwinkerte ihm zu und zeigte mit
nach vorne geschobenem Kinn in Richtung Fluss. Der Vater
stand blitzschnell auf und stob zum Fluss. Timteru fasste
nach den Armen der Krieger und mit dem gespielten Versuch, sich mit vielen umständlichen Bewegungen von den
Kriegern zu befreien, hielt er sie kurz auf, bevor sie wieder
den Vater folgen konnten.

Der Truppführer deutete auf Timteru für den Befehl ihn
festzunehmen, doch dann entschied er sich um, und deutete auf den Vater, der versuchte die Bogenschützen umzu-
stoßen. Der Truppführer vergaß Timteru für den Moment,
denn die drängenden Ereignisse um ihn herum bedurften
seiner Überwachung. Er war unzufrieden mit den Bogenschützen: „Schießt schneller und besser! Ihr triebt die
Räuber in die Flucht anstatt möglichst alle zu töten.“

Der Vater sprang in den Fluss. Er wollte hinüber
schwimmen und seine Tochter eigenhändig retten. Er reif
ihren Namen. Der Name und die Rufstimme stachen we-
ckend in ihre schlummernde Erinnerung und dann erkannte sie ihren Vater im Fluss. Sie versuchte sich aus der Um-
klammerung des Räubers zu winden, was von ihm mit einem Schlag in ihr Gesicht geahndet wurde.

Von unbändigem Willen angetrieben, kam der Vater
dem anderen Ufer näher. Aber sein Kampf gegen die starke
Strömung hatte seine Kräfte schnell aufgezehrt. Eine
schwappende Welle schubste ihn verächtlich und hart gegen einen Felsen im Fluss. Er stieß sich vom Felsen zur
Seite ab und rang weiter mit dem wilden Wassergang. Dabei blieb sein Blick fest auf seine Tochter gerichtet. Für ihn
war sie der Fixpunkt in seiner schwankenden Welt. Er bot
all seine verbleibenden Kräfte auf, aber er kam seinem Ziel

kaum noch näher und schaffte es gerade noch, nicht von der Strömung abgetrieben zu werden.

Einer der vielen Pfeile traf seine Tochter und nagelte sie an den Entführer hinter ihr. Der Pfeil hatte ihren dünnen Körper durchbohrt und war weiter in den Entführer gedrungen. Der Entführer drückte sie von sich weg, um so den Pfeil aus seiner Wunde zu bekommen, was ihm auch gelang. Sie wankte schwer verwundet ein paar kleine Schritte vorwärts. Ein weiterer Pfeil traf sie und dessen Wucht riss sie herum, sodass sie den Blickkontakt zu ihrem Vater verlor. Sie starrte in den Wald hinein und wunderte sich wo der Fluss geblieben war. Sie wollte sich nach ihrem Vater suchend umdrehen, aber ihr Wille hatte keine Macht mehr über ihren Körper. Der Boden unter ihren Füßen schien für sie nicht mehr fest, sondern luftig haltlos. Ihre gefühllos gewordenen Beine knickten ein. Dabei kippte ihr Oberkörper nach hinten und dann sah sie, von dunklen Baumwipfeln umrandet, das Blau des Himmels, in das sich plötzlich von allen Seiten die Äste wie Risse hineinfraßen. Das Gefühl von Schwerelosigkeit stieg in ihrem Körper hoch bis zu ihren Augen, über denen der Himmel dunkelgrau wurde, eintrocknete und dann immer rissiger wurde bis er zerbröselte und als zahllose Körner lautlos herabrieselte. Dahinter windete sich ein heller Streif, der sich erwürgte. Dann war absolut nichts mehr, auch nicht schwarze Leere.

Sie war tödlich getroffen worden. Man erkannte es an der Art wie sie umfiel und regungslos liegen blieb, lebloser wie ihr Kleid, dessen Stofffalten im Wind zitterten.

Obwohl der Vater durch seinen anstrengenden Kampf mit dem munteren Wasser in Atemnot geraten war, stieß er ein langes schrilles „Nein!" aus und soff ab.

Dieser Schrei hallte über den Kampfeslärm und dem Rauschen des Flusses hinweg. Verzweiflung und aufkommender Wahnsinn trug dieser Schrei nach außen und stob weit in die Umgebung und durchzitterte gleichermaßen die

Braven und die Schlimmen bis auf die Knochen. Von kaltem Grausen ergriffen, erstarrte für einen kurzen Moment jede Bewegung um Wald.

Doch schnell nahm das hektische Treiben wieder seinen Lauf und der Kopf des Vaters kam wieder aus dem Wasser.

Ardamsu und seine Bande hatten ihren Lagerplatz aufgegeben und waren jetzt außerhalb der Reichweite der Pfeile, als sich Ardamsu umdrehte und zum Fluss zurücklief. Sofort traf Ardamsu ein Pfeil in den Oberschenkel. Er schrie den Schmerz kurz weg und schaute dann über den Rand der Böschung nach dem verzweifelten Vater. Einer aus der Bande brüllte von weiter hinten aus dem Wald heraus: „Komm, wir müssen weiter."

„Wartet nicht auf mich!"

Sie wussten nicht was Ardamsu noch halten könnte und rannten ohne ihn in den dichten Wald hinter ihnen.

Einiges Flusswasser war in die Lungen des Vaters gelangt. Er rang um Luft und war nun so geschwächt, dass sich sein Griff immer wieder lockerte beim Versuch sich am Ufer festzuhalten, weshalb er abtrieb.

Ardamsu schützte sich spärlich mit einer mehrfach gefalteten Decke vor den ankommenden Pfeilen, lief Flussabwärts, überholte dabei den Sandalenhandwerker unten im Fluss, bis er einen jungen Baum fand, der ganz am Rand der Böschung wuchs. Ardamsu handelte schnell. Er umfasste den Baum mit dem Rücken zum Fluss, rutschte mit seinem Oberkörper am Stamm nach unten bis in die Hocke. Dann verschränkte er seine Füße hinter dem Baumstamm, ließ dann den Stamm los und bewegte seinen Oberkörper nach unten, sich mit seinen Händen an der Böschung abrutschen lassend, bis nur noch seine Waden oben auf den Boden waren aber der Rest seines Körpers mit dem Kopf nach unten an der steilen Böschung herunterhing. Mit nach unten ausgestreckten Armen konnte er nun seine Hände ins bewegte Wasser tauchen. Kaum hatte er das getan, trudelte der Vater heran. Beherzt ergriff Ardamsu dessen

Umhang. Mit einem Ruck hielt er ihn.

Der Vater erkannte Ardamsu als einen der Bande: „Es wäre besser für dich, wenn du mich loslässt, denn wenn du mich rettest, werde ich dich töten - für den Tod meiner Tochter."

„Klettere an mir hoch.", überging Ardamsu die Drohung des Vaters unberührt. Der Vater griff sich an Ardamsu noch oben und Ardamsu half dabei nach. Oben angekommen, kroch der Vater auf Händen und Knien röchelnd über dem Boden und würgte Flusswasser heraus. Ardamsu krallte seine Hände in die Böschung um sich Stück für Stück wieder hochzudrücken. Oben angekommen, wurden wieder Pfeile auf ihn abgeschossen. Zwei streiften ihn während er zurück zum verlassenen Lager der Bande rannte um dort was zu suchen. Der Vater erreichte das Lager nach ihm und ging sofort zu seiner toten Tochter. Er kniete neben sie nieder. Mit zitternden Fingern strich er über ihre geschwollenen Wangen und die Blutergüsse an ihren freien Körperstellen.

Ardamsu trat an ihn heran. Eine Lanze baumelte lässig in seiner Hand. Der Vater sprang auf und sah ihn hasserfüllt an. Ardamsu streckte ihm die Lanze mit dem Griffende voran entgegen.

„Ich habe deine Tochter auf meinen Streifzügen entdeckt, zur Bande gebracht und vorgeschlagen für sie Lösegeld zu erpressen. Damit wollte ich mich als Bandenmitglied würdig erweisen. Ich dachte nach ein oder zwei Tagen hätte deine Tochter diese Angelegenheit hinter sich. Kam aber nicht so. Ich hätte sie heimlich befreien sollen, aber ich habe das nicht gewagt. Meine Schuld also, dass sie litt. Nimm diese Lanze und richte damit über mich."

Der Vater ergriff sofort die Lanze und hielt sie gegen Ardamsu. Auf der anderen Uferseite wurde befohlen: „Spart euch die Pfeile! Es war seine Tochter. Er soll ihn töten."

Der Vater wurde von innerer Raserei erfüllt. Er stieß zu,

mehrmals, dann beugte er sich über den am Boden Liegenden und sagt ihm ins Ohr: Jetzt verzeihe ich dir...Nein, ich werde ihm nicht verzeihen, ich werde ihn nur töten. Am besten ganz langsam, damit er mein Leid und das meiner Tochter zurückerhält.

Der Schmerz über den Tod seiner Tochter stellte ihm verführerisch viel Kraft zur Verfügung, mit der er Ardamsu mit bloßen Händen hätte töten können.

Aber plötzlich sah er den Lebensschmerz in Ardamsus Gesicht.

Was dann geschah war dem Sandalenhandwerker unbegreiflich: Er sah in Ardamsu ein Spiegelbild von sich. Es gab nichts was er mit diesem Verbrecher gemeinsam haben sollte und dennoch meinte er ihm unglaublich ähnlich zu sein. Er konnte das überhaupt nicht verstehen oder akzeptieren, aber er fühlte eine enge Gemeinsamkeit. Es war der uns allen aufgezwungene Lebenskampf, bei dem manche mit Verlust an Anstand scheitern. Ihn quälten sicherlich schlechte Gefühle. So wie mich jetzt Hass quält. Kann ich aufrichtig bleiben? Er war seinen üblen Gefühlen erlegen. Kann ich mich den meinen erwehren?

„Vergib mir oder über Rache. Mir ist es gleich.", sprach Ardamsu mit schlaffer Stimme.

Trotz seines jugendlichen Alters sah Ardamsu verbraucht aus, ausgezehrt wie ein betagter Mann: Eine schwere Müdigkeit lastete in seinem Gesicht. Als wäre eine uralte Lebensenergie in ihm, die schon hunderte Male auf der Erde wandelte und dabei immer weniger Freude empfand weil ihr viel Unschönes wiederfuhr. Ardamsu hatte es satt seine heruntergekommene und ausgebrannte Lebensenergie zu fühlen.

Ich habe diesem Mann das Leben gerettet. Nährte ich damit meine Lebensenergie mit Sinn oder Würde? Ohne mich wäre er erst gar nicht in Gefahr geraten. Manche würden es dennoch als eine edle Tat loben, aber diese Tat schaffte es nicht, Licht in die grausige Finsternis in mir zu senden.

Gleichgültig schaute Ardamsu auf die Speerspitze vor seiner Brust. Es war ihm egal wann diese ihn durchbohren würde. Er dachte: Es wäre mir lieb gewesen, wenn ich schon vor langer Zeit getötet worden wäre, denn es gab keinen lebenswerten Momente in meinem Leben.

Der Vater wurde derweil von bebenden Gefühlen geflutet, freigesetzt von Erinnerungen an seine Tochter: Nicht ihr Aussehen, aber ihr warmherziger Blick machte sie hübsch. Sie wandelte, wo wir nur trampelten. Sie war so überwältigend anwesend, schien aber auch gleichzeitig entrückt. Ihre Worte umarmten die Welt und malten sie mit uns unbekannten Farben der Erhabenheit an. Man wünschte die Welt so sehen zu können wie sie. Sie wurde mitreißend traurig, wenn sie von schrecklichen Geschehnissen hörte, auch wenn diese weit weg passierten. Diese mitfühlende Traurigkeit wandelte sich bei ihr nie in Bitterkeit oder gar Zorn.

Von Verzweiflung geschüttelt, schwinden uns oft die Kräfte für besonnen zu entscheiden. Unerträgliches nährt unheilvolle Gefühle. Das regt viele zum Streiten, Kämpfen, Töten an. Willkürlich ausgewählt ereilt Väter, Mütter, Söhne und auch Töchter ein gewaltsam, unverdient vorgezogener Tod.

Ganz sicher würde sie sich über ein Aufblitzen von erlesenem Tun zwischen der verbreiteten Niedertracht freuen. Sie wäre gewiss nicht einverstanden, wenn wegen ihr jemand getötet würde, auch wenn es ein Mitschuldiger ihrer Pein war. Ganz sicher würde sie niemals wünschen, dass ich zum Mörder werde. Auch passt so etwas Schmutziges wie Rache überhaupt nicht zu dem was meine Tochter träumte, wünschte, sehnte.

Die Speerspitze zitterte vor Unentschiedenheit. Der Vater schaute Ardamsu fast hilfesuchend an.

Aus schmerzlicher Zerrissenheit heraus stemmte der Vater eine Entscheidung, an der seine Tochter Gefallen finden sollte.

Seine Hände öffneten sich und der Speer fiel zu Boden.

„MACHE ICH ES RICHTIG?!", fragte er aufgewühlt laut den hellen Geist seiner Tochter, den er um sich glaubte und von dem er wünschte beobachtete zu werden. So ein wunderbarer Geist kann unmöglich auf einmal nicht mehr sein, hoffte er flehend. Und dann vermeinte er ihre Gedanken zu vernehmen und er war sich sicher: Sie hatte ihren Peinigern verziehen.

Durch die Pfeilwunden geschwächt sank Ardamsu auf seine Knie. Er schaute zum Boden. Gegen ihn gerichtet, lag dort vor ihm im grünen Gras der Speer, der auf einmal feurig rot aufglühte, bis in die Nacht hinein, die plötzlich über Ardamsu hereinbrach. Der glühende Stab erkaltete und wurde unsichtbar im weiten Dunkel. Benommen kippte Ardamsu mit seinem Oberkörper flach auf das Gras.

Inzwischen hatten die Soldaten den Fluss weiter oben überquer und waren vor Ort angekommen. Sie fassten nach den Beinen von Ardamsu und zerrten ihn ohne Rücksicht auf seine Verletzungen weg. Ardamsu kam schwach zu sich. Was da halb benommen wach wurde, dachte wieder wie `Ohne Eltern`: Was sich die Leute immer so viel mit mir beschäftigen. Warum töten die mich nicht einfach?

Ardamsu war eingesperrt worden. Nubdur und Timteru wollten ihn besuchten. „Das ist gefährlich für uns.", warnte Timteru, „Besucher von Verbrecher werden oft als Komplizen verdächtigt. Wir sollten uns als Unheilverkünder ausgeben, die die Ereignisse weitererzählen wollen, und dazu den Gefangenen befragen wollen."

„Unheilverkünder machen keine Nachforschungen, die erfinden etwas, von dem sie wollen, dass die Leute es glauben.", wand Nubdur ein.

„Davon haben die dumpfen Wärter doch keine Ahnung."

„Stimmt wiederum. Dann halten wir uns an deinen Plan."

Ein Wärter brachte die falschen Unheilverkünder zur Gefängniszelle von Ardamsu. Beim Anblick von Timteru senkte Ardamsu den Blick, weil er sich vor ihm schämte: Ich habe das neue Leben, das er mir gab, nicht richtig genutzt.

Timteru machte keine Anstalten etwas sagen zu wollen. Es war Nubdur, der fragte: „Wie ist es dir ergangen?"

Ardamsu blickte wieder hoch. Er sah jetzt fast verjüngt aus, mit seiner Ehrlichkeit über sich: „Bevor Timteru mich traf, war mir gleichgültig gewesen wie es mir erging. Aber danach machte ich mir über vieles Sorgen: Ob ich genug verdiene, sorgte mich um meine Sicherheit und Gesundheit. Unruhe wuselte fortan in mir.

Ardamsu hielt kurz inne und dachte: Was ich sage, wertet Timterus Hilfe herab. Ich sollte ihn stolz machen, indem ich Schönes berichte: „Die Begegnung mit dir gab mir Kraft eine Entlohnung zu erkämpfen."

Doch Gutes zu berichten, hielt Ardamsu nur kurz durch. „Als ich noch teilnahmslos das Leben über mich ergehen ließ, kümmerte es mich nicht, dass ich ohne Entlohnung arbeitete, aber danach ärgerte es mich sogar, wenn ich beobachtete, dass einer mehr ausbezahlt bekam als ich. Ich wollte, dass es mir immer besser ging. Bald forderte ich nachträglich Entlohnung für meine bisherige Arbeit vom Besitzer der Ölmühle. Daraufhin vertrieb er mich.

Außerhalb der Ölmühle gab man mir keine Chance mich bei einer Arbeit zu bewähren, obwohl ich lernwillig und fleißig bin. Verwaltungsbeamte befassten sich ausdauernd und allumfassend mit mir. Wagenlenker fuhr mich fast um. Händler schoben mir minderwertige Ware unter. Die Liste der Ärgernisse war so lang wie jeder Tag.

Früher legte ich keinen Wert darauf, dass mich jemand mochte, aber nun litt ich wenn die Leute mich verachteten. Keiner grüßte mich zurück. Niemand wollte mit mir plaudern oder philosophieren. Zu keinem öffentlichen Gelage durfte ich mich dazugesellen. Ich hätte mich vielleicht noch daran gewöhnen können, dass mich alle mieden, wenn ich gewusst hätte warum.

Wegen der Ablehnung mir gegenüber, hatte ich meinerseits bald keinen Respekt mehr vor den Leuten. Ich wurde immer bissiger und leicht reizbar.

Eines Tages bot mir jemand doch Arbeit an. Ein mächtiger Mann gab bevorzugt Ausgestoßenen eine Heimat. Seine Männer hatten mich beobachtet und dann zu ihm gebracht. Er war im Schmuggelgeschäft tätig, ließ Auftragsmorde durchführen, wickelte Geldschiebereien und Bestechungen ab und erledigte schmutzige Geheimaufträge.

Das Oberhaupt der Gangstergesellschaft nahm meinen mürrischen und hitzigen Groll verständnisvoll und gutmütig hin. Das zähmte mich vor ihm. Er beschützte jene, die zu ihm hielten, also diente ich ihm ergeben, denn ich hatte ein sehr starkes Bedürfnis nach Schutz.

Ich fand es falsch für einen Verbrecherkönig zu arbeiten, aber es schien mir unausweichlich. Die Entscheidung darüber, ob ich für ihn arbeiten soll oder nicht, wogte in meinen Gedanken nur heuchlerisch hin und her, denn schon bevor ich ihn traf, hatte mein Gemütszustand ausgemacht, dem erstbesten Beschützer zu dienen, der mir auch noch half, mich durch Verbrechen an der Leuten zu rächen. Das Leben hatte mich genau auf so eine Gelegenheit vorbereitet.

Seine Arbeit passte zu meiner gehässig gewordenen Stimmung. Ich schaffte nie, dass die Leute mich respektierten, aber ich konnte ihnen nun Angst machen. Erinnerungen an erlittene Schmähungen, Erniedrigungen und die Verweigerung mir anständige Arbeit anzuvertrauen, begleiteten mich und nahmen mir die Hemmung seine Gaunereien über die Menschen zu bringen.

Dumm wie `ohne Eltern`, wurde ein Schimpfwort unter Kindern. Das hatte einer der Arbeiter aus der Ölmühle unter sie gebracht. Früher wäre mir sowas egal gewesen, aber nun fand ich das gemein. Es erinnerte mich daran, dass ich in der Ölmühle auch die Arbeit der faulen Mitarbeiter miterledigt hatte und dennoch für all die Arbeit nur zwei Mahlzeiten am Tag bekam. Ich brach in die Ölmühle ein und stahl das `Ohne Eltern` noch zustehende Geld. Ausgleichende Gerechtigkeit durch Diebstahl.

Allen Untergebenen des Verbrecherkönigs war verboten, eigene Gaunereien zu begehen, denn wenn sie dabei aufflogen, dann konnte das seinen Ruf schädigen, weil es dann hieße, er beschäftigt Verbrecher. Zur Tarnung seiner Verbrechen brauchte er nach außen einen einwandfreien Ruf. Einer seiner Spitzel verriet ihm meinen Diebstahl. Ich wusste natürlich schon vor dem Überfall, dass ich damit gegen seine Regeln verstieß und tat es dennoch. Vielleicht wollte ich es mir versauen weil ich meine stille Verzweiflung vermisste, denn mir ging es bei ihm zu gut und die hohe Anerkennung wegen meiner Zuverlässigkeit war für mich ungewohnt und unangenehm peinlich.

Ich wurde von der Verbrechergemeinschaft ausgestoßen. Mein letzter Unterschlupf war eine Gangsterbande. Wegen meines fleißigen Einsatzes, ohne eigene Rücksicht auf mich, waren unsere schmutzigen Raubzüge erfolgreich.

Die Leute waren mir gerechte Behandlung und Chancen mich bei einer Arbeit beweisen zu können, schuldig geblieben. Weil sie mich vorher grundlos abgelehnt hatten und mir misstrauten, gab ich ihnen jetzt nachträglich genau dafür einen Grund, indem ich sie mit Verbrechen plagte. Mit meinen Verbrechen balanciere ich mich mit der Gesellschaft aus. Ich tat Schlechtes und dafür wurde ich verachtet, das war nun fair!"

Ardamsu unterbrach seine Aussprache um Timterus Gesichtsausdruck zu deuten. Ich kann nicht erraten was er über mich denkt. Ich weiß nur, dass meine Entschuldigungen warum ich ein Verbrecher wurde, vor ihm bedeutungslos sind. Keine erlösenden Worte von ihm. Richtig so. Ich muss nicht verstanden oder entschuldigt, sondern getötet werden. Ich bin eine unrettbar miese Gestalt. Das Beste was aus mir werden kann ist ein toter Mensch.

Ardamsu sprach weiter: „Ich dachte, ich sei mächtig, weil ich den Menschen Angst machen konnte. Das machte mich stolz, aber dieses Gefühl war wie eine Handvoll Sand, der in einen tiefen, schwarzen Abgrund rieselte. Eigentlich wollte ich kein Dieb sein. Mir ging es nur darum, mich an der Gesellschaft zu rächen. Die Lust auf Rache verdunstete allmählich und am Anhäufen von Diebesgut lag mir nichts. In mir war immer noch die Selbstlosigkeit von `ohne Eltern`. Diese Selbstlosigkeit trat wieder hervor und nahm mir die nötige Gier für Verbrechen. Ich spürte Widerwillen gegen mein Verbrecherleben, aber als gejagter Verbrecher bleib ich bei der Bande. Gegen die Rettung des Vaters unserer Entführten verspürte ich keinen Widerwillen. Im Gegenteil. Dies durchzuziehen fühlte sich für mich als selbstverständlich an."

„Eine außergewöhnliche Tat, weil du die ohne Rücksicht auf eine mögliche Gefangennahme von dir begangen hast."

„Für jemand, der sein wertloses Leben so gering schätzt wie ich, war das eine leichte Sache. Diese Selbstlosigkeit fußt auf meiner Verachtung gegen mein Leben."

„Du wirst sicher zum Tode verurteilt.", meinte Nubdur. Ardamsus Augen wurden glanzlos. Seine untere Lippe trennte sich bitter von der oberen und aus der Dunkelheit in seinem Rachenraum huschte: „Die Todesstrafe ist was Gutes für mich. Ich finde es nur bedauerlich, dass meine Mörder so entnervend spät dran sind.

Ich wünschte ich wäre nie geboren worden, dann hätte ich nicht dieses verdammte Leben führen müssen."

Ein Wärter kam unvermittelt herein um das Gespräch zu beenden. Ardamsu hatte noch einen Gedanken zum Abschied für Timteru: „Wäre ich geflohen und hätte diesen Vater nicht gerettet, dann hätten wir uns wahrscheinlich nie wieder gesehen. Und ohne ihn gerettet zu haben, hätte ich mich vor dir nicht ertragen."

Der Wärter hielt seine Lanze quer gegen Timteru und

Nubdur und schob sie dann zum Gehen an.

Als Ardamsu wieder alleine war, dachte er über den nun bald kommenden Tod nach: Mir dauerte mein Leben viel zu lange. Der Wunsch vieler Menschen, ewig leben zu wollen, kann ich nicht nachvollziehen. Ebenso wenig wie mein Leben hier, wollte ich ein Leben nach dem Tod. Was würde mich erwarten? Wieder Ablehnung und Gemeinheiten? Es gibt keinen Grund weshalb die Leute mich dann plötzlich mögen sollten.

Oft wird von einer ausgleichenden Gerechtigkeit nach dem Tod erzählt. Ich wollte schon zu meiner Lebenszeit den Ausgleich zwischen mir und der Welt erzwingen, indem ich Verbrecher wurde. Aber damit schadete ich mir selbst. Wie würde ein Ausgleich in einem Leben nach dem Tod aussehen? Würde ich jene, die mich abwiesen, so lange schikanieren dürfen bis ich ihnen verziehen habe? Das würde mir nichts bedeuten. Kein Leben nach dem Tod ist mir am liebsten.

Mein diesseitiges Leben war sinnlos und ein Leben nach dem Tod wäre ebenso sinnlos.

Ich bin fertig mit dem Leben. Nur diese junge Frau lässt mich noch nicht los: Mir unerschütterlicher Stärke und Würde ertrug sie was die Bandenmitglieder ihr antaten. Diejenigen, die sie erniedrigten, entwürdigten sich selbst. In ihr quellte beständig edle Stärke. Warum habe ich nicht versucht etwas von ihr zu erfahren? Vielleicht hätte sie etwas zu sagen gewusst, was meine innere Qual gelindert hätte. Aber ich kam noch nicht einmal auf die Idee herauszufinden was ihren unfassbaren Edelmut trug. Ich habe mich standhaft von vielleicht hilfreichem Wissen ferngehalten.

Wenn sie sich doch nur an ihr Zuhause erinnert hätte.

Ich hörte ihr Vater sei Sandalenmacher. Sie hätte sicher gerne für mich ihren Vater überredet, dass ich sein Handwerk von ihm erlerne. Sie hätte sofort gewusst, dass ich kein Verbrecher sein will, wenn ich sie um Hilfe gebeten hätte.

Für diese Frau sollte es ein Leben nach dem Tod geben. Ihr Geist muss weiter leben.

Ardamsu wünschte das so sehr, dass er fast daran erstickte.

Vor dem Gefängnis befand Timteru: „Mein Eingreifen, damals bei der Ölmühle, hat das, was aus ihm geworden ist, ins Rollen gebracht."

„Du hast ihn in einen gewöhnlichen Menschen verwandelt und als solcher machte er Bekanntschaft mit der Unzufriedenheit. Ohne diese Wandlung hätte er sich nicht gegen sein hinten anstehendes Leben aufgelehnt.

Seine betäubende Demut und Selbstvergessenheit, die er als `ohne Eltern` hatte, hatte ihm einen gewissen Frieden gegeben. Er war schon in seinem bestmöglichen Leben. Nur weil er anders war, als nach deinen Vorstellung jemand sein sollte, bedeutete nicht, dass er deine Hilfe brauchte."

„Die ihn verachteten sind auch schuld daran, dass er sich als Verbrecher rächte."

„Sicherlich wurde er nicht von allen verachtet. Mit seinen Verbrechen hat er wahrschlich gerade die harmlosen und braven Mitmenschen bestraft. Er war unfair von ihm, sich wahllos an den Bewohnern zu rächen weil ihm von Einzelnen Ablehnung widerfuhr."

„Er wurde `Ohne Eltern` genannt. Der arme Kerl hatte offenbar keine Eltern, die ihm vorlebten wie man dazugehört."

„Bei seinen Eltern aufzuwachsen gewährleistet nicht, dass man lernt Anschluss zu finden und sich durchzusetzen. Meine Eltern hielten mich nur zuhause, nahmen mich nie irgendwohin mit. So machte ich keine Erfahrungen, aus denen ich lernen konnte. In einem zurückgezogenen Leben kann einem wenig passieren und man wird in keine Probleme verwickelt, meinte meine Mutter."

„Erzähle mehr darüber.", verlangte Timteru aufgemerkt.

Nubdurs Kindheitserinnerungen wogen schwer in ihm. Er musste sich zum Weitererzählen erst setzten. „Meine Mutter wollte sich keine Sorgen um mich machen. Sie war stolz darauf, dass sie mich so gut beschützte und ich ihr nicht verhungerte. Meine menschenferne Kindheit wurde nie durch Besucher erschüttert, weil Vater niemand zuhause sehen wollte, auch nicht seine Verwandtschaft, denn er konnte niemanden leiden. Ihn allerdings auch niemand.

Einmal nahm mich Mutter zu Verwandten mit, um stolz ihren durchgefütterten Sohn zu zeigen. Dort bekam ich mit, wie ihre Schwiegereltern und deren Verwandtschaft meine Mutter zur Arbeit trieben und wie sehr sie sich bemühte allen zu gefallen, indem sie unfassbar viel schuftete. Ich sah ihren verzweifelten Gesichtsausdruck bei dem Versuch alles zu schaffen was ihr aufgetragen wurde. Und weil die Anerkennung dafür vorenthalten wurde, erledigte sie freiwillig noch mehr als ihr gesagt wurde um an Lob zu kommen. Schaffe mal was, wurde der völlig Erschöpften scherzhaft gesagt, aber sie nahm das ernst und arbeitete weiter. Ich war zu ängstlich, um meine Mutter dagegen zu verteidigen, obwohl ich durchdringlich spürte wie sie litt.

Mutter ermahnte mich, brav und gehorsam zu sein, damit man in keine unangenehmen Spannungen mit andern gerät, also feige sein. Das bestätigte mir, dass ich richtig entschied, sie nicht zu verteidigen.

Zu Hause schimpfte sie gegen die ausnutzende Verwandtschaft, aber bei der Verwandtschaft unterdrückte sie ihren Zorn und schuftete weiter für deren Anerkennung. So verhalten sich Opfer.

Sowieso hätte niemand auf mich gehört. Damals und später auch, verschmähten mich die Verwandten und das ganze Dorf, weil ich der Sohn eines Taugenichts war.

Einmal wollte ein Onkel mich mit den anderen Kindern zu einem Ausflug mitnehmen. Mutter konnte diesen Onkel nicht leiden weil sie für ihn schuftete. Ihre erbärmliche

Rache war, dass ich ihm sagen musste, dass ich bei seinem Ausflug nicht dabei sein will. Obwohl ich gerne mitgegangen wäre, gehorchte ich Mutter und sagte ihm ab.

Mutter erzählte mir in einem Ausbruch von Klage, dass sie auch während ihrer ganzen Schwangerschaft für die Verwandtschaft hart arbeiten musste. Mein Vater schützte sie nie vor seiner ausnutzenden Verwandtschaft.

Sobald meine Eltern heim kamen, jammerten sie gleich wie schwer das Leben sei und die Menschen einem ständig betrügen. Mein Vater beschrieb das als einen Zustand, auf den man keinen Einfluss hat und den man nur hinnehmen kann. Als Maßnahme gegen Betrug riet er, sich möglichst nichts vorzunehmen, nichts zu planen, keine Ziele haben.

Meine Eltern waren so sehr von ihrer Verbitterung vereinnahmt, dass sie ganz vergaßen darüber nachzudenken, was mal aus mir wird. Mein Vater legte mir nahe: Mache nur das was dir leicht fällt und wenn dir nichts leicht fällt dann mache eben möglichst wenig, so wie ich. Nur nicht anstrengen. Mühe lohnt nicht.

Mir ging damals nicht auf, dass mit dieser Lebensmaxime etwas nicht stimmen kann, denn er kam abgekämpft und müde nach Hause, obwohl er Geringes leistete. Er scheute die Mühe sich Können anzueignen. Mit Unfähigkeit fällt es besonders schwer für den Lebensunterhalt zu sorgen. Aber diese und andere Ideen, wie man sein Leben für sich bessern könnte, kamen ihm nicht. Vater hatte keinen Antrieb dazu und ich sollte mir auch nicht antun, mich zu was anzutreiben.

Als Kind wusste ich nicht zu beurteilen, ob meine Erziehung gut oder schlecht war. Weil ich außer dem einen Verwandtschaftsbesuch nie raus kaum und uns nie jemand besuchte und ich nie mit Gleichaltrigen zusammen war, lernte ich nur von meinen Eltern. Ich nahm was sie sagten als wahr an. Ihr Lebensgefühl verinnerlichte sich mir."

Nubdurs Atemzüge verflachten. Mühsam erzählte er weiter: „Manchmal waren Lieder von Straßenmusikanten bis in die Hütte zu hören. Eines Tages wiederholten sie die Lieder ohne Gesang und ich sagte zu meinem Vater: Ich kann den Text des Leides trotzdem hören. Ich wollte sagen, dass mir durch das Hören der Melodie der Text in den Sinn kam. Mein Vater fragte nicht weiter nach wie ich das gemeint hatte. Stattdessen schaute er mich mit Abscheu an, weil er mich für denkschwach hielt. Das bestätigte, dass seine Warnung, nichts zu lernen, passend und nett für mich ist.

Mein Vater legte mir seinen Weg nahe: Wir erledigen nur einfache Arbeit. Wir übernehmen nichts mit Verantwortung. Ähnlich sprach auch meine Mutter: Wir tun das, was andere uns sagen weil wir niedere Leute sind.

Diese Familientraditionen waren für mich Grenzen. Ich wagte nicht, mehr zu sein als meine Eltern in mir sahen."

„Du willst auf deine Eltern Schuld abdrücken, dafür dass du mit deinem Leben nicht zufrieden bist. Das ist armselig.", meinte Timteru mit vorwurfsvollem Tonfall.

„Moment mal. Du hast Ardamsus gescheitertes Leben damit entschuldigt, dass ihn keine Eltern erzogen. Von meinen Eltern lernte ich nur jammern und sich zurückhalten. Das ist wertloser als gar keine Erziehung.", schimpfte Nubdur und erzählte trotzig weiter: „Zuhause kochte meine Mutter schier ewig an ihrem ungenießbaren Essen und mein Vater kümmerte sich um seine Vögel. Er hatte mal welche als Jungtiere mit nach Hause gebracht. Meine Mutter hatte einen Käfig gebastelt, in denen er die Vögel hielt. Vater ahmte vor den Vögeln ihr Gezwitscher nach.

Wenn ein Vogel krank wurde, zertrat er ihn auf dem Boden. Er hatte keine Geduld mit Schwäche. Auch als er mal besonders verärgert nach Hause kam, trat er einen Vogel tot und schrie dabei: keine Freude, keine Freude!"

„Der reine Horror.", sagte ein entsetzter Timteru.

„Soso. Wegen der Vögel, findest du meine Geschichte als Horror. Mich hätte er auch zertreten dürfen, damit der Horror für mich endet.", meinte Nubdur ungehalten.

„Schrecklich was du sagst, schäme dich."

„Schrecklicher war das: Jahrelang saß ich als Kind tagsüber alleine und hungrig in der Hütte und abends starrte ich aus meiner Ecke mit angstvoll aufgerissenen Augen gebannt auf meinen tobenden Vater, der zuhause die Leute beschimpfte, von denen er tagsüber alles feige hinnahm.

Ich dachte damals nie schlecht über meine Eltern, sondern fühlte mit ihnen und lernte die Welt zu hassen, die meine Eltern so sehr quälte.

Weil meine Eltern im Alltag so viel erleiden mussten und sich müde ärgerten, forderte ich nie etwas von ihnen und war ganz brav, denn ich wollte sie nicht auch noch durch Wünsche oder Unartigkeit belasten. Wegen dieser ungesunden Bravheit und Wunschlosigkeit bildete sich bei mir kein eigener Willen aus, aber ich gewöhnte mir an klaglos und still zu erdulden.

Meine Mutter wagte nicht mich außer Haus zu lassen. In der tatenlosen Zeit zuhause konnte ich nicht ausprobierten, was zu mir passt und herausdeuten was ich im Leben machen will und was mir gefallen könnte. Aber das zu wissen ist die Voraussetzung für das eigene Lebensglück."

„Dennoch kann es nicht so schlimm gewesen sein für dich, denn so wie Ardamsu bist du nicht geworden."

„Vielleicht kommt das noch!", erwiderte Nubdur gereizt weil er sich von Timteru nicht ernst genommen fühlte.

„Das glaube ich nicht.", meinte Timteru locker und vermutete: „Du hattest sicher etwas, das Ardamsu nicht hatte."

„Ich hatte einen Spielgefährten."

„Na, wusste ich es doch."

„Mein Spielgefährte war die Dunkelheit."

Timteru hauchte ein Stöhnen der Enttäuschung aus. Nubdur erzählte zart begeistert: „Tagsüber war es in der Behausung finster. Nur durch ein kleines Fenster fiel Licht ins Innere. Das Lichtrechteck aus Sonnenlicht wanderte schräg über die Wände. Dabei verzogen sich die Winkel dieser hellen Fläche auf den Wänden. Auch knickte die

Lichtfläche von der Senkrechten in die Horizontale und schob sich über den dunklen Boden. Ich begutachtete die Schatten der Tischbeine, über die das Lichtfenster strich. Ihre Schattenrisse längten sich, weiteten sich und bekamen weichere Ränder. Ich führte die beiden sich spreizenden Ränder der Schatten auf dem Boden gedanklich vor den schattenwerfenden Holzbeinen zu einem Punkt zusammen. Eine Welt aus Linien und Winkel umgab mich.

In der Hütte tänzelte der Staub in der Luft im Lichtstrahl. Im Staub formten sich Landschaften und auch Gestalten, die sich zu schaffen machten, und ich versuchte das in den Zusammenhang von Geschichten zu bringen.

Einmal war aus einem Schatten eine Ratte hervorgeschnellt und hatte mich unversehens gebissen. Ich bekam daraufhin hohes Fieber. Manche Gebissenen sterben daran, aber mir war nicht gegönnt schon früh vom Leben verschont zu werden. Die Bisswunde füllte meine hohle Anwesenheit in dieser Welt mit Schmerzen an. Während ich die Schmerzen aushielt, fühlte ich Leben. Meine Gesundung war mir wie eine erneute Geburt. Ich wollte nun den Gefahren außerhalb der Hütte entgegentreten.

Damals war ich schätzungsweise acht Jahre alt, als ich endlich groß genug war, aber noch dünn genug, um aus dem kleinen Fenster zu klettern. Die Welt, die ich unsicher zum ersten Mal betrat, war mir fremd und unverständlich.

Draußen war es um mich herum beängstigend offen und grell. Das Sonnenlicht stellte mich zur Schau und ich schämte mich gesehen zu werden. Ich lief unter der Augenhöhe der Leute vorbei. Unbekannte Menschen um mich, das war mir nicht geheuer. Dieser Ausflug strapazierte meinen Mut auf das Äußerste und ich kehrte schnell wieder zurück.

Ich hielt den Ausflug auch deswegen kurz, damit die Eltern nicht vor mir nach Hause kamen, denn sie sollten nichts von meinen Fluchten mitbekommen. Besonders Mutter kam unberechenbar plötzlich zurück.

Bei einem Ausflug ein Jahr später, fiel mir ein Mann auf, der Zeichen abmalte. Als er zu mir hersah, verschwand ich schnell. Ich erzählte den Eltern, ich hätte durch die Spalte im Türrahmen gesehen, wie jemand Zeichen malte und wollte wissen, was das bedeutet. Vater erklärte es mir. Das brachte mich darauf, lesen zu lernen, weil ich hoffte, so etwas über das Leben zu erfahren, denn für echte Erfahrungen war ich zu ängstlich. Vater klärte mich auf: Lesen und Schreiben ist zu anstrengend für dich. Davon bekommst du nur Kopfschmerzen. Außerdem würde der Meister Geld für den Unterricht verlangen. Dafür verschwenden wir kein Geld.

Vater konnte nicht lesen und schreiben und sein Sohn braucht nicht mehr zu können als er. In der Welt draußen hatte sich Vater unten eingeordnet, aber zuhause wollte er sich nicht unter seinem Sohn fühlen. Ich fügte mich und fing nicht mehr davon an.

Ich gab auf: Die Ausflüge bringen mir nichts, mir bleibt sowieso alles verwehrt.

Ich blieb im Haus und schlief vermehrt tagsüber. Nachts beobachtete ich durch das Fenster die winzigen Lichtpunkte am Himmel, denen ich mich bald näher fühlte als allem hier unten.

In den hitzigen Sommermonaten unternahm ich, angestachelt von der stickigen Luft in der Hütte, wieder seit langem eine Flucht.

Ich schlich mich an Gleichaltrige heran, die auf der Straße spielten. Ich beobachtete sie mit seitlichem Blick ohne mich zu rühren. Damit wollte ich verhindern, dass ich ihre Aufmerksamkeit auf mich lenke. Meine Scheu verbot mir näheren Kontakt und nach einer Weile schlich ich mich davon und freute mich unentdeckt geblieben zu sein.

Nach einigen Tagen kam ich zurück und zwang mich länger als beim ersten Mal in der Nähe der Gleichaltrigen zu bleiben. Ich fühlte mich elend, weil ich nicht den Mut hatte zu fragen, ob ich bei ihnen mitspielen darf.

Der aufgewirbelte feine Sand glitzerte in der Sonne wie Goldstaub um sie, während sich der gleiche Staub als grauer Dreck auf mir absetzte. Plötzlich kam einer rüber zu mir und fragte was ich für einer sei. Ich flüchtete wortlos und ging nie wieder zu denen hin. Ich empfand mein Verhalten als absonderlich und konnte mich ab dem noch weniger leiden. Damals begann mein Sehnen nach einem vorgezogenen Ende meines Lebens."

Geschwächt von Bedauern kippte Nubdurs Kopf nach unten. Dieser gesenkte Kopf erinnerte Timteru an Ardamsu, als der noch `Ohne Eltern` war.

Nubdur hob wieder seinen Kopf und erzählte weiter: „Ungefähr ein Jahr später, als ich draußen teilnahmslos da saß und über die Menschen hinweg, hoch zu den Wolken starrte, traf Miltmeru auf mich. Er war mehr als doppelt so alt wie ich. Ihm war gerade die Herrschaft über ein kleines Gebiet weitervererbt worden und er war nun auf der Suche nach Untergebenen, die er leicht herumkommandieren konnte. Er bot mir eine Ausbildung an. Seine ruhige Art überwand meine Scheu und ich willigte ein.

Als ich Mutter erzählte, dass ich ab jetzt jeden Tag weggehe, um was zu lernen, war sie entsetzt. Vater verstand nicht warum ich mir Lernen antun wollte und für Mutter war die Vorstellung erschreckend, dass ich draußen unter lauter Unbekannten wäre. Eine Bande könnte mich aufnehmen und mich zu bösen Taten verleiten. Mädchen könnten gegen mich aufdringlich werden. Ich könnte mich verlaufen und nicht mehr zurückkommen. Ich könnte mich verletzen, krank werden, oder entführt werden.

Mutter war zwar besorgt aber begleiten wollte sie mich nicht, weil sie sich verpflichtet fühlte immerzu bei der Verwandtschaft zu arbeiten. Einmal begleitete sie mich zur Schule. Ich sah wie scheu sie sich benahm. Mit den Lehrern traute sie nicht zu sprechen. Sie glaubte alle Menschen stehen über ihr und sie blieb auf Abstand.

Stolz darauf, bald einen erwachsenen Sohn zu haben,

erlaubte sie mir dann doch den Besuch der Ausbildung.

Gemäß den Weisungen meines Vaters gab ich bei geringsten Schwierigkeiten beim Lernen auf und bemühte mich nicht. Ich dachte, ganz brav dazusitzen und nicht zu stören, würde genügen, damit man mit mir zufrieden ist.

Wegen meiner einsamen Kindheit und dem langen Schweigen meiner Eltern zwischen ihren Jammeranfällen, war ich im aufmerksamen Zuhören ungeübt. Weghören hatte ich mir hingegen eingeübt, indem ich an was anderes dachte, als ich die immer gleichen, traurigen Berichte meiner Eltern über ihren Alltag irgendwann nicht mehr hören wollte. Vorgetragenes Wissen aufzunehmen bereitete mir also Mühe. Mein Vater hatte recht behalten: Ich bin ungeeignet für das Lernen. Es erzeugte bei mir nur Kopfweh.

Auch fühlte ich mich dort mehr denn je als Außenseiter weil ich etwas sah was mir völlig unbekannt war, nämlich dass die anderen Schüler Freundschaften schlossen. Ich hatte keine Ahnung wie so was entsteht. Mit mir farblosen und schweigsamen Typ wollte sich keiner anfreunden. Ich hatte gehofft eine Veränderung geschieht dort mit mir, aber ich blieb der gleiche.

Mein Außenseiterdasein wurde mir neben den Schülern immer unangenehmer, weshalb ich am liebsten wieder in meine zwar verhasste aber dafür gewohnte Einsamkeit zurückgegangen wäre, wenn mich nicht doch etwas dort gehalten hätte, nämlich Geometrie. Jahrelang hatte ich die sich verändernde Geometrie der Schatten vor dem einigermaßen regelmäßigen Gittermuster der Hüttenwand aus aufgeschichteten Steinen beobachtet. Das half mir nun mit Zirkel und Lineal Flächen, Grundrisse auf Landkarten zu konstruieren.

Als die Ausbildung beendet war, nahm Miltmeru ein paar Schüler zu seinem weiter entlegenen Herrschaftssitz mit und auch mich wollte er dabei haben.

Ich erklärte Mutter, dass ich wegen meiner Arbeit nicht mehr zu Hause wohnen würde, weil die zu weit weg ist um jeden Tag zurückzukommen. Sie war zutiefst erschüttert und auch enttäuscht weil sie nicht verstehen konnte, dass es mir woanders besser gefallen könnte als Daheim wo ich so umsorgt und beschützt bin. Mutter wollte nicht auf meine Anwesenheit verzichten und begann zu schluchzen. Sie markierte mit ihren Tränen ein Gefängnis um mich herum, das so eng war, dass mein Leben darin keinen Platz fand, aber für mich, als braver Sohn, war diese Tränengrenze unüberwindbar.

Natürlich ging ich nicht zu Miltmeru, denn ich wollte meiner sowieso schon abgemühten Mutter nicht noch wehtun. Wegen meiner Bravheit wurde ich mir selbst untreu.

In der Nähe fand ich keine Arbeit, bei der meine Fähigkeit zum geometrischen Konstruieren gebraucht wurde. Ich begann diese Fähigkeit als unnötig zu hassen und zerbrach mein selbstgebasteltes Lineal und meinen Zirkel. Mutter warf diesen Müll pflichtgetreu weg.

Ich dachte ausdauernd darüber nach, wie es wäre wenn ich wegen der Arbeit nicht mehr bei meinen Eltern wohnen würde und kam darauf, dass ich dann obendrein zur Arbeit noch für mich selbst sorgen müsste: Kochen, Waschen, putzen, einkaufen. Hier übernahm das Mutter. Sollte ich das mehr schätzen?

Alle paar Monate unternahm ich den fast halbtägigen Marsch zu Miltmerus Herrschaftssitz um dort nutzlose Phantasien zu beleben, wie es wäre wenn ich hier arbeiten würde. Eines Tages erwischte mich Miltmeru bei so einem Annäherungsversuch. Erschrocken wäre ich am liebsten geflohen, doch ich war erstarrt in Willenlosigkeit. Er überredete mich zu bleiben. Sein unmittelbarer Wille wirkte stärker auf mich, als der ferne Wille meiner Mutter.

In seinem ganzen Regierungsgebilde waren mittlerweile sämtliche Stellen sogar überbesetzt. Die Beamten herrschten eher über Miltmeru als er über sie. So konnte er mich nicht mehr gegen deren Willen unterbringen. In der Regierung hatten sich Freundeskreise eingenistet. Die wollten mich nicht mit dabei haben.

Miltmeru benutze mich für Sonstiges. Ich sollte seine gesammelten Schriftrollen lesen, damit er mich über deren Inhalt befragen kann, weil er nicht die Zeit hatte sie selbst alle zu lesen. Die Arbeit fiel mir schwer und ich ermüdete dabei schnell, aber ich bot all meine bescheidenen Kräfte dafür auf, denn ich wollte Miltmeru nicht enttäuschen. Im Gegensatz zu meinen Eltern, traute er mir was zu. Allerdings war meine Arbeit unwichtig und kärglich entlohnt."

Nubdur beendete seine Aussprache mit einem Seufzer.

Timteru meinte unbeteiligt: „Dank Miltmeru ging es doch letztendlich gut für dich aus.", und er bekundete schnell: „Ich mache mich endlich auf den Heimweg."

Mein Gejammer war für ihn genauso wenig erheiternd wie das meiner Eltern für mich, dachte Nubdur. Dann verabschiedete sich Timteru: „Viel Glück mit deiner Suche."

Glück, wunderte sich Nubdur, ist das alles was ihm noch für meine Suche einfällt? Geschenkt! Ich weiß was ich als nächstes versuchen muss, und dies besser alleine.

Nubdur brach zu der Stelle am Ufer auf, wo gestern Ardamsu festgenommen wurde. Erst zögerlich machte er sich auf den Weg dahin, aber dann beschleunigte er seinen Gang, als ob er befürchtete, etwas könnte sich dort verflüchtigen.

Er stieß auf den Fluss und überquerte ihn an der Stelle, wo er breit, aber flacher und ruhiger floss. Von da an ging er am Ufer entlang, weiter in den Wald hinein, vorbei an einem festgebundenen Boot. Es war durch viele, sich überlagernde Kratzspuren bis über die Wasseroberfläche beschädigt. Nubdur bemerkte das kurz und schon war er daran vorbeigelaufen und strebte die Stelle an, wo gestern Außergewöhnliches geschah. Als die Stelle in Sichtweite war, durchwalkte ein Schauder seinen Körper. Er glaubte, an diesem Ort ein Geheimnis aufspüren zu können.

Der gestrige Wind streunte umher und war von seiner

nächtlichen Reise durch das Hinterland zurückgekehrt und wehte durch die ufernahen Bäume, deren Wipfel sich mit dem Wind unschuldig träumend neigten. Die Umgebung erinnerte kurz an all das Schreien, das Knacken beim Zertreten der am Boden liegenden Zweige und das schwere Atmen von allen Seiten, aber nun schwebte eine edle Ruhe über der Szenerie. Äste ragten bedächtig in die Stille.

Nubdur fühlte sich in das gestrige Geschehene an diesem Ort hinein: Ardamsu hatte sich selbst außer Acht gelassen, als er ein anderes Leben rettete. Der Vater hatte trotz tiefstem Schmerz auf Rache verzichtet. Ihr Widerstand gegen den Sog zu niederem Tun schien umhüllt von leuchtender Bedeutsamkeit. Die Beiden hatten den Horizont des gewöhnlichen Tuns atemberaubend erweitert. Ardamsu und der Sandalenhandwerker hatten eine erhabene Welt kurzlebig erschaffen. Eine Welt, die vielleicht dem Willen des Allmächtigen entspricht. Nubdurs stellte sich so eine Welt vor, aber sie bröckelte vor seinem inneren Auge, weil ohne seine Zuversicht gefestigt.

Ratlos spazierte Nubdur am Ufer entlang. Schritt für Schritt zeigte sich dabei hinter einem Baum ein Strauch mit kleinen essbarer Beeren. Die Früchte erinnerten Nubdur daran, seit gestern nichts gegessen zu haben. Er machte sich über die Beeren her. Die wenigen Beeren regten seinen Appetit mehr an als dass sie ihn stillten.

Nachdem Nubdur den Strauch leer gefuttert hatte, erschien ihm dieser Ort ohne weiteren Belang: Was treibe ich hier bloß? Lächerliche Idee von mir, hier etwas über das Allmächtige herausfinden zu können.

Ich sollte aufgeben und zwar gänzlich.

Die Beamten in Miltmerus Regierung lachen sicher über mich, wenn sie davon erfahren und sich vorstellen, wie ich versuche diesen Auftrag zu erledigen. Warum hat Miltmeru gerade mich mit dieser Aufgabe losgeschickt? Weil er auf mich verzichten kann. Es ist einerlei wo ich mich herumtreibe. Mich wegzuschicken war fast wie eine Verbannung.

Der wollte mich Nutzlosen wohl loswerden. Anstatt mir richtige Arbeit zu geben, hat er mir diese Suche aufgebürdet. Vielleicht dachte er wie mein Vater, dass ich nicht für verantwortungsvolle Arbeit zu gebrauchen bin. Dieser Auftrag ist für seine Herrschaft unbedeutend, nur ein schlechter Scherz dessen Opfer ich bin.

Nubdur setzte sich und blickte ziellos in die Umgebung. Schwermut beanspruchte sein Denken ganz für sich.

Während meiner Zeit bei Miltmeru würgten die Weisheiten meiner Eltern mein Handeln. Hörte ich von schwierigen Situationen, überlegte ich mir zwar Lösungen, die ich aber bei mir behielt, weil ich Angst davor hatte, verantwortlich zu sein wenn sie umgesetzt werden, wobei viele meiner unausgesprochenen Vorschläge die vorteilhafteren gewesen wären, wie sich später oft zeigte. Allerdings wäre mir Lob für einen förderlichen Vorschlag peinlich gewesen. Aber so weit kam es nie, denn niemand fragte nach meiner Meinung und von selbst sagte ich nichts. Einmal überwand ich mich, einen Vorschlag zu unterbreiten. Trug ihn aber so unsicher nuschelnd vor, dass niemand mich ernst nahm.

Verständlich warum Miltmeru auf mich verzichtet.

Als einmal ein Posten innerhalb Miltmerus Regierung frei wurde, bemühte ich mich nicht darum, weil ich von einem anderen Bewerber erfuhr. Sofort nahm ich an, weniger tauglich zu sein als dieser Bewerber. Ich ließ diese einzige Gelegenheit los. Für diese zurückhaltende Bescheidenheit hasse ich mich. Aber ich konnte nicht anders. Ich könnte nicht ertragen, dass der andere Bewerber enttäuscht und traurig wäre, wenn ich ihm den Posten weggenommen hätte.

Sowieso ist es letztendlich einerlei ob ich viel oder nichts erreicht im Leben.

Nubdur stockte: Wird mein Denken gerade wieder gelenkt von der in mir unauslöschlich eingebrannten, schrecklichen Maxime meines Vaters, die bis in die Gegenwart tönt: Alles Schaffen ist sinnlos, lass es sein!

Sein Reden bildete mich zu einem antriebslosen, welt-abgewandten Taugenichts. Seine Lehren walten in mir, obwohl ich sie für falsch verachte. Aber ich habe nichts anderes als seine Sätze. Die sind mir ins Fleisch gewachsen - mehr noch, die sind zu meinem Fleisch geworden. Seine Worte waren wie Gift, das nicht mehr ausscheidbar in mir dauerhaft wirkt. Wenn er einfach nur seine Fresse gehalten hätte, wäre das besser für mich gewesen.

Nubdur wankte weil von seinen schwermütigen Gedanken ganz kopflastig geworden. Ausgezehrt und kränklich vom entbehrungsreichen Wandern sackte Schwäche durch seinen Körper bis runter in die Knie und dann war ihm als drückte der Boden mit Wucht nach oben, gegen seine Fußsohlen. Das brachte den Weitgereisten zu Boden. Flach ausgelegt und in Trübsal getränkt, bemerkte er nicht wie das Gras sich bemühte, ihm eine weiche Unterlage zu sein und die Erde ihn willkommen hieß. In der nahen Umgebung summten Insekten durch die Luft, Kleingetier machte sich im Unterholz zu schaffen und die Blätter oben im Geäst reiben mit vielstimmigem Geraschel aneinander. All das Unbedarfte um Nubdur herum, konnte seinen Kummer nicht begreifen.

Seine quälenden Gefühle schwächten ab. Das nutzte sein Körper um vor ihnen in ein Nickerchen zu entweichen.

Nubdur sah das Leuchten des Himmels zwischen den Blättern. Er war überrascht, dass seine Augen wieder geöffnet waren. Er war sich sicher, geweckt worden zu sein, wenngleich er sich nicht erinnern konnte durch was.

Dann hörte er verkichertes Getuschel. Lustvolles Lachen aus erhitzten Kehlen und dazwischen zartes Flüstern. Das hatte ihn geweckt. Ein junger Mann und eine junge Frau hatten in Nubdurs Nähe den Wald betreten. Er sah sie zwischen den Büschen, aber sie nicht ihn. Sie neckten sich und lächelten sich unentwegt an und sie wurden dabei immer glücklicher. Dann zogen sie langsam ihre Kleidungen aus. Obwohl unerfahren und unsicher darüber, wohin das führt, gab es für sie dennoch kein Halten.

Nubdur entfernte sich vorsichtig. Er schaute über seine Schulter zu dem Pärchen zurück. Er sah die Brüste der jungen Frau, fest und spitz waren sie. Ihre geschmeidige, samtige Haut schimmerte makellos und prachtvoll im Dämmerlicht des Waldes. Die Muskeln am Arm des Jünglings wölbten sich unter der Haut auf, als er die Frau fest an sich zog. Er hatte große kräftige Hände und mit nur einer Hand durchmischte er die beiden Pobacken der Frau. Sie genoss seine Begierde.

Um die beiden sich kraftvoll und elastisch windenden Körper sahen die Bäume und Büsche verjüngt aus, als seien sie gerade frisch aus dem Boden gesprossen.

Nubdur ging weiter und als er sich noch einmal umdrehte, waren die beiden durch das Grün hindurch für ihn nicht mehr zu sehen. Aber er glaubte sie noch zu hören. Er spürte sein Blut im Kopf pulsieren und sein Gesicht fühlte sich fiebrig an. Eine schlummernde Sehnsucht in Nubdur erhob ihr Köpfchen und lauschte den beiden Liebenden, die ihre vom tiefen Grund ihrer Körper aufsteigende Leidenschaft ausstöhnten.

Eine Sehnsucht nach sexuellen Vergnügungen meldete sich in Nubdur, um ihren Anteil an seinem zukünftigen Leben zu fordern. Das zog ihn weg von seinem Ziel, hier eine Ahnung vom Wirken eines Allmächtigen zu erhaschen.

Ich muss nun glauben, es gibt kein Allmächtiges, denn wenn es existiert, dann hätte es nicht zugelassen, dass nun Gedanken an Sex mich von der Suche nach ihm ablenken.

Als Nubdur vorhin eingedöst war, war in ihm die Hoffnung aufgekeimt, wonach sein Lebenslauf vielleicht doch zweckmäßig verlief. Er hatte geträumt, seine absonderliche Kindheit, die Begegnung mit Miltmeru, nicht eingebunden sein in den Regierungsapparat und somit frei zu sein für so einen Auftrag, keine eigene Familie zu haben und somit wiederum frei zu sein, so lange wie nötig umherzuwandern und auch seine ausufernden Gedanken, dass all dies zusammen ihm dafür nütze, das Allmächtige zu entdecken um dann Miltmeru damit zu beeindrucken. Alles was ihm geschah und nicht geschah, hätte im Nachhinein zum erfolgreichen Ausgang der Suche beigetragen.

Wahr ist aber: Mein Leben ist bis in seinen letzten Winkel ohne Inhalt. Wozu wurde ich überhaupt geboren? Für nichts. Wie diese nichtige Suche.

Meine Erwartungen in diesen Ort waren lächerlich. Er hat mir nur Neid auf die Freuden dieses Leibespaares beschert. Die beiden zeigen: Wenn das Leben schon keinen Sinn hat, dann soll es wenigstens Spaß machen.

Nubdur strich sich lechzend mit der Zunge über seine Oberlippe: Hätte ich berufliche Karriere gemacht mit üppigem Verdienst und hohem Ansehen in der Gesellschaft, dann könnte ich leicht Frauen imponieren. Ich sollte Berater für einen Herrschers sein, dessen Reich größer und wohlhabender ist als das von Miltmeru. Der würde mich reichlich entlohnen können. Ja, reichlich.

- Aufhören! Ich sollte mit diesen Träumereien aufhören! Das sind wilde Wucherungen der Gier eines Zukurzgekommenen. Ich könnte mich sowieso nicht überzeugend anpreisen, weil Trübsal sich als Grundstimmung in mir breit gemacht hat und die duldet keine bessere Stimmung neben sich. Trübsal ist das einzige Lebensgefühl, das mir Zuhause vorgelebt wurde und sich über Jahre tief in mir eingenistet hat. Niemand will sich auf eine trübselige Person einlassen.

Nubdur fand nicht seine Ruhe und er wälzte sich in seinen unerfüllten Wünschen, denn eine heimliche Lust in ihm hatte Gefallen daran gefunden ihn damit zu quälen. Diese Qual und sein Selbstmitleid war das einzige was ihm eigen ist. Ohne das, wäre er gar nichts.

Es wäre wundersam wenn ich mich befreien könnte von Erinnerungen aus verpfuschter Vergangenheit, Bedauern über Versäumtes und unerfüllten Gelüsten. Mir dünkt, dass dies vielleicht die Hindernisse sind, die sich meiner Suche entgegenstellen. Die Hindernisse markierten den Weg. Wenn ich mich von diesen Hindernissen frei denken würde, dann käme ich, den reinen Bedeutsamkeiten näher - am Ende vielleicht dem Allmächtigen.

Er überging mit Fragen ein Hindernis nach dem nächsten: Habe ich irgendwelche Ziele im Leben erreicht? Nein, aber das wichtigste Ziel liegt noch vor mir. Ich lasse nicht mehr meine Gedanken von Sehnsüchten umherhetzen. Brauche ich Anerkennung und Bewunderung um mich aufzuwerten? Danach muss ich nicht trachten, denn Bewunderung besetzt mein Denken mit Sorgen darum, was andere von mir denken. Brauche ich Sex? Nein. Anstrengende Bemühungen für einen enttäuschenden Vorgang. Will ich in Luxus leben? Unerheblich. Ich wüsste nicht was ich über das Lebensnotwenige besitzen sollte.

Die Menschenwelt wurde für Nubdur mit jeder erledigten Frage überschaubarer und bedeutungsloser. Erleichterung und ein freies Gefühl prickelten in ihm. Sofort wollte er mehr davon.

Seine aufflammende Leidenschaft, gänzlich befreit von Begierden und Wünsche zu sein, schlug wie ein Berserker mit einer Feuerpeitsche auf Nubdurs Wünsche ein und verbrannte diese. Dabei verspürte er süßesten und allerliebsten Schmerz. Sein Innerstes wirbelte vor Freude und schleuderte die zuckenden Reste an zerfetzten Wünschen von sich. Dann wurde er angenehm schwach. Nichts ist leichter als einfach alles gehen zu lassen. Es gelang ihm und es war herrlich.

Die nach Erfüllung hechelnden Wünsche waren nicht mehr und hinterließen eine wohltuende Freiheit, in der heimelige Ruhe vorzufinden war. Sein Atem fächelte ausgelassen federnd wie noch nie zuvor durch seinen Körper. Sanft dehnten sich seine Atembewegungen aus, dass ihm schien, seine Umgebung würde mit ihm atmen.

Wenn sich das Liebespärchen von sexueller Leidenschaft gepackt in alle Richtungen durch den gesamten

Wald wälzen würde, fände ich das jetzt langweilig.

Lässig wurde er sich sicher: Unvermeidlich ist mein Leben zu dieser Aufgabe und bis genau hier her geschwemmt worden. All meine sonstigen weltlichen Sehnsüchte sind läppisch und entbehrlich. Das Erscheinen des Liebespärchens hatte seinen Zweck erfüllt, weil es mich zur Offenbarung über mich gezwungen hat.

Nubdur hörte die Beiden nicht mehr. Er reckte seinen Kopf aus dem Dickicht und sah ganz weit hinten, wo Licht von draußen in den Waldrand hereinstreute, wie zwei Silhouetten dort hinaus liefen.

Die Liebenden verlassen den Wald, lassen sich wieder vom Alltag verschlingen. Geht ihr nur zurück. Ich bleibe noch, dachte Nubdur mit einem leisen Lächeln und er spürte die Menschenleere in den Wald zurückkehren.

Ungetrübte Einsamkeit
Noch nicht einmal die Einbildung
Jemand könnte in der Nähe sein

Einsamkeit schützt meine Gefühle vor den Menschen.

Was weiter jetzt? Erst mal ruhig blieben und nicht wieder in eine innere Bedrängnis stürzen weil die Aufgabe so sehr zu schaffen macht. Ich sollte diese Aufgabe mehr schätzen. Die Suche nach dem Allmächtigen war kein nebensächliches Anliegen von Miltmeru, sondern sein Wichtigstes. Sollte ich ihm die Existenz von was Allmächtigen bezeugen, dann würde er die Welt vielleicht mit Hoffnung auf Sinn sehen können.

Der Menschheit könnte mit einem gemeinsamen Glauben an ein Allmächtiges vereint werden. Menschen schließen sich oft zusammen, um einen gemeinsamen Feind zu bekämpfen. Der gemeinsame Feind verbündet sie. Aber Frieden bringt das keinen. Besser wäre, die Menschheit würde sich durch einen gemeinsamen Freund, nämlich das Allmächtige, vereinen. Mit dieser Gemeinsamkeit würde sich niemand mehr jemand als fremd einbilden.

Allerdings vereiteln Sauberleute dies, weil sie festlegen, wie man sich das Allmächtige vorstellen muss, was es will und wie es verehrt werden muss. Über solch unterschiedliches Nichtwissen gibt es Uneinigkeit und Streit. Religiöses Nichtwissen versorgt mit Zwietracht.

Ist die Genesung der Menschheit hoffnungslos?

Nubdur suchte nach gegenteiligen Beispielen aus seiner Lebenserfahrung, die belegen, dass es Hoffnung gibt. Aber Erinnerungen an den sich ständig zeigenden Irrsinn kamen am schnellsten und warfen ihre Schatten über anderes.

An das, was mich aufregte, kann ich mich bestens erinnern. Ärger ist offensichtlich ein fester Bestandteil von mir. Ich befürchte, das ist der Mörtel, der mich zusammenhält.

Wer wäre ich eigentlich noch, wenn mich nicht mehr Unsinniges aufregt? Was bleibt von mir, wenn ich keine abgeneigte oder zugeneigte Meinung mehr habe, mir alles gleichgültig ist? Was fühle ich noch, wenn ich aufhöre meine kümmerliche Kindheit zu bedauern und mich nicht mehr wegen meiner lebensuntauglichen Befangenheit verachte? Nichts davon muss sein.

Mit der Luft sog er die Stille ein und beim Ausatmen entwichen kurzzeitig all seine zappeligen Gefühle mit den anhängenden Gedanken. Nach dieser inneren Reinigung kam er in Berührung mit der schlichten, reinen Ruhe um ihn. Die Vorstellung, eine abgegrenzte Einheit innerhalb des Ganzen zu sein, weichte für einen Moment auf. Doch die zerstobenen Tropfen seiner minderwertigen und niederträchtigen Gefühle flossen wieder zueinander, schieden sich von der unverdorbenen Reinheit der menschenleeren Umgebung wie Öl von Wasser.

Nubdur bückte sich in die Einsicht hinein mangelhaft zu sein und lutschte an süßlich unterwürfigen Gedanken: Mit meinem unreinen Gemüt bin ich einer Annäherung an das Allmächtige nicht würdig. Diese Ehrlichkeit über mich aber ist rein. Ich fühle, dass dies vom Allmächtigen wohlwollend aufgenommen wird. Habe ich mir mit meiner Ehrlichkeit die Begegnung mit dem Allmächtigen schon verdient? Nein, man wird sich das nicht verdienen können. Aber vielleicht wird es geschenkt.

Darauf wartete Nubdur brav. Doch bald stießen nüchterne Gedanken durch das ereignislose Warten: Kann es das Allmächtige überhaupt theoretisch geben? Alles was ich je gelesen und gehört habe, ist nicht ausreichend um dies zu beantworten. Menschlichem Wissen kann nicht vertraut werden und deshalb sollte ich nicht daraus entnehmen, was ich als möglich annehmen darf und was nicht.

Schwärmerische Gedanken ersetzten Nubdurs Unwissenheit: Das Allmächtige hat alles mit seiner Lebenskraft getränkt. Wir müssen uns gegen Rücksichtlose, Ausnutzer, Betrüger und Ausbeuter erwehren. Ohne dieses Gegenhalten könnte der eigene Anteil am Leben die anderen Anteile berühren und so die Gesamtheit des vom Allmächtigen kommenden Lebens gespürt werden. Hier in der friedlichen Einsamkeit muss ich nicht gegenhalten und mir ist deshalb vielleicht möglich, mich dem überall eingetauchten Leben zu öffnen.

Nubdur erschien dies verlockend schön. Wohlige Schübe des Zutrauens das zu schaffen wälzten durch seinen Körper. Hier inmitten des Waldes, fern des Alltags, traute sich vorsichtig sein Innenleben angstfrei weil ungefährdet heraus, lag ausgedehnt da, wie ein See, der kristallklar und ungetrübt bis auf den Grund ist, der nichts verbirgt und umrandet ist von einem flachen und von allen Seiten frei zugänglichen Ufer. Sein Fühlen war sensibel geworden, wie ein Körper ohne Haut, der jede kleinste Annäherung fast schon ahnend bemerkt.

Eine Schwingung kam zart wie ein lautloser Atemzug an sein nacktes Herz, schnupperte sich nahe an seine höchst achtsam gewordene Schmerzgrenze heran, aber vermied wehzutun. Doch schon einen kurzen Augenblick später war dieses Schwingen mit einer einzigen ausholenden Bewegung weit weg, über den Horizont hinaus verschwunden. Es hatte die Wogen der Unzufriedenheit verursachenden Gärungen geglättet. Geschmeidig wie sich die Abenddämmerung über den Tag legte, sank Nubdur in Gelassenheit.

Sein neuer Menschenzustand fühlte sich anders an, und doch viel weniger befremdlich als sein alter Zustand. Er konnte kaum glauben, dass es einmal nicht so war wie jetzt. Sein vom Alltag bizarr verunstaltetes Empfinden wurde entkrampft von einer duselig machenden Freude am reinen Dasein.

Nubdur konnte jetzt mehr sehen als nur den platten Anblick: Er sah auch das Geschehen in der Zeit. Die Rinde um die Baumstämme brach mit dem Wachstum in Höhe und Umfang rissig auf. Die überwältigende Schönheit des vielfältigen Musters der Risse in der Rinde der älteren Bäume brandete gegen ihn und er konnte das gänzlich aufnehmen. Angenehmer Übermut trieb in ihm auf, der Neugier aufscheuchte, die wie entfesselte Wassermassen, aber auch elegant und still wie ein leichter Duft in alle Richtungen zwischen den Bäumen hindurch schlängelte, sich dabei beschleunigte und dann eine schnelle Wendung nach oben vollführte, über die Baumkronen hinaus und innerhalb eines Atemzugs hoch oben bei den funkelnden Punkten am Himmel war. Von Angesicht zu Angesicht reflektierten sich die unzähligen, glühenden Lichtpunkte auf der riesigen Landschaft seines Gesichts am Nachthimmel. Ein Gefühl der Faszination griff aus ihm nach einem besonders hell strahlenden Lichtpunkt. Aber der zog sich winzig klein werdend und erlöschend zurück.

Nubdur erschrak. Die Lichtpunkte waren abweisend. Das Schweigen des Nachthimmels erschien ihm eisig und grausam. Nubdurs Blick irrte hektisch umher. Ist hier das Allmächtige? Er schaute auch über die unzähligen Lichtpunkte hinaus. Aber nichts erwiderte seinen suchenden Blick.

Unvermittelt war er auf das Gras zurückgestürzt und in

einen Strudel aus aufwühlenden Gedanken gezogen: Warum zeigt sich das Allmächtige nicht? Warum können wir nur deuten und rätseln ohne zur Wahrheit zu finden?

Als Antwort wummerte erloschene schwarze Schwere in ihm.

Wir können Fragen stellen, deren Antworten wir nicht erkennen können. Was für ein Wahnsinn ist das? Wir wollen über Dinge Bescheid wissen, die weit außerhalb unseres begrenzten Begreifens liegen. Unsere Gedanken sind wie in finsteres Wasser versenkt, umgeben von Irrlichtern, die uns nur zu Trugschlüssen und Trugbilder verführen. Der Mensch ist ein lichtleerer Haufen Dreck, den gärende Säfte mühsam für eine kurze Zeitspanne aufleben lassen und dabei stehen wir nicht in Verbindung mit was Allmächtigem.

Doch dies war Nubdur als Schluss seiner Überlegungen zu enttäuschend. Er suchte nach gedanklichen Auswegen und verzweifelte dabei bis er Bauchschmerzen bekam. Er beugte seinen Oberkörper nach unten, als wolle er so den Schmerz ersticken. Aber er musste die Macht des Schmerzes anerkennen und verneigte sich vor ihm mehrmals.

Dann glimmerte ein erlösender Gedanke: Die Begrenztheit des Erfassens ist die Begrenztheit der Begriffe. Aber Gefühle sind vielleicht weniger gefangen und können unfassbar weit ausgelegte Antworten berühren. Nubdur fühlte Zuversicht und die sagte ihm: Fragen werden beantwortet!

Nubdur hatte seine Kleidung fallen lassen. Er legte sich nackt auf eine Körperseite, zog die Knie an seine Brust und beugte seinen Kopf zu den Knien. In dieser Haltung glich er der Form von einem Ei. Dann reckte er sich und stand auf.

Ich bin unentwickelt wie ein Ei. Doch aus mir soll sich ein Mensch werden, der dem Allmächtigen nahe kommen kann.

Was für eine dämliche Aufführung, hätte ihm beinahe ein unreifer Gedanke eingeflüstert, aber Nubdur war schon zu weit weg, als dass solch ein unwissender, bewertender Gedanke ihn noch hätte behelligen können. Ohne Gedanken, ob es peinlich oder albern war, konnte seine unbefleckte Begeisterung für sein Tun bestehen bleiben. Er streckte seine Arme zu beiden Seiten weg, langsam und bedächtig. Dann fächerte er seine Finger auf. Sein Kopf kippte nach hinten und sein Mund öffnete sich ein wenig.

Dies war seine Darbietung an das Unbekannte. Willentlich ging er damit, trotz Ungewissheit über das Vorhandensein eines Adressaten, ein Stück weit dem Unbestimmten entgegen. Mit seinem Entgegenkommen schob er achtlos den Zweifel am Unbewiesenen bei Seite. Er wollte und hatte damit ein Zeichen gesetzt, dass er bereit war, Unbekanntes anzunehmen. Er war jetzt völlig unvoreingenommen. Wankelmütige Gedanken waren durch bedingungsloses Zutrauen ersetzt. Ob sein Entgegenkommen überhaupt bemerkt wurde, wusste er nicht, aber er fühlte tiefste Zufriedenheit, sich hingereicht zu haben.

Alles an Gefühl in ihm entwirrte sich und richtete sich gleich aus, als freimütige Hingabe.

Die Welt um ihn war nun nur noch ein verbleichender Gedanke. Doch er stand so prächtig in der Gegenwart, als würde die Unendlichkeit ihn von allen Seiten stützen.

Mit dem Gefühl, hier erstmals in seinem Leben was Bedeutsames zu versuchten, lieferte er sich vorbehaltlos aus, ohne zu wissen was ihn erwartet und wie er sich verhalten soll oder was von ihm verlangt wird. Dennoch war er sich sicher, nichts falsch machen zu können, weil er nicht gedanklich Einfluss nahm, sondern vertrauensvoll mit sich machen lassen wollte. Alles was er nur noch wollte, war sich ganz dem nie Gezeigten zu ergeben. Darüber hinaus wünschte er sich nichts weiter.

Und genauso geschah nichts!

Nur die Dämmerung verfinsterte. Gewitterwolken wühlten über den Himmel. Helligkeit schlug mit Donnern durch den Wald und gleich drauf war es wieder dunkel und die Berge am Horizont erschienen jetzt noch schwärzer als zuvor. Schnell zog das Gewitter weiter.

In der weiten abendlichen Landschaft war sein verflachter Herzschlag ein einsames Signal seiner Existenz. Sein Atem war ganz ruhig und Nubdur überließ jeden Muskel an seinem Körper sich selbst. Es gab keine weiteren Befehle für den Körper.

Seine Hingabe war Ziel gerichtet aber ohne drängendes Bemühen, nur wie leichtes Gleiten ohne Kraftaufwand. Dann hörte er auch auf sich hinzugeben, denn dies würde bedeuten sich fallen zu lassen und dabei zu hoffen, aufgefangen zu werden. Dieses Hoffen würde Erwartungen aufbauen. Erwartungen würden Gefühle der Ungeduld und des Anspruchs aufschrecken. Dem würden Befürchtungen enttäuscht zu werden folgen und die würden seinen ruhigen Zustand aufbrechen. Er zog alle Wunschvorstellungen zurück und so gab es keine Saat für Enttäuschung. Seine Gärungen und Gedanken schlummerten drollig weiter. Er war nun ohne jegliches Verlangen. Er überließ sich sanft und blieb dadurch bereit. Dieser Zustand verstrich nicht, weil er gleichmäßig gegenwärtig blieb.

Nubdur hoffte auf nichts mehr, ohne dabei hoffnungslos zu sein. Er vertraute auch nicht darauf, dass was geschieht. Vertrauen bedeutet, man hat eine Forderung, von der man erwartet sie erfüllt zu bekommen. Nichts sollte mehr seinen reinen Zustand besudeln. Auch nicht die Frage ob das Allmächtige existiert. Nubdur war frei vom Verlangen nach Antworten. Es darf sein wie es mag.

Er vollführte eine letzte Drehbewegung und spürte dabei keinen Luftwiderstand, als wehte die Luft mit ihm.

Keine weiteren eigenen Gedanken zirkelten um sein Dasein und so löste sich das, was sich Nubdur nannte, auf. Keine Gedanken hielten mehr sein Dasein zusammen.

Die von keinem Willen gestörte, reine Hingabe konnte mehr aufnehmen als die körperlichen Sinne. Alles Leben in ihm ging in diese Hingabe und dieses Gefühl breitete sich frei aus. Weich wie Wärme strömte es unaufhörlich von ihm weg, ohne dabei an Dichte zu verlieren. Seine ausgehändigte Lebendigkeit zerfloss, breitete sich aus und war auf einmal riesig groß. Nein, das gehört dir nicht alles alleine - und er war nicht mehr alleine.

Er war der Mittelpunkt einer machtvollen Hinwendung geworden. Er spürte überall vorhandene Nähe, die sich aus Berührung, Unendlichkeit, Allwissenheit und Freude untrennbar zusammensetzte.

Da war auch Zuneigung, die seiner unwürdigen Wenigkeit gewidmet wurde. Sein von Zorn und Zetern zerfleddertes Leben unterschied sich erheblich von dieser perfekten, reinen Lebenskraft, die ihn umgab. Auf einmal wusste er, dass diese Macht das ändern kann und im selben Moment war das schon geschehen. Die schmuddeligen Unterschiede, wie Verbitterung und Angst, waren bei ihm auf einmal gänzlich weggewischt, als wären sie nur Einbildung gewesen. Sein Leben war augenblicklich gereinigt. Eine unerschöpfliche Macht hatte das ganz ohne Mühe in ihm bewirkt und deshalb spürte er auch nicht, als diese gewaltige Veränderung mit ihm geschah.

Nachdem diese Reinigung vollzogen war, fühlte er einen Hauch von Verwandtschaft mit dieser unermesslichen und reinsten Kraft.

Diese unendliche Macht war unmerklich über ihn gekommen, als sei sie schon immer dagewesen. Sie umschmeichelte ihn und er glaubte sie ganz weit umarmen zu können, und er machte das einfach mit seiner Freude und es war leibhaftiger und nachdrücklicher als eine körperliche Berührung und von weit her kommend bis ganz nahe zu ihm hin, fühlte er liebevolle Aufmerksamkeit und dann wurde er sachte von dem vollkommenem Leben gelabt und durchdrungen.

Sein früher verdrehtes Gemüt federte in eine ruhige Mitte. Seine zerknitterte, allseitig gezupfte Gefühlskontur war glatt gestreichelt. So konnte er widerstandlos in diese gewaltige pure Macht eintauchen und es wurde willkommen zugelassen. Dann war er in dieser hellwachen, unerschöpflichen Lebenskraft aufgenommen. Er war mit ihr nahtlos zu einem einzigen makellosen Gefühl vereint, keine Spur des bisherigen getrennt sein war geblieben. Dieses vereint sein fühlte sich so unendlich richtig und natürlich an, als sei es der einzig wahre Zustand für einen Menschen. Alte quälende Gefühle waren weggespült und er war großzügig und überfließend aufgefüllt mit dieser ursprünglichen und klaren Lebendigkeit. Die Schrammen seines Lebenslaufs waren geglättet. Kein Gefühl in ihm erinnerte mehr an einen anderen Zustand.

Die anfänglichen Mühen schienen als nicht zu schaffen, aber jetzt war es mit Leichtigkeit geschehen. Nicht einmal ein blassester Schatten von Erschöpfung wegen der aufzehrend gestemmten Bemühungen war geblieben.

Er fühlte sich von dieser unermesslichen Allmacht mit größter Behutsamkeit behandelt und er sank in immer tieferes Zutrauen für diese Allmacht. Er empfand Freude und er empfing Freude, eine höchst erhabene, die sich mit seiner Freude vereinte. Die erhabene Freude schmunzelte wohlwollend und Nubdur meinte von ihr zu vernehmen:

NA GING DOCH.

Nubdur fiel in sich zurück und wurde unsicher darüber, ob er das für längere Zeit erleben darf. Daraufhin klang die Begegnung ab. Die weit ausholende Bewegung der Freude und des Friedens verlangsamte sich und sank vorsichtig gleitend nieder, versiegte im weiten Raum und die Umgebung trat wieder seine Sinne.

Was blieb war eine gleichmäßige Zufriedenheit, ein Gefühl von machtvoller Normalität. Was mit ihm geschehen war, hatte sich unvergleichlich wahrhaftig und auch ganz gewöhnlich angefühlt. Ein in ihm unentdeckt schlummerndes Entzücken hatte ertastete, was die Oberflächensinne und das Denken nicht fassen können.

Kein großes Spektakel war es gewesen aber sein Herz

war zum ersten Mal in seinem Leben in angenehmster Ruhe. Außerhalb des Begreiflichen und doch ganz nah, gibt es etwas Allmächtiges, das gefunden werden will und sich deshalb freut wenn sich jemand ihm hingibt. Diese Freude war auf ihn eingeströmt und hinterließ einen entlastenden, wunschlos ausfüllenden Frieden.

Fast dachte ich, das Allmächtige wollte mich leiden lassen, weil ich meine Begierden opfern musste, aber das waren keine Opfergaben, sondern das Aufgeben von Ballast. Danach spürte ich den eigenen Anteil von der ursprünglichen Lebenskraft, die frei ist von Sympathie und Antipathie zu allem und allen.

Das Allmächtige kann einem nahe kommen, wenn man nicht vermummt ist mit gierigen Wünschen und nicht versklavt ist von verlogenen Werten und wertlosen Zielvorgaben und nicht verblendet ist von Denktraditionen und Herabwürdigungen anderer. Mit all dem werden die Menschen vergiftet, von tief unten, in finsteren, fürchterlich knarrenden Erdspalten hockenden und dort ihre Köpfe in schlammigen Dreck rammenden Sauberleuten.

Der vollkommene Mensch ist schon in uns, aber der wird unterdrückt durch die Unruhe stiftenden Sauberleute. Sie arbeiten gegen das Allmächtige, das die Vollendung des Menschen im Frieden will.

Macht und Reichtum müssen sich dem Frieden verpflichten. Nur Frieden macht unbeschränkte Freiheit möglich, die dann allen gerecht ist.

Teil zwei

Auf dem Rückweg sah Nubdur wieder das Boot neben dem Steg. Als er das erste Mal hier vorbei kam, war es für ihn nur ein altes Boot, das vom Rumpf seitlich hoch durch Kratzspuren beschädigt war. Diesmal sah er mehr: Lava wälzte sich vor langer Zeit bis hinunter in den Fluss und nahm auf ihrem Weg bergab, Steine in sich auf. Die Lava erkaltete. Über viele Jahre trug das ans Ufer spülende Flusswasser die Lava ab. Die Steine in der Lava waren härter als die Lava selbst. Deshalb wurde die Lava vom Flusswasser schneller abgetragen als die in ihr steckenden Steine. Die ragen nun teilweise aus der Lava. Der Besitzer des Bootes muss sein Boot oft, über die in der Lava festsitzenden Steine, auf das Ufer gezogen haben und dabei schrammten die Steine Kratzer ins Holz des Bootes.

Eines Tages war das Boot besonders schwer beladen und er musste es mit besonders viel Kraft auf das Ufer schieben und dabei drückte sich ein abstehender Holzsplitter am Boot unter die Haut seiner Hand. Auf dem ganzen Weg nach Hause hatte er deswegen geflucht, bis er dann schlecht gelaunt die Hütte betrat. Seine Frau bot an, den Splitter zu entfernen und er hörte auf zu fluchen. Er schaute auf ihr Gesicht, das vom heißen Licht der Flammen in der Feuerstelle flackernd überstreichelt wurde und während sie vorsichtig, mit höchster Behutsamkeit den Splitter entfernte, dachte er, wie wunderschön sie ist. Ein Kind wurde gezeugt und später noch weitere, welche nachts die Eltern weckten, weshalb der Mann tagsüber müder war als sonst. Er zerrte in seiner Müdigkeit ungeschickt nach getaner Arbeit das Boot an Land, sodass immer öfter ein Holzsplitter in seine Hand drang, bis ihn die Wut darüber eines Tages dazu brachte, in langwieriger Arbeit am Ufer eine

Rutsche zu bauen, weshalb er weniger Zeit für seine Kinder hatte und in Folge dessen sein ältestes verstärkt seine Aufmerksamkeit suchte, indem es von hohen Stellen hinab sprang, was tatsächlich die Aufmerksamkeit des Vaters erregte, was das Kind als Erfolg wertete, wodurch er süchtig nach Beachtung wurde und um dies zu befriedigen ein Artist wurde, der mit waghalsigen Kunststücken die Leute zum Staunen brachte und damit für unterhaltsame Abwechslung im Alltag sorgte. Alle tragen ihres dazu bei, das Leben angenehm zu machen.

Nubdur bekam Lust unter Menschen zu sein. Allen Menschen denen er begegnete, fühlte sich Nubdur nahe. Ihm wurde sofort gewahr, wenn jemand Unterstützung brauchte und leistete dann spontan Beistand.

Eine Ziegelbrennerei war beauftragt worden, innerhalb kurzer Zeit große Mengen an Ziegelsteinen herzustellen weshalb viele dort sofort Arbeit bekamen. Der Arbeitslohn war mager und nicht verhandelbar weil der auf Wunsch des Herstellers vom örtlichen Herrscher mit einem Willkürgesetz begrenzt wurde. Um seinen kürzlich erworbenen inneren Frieden zu schützen, vermied Nubdur sich darüber aufzuregen, durch ablehnen dort zu arbeiten.

Dämliche Methode sich nicht zu ärgern, dachte Nubdur, denn jetzt bliebe ich ohne Verdienst. Geld ist in dieser Welt wichtiger als friedliche Gefühle, deshalb rege ich mich jetzt über den Hungerlohn auf und nehme die Arbeit an.

Nubdur musste Sand und Stroh in den Lehm rühren. Ein naher Mitarbeiter füllte dieses Gemisch in rechteckige Formen. Nubdur sah, wie der entweder die Formen nicht ganz füllte oder viel daneben fallen ließ und überhaupt mit seiner Arbeit nicht nachkam.

Nubdur fragte den überangestrengten Mann nach seinem Befinden. Der bettelte gleich: „Kannst du mir helfen? Meine Arbeit ist mir zu viel. Ich kann nicht so richtig."

„Ich übernehme deine Arbeit.", bot Nubdur an und erledigte abwechselnd beide Arbeiten. Nubdur hatte Mitleid mit dem sich schwerfällig dahin Schleppenden: Er trägt ärmlich aussehende Kleidung. Ich helfe ihm damit er nicht ersetzt wird und dann keinen Lohn erhält.

Nubdur bekam mit, wie der Mann im Flüsterton seinem Gott für die Hilfe dankte. Die zweifache Arbeit machte Nubdur viel Mühe. Meine Gutmütigkeit macht mir das Leben schwer. Wäre ich kaltblütig, dann würde ich mich nicht wegen diesem Abgeschlafften belasten.

Der schlaffe Kerl war sich sicher: Mein Gott hilft mir durch diesen Mann. Jetzt habe ich es leicht. Gott liebt mich.

Kurz vor Arbeitsende holte er sich seinen Lohn ab und ging ausgeruht nach Hause. Nubdur wunderte sich: Er hat mich ganz selbstverständlich für ihn abmühen lassen weil er das als Geschenk von seinem Gott ansah.

In den nächsten Tag half Nubdur wieder dem Mann, der immer mehr jammerte und nun gewohnheitsmäßig Nubdurs Hilfe erwartete. Ihm kam nicht der Gedanke, ob Nubdur mit der zusätzlichen Arbeit überfordert sein könnte.

Ich habe ihn verwöhnt. Wer verwöhnt erhält keinen Dank sondern wird ausgenutzt. Das ist ein Naturgesetz. Verwöhnen geht für den Verwöhnenden nicht gut aus. Ich sollte ihn auffordern, seine Arbeit wenigstens zeitweise selbst zu erledigen, aber das wage ich nicht, dass das wäre von mir vielleicht zu hart gegen ihn.

Ich kann nicht aufhören ihm zu helfen. Sein Leid spüre ich stärker als mein eigenes Leid.

Der Meister hatte Nubdur beobachtet: „Du bekommst ab jetzt seine Arbeit dauerhaft zu deiner bisherigen Arbeit dazu. Ihm gebe ich andere Arbeit."

„Wird mein Lohn erhöht?", fragte Nubdur zart.

„Der ausgemachte Lohn ist fest."

Nubdur bemühte sich die verdoppelte Arbeit zu schaffen, damit der Meister keinen Taugenichts in ihm sah, aber in ihm nagte: Mein Fleiß wurde mit mehr Arbeit bestraft.

Nubdur hatte nicht den Mut, einen Teil der zu vielen Arbeiten einfach unerledigt zu lassen. Gehorsam wie seine

Mutter erledigte er alle Arbeiten.

Einmal beschwerte er sich wegen der vielen Arbeit, schuftete aber brav weiter, weshalb der Meister die Beschwerde schnell vergaß.

Ich habe Verständnis für den Meister: Er braucht jemand, der mehr arbeitet, als Ausgleich für jene, die zu wenig arbeiten. Dass ich mehr arbeite ist fair für ihn.

Nach vielen Monaten war Nubdur von der vielen Arbeit erbärmlich ausgewrungen und abgemagert. Mein Gefühl für Fairness für andere macht mich zum Opfer.

Der Schlaffe hatte seine neue Arbeit auch nicht bewältigten können und verließ sich wieder auf Nubdurs Hilfe.

Darauf wurde ein fit aussehender Arbeiter neidisch und bat Nubdur um Hilfe. Nubdur murrte dagegen. Ihm wurde grimmig erwidert: „Ihm hilfst du, mir aber nicht. Hast du was gegen mich?" Nubdur wusste nicht, wie da herauswinden und half auch ihm.

Jetzt wollen noch mehr von meiner Gutmütigkeit kosten. Hilfswütige locken Faulenzer an. Ich habe mich als Opfer für Faulenzer angeboten. Die plaudern jetzt während ich arbeite. Alle machen was sie wollen, nur ich mache was andere wollen. Mein Verhalten ist wie ein Blatt im Wind, ohne eigene Herrschaft über sich.

Ich Volldepp mache alle glücklich nur mich nicht. Ich hasse mich für meine Selbstlosigkeit.

Sein geschundener und ausgezehrter Körper drängte ihm den Gedanke auf: Wenn ich weiterhin zu jedem so nett bin, dann bin ich bald so sehr verschlissen, dass ich zu nichts mehr zu gebrauchen bin.

Nachts bereute Nubdur wütend: Ich arbeite mehr als die anderen und mache mich dabei kaputt.

Nach dem Aufwachen fluchte er weiter: So eine verdammte Scheiße, wie diese Faulenzer mich ausnutzen!

Am Arbeitsplatz machte sich seine Wut ganz klein und versteckte sich hinter seiner Angewohnheit still zu erdulden. Nubdur ließ sich wieder widerstandslos umherhetzen.

Später dachte er: Wut hätte mir die Kraft gegeben die Mehrarbeit abzuweisen. Doch meine Wut ist nie da wenn ich sie brauche. Ich werde unvermittelt zu meinem Nachteil nett.

Weil ich nett bin, werde ich zunehmend gehässig auf jene, von denen ich mich ausnutzen lasse. Was für ein absurdes Gefühlsgemenge.

Der allmächtige Friede entrinnt mir. Ausgenutzte empfinden das Leben als unerträglich. Ausnutzer hingegen halten ihr Leben für angenehm.

Weil Nubdur nicht den Mut hatte, nur angemessen zu arbeiten, gab sein Körper nach weiteren Monaten ganz auf.

Hoffentlich genügt mein verdientes Geld für die Rückkehr zu Miltmeru. Ich sollte ihm endlich vom Allmächtigen berichten. Soll ich auch Ardamsu vom allmächtigen Frieden erzählen? Wird es ihm noch was bringen?

Ardamsu war zum Tode verurteilt worden und wurde nun zu einer Felsenschlucht geführt, um ihn dort zu Tode zu stürzen. Auf dem Weg dahin schaute er in die Gesichter der Menschen: Ob die Lebensfreude empfinden? Wenn ja, dann ist es mir ein Rätsel wie die dazu kommen!

Würde ich eines ihrer Leben führen wollen? Nein. Auf deren Leben kann ich genauso verzichten wie auf meines. Ich wollte keiner aus der Ölmühle sein und auch das Leben des Mühlenchefs interesseiert mich nicht. Ich kenne niemand, mit dem ich mein Leben tauschen würde, vor allem jetzt nicht mehr, wo meines endlich zu Ende geht. Jung zu sterben, daran ist nichts falsch.

Müsste ich mich zwischen einem Leben in Reichtum mit mir zugeneigten, dramatisch hübschen Frauen oder meinem jetzt gleich endenden Leben entscheiden, würde ich klar meinen Tod vorziehen. Ich kann auf Sorgen um Reichtum und auf Eifersüchteleien und Geschenkgier der Frauen verzichten. Kein Leben ist lebenswert. Wenn man diese höchste Wahrheit erkannt hat, dann hat man alles kapiert, was es als Mensch zu lernen gibt. Darüber hinaus gibt es nichts weiter an Wahrheit zu lernen. Dann kann man getrost sterben. Gerne auch vorher. Dumm sterben schadet nicht. Leidvoll leben aber schon. Mein früher Tod ist eine Gnade. Nichts macht mir weniger Angst als der Tod. Der meint es wohl mit mir, das Leben hingegen nie.

Die mir liebste Erfindung ist die Todesstrafte. Vollzieht sie endlich an mir ihr Langweiler!

Plötzlich zweifelte Ardamsu: Ob dieser Sturz in den Tod mein verhasstes Leben endgültig und für ewig auslöscht? Immer weiter leben, ohne Ende, das wäre mir unerträglich.

Er bekam Angst, dass nach dem Tod seines Körpers, sein Geist weiter gequält wird. Doch dann fielen ihm gebrechliche alte Menschen ein, die nicht mehr ihre Kinder erkennen, sich nicht mehr an ihren eigenen Namen erinnern können. Alterung veränderte manche, sogar nur innerhalb Monaten, zu konfusen, unbeholfenen, verzerrten Schatten ihres früheren Auftretens. Sie verstehen schwer den Inhalt von Gesagtem, lernen kaum noch, können nicht erkennen ob etwas richtig gemacht ist, sind zu keinen neuen Ideen fähig, ihre Aufmerksamkeit wird löchrig, sind vergesslich und denkschlaff.

Ein unsterblicher Geist müsst vom sterblichen Körper unabhängig sein. Mit einem unabhängigen Geist wäre unsere Denkfähigkeit und Laune bei Hunger, Alterung, Durst, Hitze und jeder Krankheit gleich bleibend stabil. Dem ist aber nicht so. Also ist der Geist eins mit dem Körper und stirbt mit ihm. Das unerträgliche Sein mit dem Namen Ardamsu hat also glücklicherweise bald sein Ende.

Zufrieden und entspannt schloss er mit dieser, für ihn überaus wohligen Vorstellung seine Augen.

Man stieß ihn nur knapp über die Felskante, damit er bei seinem Fall nach unten an vorstehende Felsen aufschlug. Aber er bekam das nicht mehr voll mit, denn er war in den allerschönsten Traum geschlummert, in welchem er nicht mehr länger in dieser abscheulichen Welt leben muss und ihm erspart ist alternd mitzuerleben, wie er innen und außen langsam verrottet.

Später wurde sein toter Körper auf eine Bahre gelegt und um die Felswand herum hoch in die Siedlung getragen. Ein Pfahl mit einem rund geschnitzten Ende wurde eingeölt, dann durch seinen Anus in seinen Körper geschoben. So aufgespießt, wurde er in der Siedlung aufrecht hingestellt, als Abschreckung sich als Dieb zu betätigen.

Nubdur wollte Ardamsu im Gefängnis vom Allmächtigen erzählen. Unterwegs sah er den Sandalenhandwerker, der seine Dienste anbot. Sie blickten einander kurz in die Augen. Er scheint mich zu erkennen, dachte Nubdur. Unsicherheit hielt Nubdur davon ab, mit ihm zu sprechen: Ich weiß nichts zu sagen, was so einem erhabenen Menschen von wert sein könnte. Er spürt sicher schon lange die allmächtige Lebenskraft in und um ihn.

Dann entdeckte Nubdur den gepfählten Ardamsu, der durch viele Knochenbrüche seiner Hinrichtung eine schauerlich groteske Körperhaltung hatte. Nubdurs Kehle verengte sich angewidert. Er senkte seinen Blick und hüstelte ein Stechen in seinem Rachen weg.

Während ich mein schönstes Erlebnis am Ufer hatte, geschah hier Grausiges. Aber noch bedauernswerter als sein Tod war sein Leben.

Ergriffenheit über die Qual, die das Leben Ardamsu antat, zuckte durch Nubdurs Körper.

Umherstreifenden Gesetzeshütern kam Nubdur verdächtig vor: „Kennst du den Gepfählten?"

„Ja.", antwortete Nubdur leichtsinnig ehrlich.

„Trauerst du wegen ihm?"

„Ja.", gab Nubdur unvorsichtig zu.

„Dann bist du sicher ein Komplize von ihm."

Nubdur wurde weggeschleppt. In einem Verlies wartete er auf seine Verhandlung.

Ich bin wieder voll in dieser elenden Welt angekommen.

Mir mag eine Veränderung widerfahren sein, aber die Menschenwelt ist gleich geblieben. Gesetzeshüter, für die Mitleid was Verdächtiges ist, sollten es also sein, die mich in meinem alten Leben empfangen.

Dahinein geraten bin ich, weil ich nicht gleich zurück zu Miltmeru ging, sondern zu Ardamsu, um ihm vom Allmächtigen zu berichten.

Nubdur musterte niedergeschlagen aber auch gelassen sein dunkles Verlies: Fast wie zu Hause. Allerdings ist das Essen noch schlechter und die Schatten hier haben mir nichts zu erzählen.

Er starrte tagelang im fensterlosen, schlecht durchlüfteten Kerker die Wand vor sich an. Durch die Ritze der Kerkertür drang ein wenig Licht von den Fackeln im Gang vor der Tür. An einigen hervortretenden Erhebungen der gehauenen Wand funkelte Feuchtigkeit im Dunkeln wie die Augen der hier ehemals Eingesessenen.

Nubdur wurde geholt. Um ein Geständnis von ihm zu bekommen, wonach er zur Verbrecherbande gehörte, wollte man mit einer Zange an seinen Fingernägeln ziehen. Doch Nubdur gestand vorher schon.

Er wurde zu seiner öffentlichen Verurteilung geführt.

„In den Abgrund mit ihm!", schrei jemand von den Zuschauern. Nubdur war beindruckt von der strikten Überzeugung der Menschenmenge und der Ankläger, dass er schuldig sei, dass er fast glaubte, tatsächlich ein Komplize von Ardamsu gewesen zu sein. Er schwieg zu den Anschuldigungen und war stattdessen völlig ausgefüllt beleidigt weil das Leben ihn wieder so ungerecht behandelte. Eine nutzlose Gefühlsreaktion.

Ein Mann trat nach vorne. Es war der Sandalenhandwerker: „Ich kann bezeugen, dass er nicht zur Verbrecherbande gehörte."

„Er hat aber seine Mitgliedschaft gestanden."

„Er wird sich ungeschickt ausgedrückt haben.

Wegen der Bande, der er angehören soll, ist meine

Tochter umgekommen. Ich würde deshalb nie behaupten er sei unschuldig, wenn er an der Entführung, die zum Tod meiner Tochter führte, beteiligt gewesen wäre.

Er war nicht unter der Bande sondern bei den Kriegern. Und zuvor wurde er auch nie mit der Bande gesehen, nicht wahr?"

„Sehr verehrter Richter,...", mischte sich der Truppführer ein, der damals den Einsatz gegen die Bande leitete, „...dieser Vater hätte damals den Verbrecher, der dort auf dem Pfahl steckt, töten können, tat es aber nicht, weil er ihm wahrscheinlich verziehen hat. Dem Verbrecher hier vor uns wird er auch Vergebung und Schonung vor Strafe wünschen."

Der Sandalenhandwerker nahm sich den Truppführer als Zeugen: „Du müsstest doch sein Gesicht kennen, denn sein Begleiter hat zwei deiner Krieger zu Fall gebracht, als die mich halten wollten."

„Stimmt. Dem sein Freund hat zwei meiner Krieger angegriffen!", haute der Truppführer ungestüm raus.

„Er war also nicht unter der Bande?", fragte der Richter.

„Nein.", bestätigte der Truppführer zaghaft.

„Dann scheint der Angeklagte unschuldig zu sein. Aber hören wir ihn erst mal noch selbst."

Nubdur konnte sich nicht freuen, dass ihm ein Freispruch sicher war, weil er die Enttäuschung der Richter spürte über die unnötige Arbeit, die sie mit Nubdur gehabt hätten wenn er frei gesprochen wird. Dazu spürte er die Enttäuschung der Soldaten, die Mühe hatten diesen öffentlichen Prozess zu organisieren, anstatt ihre Schicht mit Würfelspielen vertrödeln zu können und Nubdur spürte den Frust der Leute, die wegen der Diebstähle Wut empfanden, die bei seinem Freispruch nicht befriedigt werden würde. Also plapperte er: „Ich kannte Ardamsu.", übertrieb Nubdur und bediente weiter die Leute mit: „Ich bin schuld, dass der Gepfählte zu einem Verbrecher verdarb. Er hatte Arbeit in einer Ölmühle. Die gab er wegen dem Geschwätz meines Bekannten auf und wurde dann zum Dieb. Ich war dabei als mein Bekannter ihm die Saat seines Untergangs einflößte. Ich bin verantwortlich, dass Ardamsu zum Dieb wurde, weil ich das geschehen ließ. Ich hätte das verhindern müssen. Aber ich fand sogar gut, was ihm angetan wurde."

„Wo wohnt dieser Bekannte, damit wir ihn holen können."

„Das weiß ich nicht."

„Du weißt nicht wo dein Bekannter wohnt? Willst du uns für dumm verkaufen?"

„Nein natürlich nicht. Aber ich weiß wirklich nicht wo der wohnt"

„Das glaube ich nicht. Vielmehr glaube ich, dass du diesen Bekannten erfunden hast um deine Schuld auf den abzuwälzen. Du hast selbst diesen armen Kerl auf Abwege gebracht."

Das stimmt zwar nicht, dachte Nubdur, aber es klingt plausibel wenn er sagt, dass ich meine Schuld auf eine erfundene Person schieben will und ich spüre, dass die Leute das auch plausibel finden. Ich möchte diese plausible Ordnung nicht durcheinander bringen. Deshalb widerspreche ich nicht. Außerdem fühle ich mich gerade zu schwach um mich plausibel zu verteidigen. Auch wage ich nicht den Richter wiederholt für dumm zu verkaufen.

Nubdur wurde zu neun Monaten verurteilt weil er jemanden dazu verführte ein Verbrecher zu werden und zu zusätzlichen fünf Monaten verurteilt weil er zuvor die Justiz mit einer Falschaussagte täuschte, als er behauptete ein Mitglied der Bande zu sein.

Nubdur wurde zu insgesamt 14 Monaten Strafarbeit in einer Mine verurteilt.

Er nahm die Verurteilung mit Selbsthass hin: Bestraft mich wertlosen Dreck. Ich kann mein Leben sowieso nicht besser gestalten.

Erst als Nubdur bei der Mine eintraf, wurde ihm bewusst was er sich selbst angetan hatte: Neun Monate wären mir hier erspart geblieben, wenn ich mein unnötiges Geplapper hätte sein lassen. Warum musste ich mich selbst in die Scheiße reden? Ich kann mir selbst nicht trauen. Der Feind ist in mir.

Der Aufseher, der die Gruppe antreiben sollte, in der Nubdur war, benutzte seine Peitsche nur zögerlich. Deshalb förderte seine Gruppe weniger Erz als die anderen. Nubdur tat der Aufseher leid, weil sein Vorgesetzter deshalb mit ihm schimpfte. Besorgt um das Wohl des Aufsehers, des Minenbesitzers und seiner Mitarbeiter, schuftete Nubdur im verrauchten Untergrund so sehr bis seine Gruppe am meisten Kupferkies förderte.

Ich bin völlig überfordert mit der schweren Arbeit, aber beschwere dich nicht, sagte Nubdur zu sich, ich Idiot habe geradezu darum gebettelt verurteilt zu werden.

Eigentlich sollte ich wegen meiner unfassbaren Dummheit, dass ich mich anstatt zu verteidigen beschuldigte, mit dem Tod bestraft werden.

Nach den 14 Strafmonaten nahm ein Wächter ihm die Fußfesseln ab. Diesen Wächter machte die Freilassung eines Gefangenen jedes Mal wütend. Während er aufgeregt den Bolzen aus den Fußfesseln schlug, schrie er Nubdur an: „Nicht bewegen!"

Nubdur erstarrte und rührte sich nicht mehr.

„Ich sagte: Nicht bewegen!", brüllte der Wächter noch lauter und trat so fest er konnte Nubdur auf einen Fuß.

Nubdur wollte endlich zu Miltmeru zurück. Aber der Fußtritt des Wärters hatte bei Nubdur zwei Fußknochen angebrochen. Langes Wandern war deshalb nicht möglich.

Ich muss auf einem Esel reisen. Dafür brauche ich Geld. Ich sollte das Geld zurückholen, das mir abgenommen wurde, als ich damals im Kerker auf meine Verurteilung wartete. Zaghaft fragte Nubdur bei der Kerkerverwaltung nach seinem Geld und bekam zu hören: „Das wird behalten. Verliese für euch Verbrecher zu bauen ist teuer."

„Eigentlich bin ich kein Verbrecher. Der Typ mit der Zange an meinen Fingernägeln hat von mir hören wollen, dass ich ein Verbrecher bin."

„Du bist schuld, dass du zu ihm geschickt wurdest. Der hatte dann Arbeit mit dir und muss dafür bezahlt werden.", antwortete der Kerkermeister und erwartete die Unterlassung weiterer Widerreden was Nubdur deutlich spürte: Ich soll nicht weiter auf die Herausgabe meines Geldes beharren, sonst wird er ungemütlich. Er hat genug Geduld mit mir gezeigt. Es war schon nett von ihm, mich zu empfangen.

Der Kerkermeister reckte seinen Hals aus Stolz auf seine harte Ausstrahlung, die Nubdur stoppte. Nubdur erkannte seine eigene Bedeutung: Ich werde als Verlierer gebraucht damit andere stolz sein können.

„Reicht mein einbehaltenes Geld oder muss ich noch was abarbeiten?", fragte Nubdur mit ernsthaftem Verständnis für die Argumente und Geldsorgen des Kerkermeisters.

Den Kerkermeister überraschte Nubdurs Frage und er befahl: „Hau endlich ab, du Verrückter."

Ich darf gehen, dachte Nubdur und fühlte sich unwohl, so viel Güte ausgesetzt zu sein.

Er will mich nicht weiter ausbeuten lassen. Er ist wirklich nett, dachte Nubdur tief gerührt.

„Vielen, vielen allerherzlichsten Dank.", sabberte Nubdur überschwänglich und ging dann verdutzt von so viel guter Behandlung verunsichert.

Wie selbstlos ergeben ich bloß bin, dacht später Nubdur und ging mittellos und ohne Selbstwertgefühl in den Alltag. Er riss einen Teil seines Umhangs in Streifen und wickelte damit den schmerzenden Fuß ein und humpelte, sich mit einem gefundenen, verdorrten Ast abstützend, vorwärts.

Ich sollte mich beim Sandalenhandwerker für seine Mühe wegen mir bedanken.

Doch der kam nicht mehr in diese Siedlung, wo er oft seine Arbeit angeboten hatte, denn die Leute hatten ihn angegriffen, weil sie seine Verteidigung von Nubdur nicht richtig fanden, weil der ihnen schuldig erschien. Er musste jetzt weiter weg wandern um seine Dienste anzubieten. Das war die Strafe für seine gute Tat Nubdur verteidigt zu haben.

Nach den Monaten als Strafsklave sah Nubdur so fertig aus, dass die Bewohner in ihm nicht mehr erkannten.

Nubdur ergatterte nach langer Suche Arbeit bei einem Hersteller von geflochtenen Körben. Die Arbeit konnte sitzend erledigt werden, was seinem verletzten Fuß entgegen kam.

Viele der anderen Arbeiter trödelten und pfuschten. Sie bekamen andere Arbeit, bei der kein Fleiß und Geschickt gefragt war, sondern kalte Härte: Diese Unfähigen wurden zum Antreiben der fleißig und sorgfältig Arbeitenden abgestellt. Nubdur lernte: Die Fleißigen müssen den Lohn der Antreiber mit erarbeiten, die allerdings unnötig sind, denn für Fleißige werden keine Antreiber gebraucht.

Die Antreiber verlangten von den Fleißigen ein gehetztes Arbeitstempo, dem Nubdur gerne nachkam: Der Besitzer der Korbmanufaktur tut mir leid. Er zahlt viel Lohn an Faulenzer. Ich fühle mich zuständig dies mit mehr Einsatz meinerseits auszugleichen.

In seinen Arbeitseifer vertieft, bemerkte Nubdur nicht, dass er sich einen hässlichen Sonnenbrand geholt hatte, weil er keinen Umhang trug.

Er kaufte sich den günstigsten Umhang, den er bekommen konnte von einem durchreisenden Nomadenhändler.

Nubdur übernachtete im gemeinschaftlichen Schlafraum der Arbeiter, in welchem man auf dem Boden schlief. Nachts lagen Arme und Beine der anderen auf Nubdur. Er hatte keinen Platz um sich auszustrecken obwohl er immer einer der ersten war, der abends zum Schlafen kam. Die

Nachtruhe wurde oft durch Schlägereien unterbrochen, weil sich die Arbeiter an unzähligen Eigenarten der anderen bis zur Raserei störten. Enges Zusammensein beißt sich mit der Natur des Menschen.

Auf dem Frühstückstisch wuselten oft Mäuse umher. Der Sohn der Unternehmerfamilie spielte mit ihnen. Auf dem Brot waren auch Spuren von vertrockneten Hinterlassenschaften der Mäuse zu finden. Jemand beschwerte sich deswegen. Die Mutter erwiderte darauf unsachlich: „Mein Sohn isst auch davon." Das war wenig beruhigend weil der todkrank aussah.

Nach vielen Monaten, als Nubdur morgens wieder mal zur Arbeit ging, begegnete ihm der brutale Sklavenwächter. Der erkannte ihn noch von der Entlassung und meinte zu ihm: „Und wie geht es deinem Fuß?"

Nubdur dachte gerührt: Er macht sich Sorgen um meinen Fuß. Anscheinend hat er inzwischen bereut, dass er mich getreten hat. Deshalb soll er sich nicht mehr länger für seine Tat schlecht fühlen: „Ist fast schon verheilt."

„Dann kann ich ja wieder drauftreten.", sagte der und tat es. Nubdur ächzte. Der Brutalo erklärte: „Das ist dafür, dass du so viel Glück hattest, dass es deinem Freund dem Sandalenhandwerker gelang den Richter reinzulegen."

Damit sich der Wächter wegen seines Verhaltens nicht blöd vorkommt, erzählte Nubdur: „Dein Missmut gegen meine Freilassung ist berechtigt. Mein Bekannter hat damals verhindert, dass zwei Krieger den Sandalenhersteller festhalten konnten, weshalb der dann die Bogenschützen kurz daran hindern konnte auf die Verbrecher zu schießen. Bestimmt sind deshalb einige der Verbrecher entwischt. Dafür wurde noch niemand bestraft."

Der Wächter schleppte Nubdur zu seinem Vorgesetzten: „Ich fang heraus, dass er schuldiger ist als bisher geglaubt."

Der Wächter wurde gelobt. Nubdur war zufrieden, dem Wächter dieses Lob verschafft zu haben.

Der Vorgesetzte schaute Nubdur erwartungsvoll an.

Ich erzähle schnell was er hören will, damit ich ihm erspare mich mühevoll verhören zu müssen: „...und da ich euch nicht helfen kann, meine Bekannten zu bestraften, weil ich euch nicht sagen kann wo der wohnt, würde ich verstehen, dass ihr mich für ihn bestraft."

Bei der erneuten Verhandlung berief sich der Richter auf die schriftlich niedergelegte Gegebenheit, wonach Nubdur seine Vergehen auf einen erfundenen Bekannten schiebt, weshalb Nubdur für die Beihilfe für die Flucht der Verbrecher zu 20 Monaten Strafarbeit verurteilt wurde.

Diesmal arbeite ich nicht mehr so viel, beschloss Nubdur. Doch unter den gefühlten Blicken der anderen fehlte ihm der Mut dazu.

Was habe ich mir angetan? Hätte ich meine Fresse gehalten, dann wäre ich nicht hier. Irgendwas, das mich unglücklich wünscht, sprach aus mir. Es ist fürchterlich Nubdur zu sein!

Aus Selbsthass schuftete Nubdur mehr als verlangt.

Bei Nubdurs Entlassung nach den 20 Monaten brach der Wächter Nubdur wieder einen Fußknochen.

Jetzt komme ich wieder nur mit einem Esel weg.

Wie Nubdur beschrieben wurde, fand er das Feld, auf dem Esel weideten, die zum Verleih angeboten wurden.

„Ich möchte einen Esel ausleihen.", sagte Nubdur einem Mitarbeiter in der anliegenden Farm.

„So geht das nicht. Von Zeit zu Zeit reisen Gruppen unter der Führung unserer Leute ab. Denen kannst du dich anschließen und dazu verleihen wir unsere Esel."

„Wann zieht die nächste Reisegruppe in Richtung des Herrschaftsgebiets von Miltmeru los?", fragte Nubdur.

„Kenne ich nicht."

„Es ist neben dem Gebiet Kijik."

„Sage das doch gleich. Dahin geht es in zwölf Tagen."

„Was muss ich tun, wenn ich mit will?"

„Du muss im Voraus bezahlen."

„Die Mietgebühr für den Esel erscheint mir hoch.", quälte sich Nubdur mit dem hässlichen Alltagkampf.

„Das ist der Preis für unseren besten Esel."

„Ein durchschnittlicher Esel würde mir auch genügen."

„Die sind schon ausgebucht."

„Dann eben den.", willigte Nubdur friedfertig ein.

Nubdur hatte zu wenig Willensstärke um einen günstigeren Preis zu kämpfen und fiel aus der Gegenwart in sich zurück und tat was er besser konnte als kämpfen, nämlich seiner Jammerphilosophie weitere Gedanken hinzufügen: Ständig muss man wehrhaft sein. Für schöne Gefühle bleibt deshalb kein Platz.

Der verwandelte Nubdur vom Ufer ist zum Durchsetzen eigener Anliegen nicht tauglich. Mit den friedvollen Gefühlen vom Allmächtigen bin ich für Hinterhältige und Listige ein nachgiebiges Opfer.

Auch auf den nächsten Angriff war Nubdur nicht vorbereitet. Auf der Straße wurde er wichtigtuerisch von Wichtigtuern, die nichts Wichtiges zu tun hatten, angemacht: „Hier bei uns trägt man nicht Umhänge von den Nomaden."

„Es ist meine Freiheit zu tragen was ich will."

„Und es ist unsere Freiheit zu bestimmen was für Kleidung hier getragen werden darf."

„Ich bin auf der Durchreise."

„Dann mache dich schleunigst auf deinen Weg. Wenn wir dich nochmal in dem Nomadenumhang hier sehen, dann gibt es Haue."

Bis zum Tag der Abreise traute sich Nubdur nicht mehr in die Öffentlichkeit.

In der Nacht vor dem Abreisetag schlich Nubdur zum Treffpunkt. Am Morgen bekam er vom Reiseleiter einen altern, dürren Esel zugeteilt. „Hatte ich nicht für den besten bezahlt?", fragte Nubdur.

„Den habe ich dem dicken Händler dort gegeben. Für dich schmalen Typen reicht ein schwächerer Esel."

Nubdur sah zu dem schweren Mann, der auf einem großen, kräftigen und jungen Esel saß.

„Dass er den kräftigen Esel braucht sehe ich ein. Doch ich müsste dann einen Teil vom Mietpreis zurückerhalten, damit ich nur für diesen alten Esel bezahlt habe."

„Dann gebe ich dir lieber den bezahlten Esel."

Auf Anweisung des Eselverleihers hin, tauschten Nubdur und der dicke Händler den Esel. Der fette Geschäftsmann stieg ohne Widerrede wieder auf den schwachen Esel, denn nur für den hatte er bezahlt. Zuvor hatte der Eselverleiher ihm den kräftigen Esel gegeben, obwohl der Geschäftsmann ablehnte für den nachzuzahlen. Der Eselverleiher wollte den schwachen Esel schonen.

Als der schwere Mann sich wieder auf den alten Esel setzte, röhrte der mit aufgerissenen Augen erschrocken auf. „Das hält dieser Esel nicht lange aus.", warnte Nubdur.

„Muss er aber. Du hast es so gewollt.", meinte der Eselverleiher vorwurfsvoll.

Nubdur hatte Mitleid mit dem alten Esel und verlangte: „Wir vertauschen die Esel wieder."

„Das ist jetzt deine Entscheidung, und deshalb bekommst du kein Geld zurück weil du freiwillig den alten Esel nimmst."

Nubdur setzte sich auf den schmalen, schwachen Esel, der den abgemagerten Nubdur gerade noch tragen konnte.

„Eigentlich müsste der Geschäftsmann mir Geld geben, dafür dass er auf meinem teuren Esel reitet.", meinte Nubdur zum Eselverleiher. „Aber du hast bestimmt viel zu tun und kannst dich nicht noch darum kümmern.", argumentierte Nubdur für den Eselverleiher.

„Ja. Mache du das selbst mit dem Geschäftsmann aus."

Nubdur dachte: Er war fair zum alten Esel. Es wäre nun unfair, wenn er wegen dieser guten Tat nun damit belastet wird, den Geschäftsmann zu überreden, mir Geld zu zahlen.

Der Reiseführer brach mit der Reisegruppe auf.

Nubdur quälte sich: Soll ich den Geschäftsmann wegen der Rückerstattung ansprechen? Nein, das würde ihn stören. Ich könnte ihn sowieso nicht dazu bringen meinen Anteil an der Bezahlung zu geben.

Ich sollte mich nicht weiter damit grämen. Dieser Esel wird mir genauso dienlich sein, wie ein kräftiger. Säße ich auf meinem bezahlten Esel, dann wäre ich gleich viel Geld los wie jetzt. Diese weisen Gedanken sollten mich ruhig stellen. Aber die ändern nichts daran, dass ich um mein hart verdientes Geld betrogen wurde, plättete Nubdur seine Weisheit für inneren Frieden und grübelte weiter: Ich bitte den Reiseführer mit mir zum Geschäftsmann zu gehen. Ich will doch nur gerecht behandelt werden. Das müsste der Reiseführer einsehen. Aber kann ich wirklich wagen ihn damit zu stören?

Bis zum Abend blieb Nubdur unentschlossen: Ihn jetzt ansprechen wäre unfreundlich, weil er sicher müde ist. Besser ich gehe morgenfrüh zu ihm. Geht aber auch nicht. Denn morgens muss er die Abreise vorbreiten. Allerdings könnte ich ihn am späten Vormittag ansprechen. Da reitet er nur. Aber er entspannt sich dann wahrscheinlich.

Nubdur zwang sich am nächsten Nachmittag wegen seiner Angelegenheit den Reiseführer anzusprechen. Der wehrte ab: „Für so was bin ich nicht zuständig."

Passend. Ich bin sowieso nicht wert, dass jemand wegen mir Mühe hat. Ich bin zu schwach um selbst mit dem Geschäftsmann zu ringen. Ich gebe auf zu kämpfen, aber Kraft mich weiterhin darüber zu ärgern habe ich.

Meine Gefühle schieben mich nicht dazu an, beharrlich und rücksichtslos für meine Belange zu kämpfen. Ich bin wehrlos weil ich zu rücksichtsvoll und friedfertig bin. Ich mag Menschen nicht, weil mich meine Gefühle dazu zwingen brav zu denen zu sein. Meine Gefühle sind gegen mich. Bei der Arbeit lasse ich mich gutmütig ausnutzen und erst dann wenn ich kaputt bin, werde ich wütend. Ich sollte schon wütend werden wenn man mir zu viel Arbeit aufträgt. Ich bin mir selbst keine Hilfe. Die Welt ist eine Kampfarena und ich biete mich als Verlierer an weil ich die Zufriedenheit der anderen über mich stelle.

Am folgenden Tag versperrten Hüter des Misstrauens den Weg und hielten die Reisegesellschaft mit ihren Fragen auf und zogen Gebühren ein. Ein Mann neben Nubdur musste auf seine Waren Geld bezahlen. Er fragte: „Wofür zahle ich?"

„Das ist Zoll.", belehrte ein Beamter.

„Das ist nur ein Wort aber keine Antwort auf meine Frage."

„Mit dem Zoll machen wir deine Ware teurer, um so die Händler in unserem Gebiet vor deiner Ware zu schützen."

„Erhalten eure Händler die Zölle als Entschädigung, weil Kunden bei der auswärtigen Konkurrenz kaufen?"

„Nein, die behalten wir. Von Entschädigung steht nichts im Gesetz."

Ein anderer Händler meinte zu den Beamten: „Die Ware, die ich anbiete, wird bei euch nicht hergestellt. Insofern bin ich keine Konkurrenz für die Händler bei euch. Meine Ware mit Zollaufschlag zu verteuern ist deshalb unnötig."

„Alle fremden Händler müssen Zoll zahlen."

„Dann müssen die Bewohner bei euch mehr für meine Waren bezahlen."

Der Beamte zog den Zoll grob schweigend ein.

Die Ordnungshüter forderten nochmals Geld. Sie nannten einen Grund, der mehr ärgerte als keine Antwort: „In dem Gebiet, durch den der Weg jetzt führt, wachsen Büsche, an denen essbare Früchten hängen. Für den Fall, dass ihr davon esst, wird Geld verlangt."

„Aber ich habe nicht vor von den Früchten zu essen.", beschwerte sich jemand.

„Wenn ihr dort durchreist, dann könnte jeder von euch davon essen, und deshalb muss jeder zahlen."

Nubdur brummelte vor sich hin: „Diese Unterstellung ist eine nichtige Begründung. Die Beamten hätten uns auch einfach berauben können. Das wäre dann ein Verbrechen gewesen, das man als solches bezeichnen darf. Wenn etwas ohne Gegenleistung genommen wird, nennt man es Diebstahl. Wird Diebstahl gesetzlich festgeschrieben, dann wird das Diebesgut als Abgabe bezeichnet."

Nubdur war nun sein ganzes Geld los.

Jetzt werde ich wohl von den Früchten essen müssen, weil ich kein Geld mehr habe um mir unterwegs was zum Essen kaufen zu können.

Leider waren die Früchte nicht reif und Nubdur bekam Blähungen nachdem er nur eine Hand voll davon gegessen hatte.

Er tauschte seinen Umhang mit einem Mitreisenden gegen ein wenig Nahrungsmittel.

Nach knapp einem halben Monat bog die Route der Reisegruppe vor Miltmerus Herrschaftsgebiet ab.

Nubdur trennte sich von der Gruppe und ging zu Fuß weiter. Seine Fußverletzung war ziemlich gut verheilt. Das erfreute ihn und machte ihn brav.

In der nächsten Siedlung ergatterte Nubdur Arbeit auf einer Baustelle. Brav verhandelte er den niedrigen Lohn nicht, denn er wagte nicht, den Meister des Bauhandwerkbetriebs um seine Ruhe zu bringen.

Auf andere nehme ich Rücksicht, aber nicht auf mich. Meine Gefühle vereiteln mir jegliche Siege.

Nubdur gab sich Mühe, damit die Mitarbeiter und der Meister ihn hochschätzten. Als der Meister jemand für abschließende Nachbesserungen brauchte, fiel seine Wahl auf den fleißigen Nubdur, der brav die Mehrarbeit akzeptierte. Während Nubdur weiterarbeitete, erhielten die anderen Arbeiter ihren Tageslohn vom Meister und gingen dann fröhlich schwatzend weg.

„Du machst das gut.", wurde Nubdur gelobt und ihm

noch aufgetragen: „Bessere hier und hier noch nach."

Nach den Nachbesserungen wurde Nubdur angewiesen, sämtliches Werkzeug auf einen Wagen zu verladen, was er auch tat.

„Dich kann man gut gebrauchen. Räume noch die überall herumliegenden, übrig gebliebenen Balken bei Seite!"

Nubdur räumte auf und der Meister meinte zu ihm: „Du bist unentbehrlich." Nubdur dachte darüber: Ardamsu wurde von den anderen Mitarbeitern respektlos veralbert. Das ist hart, aber noch härter ist: Vom Chef als unentbehrlich gequält zu werden!

Doch ich kann nicht aushalten, wenn Unzufriedenheit den Baustellenmeister plagt, weil ich nicht die Baustelle in Ordnung bringe. Hoffentlich kann ich ihn mit meiner Arbeit glücklich machen.

Nubdur schaute zufrieden auf seine Arbeit. Die Baustelle sah ordentlich aufgeräumt aus. Das hob Nubdurs Laune ein wenig an. Der Meister fragte ihn: „Macht es dir was aus, wenn ich dir deinen Lohn erst später auszahle?"

Von seiner guten Laune eingelullt, meinte Nubdur: „Bezahle mich wann es dir passt."

„Dann wünsche ich dir noch einen schönen Abend.", sagte der Meister und fuhr mit dem Pferdefuhrwerk weg.

Erst danach schreckte Misstrauen in Nubdur auf: Ich hätte nachfragen sollen, was er mit später meinte. Doch das wäre aufdringlich gewesen. Er war so schön zufrieden mit mir. Das durfte ich mit misstrauischen Fragen oder gar Gezanke um den Lohn nicht kaputt machen.

Warum habe ich freiwillig länger als die anderen gearbeitet? Weil ich diese dumme Lust auf unnötige Anerkennung hatte. Ich wollte zeigen, zu was für Leistungen ich fähig bin, wollte den Meister beeindrucken. Wieso ist mir Anerkennung von einem gemeinen Schinder wichtig? Ich bin ein Klump Dreck, der sich mit Anerkennung vergolden wollte. Doch wozu? Gelobt werden ist mir doch sowieso peinlich. Und außerdem kann ich mir von Anerkennung nichts kaufen.

Nubdur war von der Schufterei so fertig, dass er kaum noch gehen konnte und übernachtete an der Baustelle.

Am nächsten Morgen kam keiner mehr hier her, denn das Gebäude war so weit mal fertig gestellt.

Nach Tagen des Wartens wurde Nubdur immer verdrossener und das ertränkte seine Hoffnung den Lohn noch zu erhalten.

Da habe ich einmal gute Laune und dann wird das gleich ausgenutzt um mich um meinen Lohn zu betrügen. Gute Laune macht nachgiebig. Nie mehr gute Laune!

Dass ein reicher Unternehmer mich um meinen Lohn betrügt, zeigt mir, dass sein Reichtum ihn nicht zufriedenstellt. - Das war jetzt aber nur ein tröstender Rachegedanke von mir. Sein Reichtum macht ihn natürlich glücklich. Er betrügt, weil er das aus Gewohnheit kann und weil er die Fähigkeit hat, zu erkennen welche Arbeiter sich wehrlos mehr Arbeit aufbürden lassen.

Gut, dass ich mir nicht die Mühe machte eine höhere Entlohnung auszuhandeln. Das wäre unnötig gewesen, spöttelte Nubdur über die Angelegenheit.

Brav alles befolgen, das gedieh mir ständig zum eigenen Schaden. Fleiß bei der Arbeit zahlt sich nicht aus! Das Leben wird mich nicht nachträglich belohnen wenn ich meinen Körper kaputt arbeite und in Erschöpfung verblöde. Leute mit Mut zur Faulenzerei gehen nicht so weit.

Ich sollte mich nicht andienen. Wer dem König sagt, auf dem Weg vor ihm liegen Steine, darf die wegräumen.

Für Fleißige und Hilfsbereite ist die Arbeitswelt eine Hölle. Arbeit ist eine sprudelnde Quelle von Frust.

Eine Weisheit meines Vaters fällt mir ein: Wenn du unfähig und faul bist, dann stresst dich niemand mit hohen Erwartungen. Also besser faul sein. Doch geschickt faul sein bekam mein Vater auch nicht hin, sonst hätte er nach der Arbeit nicht geschimpft. Er wusste nicht wie man Emsigkeit vortäuscht und seinen Mitarbeitern kleine Anteile der eigenen Arbeit übrig lässt. Er war zu dumm zum Faulenzen. Ich auch. Mir fehlt der Mut mich zu schonen. Das Wohl anderer ist mir wichtig, aber mein eigenes nicht. Und ich habe keinen Mut, auszuhalten, dass andere denken ich wäre nicht fleißig.

Nubdurs geschundener Körper wollte die Angelegenheit nicht vergessen und braute Wut. Die betäubte seine körperlichen Schmerzen und Nubdur warf die von ihm zusammengetragenen Balken verteilt über die Baustelle und dabei schimpfte er mit sich: Ich Depp, wie konnte ich so dumm sein, mich für den Schinder zu verausgaben! Jetzt gibt mein Körper Kraft für Wut, aber vor Tagen als ich Willenskraft gebraucht hätte um die Zusatzarbeit abzulehnen, schlummerten diese Säfte in meinem verdammten Körper.

Ich bin brav wenn ich kämpfen sollte, ich schufte wenn ich mich ausruhen sollte. Bei Unstimmigkeiten stelle ich mich unwillkürlich auf die Seite meines Gegners und gegen mich. Ich kann mich auf mich nicht verlassen!

Ich habe meine Gefühle nicht im Griff. Andere auch nicht. Aber solange deren momentanen oder spontan kommenden Gefühle ihnen in den jeweiligen Situationen helfen, ist das in Ordnung. Meine Gefühle jedoch sind mir nie hilfreich! Dafür hasse ich mich.

Eine vorbei marschierende Patrouille von Wächtern sah in Nubdurs Toben was Verbotenes.

„Ich habe die Balken unbezahlt aufgeräumt. Deshalb sollte ich sie wieder verstreuen dürfen.", erklärte Nubdur, aber das verstanden die amtlich befugten Schläger nicht und hieben mit ihren Lederriemen auf ihn ein. Nubdurs Selbsthass nahm die schmerzhafte Strafe fast gerne entgegen. Als sie müde wurden, gingen sie weiter.

Die und der Baumeister sollen in der Hölle schmoren, wünschte Nubdur. Meine Unterlegenheit drängt mir nun die Vorstellung von einem Leben nach dem Tod auf, damit die dann bestraft werden können.

Weiter weg saugte wieder Hunger in ihm. Den bekämpfte er mit: Viele hungern. Da darf ich auch nicht satt sein.

Später wurden Steine von hinter gegen ihn geworfen. Er hielt seine Hände schützend hinter seinen Kopf und ging weiter ohne sich umzuschauen: Ich habe keine Lust auf den Anblick von dummen Fressen.

Plötzlich sprangen zwei Krieger vor ihn und drei weitere umkreisten ihn. Sie richteten ihre Schwerter auf ihn.

„Wir grüßen dich Wanderer. Dieser Kreis um dich ist gerade deine ganze Welt und in der gibt es zwei Möglichkeiten: Du kommst mit uns mit und kämpfst für uns oder wir töten dich. Du darfst wählen."

„Dann wähle ich, getötet zu werden.", antwortete der in Trübsal schwimmende Nubdur.

„Das heißt, du willst für uns kämpfen, denn auf dem Schlachtfeld wirst du sicher getötet. Nehmt ihn mit!"

Nubdur wurde mit den Schwertspitzen angestoßen, aber er blieb stehen. Ein Krieger öffnete einen Beutel und hielt den Nubdur hin. Er sah abgeschnittene Ohren darin liegen. Nubdur fügte sich.

Im Lager der Kämpfer angekommen, wurden ihm Waffen hingereicht. Erst wenn er sich freiwillig in die Handhabung der Waffen einweisen ließ, durfte er essen gehen. Nubdur griff widerwillig nach den Waffen und stellte sich dann bei den Übungen trotzig ungeschickt an. Das zögerte sein Übungsende hinaus. Alle aßen schon, als er dazu kam. Der knappe Lebensmittelvorrat war schon verteilt.

Mein Sträuben gegen das Kämpfen hat mir nun eingebracht, dass ich zu spät zum Essen gekommen bin und ich nur noch die Teller abschlecken kann.

Doch dafür blieb ihm wenig Zeit, denn der Abmarsch wurde befohlen.

Unterwegs fragte Nubdur die Kämpfer weswegen diese Schlacht geführt wird. Er bekam zu hören: „Unsere Religion ermahnt zum Frieden und deshalb sendeten wir unsere Bekehrer zu den Kelveden, um die davon zu überzeugen, unsere Religion anzunehmen, aber die blieben bei ihrer Religion. Sie lehnten unseren Frieden also ab."

„Ihr bewahrt dann den Frieden, wenn ihr sie nicht mit eurer Religion belästigt."

„Schwächlinge bewahren den Frieden mit nichts tun. Wir hingegen kämpfen tapfer für den Frieden. Daher schlichen wir uns in ihr Gebiet und fackelten ein Gebäude ab, in welchem sie ihre religiösen Schriften aufbewahrten."

„Wieso soll das dem Frieden dienen?"

„Weil in deren religiösen Schriften weniger über den Frieden steht als in den unsrigen.

Nun müssen wir aus Vorsicht einem Racheakt von denen wegen der Brandstiftung gründlich zuvorkommen."

„Gibt es Anzeichen für Rache?"

„Nein, aber es ist doch normal, dass dies kommen wird. Wir würden uns an ihrer Stelle rächen wollen."

„Um euer Argwöhnen gegen sie zu besiegen, hättet ihr eure Verbrennung ihrer Schriften ihnen gegenüber bedauern sollen."

„Unser Bedauern wird die nicht besänftigen. - Also wir wären an ihrer Stelle nicht so leicht zu besänftigen. Wir müssen sie vernichten sonst vernichten sie uns."

Gegen Morgen erreichten sie den Ort der Schlacht.

Sie wurden angespornt: „Egal wer ihr seid, ihr habt heute alle die gleiche Chance, euch mit Tapferkeit zu Helden zu erheben. Für jeden Falschgläubigen, den ihr erschlagt, vergibt euch das Allmächtige eine schlechte Tat."

Nubdur fasste das so auf: Die denken sich einen Willen des Allmächtigen zum Eigennutz aus.

Alle stürmten in die Richtung des Gegners. Nubdur grübelte Kriege sind in Massen organisierte Amokläufe. Wildheit bekommt Freigang. Es scheint zu gefallen sich gemeinsam auszutoben. Allein austoben ist peinlich und finden Beobachter als igitt. Aber wenn alle gemeinschaftlich andere erschlagen, dann wird das als allgemeines Benehmen gebilligt.

Ihr Eifer beeindruckt mich. Ausgelassen und mit vollem Körpereinsatz stürzten sie sich ins kraftvolle Treiben. Sie sind dabei selbstvergessen und voll reiner Hingabe. Das war ich auch als ich mich dem Allmächtigen näherte. Sich freimütig in Hingabe hineinfallen lassen, das ist schön.

Sie wirbeln im Chaos
Schweißtropfen schleudern von ihren Gesichtern
als sog ein Sturm durch ihre wogenden Reihen.

Ihre Leidenschaft kann ich nicht aufbringen, dachte Nubdur, aber seine Bravheit befahl ihm fleißig mitzumachen. Doch er wurde angerempelt und dabei fiel ihm sein Schwert herunter und die anderen rannten drüber. Schlaff gab er auf, sich das Schwert wieder zu holen, weil seine Unfähigkeit sich wie die anderen zu begeistern und sein Argwohn gegen jegliches Bestreben, ihn bis zur Teilnahmslosigkeit entkräfteten: Ich bin und bleibe ein Außenseiter.

Eine Armee verlor stark an Leben. Ihre Losung war nun: „Wir kämpfen für eine Welt nach unseren Vorstellungen. Wenn wir damit nicht erfolgreich sind, dann sind wir lieber tot."

Nubdur verstand: Die sind wie Liebeskranke, die in den Tod gehen für eine Frau, die sie lieben, aber die sich mit Unnahbarkeit ziert. Liebende zeigen wie sehr sie jemanden oder etwas lieben, indem sie bereit sind dafür andere zu töten und ihr eigenes Leben zu geben.

Gegen Mittag war Stille über das Schlachtfeld gekommen. Es standen noch einige gegnerische kelveder Krieger. Die Armee, der Nubdur angehörte, war in Liebe für irgendwas untergegangen.

Das was ja klar, dass ich zur Verliererarmee gehöre.

Die Kelveden stapften durch die Leichname am Boden. Sie töteten die Gegner, die verwundet waren. Nubdur erwartet auch getötet zu werden aber ihre Mordlust versagte ihm gegenüber, weil er unbewaffnet und reglos dastand.

Sie gingen an ihm vorüber als sei er unsichtbar.

Mir wäre lieber gewesen die hätten mich auch getötet, denn ich will nicht mehr länger unter Wahnsinnigen leben.

Menschen treffen sich mit anderen um die Zeit ihres belanglosen Seins sinnlos totzuschlagen. Dafür pflegen sie Erzfeindschaften. Bringt Lebensfrust die Lust zu schimpfen mit sich, dann auf den Erzfeind. Will man sich austoben, dann mit ihm.

Nubdur durchsuchte die Toten, stahl ihr Geld und nahm sich einen noch saubereren Umhang.

Vögel zwitschern. Die Sonne strahlt. Besser jetzt. Der Anblick all dieser toten Irrsinnigen rührt mich kaum. Ich werde sie beklauen. Langsam stumpfe ich ab. Hoffentlich immer mehr, bis mich eines Tage alles unberührt lässt. Vielleicht schaffe ich es doch noch mich dieser Dreckswelt anzupassen, in dem ich zu einem skrupellosen Scheißkerl werde. Aber vielleicht erlebe ich dies nicht mehr, denn einige kelveder Kämpfer kommen zu mir. Wollen die mich nun doch töten? Wenn es glücklich für mich läuft bin ich jetzt gleich vom Dasein entlastet.

Doch dieser Wunsch erfüllte sich nicht. Sie legten ihm eine Leine um den Hals, durchsuchten ihn, nahmen ihm das Geld ab, rügten ihn als unmoralischen Leichenfledderer und zogen ihn an der Leine mit sich.

Sie stießen zu ihrer Armee, die eine fünf Mann hohe Steinschleudermaschine mit sich führte, um damit die Mauer einer Stadt zu brechen, die sie angreifen wollten. Nubdur musste mithelfen diese Maschine zu ziehen und beim Angriff zu bedienen.

Nubdur fragte: „Warum greift ihr diese Stadt an?"

„Diese Stadt ist im Würgegriff von Sauberleuten, die aus religiösen Gründen Unschuldige töten."

„Durch euren Angriff mit dieser Wurfmaschine könnten auch Unschuldige sterben."

„Sollen besser diese Sauberleute weiterhin ungehindert Unschuldige töten dürfen?", wurde erwidert.

„Nein.", zog Nubdur kleinlaut seinen Vorwurf zurück. Seine Gedanken passten sich an: Vielleicht sind die Gegner einfältige Wesen, die einzig Hass gegen andere empfinden können oder sie sind gefährlichem Wahn verfallen, dem sie ihr Leben widmen. Dann müssen die getötet werden.

Die Stadt wehrte sich überraschend energisch und die Armee eines befreundeten Herrschers fiel den Angreifern noch zusätzlich in den Rücken. In die Zange genommen wurden die Angreifer fast alle getötet. Unter den Überlebenden war wieder Nubdur: Warum machen die keine gründliche Arbeit und töten alle Angreifer, also auch mich.

Die dazugekommene Armee beschlagnahmte die Wurfmacheine, zusammen mit dem bedienenden Personal. Nubdur wurde ein Brustschild umgeschnallt, das ihn zu dieser Armee gehörend kennzeichnete. Dann erklärten sie: „Wir werden eine gegnerische Festung nahe zur Grenze zu unserem Reich angreifen und dann die Umgebung besetzten. Du bist mit dabei. Wenn wir die Festung erobert haben, dann darfst du mit uns diesen Sieg feiern."

„Lasst mich besser laufen, denn Armeen, die mich rekrutieren, verlieren ihre Schlachten."

„Wir werden verdient siegen.", wurde überzeugt erwidert. Den Kriegern wurde mit auf den Weg gegeben: „Ihr könntet dabei sterben, aber ein Sieg und eure Teilhabe daran bleibt ewig."

Nubdur rätselte: Sie bürden sich das Leid des Kampfes auf, für das Gefühl sich mit einem Sieg zu verewigen. Was bringt ihnen Siegergefühle? Und was erfreut sie an einem großen Reich? Bewohner in Großmächten sind nicht glücklicher als jene in kleinen Ländern.

Obwohl Nubdur den Angriff als falsch erachtete, bediente er mit all seiner Kraft das Schleuderungetüm, damit man ihm nicht Faulheit vorwerfen konnte.

Der Angriff zog sich hin. Dem Herrscher der Angreifer wurde immer wieder über den Stand der Eroberung berichtet. Der wiederum ließ seinen Kriegern ausrichten, er habe einen Räucherstab im Tempel entzündet, aus Trauer über das auf beiden Seiten vom Krieg verursachte Leid. Seine Leute waren hingerissen von seinem Mitgefühl.

Nach einem halben Monat hatte die Armee die Festung eingenommen. Der mitleidvolle Herrscher befahl, welches Gebiet als nächstes erobert werden soll.

Aber erst mal feierten die Krieger ihren Erfolg. Einige einheimische Frauen gaben sich den Kriegen hin, weil sie neugierig darauf waren, wie der Sex mit einem Mann ist, der gerade dutzende Menschen erschlagen hat und siegreich überlebt hat. Sie fühlten sich herausgefordert seine brutale Kraft auszuhalten. Sie waren stolz auf sich wenn sie die ohne jegliche Zärtlichkeit und unter Schmerzen ertragenen, auch von mehreren Männern gleichzeitig oder nacheinander, vielfach zugefügten Penetrationen überstanden hatten. Das wurde offen vollzogen. Zärtliche Männer rackern sich lieber im Verborgenen ab.

Die Sieger sangen Schmählieder auf die Besiegten und machten sich über sie lustig: Sie ahmten die Tänze des besiegten Gegners wie Epileptiker nach. Nubdur hörte den Jubel um sich herum und dachte: Die freuen sich aus tiefstem Herzen, sind tatsächlich glücklich. Selbst jene, die wie ich gezwungen wurden, mit ihnen zu kämpfen, feiern den Sieg, obwohl der sie nichts angeht. Ich kann jedenfalls die Begeisterung für ihren überflüssigen Sieg nicht nachempfinden. Wie so oft fühle ich mich nicht zugehörig.

Sie schickten Boten los, die in möglichst vielen Ländern von ihrem Sieg künden sollen, auf dass ihnen Bewunderung entgegen gebracht werde. Armselige Wesen, denen Bewunderung von anderen wertlosen Wesen wichtig ist. Noch armseliger sind die Bewunderer von Siegern.

Ansehen soll die Wertlosigkeit des eigenen Daseins verschleiern. Stolz soll vor der angeborenen Nichtigkeit blenden. Die Sieger hofften, dass noch nach ihrem Tod anerkennend von ihnen gesprochen wird. Eine läppische und überflüssige Sorge. Ihre Nachkommen sollen ihren Ruhm erben, weil die sich als besseren Dreck fühlen sollen.

Die Menschenwelt ist bedeutungslos und somit Siege, Bewunderung, Ruhm und Ehre nichts. Allein das kurze, entspannende Gefühl wenn man seine Augenlider schließt, ist mehr wert als über die verkommene, verrückte Menschenwelt zu herrschen oder sie zu dominieren.

Vom Stolz auf den Sieg aufgeputscht, feierten sie bis zum Morgengrauen. Nubdur wurde davon nicht befallen. Er trank ein wenig, legte sich dann flach auf den Boden und schloss seine Augen. Er rätselte: Welchem Zweck dient der Wettstreit zwischen den Sippen, Stämmen und Völkern? Die Menschheit hat nichts davon, wenn sich welche als stärker erweisen. Sind nicht jene klüger, die sich da raushalten und Gemütlichkeit anstreben?

Die Sieger schliefen noch, als Nubdur am nächsten Tag erwachte und sich mit einer Frage von ihnen abwendete: Was ist das für ein Allmächtiges, das Wesen wollte, denen Ruhm wichtiger ist als Geruhsamkeit?

Bei Sonnenaufgang erklomm Nubdur einen Anstieg, der mit Geröll überdeckt war. Immer wieder rutschten Steine unter seinen Füßen weg und bald brauchte er eine Pause. Er bemerkte nicht, dass er sich nahe an einem Weg niederließ, der von einem kleinen Dorf am Fuße der gegenüber liegenden Hangseite herausführte und hier hoch verlief.

Wenn ich viel unter Menschen bin, dann bekomme ich eine schlechte Meinung über sie. Dann hilft Einsamkeit. Einsamkeit verschont vor aufregendem Geschwafel.

Doch Nubdur blieb nur für kurze Zeit alleine. Ein paar ältere Herrschaften wurden von Dienern mit einer Sänfte den Weg hinaufgetragen. Nubdur grüßte die Herrschaften. Sie kniffen grußlos ihre Lippen zusammen und schauten missbilligend auf Nubdur während sie vorüber zogen.

Unwichtig, dachte Nubdur. Er legte sich hin, schloss seine Augen und sinnierte: Viele glauben, das Allmächtige würde die Menschen für ihre Vergehen mit Katastrophen bestrafen. Gibt es beispielsweise eine Missernte, dann wird geglaubt, der Zorn des Allmächtigen hätte das bewirkt. Mit der Katastrophe wirft das Allmächtige die Menschen in Verzweiflung. Daraus erwächst Wut, die sich auf Gruppen ausrichtet, die niemand mag und denen deshalb angedichtet werden kann, den Zorn des Allmächtigen geweckt zu haben. Die Leute schützen sich davor, am Zorn des Allmächtigen schuld zu sein, indem sie über andere verleumderische Gerüchte in Umlauf bringen, die dann zu Opfer zukünftiger Schuldzuweisung werden.

Mit der Angst davor, für die nächste Katastrophe beschuldigt zu werden, lassen sich die Leute auch gefügig machen, denn wer auffällt, macht sich zum Ziel von falschen Schuldzuweisungen.

Ein weises Allmächtiges würde wissen, dass die Menschen nicht mit Katastrophen zur Besserung erzogen werden können. Folglich sind Katastrophen nicht vom All...

Nubdur wurde durch herangenahte Schatten gestört, die sich zwischen ihm und der Sonne schoben. Er bemerkte es, obwohl er sein Augen geschlossen hatte und auch jetzt nicht öffnete. Er blieb bei seinem Gedanken: ...nicht vom Allmächtigen verursacht. Katastrophen wären nämlich sonst...

Ein Fußtritt wummerte in Nubdurs Seite. Ungeachtet dessen schob er weiter seinen Gedanken an: ...Anwendung von Gewalt des Allmächtigen um uns damit zu erzieh...

„Zeige deine BBAEB!", wurde geschrien und damit sein Gedankenfluss nun doch gestoppt.

Nubdur öffnete die Augen und tat sich damit den Anblick von vier Ordnungsbeamten an, die mit strengen Minen das Stück Macht, das sie von Amtswegen über andere haben, gegen Nubdur wuchteten.

Nubdur richtete seinen Oberkörper auf und sofort wurde eine Lanze gegen die Brust gerichtet.

„Nicht bewegen!", befahl ihm ein Ordnungshüter.

„Wenn ich mich nicht bewegen soll, dann hättet ihr

mich einfach ruhen lassen sollen."

Das brachte ihm einen Schlag ins Gesicht ein, dem der Spruch folgte: „Das war für deine freche Bemerkung. Ich werde dich Haufen Scheiße zu feinem Benehmen erziehen."

Einer der Beamten trat vor: „Zeige uns deine Bergbegehungsundanwesenheitserlaubnisbegründung."

Nubdur murrte für sich: Ich liege nur da, belaste niemand, fordere nichts für mich, gehe keine Bindungen und Verträge ein, ziehe mich in die Abgeschiedenheit zurück,...

„...und dennoch werde ich aus meiner Ruhe gestresst!!!", brüllte er den letzten Teil seiner Gedanken heraus.

„Dir muss ich wirklich besseres Benehmen beibringen."

Nubdur breitete seine Arme aus und schrie zurück: „Du mit der Lanze, durchbohre meine Brust, damit ich eure Drecksfressen nicht mehr sehen muss!"

Sein heftiger und überraschender Wutausbruch beeindruckte die Beamten. Verdattert hielten sie inne.

„Ich warte!", schrie Nubdur weiter, „Na, will mich keiner von euch erlösen? Ich verstehe, ihr wollt mir diesen Gefallen nicht machen, damit ihr mich weiter schikanieren könnt!"

„Dein Verhalten uns gegenüber wird Folgen für dich haben.", laberte einer bemüht beherrscht.

Nubdur grummelte: Ich versuche meine Mitmenschen in Ruhe zu lassen, warum lassen die mich nicht in Ruhe? Lästig wie ein Schwarm Stechmücken drängen sich ständig welche auf. Wie haben die mich überhaupt entdeckt?

Nubdur erinnerte sich an die Leute in der Sänfte: Die waren bestimmt einer selbst eingeredeten Pflicht nachgekommen und haben die Beamten auf mich hingewiesen. Kaum hatte ich mich hingelegt, wurden schon Petzer an mir vorbeigetragen, mit diesem erneuten Ärgernis zur Folge. Ärgernisse geschehen mir dermaßen andauernd, dass ich glaube, das Allmächtige hilft dabei nach. Will es mich trainieren, mich weniger zu ärgern? Vielleicht denkt es, ich kann nun Ärgernisse als wenig bedeutsam abtun, nachdem mir das Bedeutsamste zufiel, nämlich dass es existiert und es uns Frieden geben will.

Vielleicht hilft mir meine Erfahrung mit dem Allmächtigen, dachte Nubdur: „Ihr sorgt für Unfrieden in mir. Das ist gegen den Willen des Allmächtigen."

„Halte das Allmächtige raus. Hier herrscht mein Wille."

Mit dem Allmächtigen kann ich mich nicht aus der Verwaltung herauswinden. Beamte beeinflussen viel mehr die Laune der Menschen als das Allmächtige. Die Verwaltung macht das Leben wertloser, weil sie uns Zeit raubt mit überflüssigem Kümmern, Ausfragen und dem Chaos, das sie streng nach Unlogik über uns bringen.

Die Beamten piksten: „Wenn du keine Erlaubnisbegründung hast, dann wird eine Strafgeld fällig. Die beläuft sich auf vier Fesmünzen."

„Ich habe kein Geld."

„Dann müssen wir dich festnehmen."

Sie packten ihn und führten ihn hinunter in die Stadt. Dort wurde er angewiesen: „Das Strafgeld und Gebühren für das Formular entrichten und es ausfüllen lassen."

„Könnte ich das umgehen, wenn ich meine Anwesenheit sofort beende?"

„Dafür ist es zu spät. Du warst schon anwesend."

„Ihr könnt doch von mir keine Strafzahlung verlangen, wenn ich mir euer Formular schon nicht leisten kann. Allein mein nacktes, pures Dasein kostet in eurer verrückten Welt schon Geld, noch bevor ich für mein Ernährung oder sonst wie für mich sorgen konnte.", beklagte Nubdur.

Der Beamter fragte ihn: „Was hattest du dort oben zu suchen? Hast du das Dorf beobachtet? Bist du ein Spion?"

„Ich ähm... habe..."

„Sprich schneller, wir haben noch was anderes zu tun!"

„Dann lasst euch nicht aufhalten."

„Wir erledigen erst das hier. Los jetzt oder wir werden gefährlich ungeduldig!"

„Ich dachte über das ... Allmächtige nach."

„Für solche Gedanken sind Prediger zuständig. Bist du ein Prediger?"

Nubdur antwortete nur ehrlich: „Nein."

„Dann bist du ein Spion."

„Gibt es noch was anderes zur Auswahl? Könnte ich ein einsamer Wanderer sein?"

„Ja, ein Wanderer, der entweder ein Prediger, ein Spion, ein Händler, ein Dieb, ein Geflohener oder ein Unheilverkünder ist."

„Ich bin nur Wanderer."

„Du lügst.", sagte der Beamte und Nubdur begriff: Ich hätte tatsächlich lügen sollen mit der Behauptung ich sei Priester. Weil der Gesetzgeber die Welt in Formularfragen einteilt, und glaubt, dass das, was darin zur Auswahl steht, die ganze Realität darstellt, werden Ehrliche zu Lügnern. Nur daliegen und über die Menschen und das Allmächtige nachdenken, gibt es in deren engen Formularwelt nicht. Vor der ungerechten Verwaltung kann man sich nur mit Lügen retten. Meine Bravheit hemmt bei mir Mut für eigenen Willen. Eine solche Eigenart spornt nicht zu eigennützlichen Lügen an.

Die Ordnungsmacht notierte mitsprechend: „Gefangener ist widerspenstig. Verhöre unter Folter notwendig um herauszufinden für wen er spionierte. Soll aber zuerst im Steinbruch seine Schulden arbeiten."

Die örtliche Tempelanlage wurde erweitert. In einem nahe gelegenen Steinbruch wurden die benötigten Steinquader herausgehauen. Nubdur musste dort arbeiten. Die Arbeit war äußerst gefährlich und es passierten täglich teils tödliche Unfälle. Durch die lange Arbeitszeit, den übermäßigen körperlichen Einsatz und die dürftige Nahrung bedingt, schleppte sich Nubdur wie benommen durch den Tag. Abends war er so fertig, dass sogar seine sonst so muntere Jammerlust kraftlos in Müdigkeit versumpfte.

Eines Nachmittags fielen hoch oben beim Beladen des mit einer Seilwinde betriebenen Hebewerks einige Gesteinsbrocken nach unten. Die Brocken trafen auf einen Absatz in der Felswand, zerbrachen beim Aufschlag und sprangen von da ab, als vermehrte kleinere Brocken in die Menge der Arbeiter weiter unten hinein. Nubdur war auch dort unten. Eine harte Masse haute mit schneller Wucht auf sein linkes Schultergelenk und das warf ihn herum. Die Umgebung schleuderte vor Nubdurs Augen halb vorbei, während er mit Schwung auf dem harten Boden aufschlug, mit seinem linken Arm voran, der dabei entgegen der normalen Bewegungsrichtung verdreht wurde. Beim Aufstehen spuckte er Blut und ein Stück Zahn aus. Das getroffene Armgelenk schmerzte tief drinnen und schwoll stark an. Ein Wärter sortiert ihn aus, denn Arbeitsunfähige sollten nicht weiter durchgefüttert werden.

„Du hast noch nicht genug verdient, um dir diese ähm... wie-auch-immer...Erlaubnis leisten zu können. Deshalb darfst du hier nicht bleiben. Verschwinde, und zwar sofort!", befahl der Wärter. Nichts lieber als das, dachte Nubdur. Die blicken anscheinend selbst nicht durch wie die Regeln ihrer Verwaltung einzuhalten sind. Jetzt darf ich doch gehen, wie ich zu Anfang vorschlug.

Das ging jetzt mal gut für mich aus. Das Allmächtige muss gerade verpennt haben, mich weiter zu ärgern. Wahrscheinlich war es abgelenkt, weil es gerade damit beschäftigt war, anderen ihre Wünsche zu erfüllen, dachte Nubdur spottend. Dass die mich für nichts haben arbeiten lassen und verletzt wurde, könnte mich aufregen, aber ich sollte einzig an meine glückliche Freilassung denken.

Nach vielen Tagen traf Nubdur in der nächsten Siedlung ein. Er hatte lange nichts mehr gegessen und getrunken und litt unter Schmerzen in seinem Arm. Schwäche wog plättend schwer in seinem Körper und ihm war fiebrig. Er wollte Weiteres planen, aber ein Gedanke nach dem anderen entglitt ihm unfertig. Er setzte sich und wie von selbst öffnete sich seine Hand zum Betteln. Das Geschehen um ihn herum nahm er nur bruchstückhaft wahr, als unstete, schaukelnde Bilder, wie Spiegelungen auf einer Wasseroberfläche. Dösig benebelt sah er im diesigen Licht des späten Nachmittags wie die von weichen Sonnenstrahlen umrandeten Bewohner scheinbar leichtfüßig an ihm vorüber tänzelten. Wie damals bei seinen heimlichen Ausflügen als Kind saß er scheu gebückt da Niemand gab ihm etwas. Eigentlich hatte er auch nicht erwartet, dass ihm jemand was spendet.

Nubdurs Wahrnehmung rieselte bisweilen in stille Dunkelheit hinein, wurde aber auch immer wieder von blendender Helligkeit übergossen. Aus der Helligkeit kam einmal dunkler Dreck auf ihn zu, den ein Kind nach ihm geworfen hatte. Eine Frau schimpfte mit dem Kind weil es jetzt schmutzige Hände hatte.

Nubdur blickte dem Kind mit finsterem Blick nach: Kinder sind kleine Deppen aus denen große Deppen werden.

Auf einmal sah er, wie bei einem Passanten ein Geldbeutel unter dessen Umhang herausfiel. In seiner Trägheit schaffte Nubdur gerade noch einen einfachen, geradlinigen Gedanken: Den Beutel holst du dir. Nubdur bewegte sich hin, kippte aber dann in schwankende Dunkelheit. Als sein Bewusstsein wieder aufflackerte drückte etwas gegen seinen Oberschenkel. Er hob seinen Oberschenkel vom Boden ab und es lag der Beutel darunter, den der Passant gerade verloren hatte. Der hastete weiter, ohne den Verlust bemerkt zu haben. Nubdur überlegte, den Passanten auf seinen Verlust aufmerksam zu machen, aber sein voriger Entschluss blieb stur. Er schlug mit beiden Armen seinen Umhang über den Beutel, ähnlich wie ein Greifvogel seine Flügel um seine Beute legt um sie vor hungrigen Neidern zu verbergen. Seitlich blickend sah Nubdur, wie der Besitzer des Beutels um eine Ecke verschwand.

Nubdur fand Münzen im Beutel und leistete sich damit

frisch gebrühten Tee und eine Mahlzeit. Das brachte ihn wieder zu Sinnen und er erkannte: Das war Diebstahl! Aber andererseits ist der Beutel mir ja fast in die Hände gefallen. Das muss ausgleichende Gerechtigkeit vom Allmächtigen sein. Vielleicht will es, dass ich mir mit den übrigen Münzen eine Heilbehandlung gönne.

Mache das, gaben unvermittelt aufjaulende Schmerzen ihm zu verstehen und trieben ihn zu einem Mediziner.

Der Mediziner wollte ihm Voraus seine Entlohnung. Nubdur holte zögernd den Beutel unter seinem Umhang hervor und sofort griff der Mediziner danach. Der schaute hinein und war entzückt. Er verstaute das Geld mitsamt dem Beutel in einer Truhe und reichte Nubdur acht Gefäße, die schimmernde Substanzen enthielten und erklärte: „Ein vertrauter Freund stellt die her. Nimm täglich fünf Schlückchen von jedem Gefäß. Das heilt dich."

Tage darauf wurde sein Arm noch unbeweglicher. Die Substanzen führten zusätzlich zu Durchfall.

Das Geld hat mir nicht viel genutzt. Ich hätte die Münzen zurückgeben sollen. Vielleicht hätte ich dann eine Belohnung bekommen, die für Tee und Essen gereicht hätte. Der den Beutel verlor, wird jetzt die Vorurteile seiner inneren Welt mit unschuldigen Dieben stärken.

Meine Vorstellung, es sei mir mit den Münzen eine ausgleichende Gerechtigkeit zugekommen, war nur dumm. Denn warum sollte ein Unbeteiligter für das, was mir angetan wurde bezahlen? Ich wollte mit meiner Vorstellung von einer ausgleichenden Gerechtigkeit vom Allmächtigen, mich meiner Verantwortung für meinen Diebstahl entledigen. Ich habe mir einen mir gefälligen Willen des Allmächtigen vorgeschwindelt.

Weil ich oft von Verwaltungen dazu vergewaltigt wurde Gebühren für nichts zu zahlen und oft für umsonst schuftete, wundert es mich nicht, wenn bei mir die Hemmungen fallen, unverdientes Geld an mich zu nehmen. Aber das war jetzt auch wieder eine ungültige Rechtfertigung das Geld dieses unschuldigen Passanten zu behalten. Obwohl. Wer so viel Geld bei sich hat, ist nicht unschuldig. Vielleicht ein Ausbeuter, der Hungerlöhne zahlt.

Ich muss mich über mich wundern. Ich mache was Schlechtes und meine erste Regung ist, keine Verantwortung dafür zu übernehmen. Vielleicht weil nicht ich darüber entscheide was ich tue, sondern meine widerwärtigen Gärungen, über die ich nicht bestimmen kann.

Während Nubdur grübelnd dastand, lief ein Kind gegen seinen Rücken und verschüttete dabei die Suppe in seiner Schüssel weil es beim Laufen nur auf seine Suppe geachtet hatte, um die nicht zu verschütten. Das Kind heulte los. Seine Eltern Verlangten eine Entschuldigung und Geld für die Suppe und Trost. Nubdur entschuldigte sich, obwohl das Kind selbst schuld war, denn er war gerührt wie sehr sich die Eltern für ihr Kind einsetzten. Er hätte auch Geld gegeben wenn er welches gehabt hätte. Seine Eltern und Nubdur erlaubten dem Kind ihm ans Bein zu treten.

Nubdur versteckte sich am Abend zwischen dornigem Gebüsch. Obwohl er müde war, wurde er oft wach. Am Morgen darauf lähmte ihn eine überhängende Müdigkeit.

Die Feuchtigkeit der Nacht auf den Blättern verdunstete und ein dampfendes Ungeheuer erhob sein Haupt in den neuen Tag. Nubdur fror und schwitze abwechselnd. Der Körper schien sich auf die Temperaturen des neuen Tages nicht einstellen zu können.

Dieser neue Tag machte Nubdur mit scheußlichem Sauberkeitswahns bekannt, der Nubdur mit gedanklicher und körperlicher Übelkeit knetete.

Aus Angst, ihre Frauen könnten Ehebruch begehen, wollten Sauberleute ihr Gebiet von zukünftigen Ehebrechern reinigen. Natürlich nicht machbar, aber Verrückten erscheint nichts unmöglich. Einige Bewohner hatten eng beieinander liegende Augenbrauen. Ihr Anblick war den leicht zu erschütternden Sauberleuten unangenehm ungewöhnlich. Als einer von den Augenbrauenmonstern Ehebruch beging, wurden er zum Gesicht für Ehebruch. Ein Forscher erkannte darin eine Gelegenheit berühmt zu werden. Er behauptete nachgewiesen zu haben, dass besonders Männer mit solchen Augenbrauen Frauen zum Ehebruch verführen. Das wurde niedergeschrieben und dann abgeschrieben. So verbreitet sich dieser Unsinn bis das zum Allgemeinwissen wurde. Besonders Ehebrecher mit nicht eng zusammenliegenden Augenbrauen begrüßten dieses Unwissen.

Gelehrte weisen nach, was sie als wahr verbreiten wollen. Das geht mit einer Sammeluntersuchung, die beendet wird wenn ein Zwischenergebnis das gewünschte Enderergebnis ausgibt oder wenn nur bestimmte Anhaltspunkte berücksichtigt werden.

Der Reinhaltungswahn umschloss viele Bereiche: „Wir erlauben nur unsere angestammte Kultur und Tradition. Darin sollen sich alle wiederfinden."

Die rätselhafte Abneigung gegen Vielfalt peinigte Nubdur zu Widerspruch: „Zu bestimmen, mit was die Leute Spaß haben dürfen, schränkt ganz zwecklos die Freiheit ein.

Welche Tradition und Kultur aus welcher Zeit soll einheimisch sein? Eure heutige Religion gab es vor einigen Jahrhunderten hier noch nicht. Damals bestand ein anderer Glaube. Welcher ist der ansässige? Eure Vorfahren bauten nur Hütten aus Holz. Nun baut ihr Häuser aus Stein. Wenn ihr eurer Tradition treu bleiben wollt, dann dürft ihr keine Häuser aus Stein bauen und auch sonst keinen Fortschritt zulassen.

Abschottung gegen Ungewohntes führt zu gedanklicher Inzucht!"

Sauberleute unterdrückten mit besten Absichten: „Wir schreiben gesetzlich für alle einheitlich vor, auf welche Weise glücklich gelebt werden muss."

Weitere Verrücktheiten schwankten bedrohlich durch

eine Welt des Schreckens, nämlich die Kämpfe für eine reine, unverfälschte, original ethnische Volksmasse. Sauberleuten bereiten Paarungen zwischen Menschen mit ungleicher ethnischer Herkunft Sorgen, weil deren Mischkinder unrein sind, weil sie nicht zur ursprünglichen Schöpfung gehören. Die haben überflüssige Sorgen.

Gleich wie diese völkischen Sauberleute sind für religiöse Sauberleute überflüssige Reinhaltungen ihre Leidenschaft. Sie erobern Gebiete und zwingen die Bewohner mit Todesdrohungen und strenger Überwachung, dass sie genauestens gemäß einer Religion leben müssen: „Wir sind Missionare des Glücks. Wer nicht das einzig wahre Glück annimmt, den töten wir." Viele Bewohner starben oder flohen als diese Religion gewaltsam verbreitet wurde. Nubdur wunderte sich: Was ist der Sauberleute Ziel? Herrschen über leere Dörfer?

„Menschen sollen nicht leiden. Also ist alles unnötig was Leid bringt. Unnötiges erkennt man daran, dass es Leid verursacht. Wie diese nutzlosen Reinhaltungen.", erläuterte Nubdur einem Sympathisanten. Der wusch leichtfertig diese Gräuel im Meer der unsinnigen Geschehnisse: „Den Kampf für Reinheit gibt es schon immer. Andere verjagen und töten auch für ihre Vorstellungen von Reinheit."

„Das beantwortet nicht warum das sein muss.", bemängelte Nubdur und probierte für eine Erklärung was aus: „Stelle dir zwei Welten vor. Die erste: Du bist der einzige Mensch, friedlich und einsam. Die zweite: Es gäbe nur Menschen, die dich auf den Tod nicht ausstehen können.

Was wäre dir lieber: Die totale Einsamkeit oder Verbundenheit mit andern durch Feindschaft?"

Der Gefragte grübelte lange. Nubdur verstand: Eine schwere Entscheidung. Kampf erfüllt das leere Leben. Einsamkeit in Frieden nicht.

Der Gefragte antwortete quer über die Frage hinweg: „Wir kämpfen für Frieden. Säuberungen sorgen für Frieden, denn wenn Menschen je nach ihrer Religion, Kultur und ethnischen Zugehörigkeit sauber auseinander sortiert leben, dann gibt es keine Konflikte mehr."

„Nicht die von dir genannten Unterschiede, sondern die Sauberleute mit ihrem Reinhaltungsstreben sind die Ursache für Konflikte. Leider gibt es in allen Kulturen, Religionen, Sippen und Völker einen Anteil an Sauberleuten."

„Deshalb müssen wir fremde Sauberleute verjagen oder sicherheitshalber die ganze Gemeinschaft verjagen, aus der die fremden Sauberleute kommen."

„Das ist ungerecht gegen jene, die keine Sauberleute sind."

„Gründlichkeit steht über Gerechtigkeit."

Nubdur erfasste: Ihre Leidenschaft gehört krankhaft perfekten und deshalb unerreichbaren Gleichheiten. Sie legen immer strengere Maßstäbe an, nach denen sie aussortieren. Daher ist niemand vor ihrem Reinheitswahns sicher, auch nicht Leute aus ihrer eigenen Sippe und auch nicht aus der Bande der eigenen Sauberleute.

Später pinselte Nubdur heimlich an Felswände die allgemeingültige, eherne Gesetzmäßigkeit: „Je sinnloser ein angestrebtes Ziel ist, desto mehr Widerstand, Kampf und Leid liegt auf dem Weg zu seiner Verwirklichung. Darum: Unnötiges stresst am meisten!"

Die Sauberleute überpinselten diese Alphawahrheit, denn Sauberleute sind auch Wahrheitsbesserwisser und als solche wollen sie die Welt von Sichtweisen und Meinungen reinhalten, die ihnen nicht gefallen.

Der Trotz der Sauberleute erweckte in Nubdur eine Bestie von einer Erkenntnis: „Wesen, die solchen Ideen wie diesen überflüssigen Reinhaltungen nachkommen, sind nicht von einem weisen Allmächtigen erschaffen worden!"

Nubdur rieb sich wund am Miterlebten: So wie ich damals mitfühlte wenn meine Eltern mir ihr Leid klagten, so packt mich Anteilnahme an der Not der Opfer des Sauberkeitswahns. Angesichts deren Leids ist es nicht fair wenn ich glücklich wäre. Wäre ich glücklich, dann wäre das eine kalte Dreistigkeit gegenüber all den verfolgten und unterdrückten Menschen. Schon immer bedauerte ich die durch Krieg und Ausrottungsversuche jung Getöteten, weil die ihre Lebenspläne nicht verwirklichen konnten und ihre Fähigkeiten und das was sie erfreute nicht ausleben konnten. Es wäre diesen zu früh beendeten Lebensläufen gegenüber frech von mir, wenn ich eigene Lebenspläne verwirklichen würde und damit auch noch glücklich wäre. Wegen des unerfüllten Lebens anderer, kann ich mir nicht erlaubt, ein erfülltes Leben für mich zu beanspruchen. Wegen all des Elends darf ich nicht glücklich sein.

Mitleid verdirbt die eigne Laune. Mitleidlose hingegen schonen ihre Laune dadurch, dass sie unsinnige Zusammenhänge phantasieren, denen nach die Opfer von Gewalt selbst schuld sind, dass Leid über sie gekommen ist.

Mich ekeln jene an, aber auch beneide ich sie, die unberührt vom Leid anderer, einzig ihr eigenes Lebensglück im Auge behalten können. Sie halten für selbstverständlich, dass ihnen ein bestes Leben zusteht.

Mitleidlosigkeit nutzt eigenem Erfolg. Die auf Gier ausgerichtete Arbeitswelt braucht gefühlskalte Schinder, die in der Hierarchie nach oben geholt werden.

Nubdurs Gedanken galoppierten durch den fauligen Morast abscheulicher Alltäglichkeiten: Sauberleute preisen und fordern Ehrlichkeit, Fleiß, Vertrauen, Gehorsamkeit und Zuverlässigkeit als Werte, weil ehrliche und vertrauende Menschen leichter reingelegt werden können, gehorsame nicht aufbegehren, fleißige und zuverlässige sich ausnutzen lassen.

„Geld macht nicht glücklich.", wurde als Merksatz eingetrichtert, um Neid und Unzufriedenheit zu hemmen.

Weiter wurden eingelullt: „Nicht irdisches Wohlergehen sondern die unvergängliche Liebe des Allmächtigen soll euer Begehr sein. Damit erlangt man wahren Reichtum."

Nubdurs bedrücktes Gemüt verengte seine Wahrnehmung auf nur Übles am Rand seiner Wanderung.

Ich sollte nachts wandern und tagsüber schlafen, damit ich weniger von der Welt sehen muss. Die Nacht ist mir lieber als der Tag. Nachts ist zwar die Gefahr überfallen zu werden größer, aber ein Dieb, der mir die Kehle aufschlitzt weil ich mich weigere mein Geld rauszurücken oder wenn ich keins habe so tue als wolle ich es ihm nicht geben, ist herzlich dazu eingeladen.

Die herrlichen Gefühle, die mich am Ufer streichelten, sind schrecklich gegensätzlich zu den Gefühlen, die der Alltag bei mir auslöst. Das Leben ist mir nach der wundervollen Begegnung mit dem Allmächtigen nun noch mehr zuwider als zuvor.

Fröhliches Geplapper einer Feier drang durch Nubdurs düstere Gedanken: Da müssen welche wahnsinnig geworden sein, denn es gibt keinen Grund zu feiern!

Die Menschen verbrannten getrocknete Kräuter und atmeten den aufsteigenden Rauch ein. Von Betäubung benebelt erdulden die Leute die plagenden Zustände und glauben den Schönrednern. Mächtige sind von ihrer Rechthaberei benebelt. Sie finden, dass sie Gutes leisten, wie sie mit ihren unlogischen Gerechtigkeitsgedanken die unterschiedlichen Lebenspläne und gesellschaftlichen Stellungen ungleich unfair behandeln. Sie erfinden und erhöhen Abgaben für Verschwendungen. Herzlosen Beamten erlaubt ihre Arbeit ihren Sadismus oder ihre schlechten Launen an ihren Opfern ungestraft auszutoben. Die Willkürherrschaft der Beamten vernichtet Lebensfreude.

Die Drogen beruhigen die Menschen. Dort wo aus religiösen Gründen Drogen verboten sind, muss die Bevölkerung mit strengerer Unterdrückung ruhiggehalten werden.

Der Verkauf der Betäubungsmittel ist als Geldquelle geduldet, doch ihr Konsum als ungesund verachtet.

Ungesund sind jedoch Beamte, die ihre Arbeit nicht können aber unnachgiebig schikanieren. Die Opfer amtlicher Ungerechtigkeiten fühlen sich zum Tricksen herausgefordert. Wer nicht tricksen kann spürt Frust, den viele betäuben. Ungesund sind Gesetze, die für viele Leuten nachteilig sind und für mache vorteilig. Diese ungleiche Behandlung öffnet Gräben aus Neid. Die gesetzlich festgelegte Neidgesellschaft nagt am Leistungswillen und verhindert heilende Ruhe. Die Regierungsmacht unterstützt die versklavende Gier gegen die machtlosen Unteren.

Die Leute werden mit der Droge Zorn vergiftet.

So sah Nubdur die Welt.

Mit seinen Gedichten verfing er sich nur noch an Unbehaglichem: Bei Tag...

Ein Blitz hatte einen Baum gespalten
aufgerissen wie ein Mund
der zum Himmel schreit

...und bei Nacht.

Der Mond spiegelt sich auf einem See
Schwarze ölige Wellen
versuchen sein Spiegelbild zu ertränken

Nicht mehr weit von Miltmerus Herrschaftsgebiet entfernt, durchwanderte Nubdur eine Gegend, in welcher eine Seuche umging, an der schon einige Bewohner gestorben waren. Die Überlebenden wurden wohlhabend, weil sie den Besitz der Verstorbenen erbten. Nubdur versetzte sich an die Stelle der Erben und konnte dann selbst kaum fassen: Tödlich erkranken wäre mir tatsächlich lieber als weiter leben, sogar wenn ich reich wäre, weil ich nicht weiß wie ich das Leben genießen könnte und weil mir zu lästig wäre geerbtes Vermögen zu verwalten und zu schützen.

Wozu weiterleben wenn ich keine Lust dazu habe?

Diese tödliche Krankheit soll mich erwischen und kein Mediziner soll bei mir angeberisch seine Hilfe anwendet, um meinen Abgang in den Tod zu behindern.

Nubdur hielt sich dort lange auf, um ein Todesopfer der

Krankheit zu werden. Jedoch vergebens.

Ich erkranke nicht, weil ich diese Welt so sehr ablehne, dass Krankheiten nicht an mich rankommen.

Das Gerücht ging um, die Krankheit würde sich leicht durch Geschlechtsverkehr übertragen.

Nubdur beschloss: Ich muss mit einer erkrankten Frau Sex haben. Aber ich weiß nicht wie ich das anpacken soll.

Ich gebe die Hoffnung auf, noch tödlich zu erkranken. Also dann doch weiter zu Miltmeru.

Nubdur erreichte die Hütte mit den Schriftrollen, wo er früher übernachtete. Sie war leer geräumt und von zwei Kriegern bewohnt. „Das war mein Schlafplatz.", sagte Nubdur zaghaft zu den Kriegern.

„Diese Hütte wurde uns von der Regierung zugeteilt."

Miltmeru hat wohl nicht mehr meine Rückkehr erwartet. Vielleicht wollte er, dass ich mit seinem Auftrag verschollen bleibe, vermutete Nubdur düster.

Die Krieger lieferten Nubdur in der örtlichen Veraltung ab, die ihn festnahm, wegen seiner veralteten Ausweisdokumente.

Ich weiß jetzt warum das Allmächtige die Welt nicht besseren kann, weil es sich damit beschäftigt, mich zu ärgern und zu demütigen. Überall geschieht Grauenvolles. Aber da schaut es nicht hin, sondern auf mich, ob ich trotz misslicher Erlebnisse ihm Demut und Vertrauen entgegenbringe. Das Allmächtige muss mächtig eingebildet sein, weil es bedingungslos verehrt werden will. Lasse mich in Ruhe, ich will auch nichts von dir!

Nubdurs Gesichtsausdruck rutschte in Verzagtheit ab und entsprach dann der Stimmung eines Mitgefangen, was ihm seinen Ärger vor Nubdur entlockte: „Der Herrscher verlangt immer mehr Steuern, um die Aufrüstung seiner Armee finanzieren zu können."

„Miltmeru rüstet auf?", wunderte sich Nubdur.

„Was redest du? Miltmeru ist doch weg. Ich meine den

neuen Herrscher."

„Was meinst du mit, Miltmeru ist weg?"

„Er wurde nicht mehr gesehen, seit ein Eroberer dieses Gebiet an sich gerissen hat."

„Dann wurde Miltmeru wahrscheinlich getötet."

Nubdur verbitterte. Das verunstaltete sein Denken zu einer überspannten Vorstellung: Das passierte wegen mir. Das Allmächtige schreckt vor nichts zurück um mir eine ruhige Zeit zu vereiteln und ließ deshalb Miltmeru töten.

Der Mitgefangene vermutete, dass der bedrückte Nubdur ein geeigneter Jammerpartner ist: „Ich bin ein Händler, dem vorgeworfen wird, zu wenig Abgaben gezahlt zu haben. Die Regierung hatte aufgedeckt, dass einige Händler für die Beschaffung und Herstellung ihrer Waren mehr Ausgaben abrechneten als tatsächlich angefallen waren, und dass die Händler nicht alle ihre Einnahmen schriftlich festhielten. So verringerten die Verkäufer die Basis, aus der die Abgaben berechnet werden. Die Regierung mutmaßte daraufhin, dass alle Händler falsche Angaben machen und seitdem werden die ausgewiesenen Gewinne eines jeden Händlers willkürlich als doppelt so hoch angenommen. Daraus werden nun die Abgaben berechnet.

Ich verheimliche keine Geschäfte und ich ziehe auch nur meine echten Kosten für die Herstellung meine Waren von meinen Einnahmen ab, aber die Beamten dürfen mir das vorschriftsgemäß nicht glauben und unterstellen mir einen doppelte so hohen Gewinn."

Trotz seiner Betrübnis, oder gerade deswegen, konnte Nubdur leicht die Aufregung des Mitgefangenen nachempfinden. Nubdur fasste zusammen: „Ein Gesetz wurde also erfunden, das dir unterstellt, du würdest bei deinen Aufzeichnungen von Soll und Haben schummeln. Dieses Gesetz fußt auf der Mutmaßung, dass alle Betrüger sind. Das benachteiligt die Ehrlichen. Aber Betrüger, die ihre Einnahmen teils verheimlichen und sich mit überhöhten Ausgaben armrechnen, werden von dem Gesetz angemessen behandelt. Jedoch der ehrliche Weg wird von diesem Gesetz mit ungerecht hohen Abgaben bestraft."

„Viele sind genötigt, Geschäfte abzuwickeln, die sie tatsächlich nicht ausweisen, damit wegen der überhöhten Abgabe genug zum Leben bleibt. Aber ich bin zu ehrlich und traue mich nicht, einen Anteil meiner Geschäfte zu verheimlichen, denn das ist weiterhin verboten."

Ein weiterer Mitgefangener, der das Gespräch belauscht hatte, lobte aber: „Ich finde die Gesetzgebung gut, denn die bringt mehr Einnahmen."

„Ungerechte Gesetze füllen die Geldspeicher.", wiederholte Nubdur und wusste: „Für ehrliche und brave Menschen ist diese Welt ein abstoßender Ort. Die Gesetze benachteiligen die Ehrlichen, während Unehrliche mit Lügen und Tricks die gesetzliche Ungerechtigkeit ausgleichen. Listige sind im Vorteil gegenüber den braven Ehrlichen, die treu die unfairen Gesetze befolgen."

Der Händler beklagte: „Dieses Gesetz bedroht meine Existenz. Gesetzeserfinder sind von ihren Gesetzen selbst nicht betroffen. Darum spüren diese blinden Besserwisser nicht, dass ihre Gesetze oft unpraktisch und willkürlich unfair sind. Mit sturer Rechthaberei übergingen sie meine berechtigten Einwände."

Der andere Mitgefangene schützte seinen Stolz auf sein Geburtsland: „In anderen Gebieten geht es viel ungerechter zu."

Der Händler gab zu bedenken: „Das ist kein Grund unerfreuliche Zustände bei uns hinzunehmen. Von welchen ungerechten Gesetzen bist du betroffen?"

„Von keinen.", wurde froh geantwortet.

„Das bedeutet, du bist als echter Verbrecher hier."

Die Verwaltung schickte Nubdur zu einer Strafgefangenenkolonie, die einen Kanal grub. Dort musste er die Gebühren für neue Ausweisdokumente abarbeiten. Trotz seines belastungsscheuen Arms arbeitete er hart.

Ich half damals diesem schlaffen Mann in der Ziegelbrennerei. Soll nun ich jemand um Hilfe bitten? Nein, ich könnte keine Hilfe annehmen, weil es mir peinlich wäre, wenn jemand wegen mir Mühe hat.

Nubdur zwang sich durchzuhalten.

Nach Monaten hatte Nubdur die Arbeit für die Ausweisdokumente hinter sich gebracht.

Eine Mutter mit ihrem Kind kreuzte seinen Weg zur Hütte. Das Kind lächelte Nubdur an und sagte zu ihm Hallo. Hallo mich nicht so blöd an, dachte Nubdur aus seiner eingerollten Stimmung heraus. Das Kind sagte mit einem allersüßesten Lächeln nochmals Hallo zu Nubdur. Der konnte nicht mehr widerstehen und sagte ein Hallo zurück. Das Kind freute sich darüber sichtlich. Dann war es mit seiner Mutter weiter.

Was sollte das eben? Wollte das Allmächtige meine Stimmung mit dem läppischen Kinderlächeln aufhellen? Wie armselig. Mehr kannst du nicht bieten? Damit meine Stimmung besser wird, muss deine missratene Brut aufhören mich mit ihrer zermürbenden Verwaltung zu triezen und all das andere zweckfreie Getue sein lassen.

Warum lässt du zu, dass sich deine missratene Brut auch noch vermehrt?

Ich zeige meine Verachtung gegen diese widerwärtige Menschenwelt, indem ich sie mit keinem Kind bevölkere.

Ich fände es grausam, wenn ich Kinder zeugen würde, die dann dem schrecklichen Wahnsinn hier ausgeliefert wären. Wie meine Eltern, hätte auch ich meinen Kindern nicht zu lehren gewusst, wie man für sich eintritt. Die würden sich von mir meine unnütze Bravheit abkucken. Aber damit Kinder gut durchkommt, müssen sie zu hinterlistigen, stur nur sich verpflichteten und Sippenüberheblichkeit fressende Kurzdenkern erzogen werden. Selbst wenn ich wüsste wie das ginge, würde ich die Welt nicht um weitere derartige Kreaturen verschmutzen wollen.

Wenn weniger Kinder geboren werden, dann trägt das zum Frieden bei: Bei Völkern, in denen besonders viele Kinder geboren werden, gibt es eher Unruhen oder Bürgerkriege um sich zu dezimieren oder sie überfallen Nachbarvölker um deren Gebiete zu erobern.

Was für ein Übel sich das Allmächtige erdacht hat: Ein Wesen das durchschnittlich 35 Jahre alt wird und zu zweit ab dem zwölften Lebensjahr alle neun Monate ein Kind zu Welt bringen kann. Das zieht Not und dann Grausamkeiten nach sich. Erst zwingen uns die menschlichen Gärungen zum Sex und dann sorgt Gier und Selbstsucht dafür, dass wir zu viele sind. So verrückt ist die menschliche Natur.

Nubdur suchte nach weniger körperlichen Arbeit. Er bot sich ausdauernd für Schreibarbeiten an. Aber unfähige Blender wurden bevorzugt. Mein innerer Zwang, fleißig und sorgfältig zu arbeiten, sieht man mir nicht an.

Abends aß Nubdur wieder von den neben die Hütte geworfenen Essensreste der zwei Krieger und grübelte: Es wird nichts besser für mich. Nur eines läuft mir gefällig: Egal wie erfolglos der Tag war, er ist vergangen und bringt mich einen Tag näher an meinen Tod. Das Verrinnen meiner Lebenszeit ist meine einzige Freude und Hoffnung.

Die Kennzeichen von Leben sind die Nahrungsaufnahme, die Fortpflanzung und auch das Altern. Lebendiges nutzt sich ab. Das unaufhaltsame Versickern der Lebenszeit ist ein süßer Trost. Der endgültige Frieden rückt näher. Wenn mir sonst alles verwehrt bleibt, mein Wunsch tot zu sein, wird mir jedenfalls erfüllt. Ich freue mich darauf, wenn ich den letzten dieser verdammten Atemzüge erleichtert aushauche.

Diese Vorstellung hob seine Laune an und die bemerkte: Eigentlich ist gut für mich, dass Krieger in meiner Hütte wohnen, die reichlich mit Essen versorgt werden, denn ohne die, hätte ich nicht einmal ihre Reste zum Essen.

Wenige Tag später fand er keine neuen Essensreste weil

die Krieger ausgerückt waren. Nubdur legte sich auf die Seite und starrte dumpf zur Hütte.

Hunger und Schlappheit lehnten in Nubdur aneinander.

Jeden Tag muss man für sein Essen sorgen, dann langweilig kauen, danach Zähne reinigen, dann einen Platz suchen wo man kacken kann und den Arsch wieder sauber kriegen. Die Arschlochreinigung bestimmt unser Leben: Hat man Kinder, dann muss man deren Arsch säubern, dann den altersschwachen Eltern und wenn man selbst altersschwach ist, dann sollen das andere für einem übernehmen. Besser jung sterben dürfen, damit diese Arschabwischerei früh endet.

Der Körper stresst. Mal hat der Durchfall, dann Verstopfung, mal ist ihm zu kalt, dann mal zu heiß. Ich muss ihn waschen und ankleiden. Ständig will der Körper was, ist aber kein guter Kumpel, denn auch wenn ich wenig zu essen habe, verschwendet er Nahrung für meinen Bartwuchs und für diese schleimige Pampe, die rausgewichst werden will. Nur der Schlaf ist mir lieb. Der macht keine Mühe und ist umsonst zu haben. Noch lieber ist mir der ewige Schlaf, aus dem ich nicht wieder erwachen muss.

Alle kommenden Tage werden mir Verdruss bringen.

Wie wunderbar der Tod doch sein wird. Einfach liegen bleiben dürfen, keine Sorgen mehr wegen Gesundheit, Nahrung und Schutz, keine erfolglose Arbeitsuche mehr, keine drohenden Formalitäten, nie wieder Gedanken der Unzufriedenheit und der ständig nach Bedürfnissen verlangende Körper bereitet keinen Stress mehr. Tot sein strengt nicht an. Dann bin ich von allen Lasten und von offenen Wünschen befreit.

Vor dem Schlafengehen drosch Nubdur mit seiner Faust auf die Stelle seiner Brust, wo sein Herz schlug.

Dieses pulsende Zeichen von Leben in meiner Brust soll endlich still sein! Wenn ich mir doch dieses verhasste Pulsen aus der Brust reißen könnte. Verfluchtes Herz, das mich gegen meinen Willen am Leben hält.

Ich will mich nicht mehr spüren. Dieses Leben in mir ist eine Krankheit, die ich am liebsten auskotzen würde. Das Allmächtige soll das widerliche Leben, das ich nie wollte, zurücknehmen. Stoße mich heute Nacht in den Tod, bitte!

Jeden Morgen, wenn Nubdur erwachte war er enttäuscht und knirschend wütend weil er noch lebte.

Töte mich! Lasse mich doch endlich krepieren! Sei bitte gnädig zu mir und erlöse mich vom ekelerregenden Dasein.

Ich kann nichts für mich verbessern. Ich kann nicht für mich kämpfen. Ich spüre keine Kraft in mir. Für was soll ich weiter leben? Mich widert restlos alles an. Alle vergangenen Tage waren verzichtbar und die noch kommenden auch. Wozu aufwachen? Sinnlos, quälende Belästigungen fallen dann über mich her. Nichts Erlebenswertes verpasse ich. Die Menschheit ödet mich an. Ich will diese Welt nicht mehr sehen! Ich will heim – zurück in meinen Tod.

Meine Erfahrungen haben in mir Verachtung gegen mein Leben und gegen das menschliche Leben im Allgemeinen herangezüchtet. Warum hat das Allmächtige das zugelassen? Es kann doch unmöglich ein Sinn dahinter stecken, eine Welt zu erschaffen, in der sich jemand zu einer verbitterten und verloderten Kreatur entwickelt wie mit mir geschehen.

Nubdur schlief immer länger, bis er mehr als die Hälfte des Tages schlafend verbrachte. Seine Wachphasen nahm er nur noch als unverständliche Albträume wahr.

Im nächsten Albtraum kamen zwei, oder waren es vier Krieger, auf den verschwommen aufgewachten Nubdur zu. Ihre Augen waren im Schatten der ihnen in ihre Gesichter greifenden Helme verborgen, was sie zu gesichtslosen Gestalten machte. Nubdur wurde um Ecken und durch lange Gänge geführt bis er vor zwei misslaunig blickenden Augen kam: „Wegen dir hatte ich schon mal Arbeit, weil du keine neuen Ausweisdokumente besaßt."

Wenn ich dir lästig bin, dann gehe ich gerne wieder. Das wäre jetzt die passende Erwiderung gewesen, dachte Nubdur, sagte aber nur: „Verzeihung."

„Du bist heute hier, weil du Essen von den Kriegern gestohlen haben sollst."

Das war frech von mir, dachte Nubdur, und frech wäre jetzt noch, wenn ich das verharmlosen würde, mit dem Hinweis, dass das Diebesgut nur Essensabfälle waren.

Von seiner bis zur völligen Selbstverachtung gehenden Bravheit benebelt, antwortete er: „Ja, schlimm von mir."

Nach einer Strafankündigung ging der Beamte zum nächsten Anliegen: „Jeder Bewohner muss eine Büste unseres Herrschers erwerben, als Zeichen, dass wir ihn verehren. Schaue jeden Tag seine Büste, damit du dich erinnerst, dass er über dich wacht. Laut meiner Liste besitzt du keine Büste. Es gibt billige aus Lehm und teure aus Stein. Der Besitz einer aus Stein gehauenen ist höher geachtet. Der Erwerb wird vermerkt."

Der Beamte händigte Nubdur eine Büste aus. Nubdur meinte: „Die kann ich mir nicht leisten."

„Du musst aber die Büste ab sofort täglich betrachten. Ich gebe dir einen Monat Zeit sie zu bezahlen.", legte der Beamte willkürlich fest und kam dann zum nächsten Punkt: „Wir kümmern uns liebevoll um unsere Einwohner. Arme bekommen von uns Almosen. Diese Almosenabgabe musst du auch noch zahlen."

„Wenn ich von dem Wenigen, das ich mir manchmal erarbeite, Almosenabgabe zahlen muss, dann habe ich nicht genug für das Essen übrig."

„Es gibt zwei Sorten von Menschen: Die einen zahlen Almosen und andere bekommen sie."

„Darf ich einer sein, der keine Almosen bekommt und keine zahlen muss?", bat Nubdur.

„Das ist aus fürsorglicher Ordnung nicht erlaubt.", bekam Nubdur zu hören und stellte fest: So wie ich lebe, ist per Gesetz verboten.

Der Beamte verdeutlichte: „Wer keine Almosen bekommt muss Almosenabgabe zahlen."

„Das zwingt mich Almosenempfänger zu werden."

„Damit dir Almosen gewährt werden, musst du hier glaubhaft machen, am Verhungern zu sein. Gib dir Mühe dein Leben in den Griff zu bekommen. Danach sehen wir weiter und helfen gerne."

Nubdur wurde von Wächtern nach draußen geführt und vor dem Verwaltungsgebäude abgestellt.

Nubdur bemängelte: Der Beamte behauptete es wird einem gerne geholfen. Hilfreich wäre für mich, wenn die unterlassen würden, von mir die Almosenabgabe zu verlangen. Bestrafung wegen Essensreste könnten sie auch fallen lassen und die Büste sollte ich nicht kaufen müssen.

Er schleuderte die Büste aufgeregt von sich.

Ein Torwächter sah das und faselte von Verhaftung für diese Respektlosigkeit gegenüber dem Herrscher. Aufmüpfigkeit erhob sich in Nubdur und so beachtete er den Torwächter nicht und ging einfach weg.

Weil es dem Torwächter verboten war, sich vom Tor zu entfernen, folgte er Nubdur nicht. Der Torwächter wollte Verstärkung herbeipfeifen, besann sich aber darauf, dass sein Dienst bald endete. Deshalb wollte er nicht Arbeit aufwirbeln, die vielleicht das Ende seiner Schicht hinauszögert. - Frieden bescherende Faulheit.

Auf dem Rückweg versuchte sich Nubdur mit Gedichten aufzumuntern, aber Gedanken an seine offenen Angelegenheiten drängelten sich vor. Aufrührerische Worte windeten sich wie winzige Parasiten aus seinem Innern heraus in seine Gegenwart. Erst wollte er, gewohnt brav, den Aufruhr in sich zügeln, aber seine in den Wahnsinn gepeitschte Gemütsverfassung zerstob seine Bravheit. Ein greller Lichtstrahl zuckte über eine Wand aus Fratzen, die unentwegt Grimmassen schnitten. Stinkender Geifer spritzte aus ihren Schnuten während sie all die erlebten Ärgernisse hinausschreien.

Nubdur bewarf das Allmächtige mit Vorwürfen: Das Allmächtige hat Wesen erschaffen, die sich gegenseitig belasten und Übles antun. Das Schlechte in uns legt den Pfusch des Allmächtigen bei unserer Erschaffung offen. Das Allmächtige ist somit schuld am Schlimmen auf der Welt. Doch es übernimmt dafür keine Verantwortung. Dies krönt es mit der Unverschämtheit, dass es einem die angeborene Unzulänglichkeit, so von oben herab, großzügig verzeiht, sofern wir ihm huldigen. Unsere Huldigung des Allmächtigen, verwandelt uns nicht zu besseren Menschen.

Das Allmächtige verzeiht uns SEINE Fehler an uns! Das ist verrückt.

Und wir sollen aus Liebe zum Allmächtigen ihm verzeihen was es uns an Unglück zumutet. Das ist pervers.

Genug damit! Gedanken über das Allmächtige machen mich fertig. Ich muss damit aufhören. Aber aus eigner Kraft kann ich das nicht. Mir wurde mal erzählt, auf Orgien werden betäubende Mittel angeboten. Die können hoffentlich diese Gedanken in mir platt machen.

Im Verwaltungsgebäude habe ich einen gesehen, den ich von Miltmerus Regentschaft her kenne. Der hat sich der neuen Regierung angedient. Den brauche ich.

Am nächsten Tag wartete Nubdur hinter einem Baumstamm auf ihn bis der dort herauskam. Nubdur fragte ihn: „Du bist früher oft zu Orgien gegangen. Die besuchst du sicherlich noch heute gerne. Kannst du mich mitnehmen?"

Der Gefragte konnte Nubdur noch nie leiden und sagte: „Gehe mir aus den Augen, du Taugenichts!"

„Ich muss meine Gedanken lahmlegen!", erwiderte Nubdur verzweifelt, „Ich bin auf der Flucht vor dem Lebenskampf, vor dem Allmächtigen und vor mir selbst. Der Drogenrausch soll mein rettendes Obdach sein."

Sein Gegenüber schmunzelte tückisch: „Ein amüsanter Vorsatz. Komme mit, heute beginnt eine Orgie."

Derjenige, der Nubdur mit zur Orgie brachte, schubste ihn an: „Reihe dich dort ein." Mediziner hatten Opiate und andere giftige Pflanzensäfte mitgebracht. Nubdur nahm sie bereitwillig ein. Die Drogen verwischten seine Sinne und halfen ihm, sich an das Spaßhaben zu gewöhnen. Musiker und Sänger beschallten mit dämlich fröhlichen Rhythmen und dafür bewarf man sie mit Erbrochenem.

Giftmischer brachten neue Pflanzenextrakte mit, deren Wirkungen an Nubdur getestet wurden.

Bei Wettessen fraß er sich ohne Appetit voll. Er hängte sein Geschlechtsteil in heiße Suppen und ließ sich zum Sex mit hässlich geschminkten Sklavinnen zwingen. Aber er kam nirgends hart bei denen rein und peitschte sie mit seinem Schlappschwanz. Über sein sexuelles Unvermögen wurde viel gelacht. Er war stolz darauf, dass niemand sonst so sehr zur Belustigung beitrug wie er.

Von den Drogen abgestumpft, stellte er sich als menschliche Puppe zur Verfügung, die zum Sitzen, Verprügeln oder sonst wie benutzt werden konnte.

Sein erkennbarer, körperlicher Zerfall konnte miterlebt werden. Er wurde zu einer Art Sehenswürdigkeit, die von einem Gelage zum nächsten weitergereicht wurde.

Die Zeit eilte lustig dahin mit Saufen, Fressen und Übergeben.

Nubdur fiel von Zeit zu Zeit in lähmende Erschöpfung und wenn er wieder zu sich kam, feierte er gleich weiter. Sein Körper beschwerte sich immer eindringlicher darüber. Spitz zuckende Schmerzen spürte er am Hals und um die Augen. Andere Körperbereiche fühlten sich taub an. Er befand sich auf einer Abkürzung zum eigenen Tod.

 Lieber amüsiere ich mich zu Tode als mich totärgern oder totschuften.

Einmal erreichte ihn die Nachricht, ein gewisser Miltmeru würde ihn suchen.

„Der ehemalige Herrscher? Ach, der lebt noch? - Und wenn schon.", sagte Nubdur unberührt, „Den will ich nicht sehen. Der würde mir ausgiebig Vorhaltungen machen. Mit dem habe ich nichts zu bereden.

Sagt ihm nicht wo ich bin.", wünschte Nubdur, aber bezweifelte ob dies befolgt wird. Ihm kam der Verdacht, die

Feiernden wollten für ihre Unterhaltung eine Begegnung zwischen ihm und Miltmeru herbeiführen. Nubdur war nicht sicher ob er sich das nur einbildete oder ob er dies nebenbei mitbekommen hatte, es also tatsächlich geplant war.

Der Gedanke an eine Begegnung mit Miltmeru verursachte Panik bei ihm, weil er vermutete: Miltmeru wäre sicher enttäuscht von mir, wenn er mich hier antreffen würde. Und ich würde ihm Vorwürfe machen, weil sein verrückter Auftrag mit schuld ist, dass ich so geworden bin. Ein Zusammentreffen mit ihm wäre also unerfreulich.

Das mögliche Zustandekommen dieser Begegnung gab Nubdurs Gegenwart einen Schubs, sein Zeitgefühl beschleunigte sich und ihm schien als würde eine Frist anlaufen. Eben noch glich sein ausgelassen kreisendes Leben einem welken Blatt, das verträumt auf dem Wasser trudelte aber nun von einer Strömung im Wasser erfasst wurde und auf Ernüchterung zutrieb.

Die Drogen wirkten immer weniger beschwichtigend. Der benebelnde Schleier der letzten Drogeneinnahme lüpfte sich. Er sah den traurig duldsamen Blick einer jungen Frau, mit der ein Mann perverse Spielchen trieb.

„Mache mit Nubdur, die nehmen wir zu zweit.", forderte der lüstern lachende Mann Nubdur auf.

„Ich glaube, die mag das nicht.", meinte Nubdur.

„Ist doch uns egal. Das sind Sklavinnen, die nett zu uns sein müssen.", meinte der Mann mit kalter Selbstverständlichkeit. Über den plötzlich darauf folgenden, verdutzten Gesichtsausdruck von Nubdur war der Mann so sehr überrascht, dass er anfing prustend zu lachen. Dabei spritzte nicht zu Ende gekautes Essen aus seinem Mund und Sabber lief aus seinen Mundwinkeln. Voll der Lust auf Lachen, presste er noch mehr unangebrachtes Gelächter aus sich heraus und konnte dabei kaum seinen Zeigefinger ruhig halten, mit dem er auf Nubdur deutete.

Nubdur versuchte sich an die Gesichter der jungen

Frauen von früheren Orgien zu vergegenwärtigen und im Nachhinein glaubte er auch bei ihnen diesen erduldenden Gesichtsausdruck gesehen zu haben.

Die Drogen hatten seinen früher hellwachen Blick für gemeine Vorgänge geblendet. Doch nun klarte sein Blick auf. Er sah Widerwärtiges: Halbnackte Kotzbrocken, die auf edlen Stoffen lümmeln, mit teurem Schmuck und Resten von feinstem Essen am verschwitzten Körper. Es sind Mitglieder der mächtigen Oberschicht, die fern der Realität von jenen leben, die sie mit unpassenden Gesetzen attackieren. Sie sind zu dumm und abgehoben um die Probleme zu verstehen, unter denen die Braven und Fleißigen leiden.

Auch anwesend sind sadistische Beamte und raffgierige Geschäftsleute. Die Begabung dieser Geschäftsführer ist die, dass sie unberührt davon bleiben, wenn über sie gelästert wird wegen ihrer Fehlentscheidungen, welche ihre Arbeiter durch Mehrarbeit bereinigen müssen. Mit ihrer Selbstsicherheit übergehen sie ihr Unvermögen. Ihnen fehlt an Feingefühl um die Unzufriedenheit ihrer unterbezahlten Arbeiter mitzubekommen.

Doch einer der Geschäftsleute hier war gut zu mir. Er hatte seinen Leibarzt angewiesen, sich um meinen entzündeten Zahnstumpf zu kümmern. Sein Arzt hatte mich sogar vorher betäubt. Hier setzt man sich über den angeblichen Willen des Allmächtigen hinweg, demnach man krankheitsbedingte Schmerzen als Läuterung aushalten muss. Seit ein hoher Priester eine schmerzliche Krankheit hatte, werden diese betäubenden Drogen als Geschenk des Allmächtigen gesehen und dürfen nun teuer verkauft werden.

Als ich aus der Betäubung erwacht war, fehlten mir drei Zähne. Der Mediziner hatte beim Herausziehen des Zahnstumpfs mit seiner zu großen Zange den Nachbarzahn beschädigt und beim Entfernen dieses neu abgebrochenen Zahns noch einen Zahn beschädigt, der herausgezogen werden musste. Das war für alle belustigend gewesen, wurde mir erzählt. Unter Drogeneinfluss konnte ich den Pfusch damals heiter übergehen.

Der Mediziner verlangte für jeden gezogenen Zahn eine Bezahlung. Der Geschäftsmann beglich den Pfusch.

Mediziner werden durch Pfusch reich.

Später hat er mir aus Tierknochen geschnitzte Zähne eingesetzt und sie mit Kupferdraht an den Nachbarzähnen befestigt. Diese falschen Zähne reizen andauernd das Zahnfleisch blutig.

Ärger über diesen Pfusch und Sorgen bemächtigten sich seiner Gegenwart: Ich hatte doch Schulden wegen einer Büste und der Almosenabgabe. Und für die geklauten Essenreste sollte ich noch bestraft werden. Ich brauche sofort Drogen, begehrte Nubdur panisch.

Doch die Unfreiheit der Frauen rüttelte sein vernachlässigtes Verlangen nach der wahren Welt wach und dieses Verlangen verwehrte die weitere Aufnahme von Drogen.

Nubdurs Unmut lag die ganze Zeit auf der Lauer und nutzte nun den Abzug der Drogen als Gelegenheit zur Wiederkehr. Der Anblick des selbstherrlichen Gelächters um ihn befeuerte nun aufrührerische Gedanken: Wie kommen die Mächtigen darauf, nur ihre Auffassungen seien so sehr richtig, sodass sie über uns bestimmen dürfen? Und die Gierigen. Warum maßen die sich an, dass ihnen ein luxuriöses Leben auf den krummen Rücken von vielen zusteht.

Ohne bändigende Drogen befanden sich Nubdurs Gedanken jetzt im freien Fall. Zügellos derb setzte er den Anblick um sich herab: Wenn dereinst ihre toten Körper verfaulen, präsentiert sich das Material aus dem sie gemacht sind, nämlich Dreck. Ich bin natürlich auch aus Dreck. Der Unterschied zwischen denen und mir ist, dass ich mir dessen bewusst bin, während die sich einbilden weitaus mehr zu sein. Wir alle bestehen aus dem gleichen fauligen Dreck. Niemand ist was Besseres, niemand irgendjemand übergeordnet und niemand mehr wert als nichts!

Nubdur wollte sie mit Flüchen aufmischen. Jedoch fielen

ihm keine ein, die seiner Empörung genügten. Überspannt wie er war, konnte er nur angekratzte Laute ausstoßen. Die Meute fand seine seltsame Vorführung unterhaltsam: „Er muss sich verschluckt haben.", „Ob er jetzt erstickt?", „Nein, er ahmt ein hungriges Vogelkind nach."

Mit einem Frustschrei preschte Nubdur aus dem Gebäude. Die Meute kicherte: „Was dem immer einfällt.", „Mir hat es gefallen.", „Mir auch, aber ich fand den Auftritt zu kurz.", „Der wird bestimmt bald wieder was bieten."

Nubdur rannte weit in die Nacht hinein. Sein Puls brauste in seinen Ohren. Schmerzen hieben mit ausholendem Schwung und klauenartigem Griff tief in sein sich aufbäumendes Herz hinein. Dieser Zugriff saugte sein Herz trocken wie gierige Wurzeln, und schnell wie zuckende Blitze trieben dornige Äste aus Schmerz in alle Richtungen in seinem Brustraum aus. Die Äste schrumpften zurück und pulsten dann wieder in den ganzen Brustraum. An den Ästen blühten runde, dunkelrote, prallvolle Früchte auf. Deren makellos glatte Haut wurde von den Dornen der wild um sich schlagenden Äste zerfetzt und ihr ölig kalter Inhalt ergoss sich in seine Brust. Von seiner Brust aus wuchtete sich Druck bis hoch in seinen Kopf. Nubdur roch eigenes Blut in seiner Nase.

Er stolperte rückwärts gegen eine Hüttenwand, rutsche an ihr nach unten und starrte mit aufgerissenen Augen auf den Boden. Er wünschte, sein Pulsschlag würde sich beruhigen aber die Herrschaft seines tobenden Herzens blieb ungebrochen. Bittere Säfte stanken aus seiner Kehle, das Aroma der Wut. Sein Herz trampelte gegen seine Brust als sei es ihm drinnen zu eng geworden. Nubdur hechelte hektisch. In ihm schnaubte ein Monster, das viel Luft einsog.

Nubdur war unangenehm, was sich in seinem Körper tat, aber es war ihm vertraut, von ganz früher. Seine Mutter war immer angespannt, auch während der Schwangerschaft. Leicht konnte sie von jedem ausgenutzt werden. Unwillkürlich braust deshalb oft Verdrossenheit in ihr auf, als Aufforderung sich dagegen zu wehren, aber ihre gebückte innere Haltung erdrückte jegliches Aufbegehren. Ihr aufgeregter Herzschlag peitschte ihre Verzweiflung jeden Tag durch Nubdurs Körper, als er noch in ihrem Bauch war. Ihr Blut lehrte seinem Körper ihren gehetzten Herzschlag. Es ist unmöglich diese antrainierte Aufgeregtheit nachträglich zu verlernen.

Seine Aufgeregtheit erklärte ihm den Weltenlauf als eine Abwärtsspirale zum Schlechteren: Ungerechte Gesetze und unnachgiebige Ausbeutung verhindern die ruhigen Gefühle für unsere Vollendung. Menschen trachten danach erlittene Ungerechtigkeiten durch Unehrlichkeit ihrerseits auszugleichen. Die gesetzliche Unordnung und die erlittenen Betrügereien seitens von unnachgiebigen Beamten verbittern und verrohen die Menschen.

Die Menschenwelt ist von Unrecht verunstaltet. Vor dieser Welt habe ich keine Achtung und ohne Achtung bin ich zu allem fähig!

All das Unbill verlangt nach einem Gegenschlag. Ich beauftrage mich mit diesem Gegenschlag.

Nubdur erhob sein Faust: Ein Zeichen muss die Welt aufschrecken. Ich bin dieses Zeichen! Ich werde als Rächer über all das Unrecht hinwegfegen. Ich verursache eine Erschütterung, die durch die Menschenwelt schauert.

Bin ich verrückt geworden? Die Antwort ist ja. Nun passe ich hier her. Endlich bin ich kein Außenseiter mehr. Jetzt bin ich eingereiht - als Wahnsinniger!

Arge Gärungen in der Dunkelheit seiner Eingeweide brachten Nubdur auf finstere Absichten gegen die Feiernden: Scheiß fröhliche Prasser, die Leid nicht kennen. Euch muss gelehrt werden, was Leiden ist. Das übernehme ich!

Von aufwühlenden Gärungen angetrieben, huschte Nubdur um die Ecken der Nacht. Mit stierigen Augen suchte er nach skrupellosen Gehilfen für sein Vorhaben. Unermüdlich durchstreifte er das Umland bis er sie fand, um ein Lagerfeuer sitzend. Nubdur erkannte sie an ihrem Narbenzeichen im Nacken. Sie versuchten schon zu Miltmerus Regierungszeit die Macht an sich zu reißen, aber scheiterten weil sie planlos vorgingen. Nubdur stellte sich mitten in ihre verbiesterten Blicke hinein.

Einer sprang auf und hielt sein Messer an Nubdurs Hals und drohte: „Hau ab oder du stirbst!"

Ungeachtet dessen, sprach Nubdur: „Euch habe ich gesucht."

„Hau ab oder du stirbst!", fauchte der mit dem Messer erneut. Nubdur erwiderte träge: „Das hast du schon mal gesagt. Wie willst du mich umbringen? Mit dem Messer oder indem du mich mit deinen Wiederholungen zu Tode langweilst?"

Der Misstrauische setzte seine Klinge an Nubdurs Kehle.

„Los, du feiger Schlappschwanz.", reizte Nubdur lebensmüde.

Der Anführer bog den Arm mit dem Messer von Nubdur weg. Dann fragte er Nubdur: „Was willst du hier?"

„Miese Mächtige und nimmersatte Blutsauger feiern heute Nacht wieder eine Orgie. Ich weiß wo ihr unbemerkt eindringen könnt um sie dann niederzumetzeln."

Der Anführer der Gruppe knetete nachdenklich seine Unterlippe. Der mit dem Messer in der Hand misstraute: „Er will uns bestimmt in eine Falle führen."

„Wo ist diese Orgie?", wollte der Anführer wissen.

„In einer Ferienresidenz."

„Die wollen nicht, dass ihre schönen Ferienresidenzen durch Kämpfe womöglich beschädigt werden. Ich glaube wir können ihm trauen.", sprach aus dem Anführer seine Ungeduld auf Umsturz.

„Wenn er irgendetwas Verdächtiges macht, töte ich ihn.", entgegnete der Misstrauische.

Der Anführer gab bekannt: „Heute Nacht räumen wir sie bei Seite und übernehmen ihre Macht. Seid ihr mit dem Herzen dabei?"

Frenetisch wurde bezeugt: „Mit Herz und Hoden."

Ihre Skrupellosigkeit befreite und stärkte ihren Willen.

Ich führte sie an, obwohl ich sie nicht leiden kann. Die sind nicht wie ich brave Verlierer des Alltags, denen ich mich nahe fühle. Die haben sich gewiss niemals schinden lassen, so wie ich. Das waren fiese Gestalten, die selbst gerne Schinder wären und auch nicht logisch und gerecht denken aber sich in ihrer Dummheit dennoch einbildeten besser regieren zu können.

Wenn die sich die Regierungsgewalt sichern, werden sie so falsch wie ihre Vorgänger herrschen und sich mit den Schindern verbündet, weil man bequemer regieren kann mit den mächtigen Händlern und reichen Schindern auf seiner Seite, anstatt sich aufopfernde Mühe einzuhandeln, wenn man sich auf die Seite der Schwachen stellt.

Auch ihr Regierungssitz wird einem Vogelnest gleichen, in welchem jenes Küken, das am nahesten seinen Schnabel zu den Vogeleltern hinstreckt, das meiste Futter erhält: Wer den Gesetzeserfindern nahe steht, bekommt seine Wunschgesetze. Die Aufdringlichkeit jener, die Umgang mit den Mächtigen haben, formt die Gesetzeslage und nicht Gerechtigkeit.

Sie werden beibehalten, dass mehrere Behördenstellen dieselbe Zuständigkeit haben, damit die Beamten weiterhin die Leute zur nächsten Stelle verjagen können.

Diese Bande hier treibt Machtgier zur Herrschaft, ohne Weisheit. Weisen Menschen ist das dreckige Geschäft des Regierens zu unästhetisch. Sie würden sowieso versagen. Weise würden eine Gesetzeslage einrichten wollen, die allen gerecht wäre. Doch Neid und Selbstsucht in den einzelnen Menschen lehnen eine ausgewogene Gerechtigkeit für alle ab, weil jeder vorteilhafte Gesetzte für sich haben will. Man ist sich uneins darüber was gerecht sein soll.

Gütige Herrscher würden bald aufgeben die Probleme von brav erduldenden Menschen zu berücksichtigen und nur noch jenen Gruppen entgegenkommen, die mit Gewalt auf ihre Befindlichkeiten aufmerksam machen. Gewalttäter werden zwar bestraft, aber um Unschuldige vor Nachahmern zu schützen, gehen Herrscher auf deren Bedürfnisse ein. Ausdauernder Nachdruck, Beziehungen oder Gewalt sind bewährte Mittel, die Regierung auf sich aufmerksam zu machen. Wer murrt aber brav bleibt, bleibt unbeachtet.

Diese Bande wird zu den bestehenden Problemen noch eigene dazu kreieren. Allemal haben sie keinen Plan für eine funktionierende Gesellschaft für alle. Mein Vorhaben wird keine bessere Herrschaft herbeiführen.

Doch das ist egal. Lieber sterbe ich für nichts, als für nichts leben. Mein Hauptziel ist, bei dem Unternehmen von Wachen getötet zu werde. Selbstmord war und ist für mich immer eine Option. Wozu leben? Warum diese Strafe? Leider hatte ich zum Selbstmord nie genug Kraft. Ich überlasse anderen die Drecksarbeit mein Leben zu beenden. Zudem hält meine Gereiztheit mich davon ab, einfach still und versteckt mein Leben zu beenden, sondern die will, dass andere meinen Schmerz bei meinem Abgang zu spüren bekommen! Die auf der Orgie haben verdient, dass ich meine Unzufriedenheit an ihnen abarbeite.

Mit meinem gewollt frühen und sinnlosen Tod stelle ich meine Geringschätzung zu leben zur Schau. Meine Botschaft: Ich verzichte alt zu werden in eurer gut gemeinten aber gängelnden und erdrückenden Zwangsordnung. Mit den oberflächlichen und einfältigen Lügen, die unser Leben schönreden sollen, konnte ich nie eingelullt werden.

Das sadistische Allmächtige hat mich ständig Ärgernissen ausgesetzt. Der freundliche Tod tut mir so was nicht an. Der Tod will mir nur Gutes. Er beendet den Alptraum.

Ich habe das Allmächtige angefleht mich sterben zu lassen. Gelegenheit dazu hatte es: Ich habe Drogen in Mengen genommen, die tödlich sein sollten. Oder der Misstrauische am Lagerfeuer hätte mir die Kehle aufschlitzen können oder diese Krankheit, die ein ganzes Gebiet befallen hatte, hätte mich erwischen können oder als Kind hätte mich der Biss der Ratte töten können. Am besten wäre ich schon als

Kind verreckt. Doch das gnadenlos grausame Allmächtige gönnte mir keinen frühen, erlösenden Tod.

Wäre ich vor Langem gestorben, dann wäre jetzt nicht mein Zorn hier, der dieses Vorhaben anführt. He, Allmächtiges, stoppe mich und verhindere damit Schlimmes!

AUF, TÖTE MICH! - Typisch, immer untätig wenn es gebraucht wird. Wenn du nicht für meinen Tod sorgst, dann trägst du die Verantwortung für das, was ich hier anführe! Du bist wohl gespannt wie das hier weiter geht? Findest du mich unterhaltsam? Bin ich auf die Welt gekommen, damit du grausigen Spaß mit mir hast? War spannend für dich zu sehen, wie ich in allen Situationen mir selbst schade?

Seit jeher lasse ich alles brav über mich ergehen. Aber dennoch oder deswegen ist die Welt nicht brav zu mir. Mit ekligen Belästigungen wird mir verweigert möglichst ungestört mein Lebensende zu erreichen.

Wegen meiner abartigen Entwicklung zu einem hilflosen Versager fand ich nicht meinen Platz in dieser Welt. Ich halte mich selbst nicht aus weil meine Gefühle mich hintergehen und mich zum Verlierer bestimmen. Ich gebe die Hoffnung auf, dass meine Gefühle mich jemals zu einem für mich zufriedenstellendes Verhalten verführen. Mein für mich schädliches Verhalten ist zwanghaft. Meine irrlichternden Gefühle haben mich dazu gebracht mir selbst das ohnehin harte Leben noch unerträglicher zu gestalten. Ich muss endlich verrecken!

Mein Hass auf mich ist von uferlosem Ausmaß! Den kann sogar das Allmächtige nicht lindern.

Meine Eltern hätten mich als Baby an meinen kleinen Füßen packen und meinen Kopf gegen einen Felsen schlagen sollen bis mein Kopf zerplatz wäre und mich dann zum Müll werfen sollen und auf meinen Leichnam scheißen.

Das wäre konsequent gewesen, denn sie wussten nichts mit mir anzufangen. Ich war für sie nur eine Grube, in die sie ihr Gejammer kotzten. Ich konnte nichts dafür, dass es ihnen so schlecht erging, doch ich bekam ihren Frust ab.

Mein Verhalten ist gegenteilig zu dem was passend wäre um ein erträgliches Leben zu führen. Ich bin ungeeignet um hier zu leben, weil ich wegen meines kümmerlichen Willens nichts für mich erringen kann. Nur ein starker eigener Wille kann Freude erkämpfen.

Selbst gedanklich träge und abgestumpfte Gestalten verwandeln sich in monströse Genies sobald sie etwas für sich durchsetzen wollen, weil sie Gärungen haben, die sie dazu stärken. Das Allmächtige hat mir solche Gärungen nicht angedeihen lassen und mich dennoch vor üble Ausbeuter geworfen und mich der Verwaltungsgewalt ausgesetzt, denen gegenüber ich solche Gärungen benötigt hätte.

Mir wird plötzlich klar: Das Allmächtige hat mich auf die Idee mit dem Überfall gebracht, indem es mich ständig Gemeines hat sehen und erdulden lassen. Es hat mich gegen jene aufgehetzt, die in Erfüllung ihrer Pflicht gute Gefühle vereiteln, um sie nun durch mich zu bestrafen. Ich soll Vergeltung zu jenen bringen, die wegen ihrer Macht verantwortlich sind für Unrecht. Das ist meine Bestimmung! Das Allmächtige will diesen Überfall. Den werde ich so sicher ausführen, als sei er schon geschehen. Es kann sich auf mich verlassen. Sein mächtiger Befehl ist herrlich antreibend. Ich muss nur ausführen. Verantwortung und Begründung übernimmt das Allmächtige!

Mein Schaffen ist vereinbar mit der Maxime: Tue nicht anderen an, was du nicht willst, dass es dir angetan wird. Ich will, dass ich dort getötet werde, also ist demnach in Ordnung wenn die auch getötet werden.

Die Neigung zu tobsüchtigen Wahnsinnstaten schmort in der Menschheit wie ein alter Fluch. Heute bin ich der Handlanger dieses Fluchs.

Das Leben führte mich unausweichlich in den jetzigen Augenblick. Endlich habe ich eine Absicht.

In der Ferne war schon das Licht der Fackeln in der Ferienresidenz durch die Fenster zu sehen. Auf dem verbleibenden Weg suhlte sich Nubdur weiter in Gründen, deren wegen sein früher Tot angezeigt ist: Diese Welt war mir nie ein Zuhause und ich selbst war mir kein Zuhause weil ich mich nicht um mein Wohlergehen sondern um das der anderen sorgte. Mein Leben verlief erfolglos aber dennoch mühsam, bedeutungslos aber dennoch hart, ausgenutzt aber unbelohnt, brav aber dennoch mit Ärger gequält. Ich wünschte nur in Ruhe gelassen zu werden.

Ständig ermüdete ich in Bravheit. Die nahm mir den Mut gegen meine Ausnutzung zu kämpfen. Meine besondere Begabung für das stille Erdulden beschränkte mich auf die Opferrolle. Bei Vorwürfen erstarrte mein Denken und ich konnte mich dann nicht verteidigen. Der Gedanke um eine Entlohnung zu feilschen, wurde von meinem überanstrengten Herzschlag in Zurückhaltung gehämmert.

Ich war zu schwach für Freude. Kraftlos verblieb ich in Niedergeschlagenheit.

Leben müssen, kotzt mich vollkommen an. Je früher von hier weg, desto weniger Qual. Not erdulden weil das Allmächtige uns angeblich damit erziehen will ist krank. Dagegen finde ich, bei einem freudlosen Dasein, den Wunsch nach einem verkürzten Leben als absolut gesund.

Menschen werden von Sorgen, Betrug und unmenschlich unfairen Verwaltungsbeamten in den Wahnsinn gehetzt. Besonders dumme Beamte können ausdauernd mit wirren und falschen Behauptungen ihre Opfer tyrannisieren. Das hassende Allmächtige sorgt nicht für einsichtige Beamte und lindert nicht Not, sondern belässt die gequälten Menschen in ihrer Verzweiflung.

Das Allmächtige rettet nicht, aber der Tod. Er ist das einzig Gute was mir bleibt. Nichts in der Welt verlockt mich auszuharren. Keine Landschaft oder Gebäude beeindruckt mich noch. Putzige Tiere sind vor mir geflohen. Andere wollten mich beißen oder haben mich gestochen. Ich sah nichts was ich hätte besitzen wollen. Ich bin nicht neugierig Speisen zu probieren. Sowieso ist mir lästig zu essen. Lieber hungere ich mal zwischendurch einen Tag weil ich keine Lust habe auf das mühsame Matschen im Mund.

Das Straßentheater langweilt mich, weil nur abgeschmackte Geschichten erzählt werden. Stumpfsinnig fröhliche Musik ist mir unerträglich, weil sie nicht zu meiner trüben Stimmung passt. Schwermütige Musik, die meine trübe Stimmung festigt, mag ich auch nicht. Sex finde ich lau. Wettkämpfe schaue ich nicht an. Ich sehe darin nur unnötige Anstrengungen. Sieger öden mich an.

Ich begegnete niemand, an dessen Ansichten ich mich erfreuen konnte. Unwillkürlich sinniere ich über unlogisches Treiben, über wahrheitsfremdes Gelaber und über den ekelhaften Stolz der Völker und Religionen. Ich kann Gedankengezappel über Geschehnisse und Zustände in der Welt nicht lassen. Damit mache ich mich selbst fertig.

Wenn ich für ewig erloschen bin, dann bin ich befreit von Erinnerungen an Niederlagen aus Bravheit, verwehten Gelegenheiten, falschen Entscheidungen und Frust bringender Schufterei, bin frei von quengelnden Begierden und meinen größenwahnsinnigen Träumen, nach denen ich zwar lechze, jedoch als nicht erstrebenswert verachte. Der peinliche Spaß, den die Leute mitmachen, ist für mich nicht nachahmenswert. Nichts ist geboten wofür ich leben will. Nur Ärger ohne Zugewinn verbindet mich mit dieser Welt. Die bei mir angeregten Gefühle belasten mich bloß.

- Moment mal! Befreit sein von meinem Gefühlsballast, ohne Begierden sein, losgelöst von der Welt - so weit war ich schon einmal gekommen. Das erinnert mich an schnell strömendes Wasser, an einen einsamen Wald, an....

Nubdur scheute davor, sich weiter zu erinnern und wedelte mit seiner Hand vor seinem Gesicht herum, als wolle er damit diese Gedanken verscheuchen.

Schnell weiter, dachte er und fühlte, dass die Zeit knapp werden könnte, bevor... bevor vielleicht Ernüchterung kommt, vor der sein Vorhaben ins Dunkel zurückweicht.

Eben noch marschierte Nubdur sicheren Schrittes vorwärts, doch nun spürte er in sich ein Sträuben dagegen.

In seinem Kopf pulsten die Blutbahnen heftig. Ihm wurde schwindelig. Er stolperte, rappelte sich auf und fand sich bald in die Ferienresidenz ein.

Nubdur las in den grimmigen Gesichtern der Angreifer die nahe Zukunft: Es wird gleich Furchtbares geschehen.

Die Angreifer trafen auf abgesonderte Teilnehmer der Orgie. Einzelne Wächter eilten herbei, die den überraschenden Ansturm nicht aufhalten konnten.

Was habe ich losgetreten? Ich muss wieder brav sein! Und fair, denn für meine für mich ungünstigen Gärungen sind die Oberen nicht verantwortlich. Auch nicht für das viele verrückte und unlogische Bestreben der Leute.

Niemand aus der Bevölkerung würde besser regieren als die jetzigen Ungeschickten. Jeder und jede einzelne würden nach eigenem Gutdünken sich um manche Belange kümmern und anderes unfair belassen.

In Nubdurs Ohren rauschte aufgebracht sein Blut. Vor einiger Zeit hatte jemand aufgerüttelt am Ufer eines bewegten Flusses sich laut gefragt: Mache ich es richtig?

Von dieser Frage ermahnt, trennte sich Nubdur von der Bande, stolperte eine Treppe hoch zu einer Tür und schlug mit seinen Fäusten dagegen. Hinter der Tür befand sich der Ruheraum der Wächter für die Wachablösung. Als sie geöffnet wurde berichtete er den Wächtern drinnen von den Eindringlingen.

Nubdur hetzte weiter und traf auf halbnachte Gestalten. Obwohl er die stumpfsinnig sturen, gnadenlos betrügenden und zu Lasten ihrer Opfer grausam unrichtig arbeitenden Beamten unter ihnen, gerne verrecken gesehen hätte, schrie er allen hektisch Warnungen zu und schickte sie in Gänge, die von den Angreifern wegführten.

Nubdur entfernte sich von der abscheulichen Gesellschaft und dann wurde es still um ihn.

Er blieb vor einer Schale mit Weintrauben stehen und ihn überkam die Ruhe von den Trauben zu essen. Die süßen Beeren labten ihn. Seine Überzeugung, nach der dieser

Überfall sein muss, schwächelte ab.

Mein Tun ist verirrt in einem Labyrinth aus Gefühlen. Doch einmal war das nicht so, damals als ich eingerollt im Gras lag, dann aufstand und.... Ich will wieder so sein wie am Fluss.

Ärger über Ungerechtigkeiten und was sonst nicht in der Welt stimmt, hatte sich in mir immer mehr aufgestaut und zu rauschhafter Wut verdichtet.

Wut tobt man gerne aus, muss man aber nicht.

Ich muss das Allmächtige darum bitten, dass das, was ich hier angefacht habe, glimpflich ausgeht. Aber ich traue mich nicht das Allmächtige um etwas zu bitten, denn ich habe es enttäuscht weil ich die Begegnung mit ihm am Ufer nicht genutzt habe um Niederlagen ohne Wut hinzunehmen. Dennoch sollte ich beten, denn ich erbitte nichts für mich, sondern für andere, nämlich dass die davonkommen.

Nubdur beugte zum Beten seinen Kopf in Demut nach vorne, als ein gebrülltes Wort im Raum erschall: Verräter! Dem folgte ein harter Schlag gegen seinen Hinterkopf. Gleichzeitig mit dem Schlag, hatte Nubdur, für den Angreifer unerwartet, seinen Kopf ein wenig nach vorne geneigt. Das hatte die Folge, dass der Schlag nicht wie beabsichtigt seinen Schädel zertrümmerte, sondern nur streifte, wodurch seine Haut am Hinterkopf aufplatzte und der Schädelknochen angeknackst wurde.

Der unerwartete Angriff hatte ihn so sehr geschockt, dass seinem Schmerz erstmal kurz die Luft wegblieb.

Nubdur beschloss, sich zu drehen um den Angreifer hinter sich anzuschauen, aber seine beiden Füße waren sich gegenseitig im Weg und bekamen die Wendung nicht hin. Dann klappte der Boden nach oben und stand plötzlich wie eine Wand direkt vor seiner Nase und kaum hatte er sich darüber gewundert, dengelte ohne sein eigenes Zutun, sein Kopf hart gegen den Boden. Schmerz kam wie mit polternden Schritten eine Kellertreppe hoch gerannt und kreischte rasend in Nubdurs Kopf herum. Eine anmutige Müdigkeit eilte herbei. Doch Nubdurs willentliches Erwarten einer Ohnmacht, verscheuchte den schmerzlosen Schlaf.

Nubdur beschloss der Gefahr ins Gesicht zu schauen: Also mit dem Unterarm abdrücken, Oberkörper drehen, mit den Beinen nachhelfen,... aber sein Körper war schneller als seine Gedanken. Er hatte sich schon weggedreht, als an der Stelle wo sein Kopf eben noch war, ein schwerer metallener Gegenstand seinen mitgebrachten Schwung auf dem Boden austobte. Splitter der Bodenfliesen flogen gemächlich am verblüfften Nubdur vorüber. Die Zeit war detailreich geworden. Seit dem Schlag auf den Hinterkopf waren nur wenige Augenblicke vergangen. Er sendete seinen Blick aus, aber der schien auf halbem Weg anzuhalten und das Blickfeld darüber hinaus blieb unscharf. Nubdurs Augen weiteten sich, denn ein Gesicht stürze auf ihn ab. Ganz nahe gekommen, sah er fettige Poren der Gesichtshaut, rote Äderchen in den Augen, faulige Zahnstümpfe, zwischen denen brauner Speichel schimmerte und aufgeplusterte Nasenlöcher voller atembewegter Haare.

Es war der Misstrauische aus der Bande, der Nubdur verdächtigt hatte, sie in eine Falle zu führen.

Nubdur erkannte ihn: Ah, der ist es.

„Ich wusste, dass du ein Verräter bist!", schrie der und schwang erneut den metallenen Gegenstand in Richtung Nubdur, der sich eben gerade nicht mehr sicher war, ob er noch sterben wollte und wünschte diesbezüglich noch ein wenig Bedenkzeit zu bekommen, weshalb er nun überlegte, wohin er dem Schlag ausweichen könnte. Aber er konnte nicht reagieren denn die hektische Situation überforderte ihn hoffnungslos. Ihm wurde klar, dass er nur noch einen knappen Augenblick leben wird.

Dass ich nun gleich tot sein werde, stört mich letztendlich nicht, aber ein schönerer letzter Anblick als diese Fresse wäre nett gewesen. Doch in Anbetracht meines erinnerungsfreien Todes ist das völlig egal. Dieser Anblick wird so vergessen sein wie jeder andere. Die Fresse von dem

Brutalo bestätigt mir, wie richtig mein irdischer Abgang ist.

Fieslinge bevölkern die Welt. Aber wahrscheinlich ist mir nur möglich die Welt so zu sehen.

Nubdurs Philosophie über den persönlichen Tunnelblick ergoss er in ihrer ganzen Breite über die Menschen: Einseitige Erfahrungen, unwidersprochen Eingeredetes und übernommene Gefühle von der Sippe oder nahestehenden Personen fügen sich zu einer eigenen Vorstellung von der Welt, die nicht übereinstimmt mit der wahren Welt.

Um die innere Welt stabil zu halten, phantasieren wir Hintergrundgeschehen und Zusammenhänge, die oft nicht sind. Manche irrtümlichen Vorstellungen regen uns auf - und wenn die uns aufregen können, dann glauben wir, müssen die wohl wahr sein.

Gefühle halten unsere innere Welt aufrecht.

Sobald sich diese gefühlsverzerrte Welt in uns verfestigt hat, ist vorbestimmt wie wir zu etwas stehen. Von nun an verursachen Gärungen in uns Widerwillen solche Neuigkeiten anzuerkennen, die nicht zur eigenen inneren Welt passen. Treffen Gesagtes oder Geschehnisse in unserer inneren Welt ein, dann fangen wir nicht an zu überlegen, sondern fühlen Ablehnung oder Zustimmung. Dieser Vorgang ist also unberührt von klugem Denken und läuft genauso stur ab wie der in einer Biene, wenn ihr Inneres sie dazu bewegt, in der vielgestaltigen Umwelt, für Blüten Begeisterung zu empfinden, weil ihr Inneres darauf festgelegt ist Nektar zu sammeln.

Wir ziehen uns, über das bedingt Notwendige hinaus, noch Vorstellungswelten hoch, die weder auf Logik noch auf Plausibilität hin überprüfen werden, weil unsere Gefühlen diese überflüssigen Vorstellungen, in denen wir heimisch sein wollen, vor der Wahrheit schützen. Wahrheiten, die sich nicht der eigenen Vorstellungswelt unterordnen, werden reflexartig verleugnet.

Jeder Mensch lebt in seinem eigenen Körper und ebenso

lebt jeder in seiner eigenen gedanklichen Welt. Manche mögen zwar in ähnlichen Welten zu Hause sein, aber eine gemeinsame Welt, in der alle Menschen gedanklich leben und die sich für alle als wahr anfühlt, gibt es nicht.

Jeder lebt und stirbt in seiner eigenen Welt.

Nubdurs Kehraus über die mangelhafte Auffassungsgabe der Menschen und wie wahrheitsunfähig sie sind, verklang als ein letzter gestöhnter Gedanke.

Hinter Nubdurs Leben klaffte nun ein dunkeltiefer Schlund, in den er rückwärts hineinfiel. Gleichzeitig floh die Umgebung von im weg. Um die für ihn immer kleiner aussehende Umgebung herum, hing seitlich nichts weiter an, das den Horizont wieder vervollständigt hätte.

Die Rückwärtsbewegung war nun rasend. Lichtblitzartig huschte alles in weiteste Ferne, zuerst die Formen, dann die Farben und dann die Gefühle.

Sich um seine Achse drehend sauste er weit hinab und dann knapp über dem Boden zwischen zwei langen Reihen von Hecken hinein und hindurch. Zwischen den Blättern der Hecke hindurch blitzten kurzzeitig Splitter seines sich verjüngenden Lebenslaufs auf. Beim Vorbeiflug begleitete ihn raschelnd in der Hecke seine Kindheit. Hinter ihm ergrauten die Blätter, lösten sich von den Zweigen der Hecke und stiegen hoch um eine Wolkenform zu bilden. Am verlangsamten Ende der Hecken erwartete ihn die letzte und älteste Erinnerung: Das erste Licht, das durch die geschlossenen Augen bei der eigenen Geburt dringt. Das Licht löste sich sanft bewegend wie eine weiße Rauchfahne auf.

Anfänge und Beendigungen von Erlebtem waren im Abgleiten immer näher zusammengerückt und hatten sich dann aufgefressen. Seine Erinnerungen erloschen nacheinander, ohne ein Gefühl von Verlust zu hinterlassen. Mit dem Verschwinden der Erinnerungen an Erlebtes waren auch die daran anhängenden Empfindungen verschwunden und so war Nubdur nun endlich erholsam schmerzfrei.

Seine Gärungen verebbten und darum stichelten ihn

keine Gefühle mehr. Ärgern wurde Nubdur befremdlich und entrückte ihm in eine Szenerie, in der diese Gärungen ihre Kräfte verbrauchten, als stacheliger, verdorrter Busch, der von seinen Wurzeln abgebrochen war und immer wieder Anlauf nahm um gegen einen ihn ärgernd entgegen blasendem Wind anzurollen. Seine stacheligen Zweige wetzten aneinander wie fletschende Zahnreihen. Der Busch wälzte um seine eigene Achse bei seinen erfolglosen Versuchen mal rechts und mal links um den Wind herum auf einen Hügel zu rollen. Dabei scheuerten seine Stacheln über den Boden und wirbelten Staub des Zorns auf.

Nubdurs Lebensfrust saß als Erdhöhlentier ein Stück weiter in einer Grube. Seine Augen schauten halb geschlossen, ziellos in breite Leere und sein Maul hatte es schlapp auf dem Grubenrand abgelegt und schmatzte ab und zu an einem flach gedrückten, leeren Kokon, ohne zu schlucken.

Alles was Nubdur ausmachte ging in Ruhe unter. Letzte verbliebene Regungen vergingen wie sich ausbreitende Wasserkreise auf einem undurchsichtig dunklen See.

Alle Sinne waren vereint in der tiefen, harmonisierten, inneren Ausgeglichenheit, aus der Glückseligkeit aufstieg. Sie war ungetrübt und frisch wie duftende Helligkeit. Über diese zerlief ganz zart Freude. Das kitzelte die Helligkeit weshalb sie kräuselnd lachte. Dieses Lachen hallte, immer weicher werdend, als wärmende Klänge in weite Höhen. Die schmolzen immer süßer schmeckend herunter und formte sich schweigend in eine schmusende Berührung hinein, die verschlankend in die geruchlos gewordene Helligkeit glitt.

Die Helligkeit war gewaltig groß geworden und war ohne Ursprung. Ein Schatten schlug durch die Helligkeit, traf aber nirgendwo auf. Die Helligkeit schien den Schatten manchmal fast vertrieben zu haben, aber der warf sich immer wieder auf die Helligkeit.

Um Nubdur war es weit und offen. Es gab kein Unten und Oben, aber er glaubte irgendwie hoch oben zu sein. Er durfte sich mehr am Rand oder in der Mitte wähnen, je nach Wunsch, und das augenblicklich ohne willentliches Zutun oder gar Mühe. Er konnte sich in Stillstand wähnen oder in Bewegung, schnell oder langsam gleitend, ganz nach seinem Belieben.

Nubdur fand das Nichts um sich nett stressfrei, weil es hier keine Zwänge gab, man zu nichts angetrieben wird, nichts erforderlich ist. Es näherte sich nicht, um zu bleiben oder wieder zu gehen. Das Nichts gab Nubdur Nähe oder auch nicht, wie es Nubdur gerade gefiel.

Er war geborgen und auch unendlich frei. Er schmunzelte in sich hinein: Die Schikanen der Behörden mit ihren Formularen und Abgaben darf ich jetzt unerledigt lassen. Hier muss ich mich nicht mehr um meinen Körper kümmern, nichts tut mir mehr weh, habe keine Geldsorgen, kein Ausbeuter kann seine grausame Freude mehr mit mir haben, nichts Unerledigtes drängt mich, bin unbeeinträchtigt von den verachtenswerten Ansichten der Wahrheitserfinder.

Jetzt fühle ich endlich das, was das Leben nie zuließ - friedvolle Ruhe. Der Tod ist noch wunderbarer und kuscheliger als ich dachte. Im Leben kann man sich gar nicht vorstellen wie schön der Tod ist, weil es im Leben nichts vergleichbar Wunderbares gibt.

Nie wieder wache ich in Sorgen hinein auf. Perfekt.

Doch dann wurde Nubdur von Entsetzen gegriffen: Warum kann ich noch denken? Irgendwie gibt es mich noch.

Ein dumpf hämmernder Rhythmus näherte sich. Das rhythmische Dröhnen zerstückelte das gleichmäßig ruhige Glück. Die Schläge hallten unheilvoll um Nubdur herum und richteten sich dann gezielt auf ihn aus. Die einzelnen Hiebe und die Pausen dazwischen unterschieden sich immer deutlicher. Er wollte davor wegtauchen aber das war nicht möglich. Der unheilvolle Rhythmus brandete als Schreck auf Schreck gegen seine Brust. Seine Brust tanzte mit und Nubdur erwachte in seinem Körper. Er geriet in

Panik weil er das wehrlos in sich geschehen lassen musste.

Das darf nicht wahr sein! Mein unbequemes und wehleidiges Fleisch fängt wieder an zu leben. Der Tod hat mich zurück gerotzt in das enge Gefängnis meines Körpers der mich mit widerlichen Gefühlen quält.

Plötzlich schien ihm nicht mehr er schwebe, sondern als falle er. Die offene Weite sackte unter Nubdur zu einem Abgrund ab. Ein Gefühl sich einer Enge zu nähern bedrückte Nubdur. Er befürchtete alsbald in einem Spalt ganz unten hilflos festzustecken.

Fassungslos musste er sich damit abfinden, wie er in seinen Körper in Schwäche absoff, hinein in den Sumpf voll übler Gärungen. Er wurde traurig und zornig zugleich, weil er so gnadenlos vom Glück des Todes verstoßen wurde.

Um ihn flackerten Umrisse von Stimmen. Sie schienen sich helfend zu ihm hinzubeugen. Das erinnerte ihn an beobachtete Szenen, in denen sich Menschen um einen Verletzen kümmerten. Dann sah er sich selbst inmitten von so einem Geschehen. Er näherte sich und blickte in sein Gesicht. Plötzlich konnte er sich nicht mehr bewegen und er hörte auch nichts mehr. Aber er ahnte, dass das Gesicht vor ihm, die Stimmen hören konnte.

Das ihn umzingelnde Stimmengewirr teilte sich in einzelne, fürsorglich klingende Stimmen auf. Nein! Mich bitte nicht retten, schrie Nubdur von unter dem Gesicht heraus. Aber sein Wunsch blieb unbeachtet.

Ein Lichtpunkt kam auf Nubdur zu und trennte sich beim Näherkommen in die Formen von zwei Augen auf. Die zwei leuchtenden Augen senkten sich auf ihn herab, bis er durch diese Augen das dämmrige Licht des frühen Morgen sah.

Sein Inneres schüttelte sich vor Ablehnung gegen das aufdringliche Leben. Jemand wischte ihm sein Erbrochenes von seinem Kinn. Das erneute Aufkeimen von Leben in ihm, fühlte sich im Vergleich zum vorzüglichen Tod so ekelhaft an, dass er sich hatte übergeben müssen. Dann wurde er getragen und später abgelegt. Die Stimmen schwankten aus seiner wackeligen Besinnung.

Seine Gedanken warfen ihn in die Zeit zurück bevor er beinahe zu Tod kam: Die Besinnung auf das Allmächtige hat mich dazu umgestimmt das große Töten zu stoppen. Wieder hat das Allmächtige meine Gefühle besänftigt. Von selbst konnte ich mich nicht von Wut befreien.

An meiner erntelosen Bravheit staute sich Unzufriedenheit auf, die zu finsterer Wut alterte. Die Gärung eines Verlierers. Das irdische Dasein konnte mich zu einem gehässigen Menschen erziehen. Geboren werden, um so eine Entwicklung zu durchlaufen, macht das Leben noch weniger als wertlos.

Ich konnte nie über Ungerechtigkeiten hinwegsehen und nie anderen ihre selbstsüchtige Rücksichtslosigkeit und mir meine Hilflosigkeit vergeben. Die Hölle meiner Freudlosigkeit, würde im Leben nach dem Tod bald wieder anfangen zu lodern, denn nach dem Tod bleibt man derselbe Mensch. Wäre dem nicht so, dann könnte nicht behauptet werden, man würde nach dem irdischen Tod weiter leben. Mit hadernder und unzufriedener Lebensenergie sollte ich nicht in den ewigen Traum nach dem Tod eintreten. Ich muss versuchen meine Lebensenergie mit erfreulichen Erfahrungen zu erquicken damit sie sich für die Ewigkeit verträglich anfühlt.

Dieser Entschluss zog sein fast entwichenes Leben vollends in ihn zurück. Er atmete tief ein, wie beim ersten Atemzug bei der Geburt.

Teil drei

Nubdurs Wahrnehmungen räkelten sich wach und eine Ahnung von Schmerzen schlich sich an ihn ran und dann waren die Schmerzen tatsächlich da - in seinem Hinterkopf tobend. Nubdur argwöhnte: Dafür zwingt mich mein Körper weiter zu leben? Um mir Schmerzen zu bereiten?

Schmerzen gehören zu den schäbigen Mitteln, mit denen die Menschen genötigt werden, ihr Dasein in der Welt als wahrhaftig anzunehmen. Ohne Schmerz und Hunger könnte man dieses plagende Leben sorglos und angstfrei als harmlosen Albtraum abwinken.

Mein Körper köchelt wieder Gärungen des Unmuts. Das eindeutige Zeichen dafür, dass mein Körper lebt. Ich fühle, also lebe ich wieder in meinem Körper.

Nubdur lag alleine in einem kleinen Zelt, das überfüllt war mit Schriftrollen. Der Vorhang am Eingang wurde zurückgeschlagen und Miltmeru trat ein. Nubdur drehte sich mit einem Stöhnen zu ihm um: „Wo bin ich?"

„Das ist mein Studierzelt. Ich wurde entmachtet. Alles was sie mir ließen waren meine Schriftrollen. Weil ich keinen Widerstand gegen die Machtübernahme bot, wurde ich nicht getötet. Nun arbeite ich als Schreiber für höhere Beamte. So können die mich beobachten."

„Du bist ohne Bart."

„Den habe ich abgeschnitten um nicht mehr dem gewohnten Bild des ehemaligen Herrschers zu entsprechen. Wie geht es dir?"

„Körperlich noch schlechter als früher. In meinem Mund quält mich medizinischer Pfusch. Unter meinen gefühlsgebenden Gärungen leide ich auch."

„Also nicht gut. Als ich vor kurzem erfuhr, dass du dich auf diesen wüsten Partys aufhältst, war ich überrascht."

„Ich war aufgeregt. Da brauchte ich Ablenkung."

Nubdur war es peinlich, seine Gärungen zu rechtfertigen und lenkte ab: „Ich müsste doch tot sein?"

„Du wurdest unter einem Angreifer gefunden, in dessen Rücken ein Dolch stecke. Ich vermute der steckte schon in ihm als er dich angriff und das hat ihn fertig gemacht bevor er dich fertig machen konnte. Menschen im Blutrausch kümmert wenig wenn sie verletzt sind und töten weiter."

Nubdur ging auf: Sein Zorn mich als Verräter zu bestrafen war stärker als sich um seine Verletzung zu sorgen. Den aussaugenden Geschäftsinhabern, fiesen Beamten und uneinsichtigen Mächtigen meine Wut zu zeigen war mir auch wichtiger als mein Leben. Ich gleiche dem Typen.

„Du brauchst Erholung. Ich wollte mich nur kurz zeigen. Bis später.", sagte Miltmeru und ging wieder.

Nubdur überlegte: Hoffentlich konnten die Umstürzler unauffindbar fliehen oder wurden getötet, damit keiner meine Komplizenschaft ausspricht. Oft musste ich wegen Nichtigkeiten als Gefangenensklave arbeiten, aber nun werde ich vielleicht nicht bestraft, obwohl ich diesmal schuldig bin. Das Allmächtige gleicht somit frühere Bestrafungen gegen mich aus.

Diese Angreifer hätten eines Tages so ein Blutbad auch ohne mich vollstreckt, begnadigte Nubdur sich selbst.

In mir wuchs Wut, weil ich zu feinfühlig bin bei Unrecht gegen mich und andere. Wegen meiner Feinfühligkeit habe ich Brutalitäten angeschoben. Ich lobe den Frieden und stifte zu einer Gewalttat an. - Unvereinbares Tun.

Selbstzufriedene mit gelegenem Lebenslauf, werden nicht nachvollziehen können, warum schlechte Gefühle bei mir so ein erschreckendes Ausmaß annahmen. Religiöse Menschen werden sagen, er hat das getan weil er keiner Religion angehörte. Würde ich einer Religion zugehören, würden sie sagen, seine Religion hat ihm Falsches gelehrt. Menschen in einer glücklichen Paarbeziehung werden sagen, es lag daran dass er keine Frau hatte. Andere werden einen geschichtlichen Zusammenhang phantasieren, demnach ich Rache geübt habe, für das, was dem Volk, aus dem ich stamme, in früheren Zeiten angetan wurde. Aber nichts davon trifft zu. Die Wahrheit ist: Ich bin seit ich mich erinnern kann an nutzlosen und quälenden Gärungen erkrankt.

Kein nettes Zureden kann meine bitteren Gärungen in angenehmere wandeln. Vielleicht kann das Allmächtige mein Herz beruhigen, wie damals am Ufer. Aber das Allmächtige wird mich nicht heilen, weil ich es enttäuscht habe. Ich bin nicht wert, dass es mir verzeiht. Doch ich sollte darauf vertrauen von ihm gereinigt zu werden, weil es nicht will, dass ich mich vor Scham von ihm abwende.

Nubdur probierte erneute eine Geste der Hingabe, doch die war unbeholfen: Ich kann das nicht mehr.

Ein offizieller Besuch zerrte Nubdur nahe an die eklige Fresse der Behörden. Ihm wurde mitgeteilt, dass er die Ortschaft nicht verlassen darf, weil er den Beamten als aufmüpfig auffiel und deshalb ein möglicher Aufwiegler sei. Ab sofort musste er sich täglich bei einer Behörde zeigen und darlegen was er jeden Tag treibt.

Dann trollten sich die Offiziellen auf ihren Weiterweg.

Nubdur ärgerte sich: Warum habe ich mich nicht gegen das Wanderverbot gewehrt? Mir ist nichts gegen deren haltlose Begründung eingefallen. Das macht mich rasend. Immer wieder werde ich zum Kämpfen herausgefordert. Warum darf ich in dieser Welt nicht zur Ruhe kommen?

Er erhitzte sich an der Frage.

Wundfieberschübe plagten ihn fast bis zur Besinnungslosigkeit. Die heilenden Kräfte seines Körpers hatten Mühe mit der entzündeten Kopfwunde. Verbliebene Reste der berauschenden Essenzen in seinem Körper begannen in der Fieberhitze zu wirken.

Nasse Tücher wurden ihm zur Kühlung auf seine Stirn gelegt und er dachte an Wasser, das auf Feuer gegossen wurde und wie sich dann beides zu Wasserdampf vereinte. Es gab einmal eine herrlich perfekte Ebenmäßigkeit. In der lag Gegenteiliges völlig ausgeglichen und ununterscheidbar vereint zusammen. Aber diese Ebenmäßigkeit hatte einen Makel: Einen kaum vorhandenen Riss. Am Riss hatte sich bisher Vereintes in Gegensätze aufgeteilte. Die Gegensätze stießen sich ab und der Riss brach weiter auf und somit entzweite sich die Ebenmäßigkeit in weitere Gegensätze. Gleichmut zerbrach in Freude und Sorgen. Gegenwart spaltete sich in Vergänglichkeit und Entwicklung. In sich versunkenes Schaffen verteilte sich auf Erfolg und Misserfolg. Unschuld zerfiel in Bemühung zur Besserung und in eigennützliche Niedertracht.

Der Riss der Gegensätze geht mitten durch unser Denken, weshalb wir zwanghaft mit gegensätzlichen Begriffen urteilen. Dieses spaltende Denken teilt in Gefolgsleute und Gegner ein. Verschiedene Gruppen denken, sie kämpfen für das Gute und gegen das Böse. Doch was die einen für gut halten, finden andere für etwas Schlechtes. Ohne dieses trennende Denken würde niemand mehr für etwas kämpfen und somit niemand dagegenhalten müssen. Dann würde nicht mehr um Gutes geängstigt und nicht Schlechtes befürchtet werden.

Friede zwischen den Gegensätzen würde den Riss heilen und die ehemals wohlgefügte Ebenmäßigkeit wieder hergestellt sein.

Nubdurs Oberkörper schnellte in die Senkrechte. Seine Gedanken eskalierten: Ist das Allmächtige die verwundete Ebenmäßigkeit, aus der Menschen bluteten, damit die diese Wunde heilen, wenn sie Gutes und Schlechtes in Gelassenheit einebnen?

Nachdem Nubdur diese Gedanken herausgeschwitzt hatte, aß er schmatzend von den frischen Früchten neben seinem Schlaflager.

Am späten Nachmittag brachte ihm Miltmeru Tee, den Nubdur mit seiner Kunst empfing.

Ahhh – herrlich duftender Kräutertee
Mein ganzer Körper sagt:
Willkommen

Nubdur fühlte sich in diesem Zelt wohl. Dieses Wohlgefühl flößte ihm überzogen nette Erklärungen auf Miltmeru Fragen ein. Miltmeru begann: „Hast du was Allmächtiges entdeckt?"

„Ja. Und wir leben alle in seinem Frieden. Den spüren wir wenn wir uns ihm hingeben. Viele sind allerdings nicht in der Gemütsverfassung sich hinzugeben. Bete darum, dass das Allmächtige sie um ihr inneres Leid erleichtert und sie somit bereit für seinen Frieden werden. Willst du Frieden, dann bitte darum, dass andere Frieden finden."

„Beten kann wirken?", fragte Miltmeru anzweifelnd.

„Ja. Alle Menschen stehen über das Allmächtige in Verbindung miteinander und deshalb kann man durch Bittgesuche an das Allmächtige andere beeinflussen. Unsere Körper sind getunkt in den einen allmächtigen Geist.

Selbst wenn du der einzige Mensch wärst, der je existiert, dann würdest du dich immerhin mit dem allgegenwärtigen Geist gedanklich austauschen. Du würdest dem Geist einen Namen geben. Du würdest ein Symbol für ihn erfinden und an weit sichtbaren Stellen aufmalen. Unwetter, gute oder schlechte Ernten, oder der Fund von etwas Nützlichem, oder eine Fußverletzung durch etwas Spitzes auf dem Boden, das fies von Blättern verdeckt war, oder wenn dir der Wind etwas fortbläst, oder wenn eine Frucht dir entweder auf den Kopf oder vor die Füße fällt, wirst du als Bestrafung, Belohnung, Warnung, Ermutigung oder sonst wie deuten, weil du etwas vermutest, das auf diese Weise mit dir kommuniziert. Du wirst dem Wind deine Wünsche mitgeben. Du wirst zum weiten Himmel hin bitten, danken, klagen und nachts in den Lichtpunkten antwortende Zeichen herausdeuten, weil du auch dort, wie überall, den allmächtigen Geist vermutest."

„Ich kann mir diesen allgegenwärtigen Geist nicht vorstellen."

„Dann versuche dir mal absolut nichts vorzustellen. Dieses Nichts hat keine Ausdehnung, ist also unendlich klein. Stelle dir vor es gäbe nur dieses Nichts."

„Das kann ich nicht."

„Das gelingt niemanden, denn wir können uns nicht weniger als leeren Raum vorstellen und Raum hat immerhin eine Ausdehnung. Warum kann man sich nicht weniger als leeren Raum vorstellen? Weil der Raum mit Geist ausgefüllt ist und wir in ihm sind. Der Geist erschafft die Ausdehnung des Raums in alle Richtungen. Der allmächtige Geist ist die Ausdehnung.

Durch den allmächtigen Geist kannst du jenen, von denen Schrecken ausgeht, Frieden wünschen, den sie dann spüren. Das beschwichtigt sie."

Miltmeru vergegenwärtigte sich allerlei Feinde und das ließ ihn sagen: „Meine Feinde werden nicht brav. Denen gehört Krankheit und Tod gewünscht."

„Feinden Gutes wünschen fällt leicht wenn man verzeiht. Verzeihen wiederum fällt leicht, wenn einem was egal sein kann."

„Wenn mir jemand was versaut und mir das dann egal sein soll, bedeutet dies, nicht wirklich was zu wollen und keine Leidenschaft für irgendwas zu empfinden. Man soll also dem Frieden zu liebe für nichts leben?"

Nubdur ging in sich: Mir ist mein Leben egal, aber dennoch kann ich nicht verzeihen, weil mein Zorn nörgelt, warum das Opfer zu seinem Leid, das es ertragen musste, auch noch die Bürde hat dem Täter Gutes zu tun durch verzeihen. Verzeihen ist ein mieses Geschäft.

Miltmeru unterbrach Nubdurs Gedanken: „Vielleicht könnte Liebe zu den Mitmenschen und zum Allmächtigen über Angetanes hinweghelfen. Wenn einem die Liebe am wichtigsten ist, dann verzeiht man vielleicht eher, weil man sich das liebende Gefühl nicht vom Zorn verderben lassen will. Wie steht es damit?"

Nubdurs Lippen wurden ganz schmal, fast scharfkantig. Sein Mund öffnete sich wie eine Schnittwunde und er antwortete leise: „Dazu weiß ich nichts zu sagen."

„Deine Weisheit vom Verzeihen endet damit, dass einem was egal sein soll? Die Liebe kommt bei dir nicht vor? Du hast, seit ich dich kenne, noch nie die Liebe bei einer deiner Aussagen mit einbezogen.", bezeugte ihm Miltmeru. Nubdur verzagte vollends: „Wem als Kind die Mitmenschen als Plage erklärt wurden und die Lebenserfahrung das auch noch bestätigt, der kennt die Liebe nicht."

„Und damit ist die Liebe für dich erledigt?"

Nubdur tauchte in verzweifeltes Schweigen ab. Miltmeru wollte dem nicht beiwohnen und ging.

Allein im Zelt wurde sich Nubdur bitter bewusst: Ich empfinde keine Liebe für mich, keine für das Allmächtige, keine für meine Eltern auch für sonst niemand. Ich spüre schlicht nichts Derartiges. Auch nicht wenn der sexuelle Reiz einer Frau dabei nachhelfen will...

In Nubdur schäumte eine alte Erinnerung auf, die noch gedanklich unverdaut in ihm gehrte. Es war eine der vielen Niederlagen, mit denen er erwachsen wurde. Geschehen in den ersten Jahren bei Miltmeru.

Nubdur hatte immer Feiern gemieden. Er scheute davor zurück sich unter fröhlich Feiernden aufzuhalten, weil er mit seiner fahlen Stimmung peinlich auffallen würde.

Ein Gleichaltriger hatten es damals mit Ausdauer dennoch geschafft den scheuen Nubdur zu überreden seine Geburtstagfeier zu besuchen. Dort war auch seine Schwester. Nubdur kannte sie, denn sie arbeitete bei Miltmeru. Sie waren sich manchmal über den Weg gelaufen und sie hatte ihn beim Vorübergehen immer angesprochen, auch wenn sie wenig Zeit hatte.

War sie nicht in Eile, dann erzählte sie länger mit lustigen Ausschmückungen was sie an kleinen Aufregungen erlebt hatte und manchmal seufzte sie darüber mit einem anschließenden Lächeln. Er hingegen brachte kein Wort heraus, aber das war mit ihr nicht unangenehm. Er fand es nett, wie sie mit ihm sprach. Ihm gefiel die Art wie sie vor ihm stand, ganz gerade aufgerichtet, als würden verehrende Kräfte von oben ihren Körper aufrichten. Auch wie sie manchmal in den Sandalen ihre Zehenspitzen bewegte wenn sie mit Leidenschaft über etwas sprach, erstaunte ihn. Oder auch wie sie irgendwelche Schriftrollen, leicht schräg in ihren Armen liegend, an ihren Körper drückte und dabei mit der linken Hand ihren rechten nackten Ellenbogen fasste. Trug sie ein langes Gewand, das über ihre Arme reichte, dann hatte sie den Ärmel mit der linken Hand bis zum Ellenbogen hochgeschoben. Er konnte dann sehen wie sie ihre Finger so schön rund und gleichmäßig um ihren Ellenbogen verteilt hatte. Manchmal strich sie sich mit ihrer Hand über ihre Schulter weil sie bemerkte wie Nubdur dort hinschaute, denn ihn berückte immer wieder der unbegreiflich zarte Umschwung von ihrem Hals zur Schulter. Wenn sie weiter ging, drehte sie sich meist noch mal zu ihm um, während er noch eine Weile bewegungslos dastand.

Auf der Geburtstagsfeier hatte er sich verschämt in eine Ecke verzogen und hoffte nicht beachtet zu werden.

Er sah wie die Frau von den Jungs umschwärmt wurde und auf einmal schaute sie, zwischen die hindurch, zu Nubdur hinüber. Ihr Blick war so bestimmt wie nie zuvor auf ihn gerichtet. Das beunruhigte Nubdur heftig. Seine Haut quetschte solch enorme Mengen Panikschweiß heraus, dass er wegen des vielen Wasserverlusts binnen kurzer Zeit, beinahe ohnmächtig geworden wäre.

Zu seinem Entsetzen kam sie nun auch noch auf ihn zu. Er ahnte: Die will heute mehr als nur plaudern. Sein wild purzelndes Herz verkantete sich jäh, denn die Situation war ihm schon zu intim, noch bevor sie bei ihm war. Das Wort Liebe sprang in seine Gedanken wie der Stachel eines Skorpions in seine Beute stach. Erschrocken zuckte Nubdur in einem Ruck in angstvolle Aufregung hinein. Sein Kopf glühte vor lauter sich überstürzender Erinnerungen an Gelesenes. Der lebensferne Nubdur hatte damals gehofft mit Lesen seine Unwissenheit über die Menschen auszugleichen. Auch über deren Liebe. Er hatte Gedichte und Geschichten gelesen, die von der Liebe schwärmten, aber nichts von dem gab ihm Rat in seiner Hilflosigkeit.

Rasch war sie bei ihm. Sie neigte sich zu ihm hin und als sie über ihm war, ganz nahe, erstarrte Nubdur. Er war gebannt vom Schimmer ihrer schwarzen Augen, die ihn an die klaren Nächte aus seiner Kindheit erinnerten. Um dem Stress dieses Moments zu entfliehen, versuchte er sich den Himmel mit seinen leuchtenden Punkten vorzustellen. Dann zwinkerte ihr Augenlid über den Nachthimmel und Nubdur wurde durchdrungen von Schauern und Beben, die seinen Körper in kleinste Teile zerfaserten und dann fröstelnd schwebten. Sie lächelte und mit leichter Heiterkeit wanderten ihre Augen über sein Gesicht.

Auch Nubdur musterte ihr Gesicht. Er war fasziniert vom Spiel ihrer Augen, die entspannt, fröhlich, sehnsüchtig, verträumt, leidend, heiter lustig, schwach, suchend und ... einfach alles darzustellen schienen. Dazu gesellten sich die dramatisch geschwungenen Augenbrauen. Nubdur wurde neugierig auf die Geheimnisse ihres Wesens, obschon er vermutete: Die werden dem kleinen Forscher verborgen bleiben.

Sie sagte etwas, aber seine rot angeschwollenen Ohren vernahmen nur ihre sachte Stimme, ohne ein Wort von ihr zu verstehen. Dann öffnete sie ihren Mund einen Spalt weit. Ihm dämmerte, dass dies verführerisch ist. Aber er fühlte keine Verführung. Er fühlte Panik. Sie aber überwand mit Leichtigkeit sein Sträuben und ihre zartwarmen Lippen berührten seine Wangen. Der süße Druck ihrer Lippen drang in seine Wangen und dabei sah er entlang ihrem Körper aus wundersam aneinander geschmiegten, sanften Bögen, die die Schwingungen einer mal lieblichen, mal ekstatischen Melodie nachformten. Ihre Lippen enthoben sich langsam. Ein dichter Regen aus gewundenen Blüten rieselte vor seinen Augen herab, samtig dunkelrot waren die Blüten, die Farbe ihres Blutes. Dann steuerten ihre Lippen die seinen an, die ganz schnell blutleer wurden. Er konnte sich später nicht mehr erinnern ob ihre Lippen seine erkalteten Lippen tatsächlich berührt hatten. Ihr Kuss hatte die Macht das Verlangen zu entfachen sich mit ihr zurückzuziehen und sich freimütig in wohlige Freuden stürzen zu wollen. - Nicht so bei Nubdur!

Zwar hatte ihre Annäherung eine Sehnsucht bei ihm erweckt, die aber war erbärmlich unterernährt. Seine leidenschaftslosen Gärungen und sein hektisches Herz mauerten gegen ihre Zuneigung.

Ein gesichtsloses Verlangen war in ihm aufgequollen und wollte irgendwie, irgendwas mit ihr anfangen, aber er war versperrt davor, sich gehen zu lassen. Dann kam ihm die Angst jeden Halt und Orientierung zu verlieren und die Unsicherheit vor ungewohnten Wallungen. Seine Mutter hatte ihn einst gewarnt: Die gefährlichen Frauen würden ihn ins Unglück hinein verführen. Bizarre Freude, in denen klebrige Flüssigkeiten eine wichtige Rolle spielen, erfordert nach Beendigung Reinigungsarbeit und bringt bald kleine Kinder, um die man sich sorgenvoll kümmern muss. Das wäre für ihn zu anstrengend.

Ihre Schönheit blieb ohne Wirkung auf ihn, ihr Kussmund wirkte sogar bedrohlich.

Ich kann nichts mit ihr anfangen. Eine Annäherung meinerseits ergäbe eine erbärmliche Belästigung.

Mit ihrem Kuss wollte sie den anderen signalisieren, dass sie von ihr ablassen sollen, denn sie wollte bei Nubdur sein. Er aber schob sich wie eine Krabbe seitlich von ihr weg und verschämt wollte er sie nicht mehr anschauen. Ihre Nähe war ihm unerträglich geworden.

Es war ihr Wunsch gewesen, dass ihr Bruder ihn einlud. Nun war sie an Nubdurs zäher Zurückhaltung gescheitert und das machte sie traurig. Ein Junge, dem sie gefiel, nutzte die Gelegenheit sie von Nubdur wegzuführen. Er packte sie so stark an ihrem Arm, dass es sie schmerzte. Ihre zarte Wut darüber in ihrem Gesicht berührte den Jungen nicht. Beim Vorbeigehen warf er Nubdur einen drohenden Blick zu, der Nubdur dazu ermahnen sollte, ihm nicht in die Quere zu kommen. Nubdur dachte neidisch: Der hat aber schnell die Gelegenheit erkannt und ergriffen.

Nubdur fühlte sich zwar davon herausgefordert, aber er blieb handlungsunfähig. Sein Mut reichte gerade dafür, sich unter den Blicken der anderen davonzuschleichen.

Seine vor drohender Leidenschaft zurückgeschreckten Gefühle taumelten nun erschöpft im Körper nach unten und rissen dabei, zusammen mit einer zornig aneckenden Enttäuschung über sich, alles sonst an Gefühlen mit hinab und sein jammervolles Inneres brach in sich zusammen wie eine einstürzende Höhle. Eine tote, kalte Leere breitete sich in ihm aus bis ihm davon übel wurde.

Im Freien stehend, waberte die Luft in und aus seinen schlaff geöffneten Mund. Die Luft schmeckte nach nichts. Das sollte normal sein, doch auf sein trostloses Inneres treffend, machte ihn das in dem Moment noch trauriger.

All dies ist lange her, dachte Nubdur, dennoch sind die Erinnerungen an meinen Ausfall erschreckend nah. Obwohl ich sie nett, hübsch und witzig fand und sie mich offensichtlich mochte, habe ich sie abgewiesen.

Nubdur wurde unbarmherzig klar: Für schöne Gefühle bin ich nicht zugänglich. Mit ihr zusammen glücklich sein, würden meine Gärungen nicht zulassen. Freude schenkende Gärungen kennt mein Körper keine.

In mir fehlt der lichte Spielplatz wo sich Zuneigungen beschwingt tanzend aneinander schmiegen können. Ich hätte ihr keine Heimat für ihre Gefühle sein können.

Aber Wut gegen den Jungen, der sie mir so schnell wegnahm, konnte ich aufbringen, obwohl unsinnig, denn ich hatte mich doch von der Frau abgekehrt. Für Zuneigung nicht, aber für Wut ist mein Körper bereit.

Meine Eltern kamen gebuckelt heim und beklagten das unfaire Leben. Aus Mitgefühl habe ich ihre Wut nachempfunden und somit eingeübt wütend zu sein. Mein Leben ist ein Atemzug. Als Kind atmete ich ein, was ich als Erwachsener ausatme. Ich kann mich so wenig ändern, wie meine Kindheit unabänderlich bleibt.

Später vermied ich zu der Tageszeit rauszugehen, zu der ich sie üblicherweise traf. Einmal tauchte sie andernorts in meiner Nähe auf. Ich tat so als würde ich sie nicht sehen. Zu meinem Erstaunen kam sie Freude strahlend näher. Mein peinliches Verhalten auf der Feier schein wie nie gewesen. Sie sah noch hübscher aus. Sie fragte, wie es mir geht, erzählte was sie macht, fragte was ich treibe und überhaupt was ich in meinem Leben plane. Zwanghaft antwortete ich: „Nichts plane ich. Alles macht nur unnötig Mühe. Also sollte man möglichst wenig vorhaben."

Ihr Gesicht wurde grau und knittrig vor Enttäuschung.

Diese Belehrung hat sie offensichtlich gebraucht, dachte ich: Soll sie mit dem anderen Kerl von der Feier irgendwelche verwelkenden Pläne schmieden.

Damit hatte ich sie fürwahr vergrault. Warum musste ich diesen Unsinn auskotzen? In mir ist Hölle. Ich behandle schlecht, wer mir gut sein will und ich bin brav zu jenen, die mir Schlechtes wollen. Mein Selbsthass will das so.

Sie dieses zweite Mal weggestoßen zu haben, schmerzte mich sehr. Sie war die hübscheste Frau die ich je sah.

Meine Hoden waren dick wie eine Melone geworden und eine Masse schwenkte kraftvoll in die Horizontale.

Nun als es endgültig vorbei war, quälte mich mein Körper mit sexueller Lust auf sie. Mein Körper narrt mich.

Ich verfluchte, dass sie mir noch mal über den Weg lief. Warum lässt das Leben mich nicht in Ruhe?

Die Masse unter meinem Umhang war so sehr voller Tatendrang, dass ich einen verborgenen Ort suchen musste um dort zu wichsen.

Verflucht. Ich dachte ich sei impotent. Ist man impotent, darf man sich viele Sorgen ersparen.

Einmal begegnete ich ihrem Bruder. Er war wütend auf mich, weil seine Schwester wegen mir unglücklich war. Ich war auch unglücklich, aber das ist unwichtig, geringachtete sich Nubdur. Sie schien mich zu meiden und ich begann sie zu vermissen. Ein Gefühl, das mich unsinnig quälte. Kein nächtlicher Traum war so schrecklich wie meine Erinnerungen.

Wachheit stichelte Nubdur im Studierzelt. Erst in den frühen Morgenstunden fiel er in erlösenden Schlaf.

Am späten Nachmittag erwachte Nubdur. Die Sonne beschien schräg von der Seite die Welt.

Lichtvoller Spalt zwischen zwei Eingangsvorhängen
Ein langer Streifen Sonnenlicht auf dem Boden
Eine Spinne überquert den Lichtstreifen

Nubdur tastete nach seiner Wunde am Kopf. Sie war noch empfindlich gegen Berührungen.

Das wird wieder. Aber für was ist ein gesunder Körper gut wenn ungesunde Gefühle ihn beherrschen?

Mit Mühe richtete sich Nubdur auf, schleppte sich zum Eingang und schob den Vorhang davor bei Seite. Er sah freie Landschaft und kniff sofort seine lichtempfindlich gewordenen Augen zusammen. Eine Zikade rieb ihre Flügel. Ihr Lärmen war für ihn aufdringlich laut.

Dunkle Wolken näherten sich und schoben Stille über die Landschaft. Dann regnete es. Nubdurs begaffte die Regentropfen, als sehe er so etwas zum ersten Mal.

Die Wolken zogen sich auseinander und die Sonne schien durch. Das Sonnenlicht spiegelte sich in den letzten noch im Fall befindlichen Regentropfen. Tausende von kleinen Sonnen sanken vom Himmel. Nubdurs empfindsame Wahrnehmung war fasziniert und sein Blick preschte mitten in den Lichterregen hinein.

Er beobachtete einen der letzten Regentropfen bei seinem schneidigen Sturz in eine Pfütze hinein. Die Kraft, die ihm von den Wolken mitgegeben wurde, als sie ihn aus großer Höhe fallen ließen, trieb aus der Pfütze eine Schnute aus Wasser hoch, aus der ein Plätschern zu hören war.

Dieses Plätschern ist sein Freudenschrei darüber, aufgenommen zu sein, stellte sich Nubdur vor und ging dann zurück ins Zelt. Nubdur fühlte sich drinnen von Geborgenheit umarmt und frage sich: Wo bleibt Miltmeru heute?

Miltmeru saß im Dunkel seiner ehemaligen Empfangsgrotte auf seinem bequemen Sitz. Seinem Nachfolger war die Grotte zu wenig prachtvoll gewesen, deshalb bleib sie ungenutzt. Der Eingang zur Grotte war mit Steinen versperrt worden. Eine offene Grotte hätte zu sehr die Erinnerungen an die Herrschaft von Miltmeru belebt. Es gab noch einen schmalen, durch Büsche verborgenen, seitlichen Zugang. Durch den war Miltmeru ins Innere gelangte.

Er starrte und dachte vor sich hin: Ich kann angesichts der launisch unheilvolle Menschenwelt nicht gelassen bleiben, aber vielleicht kann ich für mehr Gelassenheit bei den Leuten sorgen. Es scheint mir leichter die Welt zu verändern als mich selbst. Ich müsste irgendwie die Gemüter befriedend streicheln. Soll ich zum Allmächtigen beten, mich dazu zu befähigen? Aber vielleicht bin ich das schon. Die mich früher vereinnahmende Regierungsarbeit stutzte mich zusammen. Was ging mir dabei verloren?

Als Kind habe ich junge Pflanzen mit ihren Wurzeln ausgegraben und auf Erdhaufen eingepflanzt und zusammen mit Steinen zu verkleinerten Landschaften arrangiert. Ich wurde wegen dieser Vorliebe von den andern Jungen verspottet. Daraufhin ließ ich es. Später blieb mir als Herrscher keine Zeit dafür. Jetzt nehme ich mir die Zeit!

Verjüngt hüpfte er von seinem Sitz und eilte an den Gemälden auf der Felswand vorbei, die er dort hin gepinselt hatte, bevor er Herrscher wurde.

Er konnte einige Leute für sein Vorhaben begeistern. Sie kundschafteten einen Ort aus, der für das Anlegen eines Besucherparks geeignet war. Unermüdlich arbeiteten er und seine Helfer an seiner Vision.

Freundliche Statuen im Halbschatten unter Bäume verliehen dem Garten eine einladende Harmlosigkeit. Nahe und ferne Büsche auf Hügeln lugten auf einen Teich hinunter, der sie in seiner dunkelgrünen Ruhe spiegelte. Auch die Besucher begrüßte der Teich mit ihrem flachen, sanft bewegten Abbild auf der dunkelgrünen Wasseroberfläche.

In einem weiteren Gartenstück stand eine Formation aus eigentümlichen Felsen. Beim Umrunden konnte man nie alle Felsen auf einmal sehen, weil sich immer welche verdeckten. Das sagte einem: Man kann nicht alles haben.

Ein hüfthoher Felsen stand direkt neben einem Stein, der nur ein Viertel so hoch war. Der kleinere schien sich beschützt zu fühlen. Die Sonne wanderte weiter und der große Felsen warf seinen Schatten über den kleinen Stein. Der große wirkte jetzt eher wie eine Bedrohung für den kleinen. Beim Vorbeigehen sah es aus einer bestimmten Blickrichtung so aus als würde sich der Kleine heimtückisch an den Großen von hinten heranschleichen. Oder der kleine schien hinter den großen geflüchtet zu sein und lugte nun ein wenig hervor. Trotz der Bewegungslosigkeit der Steine änderte sich fortwährend ihre Beziehung zu einander. Das lehrte, dass vieles nicht immer so ist wie der erste Anschein vorgibt, und dass die eigene Meinung nicht ewig richtig sein muss.

Ein großer flacher Stein steckte schräg in der Erde. Einmal schien er zu versinken und dann eher aus der Erde aufzutauchen. Je nach Stimmung des Betrachters sah das nach Untergang oder Hoffnung aus. Die eigene Stimmung bestimmt was wir sehen.

Einige Besucher wurden süchtig nach den Geschichten der Felsen. Sie blieben auch bei Hitze und Regengüssen im

Garten, gebannt davon, wie bei jeder Änderung der Blickrichtung auf die Steine eine weitere Weisheit in ihnen erweckt wurde. Dieser ununterbrochene Strom an Weisheit überreizte nicht, sondern zähmte die von aufgescheuchten Gefühlen gehetzten Gedanken. Hier kam der Gedankenfluss zur Ruhe und ein Durchblick auf die ursprünglichen Gesetze der Welt brach auf. Draußen verhinderten der eilige Alltag, die erwürgende Verwaltung und das verfehlte Weltbild der Sauberleute die weisen Gedanken.

Ein Feldzug wurde unterbrochen weil der Heerführer vor Begeisterung für den Garten, dort übernachtete. Weltliche Erwartungen an ihn trieben ihn leider nach zwei Tagen wieder weiter.

Der Garten war nicht ummauert. Es gab kein Tor, damit keine Kämpfertypen an einem solchen hätten siegreich drängeln können.

Die Gestaltung des Gartens gab klare Gedanken. Es gibt für alles einen klaren Weg, aber beim Gestalten von Gesetzen wird der nicht gesehen. Gesetze verwirren und sind nicht schlüssig, sodass die Beamten sie nicht erklären können und unterschiedlich falsche Auskünfte geben.

Gesetzte werden notwendig wegen der Disharmonie im Zusammenleben. Der Garten aber stellt Harmonie dar.

Der Garten will allen gefallen. Die unlogischen Gesetze aber behandeln manche Leute mehr und andere weniger schlecht. Die Ungerechtigkeiten sind ungerecht verteilt.

Die Beamten schaffen ihre Arbeit kaum, aber zum Schikanieren der Leute nehmen sie sich Zeit. Die unfairen Gesetze geben ihnen Mittel zum unlauteren austricksen der Leute in die Hand. Miltmeru legte weit verteilt Gärten an, damit die Leute sich dort vom gesetzlich verordneten Stress erholen können. Die Anmut der Gärten öffnete den Blick auf ein harmonisches Miteinander.

Erfolgsverwöhnte gerieten wegen der Gärten in Panik: „Diese Gärten blenden die Leute mit der Einbildung ein besseres Leben sei möglich. Das macht sie aufmüpfig."

Die weltlichen Sauberleute schimpften: „Die Parks sind eine Platzverschwendung und ihr Bau eine Vergeudung von Arbeitskraft. Es gibt Wichtigeres."

Miltmeru fertigte sie ab: „Was kann es Wichtigeres geben, als in den Menschen gute Gefühle anzuregen? Ihr verderbt die Gefühle. Eine Erdspalte soll euch verschlucken!"

Religiöse Sauberleute hassten die Gärten. „Die Leute sollen Trost und Frieden im religiösen Glauben finden, aber nicht hier!", bestimmten sie und verwüsteten einige Gärten. Die Liebhaber der Gärten schützten die noch unbeschädigten Gärten mit hohen Mauern, was aber nicht Miltmerus Vorstellung entsprach.

Um sich vom Unbehagen über all das frei zu machen, ging Miltmeru in seinen zuletzt angelegten Garten. Der Anblick ließ seine Hoden wohlig kribbeln und dann sprühte eine neue Idee aus ihm. Da er sein ihm zugedachtes Leben gefunden hatte, war er zum wirklichen Miltmeru geworden, und der hatte genug Schöpfungskraft um seinen Ideen Gestalt zu geben.

Miltmeru erläuterte Nubdur sein neues Vorhaben: „Ich frage nach Friedenstiftern und setzte ihnen Denkmäler."

Dann verabschiedete er sich von Nubdur, lud Werkzeug auf einen kleinen Wagen mit einem Esel als Zugtier und fuhr los.

Die Denkmäler erbaute Miltmeru mal mitten in einer Siedlung oder in der freien Landschaft. Manche waren aufwendige Nachbildungen der Situation oder nur symbolische Darstellungen. Die verwendeten Materialien waren dürftig, aber die einfühlsame Sorgfalt, mit der sie ausgewählt, bearbeitet und gefügt wurden, verlieh ihnen Ausdruck und sie erstrahlten anmutig in ihrer Berechtigung.

An den Denkmälern trafen Wanderer manchmal auf weitere Besucher. Meist konnte einer der Besucher lesen und erklärte den anderen die Schriftzeichen, welche knapp die gelungenen Taten für den Frieden priesen. Sich später an diese guten Taten zu erinnern, gab Hoffnung.

Miltmeru hoffte: Die Denkmäler regen vielleicht manche dazu an, ihrerseits sich für Befriedigungen einzusetzen.

Er erbaute auch Denkmäler, die verfeindete Gruppen zeigen, wie sie sich aussöhnen, obwohl diese Gruppen sich gegenwärtig noch bekämpften. Diese Denkmäler zogen eine wünschenswerte Zukunft in die Gegenwart.

Ich kann mein Misstrauen, wegen grauenvoller Ereignisse, nicht ablegen. Aber wenn ich mit den Denkmälern zur Befriedigung der Menschenwelt beitrage, dann erlaube ich mir weniger misstrauisch zu sein. Eine friedvolle Welt sollte der Normalzustand zu sein.

Nubdurs Kopfwunde war inzwischen verheilt. Er arbeitete wieder. Die Schmerzen im Arm hatte er geübt abzutun.

Täglich bat Nubdur seinen Arbeitgeber um Erlaubnis seine Arbeit unterbrechen zu dürfen um bei der Behörde seine Ortsanwesenheit bezeugen zu können. Nachmittags waren die Beamten oft schon weg und Nubdur musste beim nächsten Besuch eine Geldstrafte zahlen, weil er seiner Meldepflicht nicht nachkam. Für die Zeit des Behördenbesuchs entfiel Nubdur auch Lohn. Wegen all dem blieb ihm wenig Geld. Manchmal traf Nubdur auf einen Beamten, der nicht in Nubdurs Meldepflicht eingeweiht war. Dann wurde die Sache als von Nubdur unerledigt behandelt.

Nubdur träumte: Miltmeru hat sicher schon Denkmäler erbaut. Die würde ich gerne sehen.

Er wagte nicht ohne Erlaubnis zu wandern. Also bat er in der Verwaltung das Wanderverbot gegen ihn aufzuheben. Er musste lange Formulare bei unterschiedlichen Beamten ausfüllen. Danach wurde sein Wunsch abgelehnt.

Auf dem Rückweg traf er auf einen Geschäftsmann, den er von den Orgien her kannte. Ihm klagte Nubdur: „Ich würde gerne wandern aber es ist mir verboten worden."

„Wenn dir nach wandern ist, dann tue das. Du musst nicht andere um Erlaubnis für deine Wünsche bitten."

„Aber ich kann mich doch nicht über ein Verbot hinwegsetzen."

Der Geschäftsmann lachte ihn aus und meinte: „Mit der Einstellung wirst du zu nichts kommen. Ich bin mächtig und reich geworden, weil ich Gesetze und Verbote gerissen unterlaufen habe. Alle irrsinnigen Regeln und Gesetzte beachten, das endet unweigerlich in Lebensstarre und Armut."

„Man wird mich verfolgen und bestrafen."

„Stehle dich unbemerkt davon. Das eigentliche Problem ist deine Willensschwäche. Mein Leben wird nicht von außen bestimmt sondern läuft nach meinem Willen. Treffe Entscheidungen für dich und führe sie aus. Ich muss jetzt weiter. Ich sehe dich dann nicht mehr."

Nubdur aber blieb brav in der Siedlung.

Alle tun was sie wollen, nur ich traue mich nicht, verachtete sich Nubdur. Monate später hatte sich in Nubdur genug Mut angesammelt, dass er bei einem Meldebesuch die Beamten nochmal um Wandererlaubnis bat. Er musste die gleichen Formulare, die ihm beim ersten Versuch vorgelegt wurden, erneut ausfüllen, bevor abgelehnt wurde.

Nubdur ging in einen von Miltmerus Gärten um sich dort zu beruhigen. Die Besucher des Gartens liefen dort tatsächlich entspannt und heiter umher.

Also mich heitert hier nichts auf, merkte Nubdur. Die Felsen geben mir keine Ideen wie ich die Beamten zur Aufhebung des Wanderverbots überreden kann. Ich glaube der eine Felsen will mir sagen, dass ich das aufgeben soll.

Als Nubdur dem Geschäftsmann wieder über den Weg lief, fragte der ihn: „Du bist wieder zurück?"

„Ich war noch nicht fort.", erwiderte Nubdur verlegen.

„Ich fasse das nicht, dass du dich von diesem Verbot aufhalten lässt. Wandern ist kein Verbrechen. Du lässt minderbemittelte Wesen über dein Leben bestimmen!"

„Aber diese Minderbemittelten haben die Macht über mein Leben."

„Macht muss man geschickt verarschen. Weil du dich ordnungsgemäß verhältst, können die rigorosen Beamten dich schikanieren. Dein Problem mit der Wandererlaubnis ist läppisch klein, im Vergleich zu dem, mit was ich mich herumschlagen muss."

Die Probleme anderer scheinen leichter als die eigenen, dachte Nubdur: Er weiß nicht, mit welch unüberwindbarer Schwäche mich die Vorstellung lähmt das Verbot zu brechen. Für eine dauerhaft gelungene Flucht müsste ich durchtrieben sein. Aber für Durchtriebenheit spüre ich keine anschiebende Kraft in mir.

Die Folgezeit hielt Nubdur, wenn er draußen unterwegs war, nach dem Geschäftsmann Ausschau, um ihm auszuweichen: Ich schäme mich vor ihm wegen meiner Feigheit.

Aber in sich gekehrt, latschte Nubdur dem Geschäftsmann doch wieder über den Weg und der foppte ihn beim Vorbeigehen: „Du bist eine Memme. Wenn du ohne Mut bist, dann kannst du nicht in Freiheit leben."

Es stimmt was er sagt, ich bin mutlos. Dafür verachte ich mich. Mein müder Wille findet keinen Stand auf meiner Ängstlichkeit. Als Junge zögerte ich die Welt zu betreten. Damals wie heute zögere ich.

Die Erinnerung an seine verzögerte Jugend machte Nubdur so wütend, dass er danach ganz schlaff wurde.

Irgendwann bin ich tot und habe mein Leben mit Zögern verbracht. Egal. Hauptsache mein Leben ist vorbei.

Doch Nubdurs Feigheit blieb ihm peinlich vor dem Geschäftsmann. Als Nubdur den mal wieder von weitem sah, floh er schnell vor ihm und befand sich plötzlich in der hellen Landschaft außerhalb der Siedlung. Unwillentlich war ein Anfang getan. Sich an den Rat des Geschäftsmanns klammernd, ging Nubdur weiter.

Er lief abseits der Wege und schaute sich in den folgenden Tage ständig aufgeregt um und vermutete verängstigt: Ordnungshüter sind sicher schon auf der Suche nach mir.

Ein Gärung in ihm ließ in fühlen als falle er hilflos in bodenlose Tiefe, weil er auf einem ihm unbekanntem Weg wandelte, denn er wagte dem Rat eines betrügerischen Geschäftsmanns zu befolgen. Doch hinter seiner Angst war noch etwas anderes zu spüren: Genugtuung. Es war richtig das Verbot zu missachten! Von nun an muss ich schlau sein. Ich kaufe mir einen Umhang mit einer anderen Farbe damit ich nicht schon von weitem erkannt werde.

Nach wenigen Tagen sah Nubdur einen Krieger aus dem Herrschaftsgebiet, aus dem er geflohen war, hinter sich.

Der sucht bestimmt nach mir, befürchtete Nubdur und wich ihm in einen Tempel aus und mischte sich unter die vielen Betenden. Der Krieger lief am Tempel vorbei. Nubdur blieb noch lange geduckt im Tempel.

Als Nubdur abends hinausging, folgte ihm ein Einheimischer. Er trug Dorngestrüpp um seinen Hals und labberte Nubdur belästigend an: „Wir feiern derzeit ein religiöses Fest, für das alle ein Dornengeflecht tragen müssen."

„Ich gehöre nicht eurer Religion an.", winkte Nubdur ab.

„Dieses Fest ist zu Ehren von Ostaras. Er ist unser aller Fürsprecher für unsere Wünsche vor dem Allmächtigen. Kein anderer Glaube hat so was zu bieten."

„Ich erlaube mir, nicht an Ostaras glauben zu dürfen."

Dem Gläubigen hatten sich schnell weitere Gläubige beigestellt. Pflichtbewusst kündigten sie an: „Deinen Unglaube müssen wir bestrafen."

„Erspart euch diese Mühe wegen mir."

„Diese Mühe machen wir uns gerne."

„Wird mir Ostaras meinen Wunsch, dass ihr mich in Ruhe lasst, erfüllen?"

„Ja, wenn du ihn verehrst."

„Dann bastle ich mir zu Ehren von Ostaras auch so einen Halskranz.", bekundete Nubdur und hoffte damit die lästige Situation zu beenden.

„Du musst einen geweihten Halskranz kaufen. Nur so

einer wirkt."

„Dafür habe ich kein Geld übrig. Ich brauche mein Geld um mir was zu essen zu kaufen."

„Ohne Halskrause bespuckst du unsere Tradition."

„Tue ich nicht. Ich möchte nur die Erlaubnis bei eurer religiösen Tradition nicht mitmachen zu müssen. Eine freie Wahl haben ist hochwertiger als Traditionen."

„Du bist ein schlechter Mensch, denn du verführst uns zu schlimmem Tun an dir.", meinten sie drohend.

„Wartet, ich kaufe mir einen Halskranz!"

Gleich vor dem Tempel war ein Verkaufsstand. Sie sahen zu, wie Nubdur sich die stachlige Halskrause umlegen ließ. Dann zogen sie zufrieden ab, bis auf den einen ersten, der mit erwartungsvollem Blick weiter belästigte: „Hattest du im Tempel eine Erleuchtung?"

„Nö.", meinte Nubdur trotzig und ehrlich. Der Gläubige fühlte sich in seinem religiösen Stolz verletzt: Was ist das für einer, der im Tempel meiner Religion nichts spürt? Dem muss ich klar machen, dass er verflucht ist: „Du wirst in der Hölle brennen, während ich ins Paradies komme!"

„Gut so, denn dann sind wir für ewig getrennt. Eine Ewigkeit mit dir, wäre für mich die Hölle."

Seine Drohung mit der Hölle hatte Nubdur nicht geängstigt. Das machte den Gläubigen verrückt: „Du bist nicht würdig die Halskrause zu tragen. Ich reiße sie dir ab und stopfe sie dir in dein freches Maul."

„Wenn ich mit Höllenqualen bestraft werde, dann musst du mich nicht bestrafen.", brachte Nubdur vor. Das besänftige seine Lust Nubdur zu bestrafen aber nicht aber sein Überzeugungswille blieb: „Lasse mich dich vor der Hölle retten. Gehe mit mir in den Tempel. Dann wirst du drinnen von Ostaras mit Kraft für deine Wünsche beschenkt."

„Dafür bin ich heute nicht entspannt genug."

„Dann komme morgen mit mir her. Dann wird dir die Macht von Ostaras zuteil. Das musst du wollen."

Nubdur verstand: Seine Begeisterung für seinen Glauben meint, dass möglichst viele oder am besten alle Menschen seinen Glauben mögen müssen. Das macht ihn zum religiösen Diktator. Meine Ablehnung sieht er als Makel an seinem Glauben. Oder denkt er, sein Glaube wird wahrer wenn der von immer mehr Menschen geglaubt wird?

Er soll ohne mich mit seinem Glauben nicht glücklich sein. Nach einem wirkungslosen Tempelbesuch wird er mich zu weiterer überreden. Ich müsste vortäuschen, dass ich von Ostaras was empfangen habe. Aber denke nicht, dass ich ihn das überzeugend vorspielen kann.

Der religiöse Bedränger wollte sicher gehen: „Übernachte bis morgen bei mir."

Nubdur suchte eine Ausweg: „Danke, aber ich muss noch was erledigen."

„Kann ich dich dabei begleiten?"

„Ich muss scheißen! Ich habe mächtig Durchfall!", log Nubdur.

„In der Nähe meines Hauses ist eine Grube wo man gut kacken kann. Komme mit mir."

Ich muss ihn wahrscheinlich umbringen, damit ich ihn loswerde, dachte Nubdur.

Der Einheimische führte ihn an die Kackgrube. Unterwegs wurde er auf Nubdur angesprochen. Er erklärte: „Das ist einer, der bald unserem Glauben beitritt und das wird allein mein Verdienst sein."

„Du bist ein guter Junge.", bekam er zu hören und lief nun mit dämlich gegrinster Zufriedenheit vor Nubdur her.

An der Grube angekommen blieb er in der Nähe, um zu warten bis Nubdur fertig sein würde. Nubdur beschloss: Ich bleibe hier so lange in meiner Kackhocke, bis einer von uns tot umfällt.

Nach einiger Zeit bekam der Einheimische Hunger und sein Körper machte ihm nagend klar, dass es jetzt nichts Wichtigeres gab als Nahrungsaufnahme. Er ging zu Nubdur, schaute dem unter den Arsch und bemerkte: „Da kam aber nicht viel."

„Es dauert noch. Habe jetzt unerträgliche Verstopfung bekommen.", fühlte sich Nubdur genötigt weiter zu lügen.

„Ich gehe jetzt was essen. Dann komme ich wieder. Nicht weglaufen."

„Kann ich ja wohl nicht."

Der Einheimisch ging zum Essen weg. Nubdur flüchtete in die entgegengesetzte Richtung und dachte: Entgegen meiner Art habe ich gelogen. Sicher eine Nachwirkung der Ermutigung von dem Geschäftsmann für den eigenen Willen zu kämpfen.

Als Nubdur in der nächsten Siedlung einlief, schüttelte jemand seinen Teppich vom Dach herunter aus, gerade als Nubdur darunter vorbeilief. Reinemachen heißt für diese Person, den eigenen Dreck anderen zukommen zu lassen.

Nubdur klopfte den Staub ab. Einwohner unterwegs, liefen einen Bogen nahe zu ihm hin und hüstelten dann beim Vorbeigehen vorwurfsvoll den verstaubten Fremden an.

Die Bewohner erzählten sich von ihrem Hustenreiz und deuteten dabei auf Nubdur.

Indes suchte Nubdur nach Arbeit und wunderte sich: Sobald ich jemand anspreche, wird gehüstelt oder ein Juckreiz weggerubbelt.

Viele klagten über weitere Symptome: „Mir ist leicht schwindelig seit der Fremde hier ist.", „Seit der hier rumläuft, leide ich unter Müdigkeit.", „Ich habe seit dem Kopfweh und bin vergesslich."

Unter dem Schutz von Ordnungshütern und Priestern traten die Ängstlichen an Nubdur heran und warfen ihm all das vor. Er wendete ein: „Hustenreiz bekommt ihr, weil ihr euch auf euren Rachenraum konzentriert, wenn ihr mir begegnet. Und an unerklärtem Kopfweh bin ich auch nicht schuld. Ich nehme keinen Einfluss auf euer Befinden."

„Doch. Du hast in dir einen Dämon in unser Dorf gebracht. Der verursacht das alles. Aber mache dir deswegen keine Sorgen, denn wir werden ihn dir austreiben."

„Ich kann auch einfach weggehen.", schlug Nubdur vor.

„Der Dämon will fliehen!", wurde geschrien. Sie hielten Nubdur fest und ein Priester flößte ihm ein übles Gebräu ein. Nubdur übergab sich mehrmals. Das Dorf schaute zu und einige kotzen mit. Danach fühlten sich alle wieder besser. Nubdur wurde erlaubt weiter zu zeihen.

Heute durfte ich Opfer von eingebildeten Zusammenhängen sein. Keine schlechte Erfahrung bleibt mir erspart.

Bald erlebte Nubdur wie unerschütterlich Glaube sein kann. Der sechste Sohn einer fünften Tochter hat dem Volksglauben nach die Fähigkeit Kranke durch Umarmen zu heilen. Manchmal gesundete jemand nach seiner Umarmung. Wenn dies aber nicht so kam, dann wurde ihm absichtliche Verweigerung von Hilfe vorgeworfen. Sein Stolz, als Heiler angesehen zu werden, wich nach solchen Vorwürfen und er gestand keine heilenden Kräfte zu haben. Doch der Volksglaube, dass er heilende Kräfte haben muss, blieb stur bestehen. Als seine Umarmung bei einem Kranken aus einer mit seiner Familie verfeindeten Familie keine Wirkung zeigte, verstärkte das die Feindschaft.

Nubdur fand in einer großen Stadt Arbeit in einer öffentlichen Kackanlage. Er musste die Scheiße wegräumen.

Mit dieser Arbeit trete ich der Eitelkeit in die Fresse. Manche meiden solche Arbeiten, weil sie meinen ihr Selbstwertgefühl damit zu kränken. Vergebens, denn Wertlosigkeit ist das Merkmal unseres Wesens. Das kann auch nicht die Selbstlüge aufheben, einem besten Volk oder einer Religion anzugehören. Ich fühle mich keiner Größenwahngemeinschaft zugehörig.

Doch auch Nubdur gab sich bisweilen dem Wahn einer Erhöhung hin. Während er gerade bis über die Knöchel in Scheiße stand und diese mit einem Holzeimer in einen Bottich schöpfte, wobei ihm Tropfen von Scheiße ins Gesicht spritzten, träume er: Ich könnte ein großer Herrscher sein indem ich ein Volk als überragende Exemplare der Gattung Mensch lobe, was gerade die dämlichsten Gestalten glauben wollen. Weil sie das erhebt, was ich verkünde, werden sie mich auf dem Weg zu Macht unterstützen. Ich errichte eine unnütz hoch aufgeschichtete Hierarchie mit vielen lukrativen Posten, die ich an jene als Belohnung vergebe, die sklavisch das tun was ich verlange.

Ich spreche öffentlich über Missstände. Die Leute meinen dann, ich würde was verbessern. Sie hegen Hoffnung, weil ich der Hoffnung ein Gesicht gebe, nämlich meins.

Ich treffe schnelle Entscheidungen und behalte somit die Zügel in der Hand. Für den Schaden den meine Fehlentscheidungen als Herrscher anrichten, übernehme ich keine Verantwortung, weil ich erkläre, dass es keine andere Möglichkeit gab oder unsere Werte, Traditionen oder Glaube das so wollte oder eine Vorsehung das schon so vorbestimmt hatte. Damit bleibe ich im Rahmen der mir gelehrten Familientradition, wonach ich keine Arbeit mit Verantwortung übernehmen soll.

Den Aufruhr darüber, dass nichts besser wird, lenke ich auf fremde Mächte. Ich erfinde, dass die heimlich uns zu unseren Ungunsten lenken. Für Probleme biete ich zwar keine Lösungen, aber stattdessen Schuldige aus der geschichtlichen Vergangenheit. Dass kein Zusammenhang zu den heutigen, selbstverschuldeten Problemen besteht, übergehe ich mit wiederholtem Erwähnen von vergangenen äußeren Bedrängnissen. Der so erzeugte Hass lenkt ab von meiner Handlungsunfähigkeit gegen Missstände.

Ich stille die Massen mit Reden darüber, was anderswo schlechter ist als bei uns. Davon betört vergessen die Leute, dass ich mich um unsere Probleme kümmern sollte.

Mit geheuchelter Fürsorge gründe ich ein Amt, wo die Leute sich beschweren können. In dem Amt sitzen nur dumme Beamte, die die Beschwerden nicht kapieren. Die Leute werden verzweifeln bei dem Versuch den Beamten beizubringen was falsch läuft und dann aufgeben.

Als Herrscher muss ich mir gegenüber kritiklos sein, weil ich glauben will, ich würde Gutes tun wenn ich die Leute mit unsinnigen Gesetzen drangsaliere.

„So genau wie du hat noch niemand den Kackgraben sauber geschabt.", wurde Nubdur hinterhältig gelobt.

Ich bin nützlich. Ist man nutzlos, dann kann man immerhin noch als unbekümmerter Herrscher arbeiten.

Lobsüchtig hob Nubdur rastlos die mit menschlichen Ausscheidungen schwer gefüllten Bottiche aus dem Kackgraben. Dank ihm war diese Kackanlage die gepflegteste in der Stadt. Deshalb kamen immer mehr Leute hier her zum kacken. Er verausgabte sich um dem guten Ruf dieser Kackanlage noch zu verbessern.

Sein angeschlagener Arm schmerzte nach zwei Jahr verschlimmert. Doch er arbeitete eifrig weiter: Der Scheißanlagenmeister verlässt sich auf mich. Ich wäre ein Betrüger, wenn ich mich für meinen Lohn nicht mehr voll und ganz verausgabe.

Nubdur ging zu einem Mediziner. Nach einer Frau mit ihren zwei verletzten Kindern war er an der Reihe: „Kannst du meinen Arm heilen?"

Der Mediziner befand: „Es ist zu früh zu helfen. Warte bis er noch mehr anschwillt. Dann amputiere ich ihn."

„Warum warten? Amputieren wir doch gleich.", meinte Nubdur, um die nutzlose Hilfe des Mediziners aufzudecken.

„Guter Vorschlag. Ich hole meine Werkzeuge."

„Bleibe mir vom Leib!", schrie Nubdur und floh.

Ich erwarte keine hilfreiche medizinische Behandlung mehr. Mein Körper muss sich selbst heilen.

Der Abend schob sich über die Siedlung
Manch unheimliche Gestalten in der Dunkelheit
Mütter rufen ihre Kinder nach Hause

Ein Kind rannte her und setzte sich auf die Schwelle eines Hauseingangs. Seine Mutter gab ihm ein Brotstück und löste seine Bundschuhe von seinen Füßen. Auf der Innenseite der Schuhe hatte sich beachtlich viel Sand angesammelt, den die Mutter abschüttelte. Das Kind riss seinen Mund weit auf, als sähe es in dem Brot einen Ochsen, den es auf einmal verschlingen wollte und schaute beim vollmundigen Kauen stolz auf sein gebrachtes Sandhäufchen.

Nach drinnen gegangen, erschien das Kind am Fenster. Es bedeckte die zum Vollmond erhobenen Augen mit beiden Händen und zog sie dann ganz langsam wieder weg.

Mond und Kind
Schauen mit offenem Mund
reines Wundern

Vollmondaugen in der abendlichen Idylle.

Doch die Idylle wurde durchschritten von einem Paar Versen, das abwechselnd hart in den grauen Sand hackte. Die Augenbrauen zusammengezogen und abgesenkt, der Kopf gespalten durch eine senkrechte Falte in der Mitte der Stirn, hastete ein junger Mann durch die Nacht. Beide Hände hatte er verschlossen, als würde er darin aufgestaute Kräfte festhalten. Er kam Nubdur näher und überholte ihn.

Was ist mit dem los, fragte sich Nubdur und folgte ihm neugierig mit Abstand.

Im Mienenspiel des hastenden jungen Mannes bebten die bitteren Erinnerungen an einen Tag, der ihm nur Frust einbrachte. Am Morgen, auf dem Weg zum Markt der Tagelöhner, wo er seine Handwerksdienste anbieten wollte, hatte er überlegt, noch ein Werkzeug für sein Handwerk zu kaufen. Als er an einem Stand die Qualität der angebotenen Werkzeuge prüfte, wurde ihm verboten etwas anzufassen. Das überraschte ihn, da alle anderen Kunden auch die Werkzeuge in die Hand nahmen und begutachteten. Es käme viel weg, war ihm gesagt worden. „Was hat das mit mir zu tun, wenn was wegkommt?", hatte er erwidert, ohne darauf eine Antwort zu bekommen. Der Bruder des Verkäufers war dazu gekommen und beide schoben ihre Bäuche ihm entgegen, um ihn zum Gehen zu drängen. Eingeschüchtert hatte er sich dann vom Verkaufsstand entfernt.

Später pries er neben anderen Handwerkern seine Dienste an. Obwohl die Mitbewerber genauso unfähig und faul waren wie er, wurden die ihm bevorzugt. Die Enttäuschung darüber hatte ihn müder werden lassen, als wenn er den ganzen Tag gearbeitet hätte.

Auf seinem Rückweg entglitt einer alten Frau, die beide Hände voll mit Gemüse hatte, eine Rübe, die zu Boden fiel. Als er sich danach bückte um sie ihr aufzuheben, schrie die Alte: „Das ist meine Rübe, du Dieb!"

Er stapfte mit hochgezogenen Schultern die nächste Gasse hinunter. Jemand hatte dort rücksichtsloser Weise eine Karre mit eingespanntem Esel quer abgestellt. Um vorbei zu kommen musste man sich zwischen der Wand einer Hütte und der hinteren Ecke der Karre durchzwängen. Aus der entgegengesetzten Richtung kam ein Mann näher. Einer von den beiden musste auf den anderen warten, weil an der engen Stelle nicht beide gleichzeitig durchpassten. Aber der dazu gekommene Mann beeilte sich sogar, um gleichzeitig mit dem Entgegenkommenden an der engen Stelle zu sein. Er dachte grimmig: Einer von diesen Drecksnomaden. Der hat mir auszuweichen!

Der Nomade war, wie fast alle Nomaden, an den struppigen rotbraunen Haaren auszumachen.

Die Wertschätzung seiner Eltern, die ihm als Kind geschenkt wurde und sein kindlicher Stolz auf die Freude, die er bei ihnen auslöste, bewirkten zusammen ein Gefühl, das er sich bewahren wollte, aber von seinem Alltag niedergetrampelte wurde. An der Engstelle des Weges wollte er ein Zugeständnis für sein Dasein ergattern.

Der Einheimische glaubte Vorrechte zu haben: Ich darf vor dem durch.

Keiner der beiden hatte vor nachzugeben. Sie forderten

sich wortlos zu einem Duell heraus. An der Engstelle prallten ihre Schultern aneinander.

Nubdur war noch in der Gasse gleich um die Ecke. Er hatte gestoppt und beobachtete verträumt, wie die Farben am Himmel dunkelten. Er beabsichtigte den Abendhimmel mit ein paar Gedichten zu beehren aber dann hörte er jemand rufen: „Drecksnomade!"

Mit dem schönen Dichten wird es heute Abend nichts werden, dachte Nubdur. Meine Wanderbewegungen führen mich wie ausgesucht zu unerfreulichen Ereignissen, auf die meine griesgrämige Stimmung leicht aufmerksam wird. Einerseits ist es mir zuwider bei Ereignissen zugegen zu sein, die nicht ergötzend sind, aber es ist meine abartige Neigung, gerade hässliches, menschliches Tun kennenzulernen. Nur das rüttelt mich aus meiner Trägheit.

Nubdur setzte sich widerwillig aber dennoch von der Zankerei angezogen in Bewegung und sah wie die Zwei gegeneinander drängelten. Der Esel verdrehte seine Augen wegen des Gerangels am Ende der Karre. Nubdur streichelte den Esel über den Hals und führte ihn dann mit der Karre weg und meinte aus vorsichtigem Abstand: „Jetzt ist genug Platz für euch beide!"

„Mische dich nicht ein!", „Halte dich raus!", schrien beide und Nubdur fiel erschrocken rückwärts um.

Auf der Ladefläche des Karrens lag ein Holzstock, den sich der Einheimische griff. Der Nomade floh vor dem ihm entgegengehaltenen Stock. Der Einheimische rannte hinterher. Die Verfolgung endete in einer finsteren Sackgasse. Nubdur kam nach. Mit naiver Lebensphilosophie vermeinte Nubdur den dunkle Umriss mit dem Holzstock zum Innehalten zu bringen und rief aus einiger Entfernung zu ihm hinüber: „Für das was du vorhast wird niemand geboren."

„Doch. Das hier ist mein Einsatz.", grölte der Schatten zurück und sprang Nubdur entgegen. Der wich zurück. Dann widmete sich der Einheimische wieder dem Nomaden. Einige Passanten hatten sich derweil in der Nähe des

Geschehens angesammelt. Auch der Besitzer des Eselge-
spanns war dazu gekommen und brüllte: „Nimm dir den
Nomaden vor!"

Hektisch wurden Blicke ausgetauscht: Hatte jemand vor
einzugreifen und wenn ja, für welche Seite?

„Haltet ihn zurück.", schrie ein junger Mann und stürm-
te mit drei weiteren Männern los. Sie hatten es auf den
Wüterich mit dem Stock abgesehen. Bevor der genug
Schwung für einen weiteren Schlag geholt hatte, waren sie
einen heftigen Herzschlag später an ihm, hielten ihn fest
und nahmen ihm den Stock ab. Der Junge, der die Rettung
angeführt hatte, half dem verletzten Nomaden hoch. Es
war sein Bruder. Der war unterwegs gewesen und jemand
wies ihn darauf hin, dass sein Bruder gerade Ärger hat.

Die Brüder hatten einen Nomaden und eine Einheimische als Eltern. Der eine Bruder sah wie ein Nomade aus
und der andere wie ein Einheimischer. Der nomadisch
aussehende Bruder bekam ungleich öfter Ärger.

Nubdur war wieder näher gekommen und strich sich
über seinen Bauch um seine Eingeweide zu beruhigen.
Forschend frage er: „Warum seid ihr einander nicht aus-
gewichen?"

Der Nomade antwortete: „Ich habe heute schon so viele
Niederlagen hingenommen. Das hat mir die Laune ver-
miest um ihm netterweise den Vortritt zu lassen."

Nubdur verteidigte den Einheimischen: „Für deine Laune vor eurer Begegnung ist er nicht verantwortlich."

Der Einheimische freute sich. Aber nur bis Nubdur ihn
fragte: „Zum Anrempeln braucht es immer zwei. Warum
hattest du mitgemacht?"

„Weil er ein Nomade ist."

„Diese Begründung verstehe ich nicht.", meinte Nubdur.

Derweil gingen die beiden Brüder nach Hause um die
Verletzung des verprügelten Bruders zu behandeln.

„Menschen mit absonderlichen Traditionen, wie die
Nomaden, kann man nicht respektvoll behandeln.", wurde

der einheimische Rempler verteidigt und dann noch dazu gegeifert: „Die Nomadenfrauen tragen Schuhe mit schrägen Holzsohlen. Hinten an den Fersen ist die Sohle hoch und an den Zehen ganz niedrig. Die Nomadenfrauen laufen in den Schuhen fast nur auf den Zehenspitzen und dann wölben sich ihre Waden so wohlgeformt. Das ist widerlich sexy und gehört verboten. Diese Schuhe demütigen die Frauen und diese Schuhe sind ein Symbol der Unterdrückung der Frauen."

Nubdur war klar: Die werden noch viel unsinniges Gelaber ausscheiden, aber von so was werde ich wie verflucht angezogen. Ich sollte das Geschimpfe gegen die Nomaden unbeaufsichtigt lassen. Ja, das sollte ich, kann aber nicht. Ich hasse mich, weil ich nicht über Unerquickliches hinweggehen kann. Schon haben die mich mit ihrem Unsinn eingefangen weil mir eine Erwiderung eingefallen ist: „Viele Nomadenfrauen tragen solche Schuhe gerne. Ihnen verbieten die zu tragen, das wäre Unterdrückung."

„Mit diesen Schuhen wirken die Nomadenfrauen größer. Die wollen uns überragen. Damit provozieren die uns."

„Eure Gefühle entscheiden ob ihr euch provoziert fühlt. Hohe Schuhe geben dafür keinen zwingenden Grund ab."

„Deren Schuhtradition passt nicht zu uns. Wir müssen dem unheilvollen Aufeinandertreffen von Unterschiedlichem vorbeugend entgegentreten.", beschwor jemand mit unerklärlicher Ernsthaftigkeit.

„Ohne Aufregung aber mit gegenseitiger Rücksicht kann Unterschiedliches friedlich nebeneinander lümmeln", hielt Nubdur dagegen. Darauf wurde erbrochen: „Es ist ein Zeichen von Verweichlichung wenn wir auf die Nomaden Rücksicht nehmen. Unser Glauben gibt uns Standfestigkeit damit wir wegen der Nomaden nicht den Boden unter unseren Füßen verlieren. Das gibt uns Vertrauen und Zuversicht für unsere Zukunft."

„Gibt der Glaube euch Vertrauen und Zuversicht auch für ein Leben mit den Nomaden?", fragte Nubdur nach.

„Nein. Keinen von denen kann man jemals trauen und wir sind auch nicht zuversichtlich, dass es möglich ist, mit ihnen zusammenzuleben."

Weiter wurde gesabbert: „Wir müssen fest zusammen-rücken, damit unsere Gemeinschaft nicht löchrig wird und Unbekanntes eindringt."

Ich sollte aufhören mich mit diesem Geschwafel abzu-geben. Warum tue ich mir das an? Ich muss verrückt sein. Wieder muss ich was dazu sagen: „Es gibt nichts Unbe-kanntes sondern nur Unkenntnis.", blubberte Nubdur und fügte an: „Anstatt sich kundig zu machen wird mit Vorur-teilen gedacht." Nubdur überprüfte das: „Beim Heiler habe ich eine Mutter getroffen, deren zwei Kinder von einer Gruppe junger Männer herumgeschubst wurden. Die Kin-der sind dabei hingefallen und haben sich verletzt."

„Entsetzlich diese Nomaden.", wurde geschimpft.

„Es waren Einheimische, die das den Kindern antaten.", klärte Nubdur auf.

„Das ist eine Ausnahme."

„Dennoch hat sich eben gezeigt, dass du voreilig und falsch urteilst. Vorurteile führen zu Fehlurteilen."

„Diese Ausnahme nimmt unseren Vorurteilen nicht ihre Berechtigungen. Wahr ist auch, dass die Nomaden nicht so geschäftstüchtig sind wie wir. Wir jagen Tiere, um an ihr Fell zu kommen, wir graben in der Erde nach Erzen, aus denen wir das Metall für unsere Waffen schmelzen, wir betreiben Handelsflotten um dann mit unseren Waren in fernen Ländern die dortigen Händler zu verdrängen. Den Nomaden fehlt dieser Antrieb zum großen Geldverdienen."

„Nomaden gieren nicht nach Reichtum. Daran ist nichts falsch. Genügsam sein ist auch gut."

„Die wollen doch gar nicht genügsam sein, sondern sind nur zu blöd um erfolgreich zu sein. Die sind von Geburt an nicht so begabt wie wir.", wurde erklärt. Nubdur hielt inne: Die Überheblichkeit gegenüber den Nomaden scheint sie aufzurichten. Vielleicht brauchen sie diese Überheblichkeit für ihr Wohlbefinden.

Nahe bei Nubdur verlief eine Gasse einen Hügel hoch. Am anderen Ende der Gasse taumelten zwei betrunkene nächtliche Spaziergänger vorbei. Ihr Gelächter hallte die Gasse herunter, und bei Nubdur angekommen, hörte es sich an wie spöttische Verhöhnung, die ihm galt.

Nubdur schaute die Gasse hoch. Die Betrunkenen waren weiter gezogen und oben am Ende der Gasse wanderte nun der Vollmond vorüber. Kein Licht drang mehr aus den beiden Häuserfronten der Gasse. Nur der Mond über den beiden letzten Häusern sendete Licht in die Gasse. Die Konturen der beiden Häuserfronten wurden weicher und Tropfen schwitzen aus den Wänden. In den vielen Tropfen spiegelte sich das Mondlicht und dann erzitterten diese glänzenden Tropfen, als ob ein Beben die Häuserfronten wellenförmig durchwanderte. Zwei kleine Fäuste trieben auf das Mondlicht zu. Die Hände waren verschlossen, als beherbergten sie Wertvolles. Aber die Fäuste waren leer, bis auf einen zarten aber schnellen Puls. Nichts mitgebracht, öffnen sich die Hände ein bisschen und berühren die Mutter. So ist es, Hände die gierig etwas festhalten, können andere Menschen nicht berühren.

Nubdur sah das so: „Jeder kommt mit leeren Händen auf die Welt. Wir alle werden als unbeschriebene Schriftrolle gezeugt. Manche werden in eine Umgebung oder in eine Lebensphilosophie geboren, welche die Voraussetzungen bieten, für ein gutes oder gar erfolgreiches Leben. Der Stolz darauf ist erbärmlich, weil man nichts selbst dazu beigetragen hat, wo hinein man geboren wurde.

Als Taugenichts wird niemand geboren, aber dazu erzogen. Kinder kucken sich von den Menschen was ab, von denen sie umgeben sind. Unsere Eigenschaften werden von unserer Kindheit bedingt und nicht von ethnischen Eigenschaften wie die Farbe der Haare oder Haut. Nomaden sind nicht deshalb erfolglos, weil sie als Nomaden geboren wurden."

„Selbst wenn so, dann ist das bedeutungslos gegen die Tatsache, dass die Gemeinschaft der Nomaden gefrustete Verlierer, unbrauchbare Nichtsnutze und wütende Gewalttäter hervorbringt. Ihnen muss dann vorgeworfen werden, dass sie ihre Kinder nicht gut erziehen können.

Nomaden erkennen leicht Gelegenheiten für Betrug, die sie spontan nutzen. Das ist bei denen üblich. Die erachten als natürlich, dass Gerissene und Skrupellose die Braven reinlegen."

„Das ist überall üblich. Geschieht nur verdeckter.", wusste Nubdur und belehrte: „Anderswo sind Nomaden mit ehrlicher Arbeit erfolgreich und üben Berufe aus, die hohe Bildung erfordern."

„Die sollen bei uns nicht zu ehrgeizig werden. Denen muss klar sein, dass wir in Allem die Besten sind und dies immer so sein wird. Ich will nicht, dass Nomaden wohlhabender werden als Einheimische. Wenn die reich werden, kommt es noch so weit, dass wir für die Nomaden arbeiten müssen. Reiche haben auch Einfluss. Ich will nicht, dass die Nomaden bei uns was bestimmen."

„Ich stelle fest: Egal wie erfolgreich oder erfolglos sie sind, beides passt dir nicht."

„Du unterdrückst meine Meinung über die Nomaden.", wurde unsachlich geheult.

„Nein, ich habe nur eine andere Meinung wie du.", stellte Nubdur richtig.

Keine Erwiderung kam und Nubdur erwartete auch keine. Er überlegte: Ihre Gefühle narren sie dazu, sich über Nomaden aufzuregen. Ich kann das nicht verurteilen, denn Menschen müssen sich aufregen, weil sie irgendwie ihre unwohlen Gärungen ausdrücken müssen. Manche regen sich über jene auf, die sich über die Nomaden aufregen. Wir leben mit Aufregung, als seien wir damit verflucht.

Alle verteilten sich in die Nacht. Nur einer stand noch. Es war der zu Hilfe geeilte Nomadenbruder. Er war zurückgekommen um Nubdur zu seiner Familie einzuladen.

Nubdur nahm das Angebot an.

Zuhause erkannte der Vater der beiden Söhne in Nubdur eine Menschen, vor dem er seinen Frust entladen kann: „Der ist ein Nomade, mehr sehen die Leute nicht in mir. Wenn die Töpferware von einem Einheimischen mindere Qualität aufweist, dann sagen die Leute, da ist jemand ungeschickt, aber wenn die Töpferware von einem Nomaden schlechte Qualität hat, dann heißt es, Nomaden können nicht gut töpfern.

Wenn ein nomadischer Unheilverkünder bedrohlich wirkende Reden hält, dann sehen die Einheimischen in mir und meinem einen nomadisch aussehenden Sohn eine Bedrohung. Aber ich bin nicht verantwortlich für das was ein nomadischer Unheilverkünder schwafelt. Einheimische Unheilverkünder hetzen auch, und zwar gegen uns.

Unnötige Lebewesen, diese Unheilverkünder."

Nubdur fragte: „Warum kamst du hierher?"

„Wir Nomaden leben drüben auf der anderen Seite des großen Gebirges, im Land Muuhno. Das Gebirge ist eine landschaftliche Grenze. Diesseits und jenseits des Gebirges leben die Menschen seit unzähligen Generationen getrennt und sehen sich deshalb als zwei Völker an.

Irgendwann fanden Eroberer, Schatzsucher, flüchtige Verbrecher, Händler und religiöse Bekehrer aus dieser Seite des Gebirges einen Weg hinüber zu uns nach Muuhno. Das brachte uns auf die Idee, diese Seite hier zu besuchen.

Wir kauften hier Waren. Die Hersteller verdienten mehr durch unsere Einkäufe. Ich wollte bei einem Hersteller von Töpferwaren arbeiten aber er wollte nur Einheimische beschäftigen. Ich fand das ausgeglichen, wenn wir hier arbeiten, denn wir geben hier auch Geld aus.

Viele Nomaden gingen wieder, aber ich und einige andere blieben hier. Das Töpferhandwerk hier hatte mich fasziniert. Ich wollte das unbedingt auch ausüben."

„Auszuwandern ist den Menschen so eigen wie die Lust

auf Sex. Ein Gebiet rassisch rein halten ist also unvereinbar mit der menschlichen Natur."

„Sich niederlassen wo man möchte, wird zur Torheit wenn sich Zugereiste einer Gesellschaft aufdrängen, weil sie in der ein besseres Leben für sich erwarten, ohne zu wissen ob das ihnen möglich ist. Manche werden zu Bittstellern und wieder andere zu Dieben."

„Diese Diebe flohen wahrscheinlich vor schlimmen Zuständen und sorgen hier nun selbst für schlimme Zustände. Die wissen es nicht besser.", folgerte Nubdur.

„Weil ich und mein nomadisch aussehender Sohn solchen ähnlich sehen, wird uns misstraut. Wir versuchen uns anzupassen, aber unser Aussehen können wir den Einheimischen nicht anpassen.

Als ein Nomade im Namen unserer Religion eine Untat beging, gab ich den Glauben der Nomaden auf. Diese Veränderung sehen die Einheimischen mir nicht an.

Mein nomadisch aussehender Sohn wird von manchen Einheimischen angepöbelt. Der Ärger darüber nimmt ihm die Ruhe zum Lernen. Aber ich überrede ihn, strebsam zu..." - Plötzlich waren krachende Geräusche zu hören. Der Nomadenvater schaute durch ein kleines Guckloch nach draußen und klärte auf: „Die einheimischen Kleiderhersteller werfen mal wieder Steine gegen meine Hütte."

Nubdur fragte: „Warum tun die das?"

„Die Händler für Farbe zum Einfärben von Kleidern kommen auf dem Weg hierher durch ein Gebiet, wo ein Nomadenstamm zu Reichtum gekommen ist. Der kauft manchmal die ganze Farbe auf und dann kommen die Farbenhändler nicht mehr zu uns. Aber nur diese Händler bieten die seltene und beliebte Purpurfarbe an, die aus Seeschnecken hergestellt wird. Die Kleiderhersteller hier können ihre Stoffe nicht mehr mit dieser Farbe verschönern und deshalb läuft ihr Verkauf schlecht. Früher wurde dieser Nomadenstamm als rückständig verhöhnt weil er wirtschaftlich schwach war. Doch als dieser Stamm sesshaft wurde, begann er Waren herzustellen und Handel zu treiben. Nun wird er gehasst weil sein Verbrauch die Rohstoffe verknappt und zur Konkurrenz geworden ist.

Die da draußen lassen ihre Wut darüber an mir aus, weil ich auch Nomade bin, obwohl ich nichts mit dem Ausverkauf der Farbe durch diesen Nomadenstamm zu tun habe. Ich komme noch nicht einmal aus diesem Nomadenstamm, sondern aus einem, der weiter südlich sesshaft wurde. Die Kleiderhersteller in dem Nomadenstamm, aus dem ich komme, leiden genauso unter diesem Ausverkauf.

Weil es hier viele Kleiderhersteller gibt, ist der Wohlstand dieser Siedlung und mein Wohlstand ganz davon abhängig, wie gut der Verkauf von Kleidung läuft."

Zwei Randalierer schissen vor die Haustür und schmierten Fäkalien in den Türrahmen. Danach zogen sie befriedigt ab. Im Haus gingen alle schlafen.

Am nächsten Morgen frühstückte Nubdur mit der Familie. Dann half er die nächtlichen Beschmutzungen am Haus zu entfernen. Der Nomadenvater erklärte: „Schade dass nicht alle so sind wie du. In dir sehe ich einen Freund der Nomaden. Dir kann ich auch verraten was uns Nomaden hier stört: Die essen Wiederkäuer. Das Fleisch von solchen Tieren ist unrein. Das zu essen sollte verboten werden."

„Den Einheimischen vorzuschreiben was sie essen dürfen ist völlig unnötig."

„Die Einheimischen wollen uns Nomaden doch auch was verbieten, nämlich unsere Schuhtradition und noch einiges anderes."

„Da wird die Siedlung aber richtig munter, wenn Nomaden und Einheimische sich gegenseitig was verbieten."

„Ihre Musik gehört verboten. Die toben wie wilde Affen zum Rhythmus. Das ist würdelos. Außerdem ist es ein Vergehen, mit was anderem als dem religiösen Glauben Spaß zu haben, denn das Allmächtige will unser Herz ganz. Ich habe den Glauben der Einheimischen angenommen und bin nun erschüttert, wie lasch die ihren Glauben schützen. Die Einheimischen müssen ihre Religion gegen Spaß, Tadel und Veränderungen unerbittlich verteidigen.

Frauen dürfen hier ihre Meinung sagen. Eine Kundin hatte mal meine Töpferware bemängelt. Daraufhin habe ich sie von meinem Verkaufstand weggetreten. Das war doch richtig von mir, aber die Einheimischen haben mich deswegen zurechtgewiesen.

Die hiesigen Gepflogenheiten sind abzulehnen."

„Du musst nicht hier bleiben, wenn dir hier was nicht passt.", riet ihm Nubdur.

„Du bist auch ein Feind der Nomaden!", entgegnete der Nomade sprunghaft mit wütendem Blick.

„Unfaires Urteil, nur weil ich dir nicht zustimme. Für dich sind nur Jasager Freunde. Ich sage nicht, dass du dich anpassen musst, aber die Einheimischen sollen sich auch nicht den Nomaden anpassen müssen.", meinte Nubdur und verabschiedete sich weil ihm das Gespräch unangenehm geworden war. Nubdurs braver Abschiedsgruß wurde nicht erwidert.

Ich habe seinen Grimm gegen mich nicht verdient, denn ich habe nichts Gemeines zu ihm gesagt, dachte Nubdur und sein Ärger darüber formte einen Gedanken, der sofort frei ging: „Bevor du hierher kamst, gab es hier schon genug Töpfereien um die vorhandene Kundschaft zu bedienen und die Preise wegen Konkurrenz niedrig zu halten. Nun nimmst du ihnen Kunden weg. Das verlangt von den Händlern ein Kräfte verschwendendes Werben um Kundschaft."

Nubdur verließ schnell die Hütte des Nomaden und lief draußen einigen Widersachern der Nomaden von gestern Abend fast in die Arme. Vorwurfsvoll wurde gerüffelt: „Er hat einen Nomaden besucht!"

Nubdur floh aus der Stadt.

Außerhalb der Stadt sah Nubdur Hütten nahe am der Stadtmauer. Davor waren Äcker, auf die ein paar Gestalten Gesteinsbrocken warfen. Nubdur kam vorsichtig näher und wartete. Als sich jemand zu ihm umdrehte, sprach er denjenigen an: „Darf man fragen was hier geschieht?"

„Diese Felder gehören den Nomaden, die bei uns sesshaft wurden. Die Steine sollen sie beim Beackern behindern. Damit zeigen wir, dass wir sie hier nicht haben sollen.", wurde Nubdur geantwortet und dann brachten sie ihm mit eindringlichem Tonfall ihre Überzeugung nahe: „Das sind schreckliche Leute."

Trotz dem unerfreulichen Ende des Besuchs beim Nomadenvater sträubte sich Nubdurs Besserwisserei gegen dieses über alle Nomaden ausgegossene Urteil: „Das würde ich gerne selbst überprüfen. Ich gehe zu denen hin."

Der Freundeskreis gegen die Nomaden begleitete Nubdur, weil sie aufpassen wollten, dass Nubdur die Schlechtigkeit der Nomaden nicht übersieht.

Als sie im nomadischen Siedlungsteil angekommen waren, warnte einer von ihnen Nubdur: „Vorsicht, die Nomaden regen sich leicht auf."

Ein naher Nomade hatte das belauscht und gab zurück: „Ihr regt euch auch leicht auf, und zwar über uns!"

Einem der Steinewerfer ging auf: „Dies zeigte gerade, wie ähnlich wir alle fühlen." Erleuchtung befiel ihn: „Wir beurteilen leicht mit Vorurteilen, aber selbst wollen wir nicht mit Vorurteilen eingeschätzt werden."

„Die Nomaden sind alle gleich.", widersprach einer aus dem Freundeskreis. Der Erleuchtete entgegnete: „Wenn ein Nomade eine selbstlose, gute Tat begeht, bedeutet dies, dass alle Nomaden gut Leute sind?"

„Nein."

„Also sind doch nicht alle gleich."

Sie bleiben ihrer schlechten Meinung über die Nomaden verpflichtet und warfen vor: „Die bringen Kritiker ihrer Religion grausam zu Tode."

Der Nomade verbesserte: „Vereinzelte tun so was. Es ist unfair, wenn man schreckliche Taten, die jemand aus der gemeinsamen Religion beging, vorgehalten bekommt."

„Habt ihr die Gewalttaten missbilligt und der Opfer gedacht?"

„Wir schämen uns für die Taten, die sein mussten. Den Opfern gedenken wir nicht, denn die hatten unsere Religion mit Beleidigungen geschändet!"

„Nicht die Beleidigungen, sondern die Beleidiger zu töten, hat eurer Religion geschadet. Wenn ihr nicht der Opfer gedenkt, dann zeigt ihr, dass ihr die religiösen Grausamkeiten nicht verurteilt sondern als notwendiges Übel billigt."

Der Erleuchtete gebot: „Das werden die Nomaden irgendwann einsehen. Niemanden soll Unverbesserlichkeit unterstellt werden."

Dieser Einwand wurde in die Ecke verwiesen: „Den Nomaden schon, denn die wissen noch nicht mal, dass sie sich bessern müssen."

Der Erleuchtete blieb dran: „Wir erheben hohe Ansprüche wie wir korrekt beurteilt und behandelt werden wollen, aber selbst sind wir unkorrekt gegen andere.

Wir machen gemeine Witze über andere, wollen aber nicht, dass andere Witze über uns machen."

„Wir machen keine Witze über andere.", lobte ein Nomade seine Sippe. Dazu wusste ein Besucher: „Ihr verachtet unsere Lebensweise und würdet gerne Witze darüber machen, aber ihr seid zu einfallslos dafür."

Weitere Nomaden waren dazugekommen und wollten nun die Lästerungen gegen sie, zwar humorlos aber gewaltsam beenden. Doch sie hielten inne als der Erleuchtete die Einsicht brachte: „Wir mögen nicht, dass andere uns gegenüber überheblich sind, sind aber selbst überheblich."

Während die Nomaden überlegten, ob dieser Spruch ein Angriff gegen sie war, verzogen sich die Besucher mit Nubdur. Auf ihrem Rückweg erläuterte der nachgeeilte Erleuchtete weiter die Gleichheit der Gefühle: „Viele denken alles besser zu wissen, mögen aber keine Besserwisser."

„Ja, wir mögen dich auch nicht."

Der Erleuchtete belehrte unbeirrt weiter: „Wir fühlen

uns oft missverstanden aber geben uns wenig Mühe andere zu verstehen."

„Menschen haben schon Mühe selber ihr eigenes Schaffen verständlich zu machen."

Dieser Einwand überforderte den Erleuchteten.

An einem sonnigen Nachmittag erreichte Nubdur einen Handelsposten um den ein Wall gezogen war. Als er in der Warteschlange vor dem Haupttor vor einem der Wächter zu stehen kam, bat er: „Ich möchte gerne rein."

„Das geht nicht.", erwiderte der Wächter.

„Warum?"

„Weil ich es sage.", wurde schlampig erklärt. Der Wächter genoss wie sein Verbot das Gesicht von Nubdur mit Ärger verknautschte. Als Kind hatte der Wächter Verbote von seinen Eltern einhalten müssen, ohne deren Erklärung dafür zu verstehen, sofern sie überhaupt eine Begründung abgaben. Den Frust darüber lebte er nun als Wächter aus, der stur verbietet, ohne zu begründen.

Nubdur wagte nicht die Wartenden hinter ihm länger aufzuhalten und brach ab. Nubdur tadelte sich: Nicht mal so lange wie ein Hasenfick dauert, bin ich fähig für mich zu kämpfen. Das muss besser werden. Ich versuche es nochmal. Ich stelle mich in die Warteschlange zum Wächter auf der anderen Seite und verdecke mit meiner Hand seitlich mein Gesicht, damit der Wächter drüben, der mich eben nicht rein ließ, mich nicht sieht, sonst ärgert er sich, weil ich sein Verbot nicht hinnehme.

Nubdur war um seinen verbliebenen Verdienst von der Arbeit in der Kackanlage besorgt und so sprach er vor dem Wächter: „Die Gegend hier ist berüchtigt wegen der vielen Überfälle. Ich möchte deshalb drinnen übernachten."

Dieser Wächter gab Auskunft: „Nur Händler dürfen rein. Bist du ein Händler? Wo ist deine Ware?"

„Ich bin kein Händler und ich habe keine Ware."

Die Wächter erhob das Kinn seines riesigen, teigigen

Gesichts über die Horizontale und schaute dann mit seinen kleinen Schweinsaugen von oben herab auf Nubdur und befahl mit hochgerissenem Speer: „Dann entferne dich. Wer ohne Ware ist, wird als Dieb vermutet und darf deshalb hier nicht rein. Das ist hier Gesetz."

„Werden ehrliche Reisende, die keine Ware haben und dennoch keine Diebe sind, im Gesetz nicht berücksichtigt?"

Der Wächter blickte Nubdur nur verächtlich an.

„Könnte es nicht auch vorkommen, dass ein Dieb gestohlene Ware bei sich hat um reinzukommen? Euer Gesetz kann leicht ausgetrickst werden.", spottete Nubdur.

„Wer Ware hat, der darf rein. Du aber nicht.", wurde vom Wächter aufgesagt, mit streng regungslosem Gesicht. Das spiegelte seinen lahmen Gedankenfluss wieder. Menschen mit geringem Denkvermögen sind besonders geeignet um dumpf nach Vorschrift zu schikanieren.

Nubdur prallte gegen eine Welt, in der sture und stumpfsinnige Befehlsempfänger dafür sorgen, dass die Menschen mit unfairen Regeln drangsalieren werden können. In der garstigen Welt des Torwächters sendete die Sonne keine streichelzarte Wärme aus, sondern reizte die Haut und blendete. Die angenehm kühlende Brise zerrte jetzt als zudringlicher Wind unablässig an seinem Umhang und pustete Sand in seine Augen. Die Insekten in der Luft summen nicht mehr nett, sondern brummten nun nahe am Ohr. Zuvor hatten die Leute ausgelassen miteinander geschwatzt aber jetzt maulten sie sich an.

Hellwache Wut drückte von seiner Brust her den Hals hoch. Doch seiner Wut fehlte der Mut sich durchzusetzen. Stattdessen dache er: Der könnte sich als Weichling verachten wenn er mir nachgibt. Um ihm das nicht anzutun, gebe ich hier auf. Meine Wut geht jetzt gegen mich, weil ich nachgiebig war. Lästig zuverlässig läuft das bei mir so.

In diese Selbstanklage abgetaucht, ließ Nubdur sich teilnahmslos wegführen. Als der Wächter ihm einen Tritt versetzte, der Nubdur zu Boden warf, flog er aus seinen

Gedanken heraus und hörte hinter sich: „Hau ab!"

Scheiß Leben. Und es riecht hier auch nach Scheiße. Der hat mich in den Stuhlgang von irgendeinem Tier geworfen.

Nubdur stand behäbig auf. Seine Handinnenflächen hatten Risswunden erlitten beim Versuch den Sturz mit den Händen abzufangen. Sein noch angeschlagenes Schultergelenk meldete sich bei dieser Gelegenheit mit Schmerzen.

Sein Herz wurde überflutet von Verdruss: Dafür musste ich weiterleben? Geht das immer so weiter? Ich sollte tricksend daran was ändern. Vielleicht sollte ich ihm sagen, dass ich meine Ware noch irgendwo stehen habe, dann ein paar trockene Zweige zusammenlesen und dem Wächter erzählen, dass ich die als Zündholz in der Stadt verkaufen will.

„Lass dich hier nicht mehr blicken!", rief der Wächter Nubdur zu und der gab daraufhin seine Idee auf.

Mit einer Handvoll Sand versuchte Nubdur den Kot aus seinem Umhang zu reiben. Mit Fäkaliengeruch in der Nase, dachte er an das Allmächtige: Die Begegnung mit dir hat mein Leben nicht gebessert. Na dann ordentlich weiter drauf auf den kleinen Nubdur. Ich werde versuchen die Demütigungen des Lebens zu ertragen, aber ich sehe keinen Sinn darin und kann nichts Erbauliches daraus lernen!

- Oder willst du mir zeigen wie fehlerhaft und nichtig ich bin? Das kannst du dir sparen, denn ich weiß schon seit meiner Kindheit wie armselig ich bin.

Nubdur atmete hart aus: Genug von diesen Monologen mit dem Allmächtigen. Hört mir was Allmächtiges überhaupt zu? Egal! Wichtiger ist, mir zu überlegen wo ich mich die Nacht über verstecken kann.

Nubdur sah, nicht weit entfernt, ein Feld mit Gestrüpp und einem allein stehenden Baum darin.

Wenn ich mich flach zwischen das dichte Gestrüpp lege, dann bin ich fast unsichtbar und somit einigermaßen sicher.

Er lief zum Baum, setzte sich unter ihn und schaute

über das Gestrüpp hinweg auf die Leute, die am Handelsposten eintrafen. Ein Mann unter ihnen blieb stehen und drehte sich zu Nubdur hin um. Es war dämmrig geworden und Nubdur konnte nicht eindeutig erkennen ob der Mann seinen Blick auf ihn gerichtet hatte. Plötzlich setzt der sich in Bewegung und kam geradewegs her.

Es war ein Fehler mich unter den Baum zu setzen, denn der ist wie eine Markierung wo man hinschaut und mich dann sieht.

Bevor Nubdur eine Idee hatte, wie er reagieren könnte, stand der Mann vor ihm.

Der war schäbig gekleidet, brutal aussehend und hatte dunkle Augenrändern. Nubdur erschrak: Er hat keine Ware bei sich! Der ist sicher ein Dieb.

Der Mann lief einen Halbkreis um Nubdur. Dabei atmete er brummig ein und aus. Dann wurde sein Gesichtsausdruck überraschend sanft. Mit leise säuselnder Stimme äußerte er: „Die Welt macht mich verrückt. Viele machen einem das Leben schwer, nicht wahr?"

Nubdur wusste nicht, ob er darauf antworten sollte, denn es schein einfach nur so daher gesagt, aber als Nubdur seinen fast hilflos wirkenden Blick sah, wurde ihm klar: Der erwartet eine Antwort.

Nubdur antwortete schlicht: „Ja, leider. Es sollte besser sein." Nubdur überlegte was er ihm noch sagen könnte, aber der Mann schien schon zufrieden und streunte weg.

Merkwürdig, dachte Nubdur. Weshalb hat der sich die Mühe gemacht zu mir zu laufen, obwohl er mitten unter Leuten war und dort mit jemand hätte plauschen können.

Dachte der, ich könnte ihm Tröstendes sagen? Hätte ich ihm vom Frieden des Allmächtigen künden sollen? Hätte ihm das geholfen?

Ist das vielleicht meine Aufgabe, großflächig vom Allmächtigen erzählen? Doch allein schon der Gedanke vor Leuten zu reden, macht mich bis zu meiner völligen Unbrauchbarkeit nervös. Gereiztheit stachelte mich manchmal zum Reden mit Unbekannten an. Mehr geht bei mir nicht.

Wenn ich öffentlichen rede, dann werden vielleicht meine amtlichen Verfolger auf mich aufmerksam und bestrafen mich. Wünscht das Allmächtige, dass ich das für ihn riskiere?

Auch meine eingefleischte Trübsal hängt noch in mir ab. Trübsal macht träge. Die Begegnung mit dem Allmächtigen hat daran nichts geändert. Einer trübseligen Gestalt hört niemand gerne zu.

Nubdur verbrachte die Nacht im dichten Gebüsch.

Nachdem er am nächsten Morgen erwacht war tastete er aus Gewohnheit nach seinem Geld und bemerkte: Mein Erspartes ist weg! Ich wurde im Schlaf ausgeraubt.

Diesen Diebstahl werte ich als Hinweise, dass ich nicht vom Allmächtigen künden soll, denn wenn es wollte, dass ich dies tue, dann würde es mir für diese Aufgabe meinen Rücken von Ärgernissen freihalten. Eigentlich müsste es auch dafür sorgen, dass ich immer schnell Arbeit finde, damit ich mir genug Essen kaufen kann und nicht so unterernährt abgeschlafft bin. Abgeschlafft vorgetragene Reden werden nicht ernst genommen.

Das Allmächtige erschuf mit mir einen Menschen, der sich wegen seiner Wehrlosigkeit selbst verachtet. Wer sich selbst verachtet, ist bereit Leid über sich ergehen zu lassen. Das will das Allmächtige ausnutzen. Aber der fiese Plan des Allmächtigen mit mir hat einen Fehler: Das Allmächtige hat zugelassen, dass ich eine Kindheit erlitten habe, die mich mit zurückhaltender Zartheit schwächte. Ein Mensch wie ich, der nicht einmal seinen normalen Alltag bewältigen kann, wäre überlastet, andere über das Allmächtige zu belehren. Das Allmächtige hat mir nicht den nötigen Mut und Kraft auf den Weg gegeben, ihm zu dienen.

Oder soll ich gerade wegen der Widrigkeiten, denen ich nicht gewachsen bin, ihm dienen? Das wäre echte Hingabe:

Dem zu dienen, das mich leiden lässt. Mich ganz ihm unterwerfen. Keine Hilfe vom Allmächtigen erwarten sondern ihm selbstlos helfen.

Ich sollte dankbar sein, dass sich das Allmächtige mir öffnete. Sicherlich erwartet es von mir eine Gegenleistung. Dankbarkeit belastet. Mir wäre lieber gewesen, mir wäre nichts gereicht worden, wofür ich dankbar sein soll.

Doch ich muss mich geehrt fühlen ihm dienen zu dürfen.

Anstatt sich Arbeit zu suchen, suchte Nubdur in den Ortschaften, die er durchwanderte, nach Leuten, mit denen er über das Allmächtige sprechen konnte. Er verarmte und hungerte. Niemand spendete ihm Essen. Andere Prediger kamen bei den Leuten besser an, weil sie erzählten, dass das Allmächtige schützt, Wünsche erfüllt, hilft und liebt. Nubdur erzählte nur vom inneren Frieden durch das Allmächtige. Dies trug er zaghaft vor. Weniger was er sagte aber mehr seine Zagheit brachte ihm den Vorwurf, sein Gesäusel vom Frieden könnte die Leute zu Langsamkeit, Untätigkeit und Schwäche verführen.

Woanders sahen die Leute in seinen Reden einen Angriff auf ihre religiösen Vorstellungen. Den örtlichen Gläubigen war verboten dazuzulernen. Ihrem Glauben durfte nichts hinzugefügt werden. Man verjagte Nubdur.

Wieder ergeht es mir übel. Das Allmächtige hat mich schlecht beraten, als es wollte, dass ich von ihm predige. Ich habe genug von dir. Du bist eine fiese Kraft, die aus Zeitvertreib mich wehrlos in missliche Zustände bringt.

Die Ehre dem Allmächtigen zu dienen und sein Groll gegen das Allmächtige, weil es in ihm nur nachteilige und wertlose Gärungen gedeihen ließ und offensichtlich krude Späßchen mit ihm treibt, rangen als unvereinbare Gefühle in ihm, bis Kopf und Bauch schmerzten. Sein leidender Arm beschloss: Da mache ich mit.

Bestrafst du mich nun mit körperlicher Pein? Wie abgenutzt. Fällt dir nichts Originelleres ein? Hauptsache weiter mich niedertreten. Hetze weiter fiese Beamte, ausbeutende Meister, Betrüger und andere Ficker auf mich. Einen Schwächling wie mich ärgern findest du wohl lustig? Du machst das wohl um deine Langeweile zu vertreiben? Hoffentlich amüsiert dich das prächtig wenn ich ständig unterlegen bin und leer ausgehe. Gib es mir! Mehr und härter! Heute, morgen und übermorgen. Ein Allmächtiges gegen einen Menschen. Findest du das fair? Mache mich weiter fertig! Das geht zwar nicht gut aus, aber lass dich nicht aufhalten.

Nubdur brachte die stärkste Drohung hervor, die ein Mensch gegen das Allmächtige richten kann: Ich werde dich nicht verehren und nicht lieben. Ich werde meine Vergehen vor dir nicht bereuen, damit ich, wenn es eine Hölle gibt, dorthin komme, weg von dir. Mich hast du verloren. Mich kriegst du nicht! So nicht! Erst mich in eine Kindheit sperren, die mir Willensschwäche und Selbstverachtung einbrachte und dann mich so schwach ausgerüstet, ständig fiesen Ausbeutern und anderen Fickern ausliefern. Selbst wenn das Heil der gesamten Welt nur noch von meiner Liebe zu dir abhängig wäre, würde dennoch keine Gärung in mir die Kraft geben dich lieben zu können.

Du und ich - wir hassen uns. Anderen verhilfst du zu Erfolg und mich führst du in die Irre. Ich verlange nicht, dass du mir hilfst aber lasse mich wenigstens in Ruhe!

Als Strafe für all deine bisherigen Demütigungen vergraule ich dir deine Gläubigen.

Nubdurs Erregung warf verwegen eine dafür nützliche Erinnerung vor sein inneres Auge: Menschen bezeichnen das Allmächtige manchmal als Vater und sich selbst als Kinder des Allmächtigen.

Nubdur schaute umher und sah dann einen mit Hacken schwer beladenen Mann, der so kaputt wirkte als hätte der bei einem jahrelang andauernden und dann verlorenen Krieg mitgekämpft. Als dem Mann eine der vielen Hacken hinten auf den Boden rutschte, hob sie Nubdur wieder auf und sprach dann den Mann an: „Du scheinst hart arbeiten zu müssen für deinen Lohn."

„Ja."

Dann prüfte Nubdur vorsichtig seinen Glauben: „Und das Allmächtige sieht zu wie du leidest."

„Ja."

„Als gäbe es kein Allmächtiges.", meinte Nubdur und wartete auf Gegenrede. Als die nicht kam legte Nubdur los: „Das Allmächtige ist nur eine erfundene Vaterfigur mit der die Gläubigen Kinder bleiben können."

Passanten lauschten was Nubdur dem geplagten Träger erzählte: „Kleinkindern wird oft verziehen wenn sie zum Beispiel ein Gefäß zerbrachen. Doch wenn sie älter sind, dann werden sie für so was bestraft. Erwachsene wünschen sich das Gefühl zurück, das sich einstellt, wenn die Eltern nachsichtig mit ihnen waren. Also wünschen sie sich verzeihendes Allmächtiges, an das sie dann glauben.

Ein Vater, der die Familie durch schlimme Zeiten brachte und immer eine Lösung wusste, säht die Vorstellung von einem unfehlbaren, weisen und hilfreichen Allmächtigen.

Wenn Eltern bei allen Umständen zu ihrem Kind stehen, dann stellen sich dieser Kinder später ein Allmächtiges vor, das einem bedingungslos annimmt.

Manche Eltern finden heraus, was ihre Kinder heimlich anstellten. Diese Kinder glauben später an ein überwachendes Allmächtiges, das alles sieht.

Kinder, die von ihren Eltern streng gezüchtigt wurden und denen gesagt wurde, dass dies zu ihrer Erziehung, also zu ihrem Besten notwendig war, glauben später, dass schmerzliche Ereignisse belehrende Strafen vom Allmächtigen sind um sie damit zu besseren Menschen zu erziehen. Weil wir dem Allmächtigen was bedeuten, lässt es uns leiden. So finden sich Gläubige mit Unglücken ab.

In Gebeten seine Nöte und Wünsche dem Allmächtigen vortragen, ist der gefühlte Ersatz für Eltern, die stets ein offenes Ohr hatten.

Herrenlos gewordene Gefühle aus der Kindheit suchen künftig mit dem Glauben an einen allmächtigen Vater einen Widerhall.

Eine Kindheit, die in belohnte und bestrafte Taten zerteilt wird, mündet in die Idee von einem richtenden Allmächtigen.

Menschen, die von Tyrannen regiert werden, glauben ein Allmächtiges, dem man sich unterwerfen muss.

Die Eigenschaften, die dem Allmächtigen von einer Religion zugesprochen werden, entsprechen dem, wie sich die Väter in einem Machtbereich einer Religion üblicherweise Zuhause aufführen. Wenn Väter in einem Gebiet traditionell schnell am Toben sind, glaubt man dort an ein zürnendes Allmächtiges. Wenn aber die Kinder nicht mehr streng erzogen werden, sondern neuerdings mit Nachsichtig behandelt werden, dann wandelt sich auch die Vorstellung von einem strafenden zu einem gütigen Allmächtigen.

In vielen Kulturen stellt man sich diese allmächtige Vaterfigur demgemäß als einen bärtigen, älteren Mann vor."

„In unserer Religion darf man sich kein Bild vom Allmächtigen machen.", wandte einer ein.

„Wie beschreibt ihr das Allmächtige?"

„Groß, gütig, herrschend, allwissend, einzig, stark, zugewendet."

„Ihr verbietet euch zwar eine Vorstellung über das Aussehen, aber auch ihr beschreibt das Allmächtige wie ein Kind seinen Vater wahrnimmt. Sicherlich bittet oder klagt ihr zum Allmächtigen mit nach oben gerichtetem Blick, wie ein Kind gewöhnt war zum Vater aufzuschauen."

„Wir beten mit gesenktem Blick."

„Wenn ihr um Vergebung bittet, wie damals, als ihr euch geschämt habt und euch nicht getraut habt in die Augen eurer Eltern zu schauen wenn ihr was angestellt hattet.

Kleinkinder erhalten die elterliche Liebe ohne Gegenleistung. Später wollen sie diese bedingungslose Liebe vom Allmächtigen kommend fühlen.

Liebten Kinder ihre Eltern, dann möchten sie später dem Allmächtigen ihre Liebe entgegen bringen."

Sein Vortrag warf Nubdur auf sich zurück: Ich vermisse kein Allmächtiges, das mich liebt, denn von meinen Eltern habe ich nie Liebe empfangen. Meine Eltern benutzten mich nur als Müllgrube für ihren Frust. Hätten sie mich geliebt, dann hätten sie mir auch mal Freude bereiten wollen, indem sie mir mal was Erstaunliches oder Lustiges erzählt hätten. Ich habe meine Kindheit ohne lachen verbracht. Egal. Für was soll lachen gut sein?

Mein Vater sah in mir was Wertloses, das auch wertlos bleiben kann. Das Gefühl wertgeschätzt zu werden kenne ich nicht und brauche jetzt als Erwachsener keinen Glauben an ein Allmächtiges, das mich wertschätzt.

In mir erhebt sich oft Zorn gegen meinen Vater. Diesen Zorn habe ich unterwegs und auch jetzt, dem Allmächtigen entgegengeschleudert. So wie meinen Eltern machte ich dem Allmächtigen wegen meines kläglichen Lebens Vorwürfe. Meine Schuldzuweisung an meine Eltern ist wie eine Religion, mit der ich mir meinen Lebenslauf erkläre.

Die Zuhörer wollten Nubdur als Leugner des Allmächtigen beschimpfen, aber als sie ihn nun so gebrochen und geknickt sahen, schwand ihre Lust dazu. Aussagen von einem so bedrückten und brüchig wirkenden Menschen kamen ohne Überzeugungskraft rüber. Deshalb fühlten sie sich nicht zum Widerstand herausgefordert.

Einige grummelten zustimmend. Deren vorher schon magerer Glaube war durch Nubdurs Vortrag nun völlig eingegangen. Nubdur überlegte: Das Allmächtige hat mich nicht daran gehindert, den Glauben zu beschädigen. Nichts ist passiert, das mich stoppte, bevor ich meine Gedanken zur Nichtexistenz des Allmächtigen in die Welt brachte. Könnte das ein Hinweis sein, dass es nicht existiert? Oder blieb es untätig um zu testen, wer trotz meiner Rede stark im Glauben bleibt?

Und mich hat es gewähren lassen, damit ich mir selbst

vorführe, zu welch miesen Taten ich mich von meiner Wut hinreißen lasse. Dadurch hat es mir gezeigt wie schäbig ich bin. Es hat wieder gewonnen. Hinterlistiges Allmächtiges.

Als Timteru vor einiger Zeit heimgekehrt war, lief er in das rege Arbeiten der Dorfgemeinschaft hinein. Seine Verwandtschaft und viele weitere liefen zusammen um ihn zu begrüßen. Anlässlich seiner Rückkehr wurde ein Fest beschlossen. Dann gingen alle wieder an die Arbeit.

Timteru half mit. Dabei wurde sein Blick von einer jungen Frau eingefangen. Ihre Bewegungen waren ein lebensfrohes Zusammenspiel ihrer Körperpartien. Mitten in der emsigen Geschäftigkeit erregte sie immer wieder seine Aufmerksamkeit. Ihr gefiel, dass er sie zuweilen anschaute.

Als sich die Geschäftigkeit in die Behausungen verlagerte hatte, blieben beide spärlich beschäftigt noch draußen und absichtlich berührten sich ihre Wege. Er fragte wie sie hieß. Ihr Name erklang in die milde Abendluft hinein: „Lena."

Achtsam, als sei ihr Name eine seltene Kostbarkeit, wiederholte er ihn: „...Lena."

Eine Weile ist das schon her, als sich Timterus weiteres Leben entfaltete.

Timteru sammelte eines Tages weit weg von seinem Zuhause Samen ein. Vor Sonnenuntergang entdeckte er den orientierungslos wandelnden Nubdur.

Timteru nahm ihn mit ins Dorf. Dort stellte er ihm Lena vor. Dem zum Jammern und Klagen neigenden Nubdur fielen als Erstes ihr ungetrübtes Lächeln und ihr unbeschwerter Blick auf. Es war viel Mut zum Leben in ihren Augen zu erkennen. Das machte Nubdur fast sprachlos: „Ich...bin Nubdur."

Sie wiederum bemerkte Nubdurs Trübsinnigkeit und meinte höflich aber nicht herzlich: „Ich habe von Timteru schon über dich gehört."

Das hat ihr wohl genügt, unterstellte Nubdur und wie als Antwort wendete sie sich von ihm ab, gab dann Timteru einen begehrlichen Kuss und entschwand. Timteru schaute ihr fröhlich nach.

Nubdur erzählte Timteru von seinem Erlebnis am Ufer. Timteru war begeistert: „Endlich bist du überzeugt."

Nubdur dämpfte das runter: „Nach der Begegnung rege ich mich immer noch über vieles auf bis mir schwindlig wird. Ich verachte mich weiterhin, weil ich ideenlos irgendwelchen Herausforderungen unterliege. Das Leben und ich, wir sind uns immer noch nicht freundlich gesonnen. Ich bezweifle die Existenz eines Allmächtigen, weil ich mir nicht vorstellen kann, dass es Menschen erschuf, um mit denen Freudlosigkeit zu verwirklichen, wie bei mir."

„Für Freudlosigkeit sind wir selbst verantwortlich.", wand Timteru ein und meinte weiter: „Wie die verborgenen Spiele von Liebenden unter einer Bettdecke sich oben durch bewegte Konturen andeuten, so ragt das verborgene Allmächtige mit der Idee vom Verzeihen in unsere Welt hinein. Wir verzeihen ungern. Dennoch ist diese Idee unter uns, weil ein Allmächtiges existiert, das sie uns brachte."

„Leid soll nicht von ihm kommen, aber das gute Verzeihen? Das Verzeihen wird von der lästigen Angeberei angestiftet um stolz sagen zu dürfen: Seht wie gütig ich bin.

Gutes und Schlechtes in uns kann nicht voneinander trennen werden, denn beides ist verwoben. Zum Beispiel ist die als schlimm erachtete Rache ein Teil des guten Gerechtigkeitssinns. Der Täter soll auch leiden."

„Rache wird oft an Unschuldigen verübt."

„Stimmt. Ein besseres Beispiel: Aus der eigentlich lobenswerten Verlässlichkeit werden mitunter unmenschliche Anweisungen ausgeführt.

Oder: Der Neid ist der schlimme Bruder des ehrwürdigen Gerechtigkeitssinns. Das zeigt sich beispielsweise wenn ein Mitarbeiter einen höheren Lohn für die gleiche Arbeit erhält.

Nachgeben wird oft als klug erachtet, gehört aber zur verachteten Trägheit, die nicht kämpfen will.

Das anerkannte Durchsetzungsvermögen ist eigentlich nur Begriffsstutzigkeit oder Ignoranz, weil es die Gegenargumente nicht verstehen kann oder nicht will. Zum Durchsetzen muss man sich blöd stellen oder es sein. Nicht die Klugen, sondern die mit stumpfsinniger Sturheit bestimmen wie was läuft.

Der Selbstsicherheit kann Kritiklosigkeit sich gegenüber folgen und nahtlos in Überheblichkeit übergehen.

Die nützliche Loyalität macht blind gegen kritikwürdiges Verhalten, einseitige Meinungen und falsche Sichtweisen der eigenen Gruppe.

Die Kehrseite der Kameradschaft ist gemeinsame Erbarmungslosigkeit gegen einen Feind. Die Bereitschaft für brutales Handeln, kontert die Bereitschaft zur Aufopferung für den Mitkrieger.

Liebe phantasiert Gefahren für den Menschen oder der Gemeinschaft oder der Religion oder der Nation der Liebe und hält so in ihrem Schatten Feindseligkeit bereit.

Diese Beispiele zeigen, dass nicht Schlechtes in uns ist und gutes Wollen erst vom Allmächtigen dazukommt, sondern schon beides in uns aneinanderhängt."

Timteru gab den Disput auf: „Ich will jetzt unter meine Decke. Ich zeige dir vorher wo du übernachten kannst."

In der Nacht erinnerte sich Nubdur an die Zärtlichkeit zwischen Timteru und Lena. Das erweichte seinen Gefühlszustand und bittere Tropfen aus Wehmut regneten auf eine süße Erinnerung, die wie eine Blüte mit geschwungenen aber auch messerscharfen Blütenblättern langsam aufging. Er entsann sich der Frau, die er während seiner ersten Zeit bei Miltmeru manchmal sah: Ihr zu begegnen fand ich immer schön. Das Leben bietet keinen Grund zu lächeln aber sie lächelte. Und dann musste ich auch lächeln, wenn auch nur vorsichtig und knapp, denn es gab und gibt keinen Grund für so was Tollkühnes. Ihr Lächeln war übermächtig, denn es konnte meine Trübsal überwinden. Dies schaffte sogar das Allmächtige nicht. Sie war mächtiger als jeder Gott. Sie hätte die Göttin in meinem Leben sein sollen. Und im Tod. Mit ihr zusammen hätte ich keine Abscheu vor der Ewigkeit nach dem irdischen Leben.

Nie habe ich den Glanz in ihren Augen wenn sie mich anlächelte vergessen können. Wenn sie nach unseren Begegnungen weiterging und sich dann wieder umdrehte, dann sah ich noch hundert Schritte entfernt ein Strahlen in ihren Augen und es traf tief in mein Inneres.

Ich hoffe sie ist mit einem Mann zusammen, der ein Strahlen in ihre Augen sieht. Denn das sieht man nur wenn man liebt. Ihre Nähe gab mir immer angenehmstes Wohlgefühl. Ich hörte ihr mit größtem Behagen zu. Jede Mimik, jeder Blick von ihr ließ mein Herz schweben. Alles an ihr faszinierte mich. Ihre Wesensart vereinnahmte mich völlig.

Ich weiß jetzt: Ich war in sie verliebt. Damals konnte ich das aus dem Dickicht von Angst und Unsicherheit nicht herausfühlen.

Ich möchte verzweifelt wissen ob es ihr gut geht. Ich wünsche ihr, dass sie nicht mit einem Mann zusammen ist, dem egal ist ob sie glücklich ist und dem nur wichtig ist, dass sein Bauch und sein Schwanz befriedigt sind.

Ich würde sie gerne noch mal lächeln sehen. Aber die täglichen Plagen werden ihr klar gemacht haben, dass lächeln unangebracht ist. Der Alltag wird ihr das Lächeln aus ihrem Gesicht geschlagen haben. Menschen sind entstanden, ohne dass vorgesehen war, dass sie glücklich sein sollen. Doch vielleicht hätte mir die Liebe die nötige Kraft gegeben, für sie, dem Leben eine Ausnahme abzuringen.

Bedauern rann aus Nubdurs Augen.

Besser ich wäre dieser Frau nie begegnet, denn die Erinnerung an sie weckt in mir Gärungen, die mich zum Weinen bringen wollen. Aber wozu will mein Körper, dass ich unter Liebeskummer leide? Verfluchte Gärungen! Wie schaffen die, dass die sich so unangenehm anfühlen? Warum wird man mit Trauer, Wut, Frust und anderen Gefühlen gequält? Alles unnötig, wie auch die Gärungen für Aufregungen, denn die lähmen mein Denken in Situationen, wo ein klarer und flinker Durchblick erforderlich wäre.

Wenn ich sterbe, dann erliegen alle Gärungen, die mich mit Gefühlen quälen. Ich freue mich darauf wenn ich nichts mehr fühlen muss.

Am nächsten Morgen konnten Timteru und Lena beim Frühstück vor Müdigkeit kaum etwas essen. Die Nacht der beiden muss lang gewesen sein. Lena legte ihr Holzbesteck weg. Ihrem langen Gähnen folgte ein breites Lächeln zu Timteru hin. Nubdur fand ihr Lächeln nicht verführerisch.

Nubdur half bei der täglichen Arbeit. Er benutze dabei auch seinen verletzten Arm. Er wollte nicht unnütz sein und auch mit Arbeitswut seiner nächtlichen Wehmut ihre Kraft entziehen. Doch bald schmerzte der Arm so heftig, dass Nubdur seine Mithilfe zunehmend schwerer fiel. Anstatt Timteru damit zu behelligen, teilte er ihm mit: „Ich gehe weiter. Ich besuche die Denkmäler der guten Taten."

„Ich habe davon gehört. Die werde ich nach der Ernte mit ein paar Freunden ablaufen."

„Auch mit Lena?"

„Nein. Die mag nicht wandern."

„Du willst sie alleine lassen?"

„Sie hat hier zu tun. Sie muss haltbare Vorräte kochen."

„Ihr wird es wahrscheinlich nicht gefallen, dass du sie alleine lässt."

„Wahrscheinlich, aber ich will diese Denkmäler sehen."

„Vielleicht treffen wir uns.", verabschiedete sich Nubdur und entfernte sich in die menschenleere Landschaft hinein.

Er dachte über Timteru nach: Obwohl es seiner Geliebten nicht gefallen wird, will er ohne sie die Denkmäler besuchen. Ich könnte nicht so wie er, meinen Willen vorne anstellen. Weil ich darin geübt bin eigenen Willen zu missachten, würde eine Frau mich leicht bevormunden können. Wäre ich mit einer Frau zusammen, dann könnte ich nie eigene Wünsche gegen ihren Willen durchsetzen.

Ich würde mich auch gezwungen fühlen, für die Frau, die ich liebe, alles zu tun um sie nicht zu enttäuschen. Liebe würde mich versklaven. Mein Leben gehörte der Frau. Wer nichts mit sich anzufangen weiß, tut sich so was an.

Viele heiraten wahrscheinlich gegen Langeweile. Man sollte die Langeweile mehr schätzen. Ich muss mein Leben nicht mit dem Stress einer Partnerschaft vollstopfen. Ich brauche nicht noch die Probleme einer Frau und die von Kindern. Noch mehr Anlässe für Ärger mit der Verwaltung.

Zudem habe ich Angst, meine Gefühlslage der unsteten Liebe auszusetzen. Ich wäre überlastet, wenn mir Liebe mit Leidenschaft entgegengebracht wird oder umgekehrt, wenn sie vergeht und ich mich dann in öde Weite verliere. - Aber warum fürchte ich das? Ich habe doch keine Erfahrung mit der Liebe. Könnte es sein, dass das Leben in mir älter ist als mein Körper? Vielleicht wurde die Lebenskraft in mir einst durch die wankelmütige Liebe schmerzvoll verändert und jetzt behütet mich Angst davor, dies noch einmal erleben zu müssen.

Nubdur urteilte seinen Erklärungsversuch ab: Die Vorstellung von einer alten Lebenskraft ist Phantasterei. Wir Menschen haben den zwanghaften Drang für alles eine Erklärung zu finden. Es bleibt offen, warum ich die Belastungen des Liebeslebens zu kennen scheine. Jedenfalls habe ich Angst davor, darunter zu leiden. Das gegnerische Gefühl der Liebe ist die Angst, denn die tötet was Liebe voraussetzt: Annäherung, Vertrauen, Wagemut, Hingabe.

Mein schützendes Verlangen nach Gefühlsstille schreckt mich ab vor den ausufernden Gefühlen der Liebe zwischen tiefster Enttäuschung und höchster Wonne. Gefühle belasten mich. Leider ist kaum möglich in Gefühlsstille zu leben. Da passiert noch eher von jemand geliebt zu werden. - Fürchte ich mich davor oder schmachte ich danach? Das gierige Gefühl, ohne Frau würde mir was fehlen, quält mich mehr als meine schwächende Kindheit.

Diese Gier nach Zweisamkeit ist ein übermächtiger Fluch über uns, der uns großzügig nur Gutes im Partner sehen lässt. Im Laufe der Beziehung wird weniger penetriert und dafür mehr genörgelt. Doch den Geschlechtsakt finde ich sowieso verzichtbar, weil peinlich: Gieriges Wühlen über den weiblichen Körper, strebsames Geschlabber und dann als Höhepunkt würdeloses epileptisches Gezappel. Dann gibt die Frau noch Kinder aus und noch mehr Mäuler als nur das eigene müssen gestopft werden.

Auch mit Frau ist das Leben sinnlos und voller Ärger.

Doch all meine Vorbehalte fallen flach wenn ich an die Frau meines Liebeskummers denke. In kalten Nächten könnten wir uns gegenseitig wärmen. In Verliebtheit gemeinsam Erlebtes erscheint halb so langweilig. Wir könnten gemeinsam ein Heim schaffen und uns daran erfreuen wie die Früchtchen unserer Liebe aufwachsen.

Doch ich bezweifle ob das alles nett sein würde. Ich weiß genau, dass ich nicht die Kraft dafür habe. Aber meine Gefühle wollen mich dennoch in die Irre führen, mit der Sehnsucht nach Frau und Familie. Ich kann meinen Gefühlen nicht trauen. Wenn ich mir doch sauber diese Sehnsucht - diese Gier - rausschneiden könnte. Das Wort Sehnsucht ist nur eine bittersüße Beschönigung der Gier. Man sagt auch nicht, der oder die hat Sehnsucht nach viel Geld.

Gut dass ich ihr ein Leben mit mir nicht zumutete. Mit einem Versager, wie mir, wäre das hart. Töricht von ihr, sich in mich, diese lebensunfähigen Jammergestalt, verlieben zu wollen. Ich kann mir nicht vorstellen, dass sie das wirklich wollte.

Am frühen Abend lagerte Nubdur. Seine Gedanken über die Liebe wogten behäbig in ihm. Er wendete sein Gesicht vom Sonnenuntergang weg, in die dunkle Seite des Abendhimmels hinein: Verliebt sein macht mich traurig. Ich ahne auch warum. Ich kenne die verkümmerte und vernachlässigte Liebe, von meiner Mutter. Ich bekam ihre Gefühle schon mit als ich noch in ihrem Bauch war. Die in Traurigkeit aufgelöste Liebe quoll als bittere Gärung durch sie und durch mich.

Während der Schwangerschaft muss es gewesen sein wie später auch: Mein Vater kümmerte sich nur um seine Vögel. Zwischen meinen Eltern gab es kein liebevolles Miteinander, nur ein blutleeres Nebeneinander. Ich hatte auch nie gesehen, dass sie sich körperlich berührten. Ich war ihr einziges Kind. Das war ungewöhnlich wenig, da durchschnittlich sieben Kinder in einer Familie üblich sind. Mein Vater belästigte meine Mutter sexuell auch nicht um seinen Alltagsfrust abzureagieren.

Dass ich schon lange von zuhause weg blieb ist auch ein Ausdruck unserer familiären Unverbindlichkeit. Sollte ich meine Eltern mal besuchen? Es war nicht brav von mir so lange wegzubleiben. Ich werde in die Richtung ihres Zuhauses gehen, aber ob ich wirklich dort ankommen will, das weiß ich noch nicht.

Auf seinem Weg traf Nubdur auf ein Denkmal. Im Schatten eines großen Baumes stand es. Nubdur war von dem Anblick angetan:

Ein Baum beugte seine Äste über das kleine Denkmal raschelte mit seinen Blättern über ihm.

Doch Nubdurs Schwärmerei bekam eine Ohrfeige, denn jemand hatte nachträglich in das Denkmal das Wort „Verräter" geritzt. Das Denkmal war einem Mann vom Stamm der Worrnatzer gewidmet.

Besucher aus verschiedenen Stämmen waren zugegen.

Ein Tafate versuchte „Verräter" mit Überritzungen unkenntlich zu machen und erklärte dabei dem näher gekommenen Nubdur: „Die Worrnatzer hatten uns Tafaten angegriffen und viele Wehrlose getötet, auch Kinder. Sie hatten diese Verbrechen jahrelang trotzig weggeschwiegen. Erst jetzt kam eine Gruppe von Worrnatzern zu uns und bereute öffentlich die Vergehen. Dem Urheber dieses Akts ist das Denkmal gewidmet."

Ein Worrnatzer mischte sich ins Gespräch: „Dieses Denkmal muss fallen weil es Erinnerungen wachruft, die alten Hass gegen uns beleben."

„Umgekehrt: Ihr belasst das Misstrauen gegen euch, wenn ihr eure Untaten nicht offen verurteilt. Derjenige, den ihr als Verräter bezeichnet, gewann wieder unser Vertrauen zu euch.", beruhigte der Tafate.

„Mit dem Schuldeingeständnis verletzte er meinen Stolz ein Worrnatzer zu sein."

„Eigene Schuld vertuschen zeigt innere Schwäche und ist keines Stolzes würdig. Die eigene Besserentwicklung beginnt damit, Fehler einzugestehen.", legte der Tafate dar.

„Der Angriff war kein Fehler sondern Rache für die 14 Schafe, die ihr uns gestohlen habt."

„Die Schafe holten wir uns als Entschädigung, für unsere Brücke, die ihr abgebrannt habt."

„Ihr habt die Brücke gebaut, als Verbindung zum Land der Arrfans, um dort auszubeuten, aber wir waren vor euch dort, um auszubeuten.", verteidigte der Worrnatzer.

Nubdur warf ein: „Solche Vorwürfe führen zurück bis zu den Anfängen der Menschheitsgeschichte. Um alle vergangenen Vergehen zu rächen, müsste sich die Menschheit ausrotten. Vergangenheitsbewältigung durch Rachekriege. Das hat keine gute Zukunft und ist Verschwendung an Zeit und Kraft. Die Aufrüstung für euren Angriff war sicher viel teurer als der Verlust der 14 Schafe?"

„Die Tafaten haben auch ihre Armee vergrößert.", warf der Worrnatzer vor.

„Weil wir uns veranlasst fühlten, eine gleich starke Armee wie ihr zu haben um wehrhaft gegen euch zu sein.", hielt der Tafate dagegen.

„Misstrauen traf auf Misstrauen.", fasste Nubdur zusammen und meinte zum Worrnatzer: „Misstrauen und Rache sind Gefühle aber keine Gründe für einen brutalen Angriff. Für Rache bestand keine Zwangslage."

Der brachte die ausgelierte Ausrede: „Andere Völker üben auch brutal Rache."

„Das begründet nicht eure Untaten.", meinte Nubdur und sprach: „Und macht eure Untaten nicht harmloser. Findest du gut, dass andere Brutales begehen?"

„Nein."

„Warum nimmst du dann die Taten dieser anderen als deine Rechtfertigung, fast so als seien sie Vorbilder?"

Nubdur erhielt keine Antwort und dachte: Wesen, die von überflüssigen Gefühlen gezwungen werden, sich zu bekämpfen und anderweitigen Unfug zu treiben, ohne sich erklären zu können, die wurden sicher nicht von einem gütigen und weisen Allmächtigen erschaffen.

Der Worrnatzer brachte Vorwürfe: „Die Tafaten haben bei unserem Angriff unschuldige Worrnatzer getötet."

Der Tafate erklärte: „Nachdem ihr jahrelange uns angegriffen und viele von uns getötet hattet, waren wir verrohrt. Zu Anfang hatten wir uns gegen euch gewehrt aber weil ihr unsere Friedensangebote immer abgelehnt hattet und euer Herrscher euch befohlen hatte, bis zum letzten Mann, Greis oder Jungen zu kämpfen, schlugen wir zurück um den Krieg endlich zu beenden. Dabei starben Unschuldige. Dass ihr vorher bei euren Angriffen gegen uns, viele Unschuldige getötet habt, das wollt ihr wegwinken."

„Wir waren doch die Bösen. Als solche tötet man üblicherweise Unschuldige."

„Ermahnt euer Glauben zum Frieden?", fragte Nubdur den Worrnatzer. Der antwortete stolz: „Natürlich."

„Warum hielt das euch nicht von euren Untaten ab?"

„Wir haben das Allmächtige vor unserem Angriff angerufen, aber es gab keine Zeichen, zuhause zu bleiben."

Einige Worrnatzer traten hinzu. Einer erklärte mit sanft

melodischer Stimme: „Sollten wir was Falsches getan haben, wird das Allmächtige uns das vergeben, weil es uns liebt wie wir sind."

Nubdur wusste dazu: „Bei so einem Allmächtigen müsst ihr euch nicht bessern. Wenn euch immer wieder vergeben wird, dann hält euch das nicht von weiteren Untaten ab."

„Und euch ist nicht zu trauen.", ergänzte der Tafate.

Ein Worrnatzer bestätigte: „Unwichtig was ihr von uns haltet. Hauptsache das Allmächtige liebt uns."

Freudig erklärt ein weiterer Worrnatzer: „Das Allmächtige reinigt uns mit seiner Vergebung, damit wir dann würdig sind, nach dem Tod unseres Körpers, mit unserem unsterblichen Geist beim Allmächtigen in seiner glanzvollen Herrlichkeit zu leben."

Begeistert bewarben sie ihren Glauben: „Wir verehren das einzig wahre Allmächtige. Dafür hat es uns Söhne geschenkt, die Waffen und Technik erfinden konnten, die uns einträgliche Raubzüge und erfolgreiche Eroberungen ermöglichten. Das nährte uns in Wohlstand hinein.

Weil wir wohlhabend sind, können wir uns große, saubere Häuser leisten. Wir können uns Sklaven kaufen, die uns in der Hitze kühlende Luft zu fächern, stinkende Fäkalien und Abfälle weit weg entsorgen und lästiges Ungeziefer töten. Wir hungern nicht und können uns Obst, Gemüse und Fleisch immer frisch kaufen. Wir können uns Leibwächter leisten und Leibärzte, die uns begleiten und uns bei Gesundheit halten. Wir können Leute bezahlen, die uns im Alter pflegen. Wegen all dem werden wir länger leben."

Nubdur wunderte sich: „Warum wollt ihr lange leben, wenn ihr an ein wunderbares Leben nach dem Tod glaubt, in der Herrlichkeit des Allmächtigen. Da solltet ihr kam abwarten können, möglichst bald zu sterben."

„Wir wollen noch viel erleben und sehen von der Welt."

„Mit eurem unsterblichen Geist könnt ihr nach eurem Tod ewig umherschwirren und überall dabei sein."

„Wir wollen köstliche Speisen genießen."

„Essensgenuss ist euch wichtiger als in der Herrlichkeit des Allmächtigen zu schwelgen?"

„Dafür ist ewig Zeit. Das kann warten.", winkten sie ab und brachten noch hervor: „Wir möchten möglichst lange miterleben, was aus unseren Kindern und Enkeln wird."

„Als Geist könnt ihr das beobachten. Oder spätestens im Leben nach dem Tod werdet ihr sie wieder treffen. Dann könnt ihr sie ausfragen.", wies Nubdur sie hin und folgerte: „Aus dem was ich von euch hörte, vermuten ich, dass ihr euch nicht sicher seid, dass ihr nach dem Tod weiterlebt."

Dagegen wussten sie nichts zu sagen. Aber sie dachten, sie könnten Nubdurs Widerreden aus der Welt schaffen, wenn sie ihn auf seine Seite zögen, indem er Mitglied ihrer Religion wird, weil er doch wohl nicht seinen eigenen Glauben bemängeln würde. Also boten sie ihm an: „Trete unserer Religion bei. Dann lebst du auch in Wohlstand."

Nubdur fühlte sich geschmeichelt: Sie meinen es gut mit mir. Ich dagegen betrübe sie, weil ich ihnen ihren Glauben vermiese. Ich sollte mich dafür schämen. Wenn sie sich wegen mir schlecht fühlen, dann quält mich das verdient.

Nubdurs angriffslustige Rechthaberei ersoff in Bravheit und ohne überzeugt zu sein schenkte er ihnen uneigennützig dies: „Ich werde Mitglied."

Freude rundete ihre Gesichter.

Nubdur argwöhnte plötzlich gegen sich: Warum habe ich so schnell ihren Wunsch erfüllt, bei ihnen Mitglied zu sein? Die Zufriedenheit von anderen ist mir wichtiger als meine eigene. Ich hasse mich weil ich so nachgiebig bin.

Nubdurs Größenwahn räkelte sich wach und machte ihm die Mitgliedschaft schmackhaft: In dieser Religionsgemeinschaft sind Reiche und Mächtige Personen. Vielleicht darf ich bei weltbewegenden Vorhaben dabei sein.

Unvermittelt wurde Nubdur aus seiner Träumerei gerissen und fand sich hellwach in Dunkelheit. Sie hatten ihm einen Sack über den Kopf geworfen und eine Schlinge um seinen Hals gelegt. Unter dem Sack war leider noch ihr

Gelaber zu hören: „Wer vom Licht des liebevollen Blicks des Allmächtigen beschienen wird, braucht kein Sonnenlicht mehr."

Dann zogen sie die Schlinge enger. „Spüre die in allen Lebenslagen während Liebe des Allmächtigen."

Nubdur krächzte nach Luft.

„Bei ihm zeihen wir länger als sonst an der Schlinge, dafür dass er unseren erhabenen Glauben angriff und ihn dennoch geschenkt bekommt."

Dann nahmen sie ihm den Sack wieder ab und hängten ihm ein aus Stroh geflochtenes Symbol um, mit dem Spruch: „Damit gehörst du nun zu uns."

Nach dieser Zeremonie war aus Nubdurs kränklich aufgeblähtem Größenwahn die Luft raus: Pläne von Leuten mit uns-egal-was-andere-über-uns-denken-Glauben und erbeutetem Wohlstand, werde ich nicht unterstützen. Ihre Ärzte, die ein enden wollendes Leben festhalten, wodurch Krankheiten geholfen wird länger quälen zu können, brauche ich nicht. Den eigenen Zerfall unnötig andauernd aushalten müssen durch medizinische Mittel und Behandlungen, die nicht heilen aber das scheußliche Sterben grausam in die Länge ziehen, ist schrecklich. Sterben ist keine Krankheit sondern die Heilung für das faulende Leben.

Nubdurs Glaubensgeschwister gingen los. Doch gleich hielten sie wieder an, weil Nubdur stehen geblieben war. Einer befahl ihm: „Auf, mitkommen!"

„Ich muss meine Eltern besuchen."

„Vorher musst du als Dank für deine Mitgliedschaft uns helfen andere zu unserem Glauben zu bekehren."

Damit lockerten sie bei Nubdur Widerspruch. Er folgte ihnen um ihnen zu erklären: „Mit Bekehrungen bedrängt ihr andere Religionen. Die könnten sich zu einem Wettlauf um Mitglieder herausgefordert fühlen. Bekehren ist ein Verbrechen gegen den Frieden. Wenn Religionen für Frieden sein wollen, dann müssen sie aufhören zu bekehren.

Bekehren ist ein Ausdruck der Gier. Gierig will man

möglichst viele Menschen mit einer Idee einfangen, so wie gierige Fischer möglichst viele Fische erwischen wollen.

Gläubige sollten die Glaubensverteilung so belassen wie sie ist. Dann wird die Menschenwelt friedlicher.

Die von euch bekehrten Gläubigen werden von ihren ehemaligen Glaubensgeschwistern sicherlich geächtet, weil die ihren Glauben ablegten und zu eurem wechselten. Das ist so als würdet ihr in einem Wolfrudel einigen Wölfen ein Schafsfell überziehen. Bekehrten müssen oft fliehen.

Niemand sollte zu einem Glauben verführt werden. Weil die Glaubensinhalte aller Religionen nicht bewiesen werden können, ist es unsinnig, andere davon überzeugen zu wollen. Glaube wird nicht wahr, wenn man Ungläubige tötet. Religiöse Heilige werden nicht heilig, wenn ihre Anbeter jene töten, die die Heiligen nicht anbeten.

Religionen sind überflüssig. Religionsgemeinschaft ist die Menschheit. Mitglied werden wir durch unsere Geburt. Die Welt ist der Altar an dem die Menschen ihre schlechten Absichten opfern. Fair, rücksichtsvoll und gnädig sein, das ist die Religionsausübung. Das Beobachten von Friedensstiftern und die Botschaften solcher Denkmäler, wie hinter uns, ersetzen religiöse Texte."

„Solch ein frei schlendernder Glauben ist nicht geheuer. Der Glaube muss beständig mit Macht von einer Religion genau festgelegt, geregelt und überwacht werden."

Sie zogen mit Nubdur los. Unter ihnen waren nicht nur Worrnatzer. Nubdur erkannte einen: „Ich habe dich in der Siedlung mit den vielen Nomaden gesehen. Du warst einer von denen, die gegen die Nomaden wetterten. Bei euch gibt es eine andere Religion. Gehörst du ihr nicht an?"

„Ich hatte ihr angehört.", antwortete der.

„Warum hast du deine alte Religion abgelegt?"

„Einige von den Nomaden, die ich allesamt nicht leiden kann, sind in meine ehemalige Religion übergetreten. Einer dieser unausstehlichen Nomaden hat mir damals voller

Begeisterung von meiner Religion erzählt. Und als ich aus dem seinem dreckigen Maul und mit seinen dummen Formulierungen hörte, was meine Religion an Glaubensinhalten verbreitet, ging mir auf, wie blödsinnig meine Religion ist. Daher wollte ich ihr nicht mehr länger angehören."

Die Gruppe sah einen Einsiedler und ging zu ihm. Nubdur blieb abseits stehen und betrachtete die Umgebung:

Fetzen von Wolkenschatten
eilen über den Boden
versetzen die Landschaft in Unruhe

Diese Unruhe veranlasste Nubdur nach dem Einsiedler zu schauen und er sah wie dieser von einem Mitwanderer, namens Tmaijer, getreten wurde. Tmaijer deutete auf den Einsiedler und erklärte: „Er glaubt nicht an ein einzelnes Allmächtiges Wesen, sondern er sagt, es gibt überall tausende von Göttern. Er will nicht davon ablassen diesen Unsinn zu glauben. Dafür musste ich ihn bestrafen."

„Dafür gibt es kein Muss.", mischte sich Nubdur ein.

„Ich habe das für das Allmächtigen getan."

„Wenn das Allmächtige diesen Mann bestrafen will, dann kann es das selbst tun."

„Das Allmächtige hat durch mich diesen Mann bestraft. Den Auftrag dazu hat mir das Allmächtige mittels Zorn in mich hinein erteilt. Der Wille des Allmächtigen muss geschehen.", beharrte Tmaijer.

„Nur dein Wille geschah. Der Mann hat nichts verbrochen wofür er das verdient hat."

„Es ging ja nicht gegen ihn, sondern nur gegen seinen Glauben."

„Aber du hast ihn verprügelt."

„Wie sollte ich sonst gegen seinen Glauben vorgehen?"

„Gar nicht!", fand Nubdur.

„Aber sein Glaube an viele Götter ist doch falsch."

„Ob die Leute an etwas Allmächtiges glaubt, das überall

ist oder an unzählige Götter, die überall sind, macht keinen Unterschied, denn es ist das gleiche Gefühl von der Allmacht umgeben zu sein. Niemand weiß wie das Allmächtige ist. Vielleicht ist das Allmächtige wie ein Duft von Frieden, den wir auf uns einwirken lassen können."

Tmaijer hielt kurz inne. Dann sprach er angeregt: „Damit werden wir die Leute umwerben: Nur in Mitglieder unserer Religion dringt der Friede des Allmächtige ein."

Alle raunten zustimmend. Auch der Einsiedler war begeistert und trat in ihre Religion ein.

Die Mühe, seinen Glauben zu verteidigen, hätte ich mir sparen können, bemängelte Nubdur. Immerhin kam meine Vorstellung vom Allmächtigen gut an und soll sogar für die religiöse Umwerbung benutzt werden, genoss plötzlich Nubdur stolz und daraufhin schoss seine kleinwüchsige Beteiligung in der Menschenwelt durch die Wolken: Ich könnte mich zu einem religiösen Wortführer aufschwingen, denn ich weiß was sie sonst noch gerne hören.

Ich täusche ihnen ein mit Sinn erfülltes Ziel vor, nämlich die Welt im Ganzen zu bekehren, weil erst in einer einheitlich glaubenden Welt der Friede des Allmächtigen eingeatmet werden kann.

Natürlich wird diese umfassende religiöse Eroberung Gegenwehr hervorrufen. Gegner sind notwendig, damit sie unser religiöses Weltreich verhindern, damit sich nicht die Wahrheit zeigt, wonach in diesem Reich genauso wenig und genauso viel der Frieden des Allmächtigen in uns dringen wird wie jetzt. Ohne Widerstand würden sie erkennen müssen, dass ihr Ziel nur ein hohler Traum ist, der nie wahr werden kann.

Zweifel ob der Kampf für dieses Weltreich sinnvoll wäre und der Menschheit was nutzt, werden nicht aufkommen, weil das berauschend gigantische Ausmaß solcher Vorhaben die Leute blendet und bei ihnen ereignishungrige Mitmachlust auslöst.

Nubdurs Größenwahn blühte weiter auf: Ich könnte von

vernebelten Bedrohungen gegen uns faseln. So kann ich sie in verbindende Kampfbereitschaft versetzen. Ich vereine sie unter mir, indem ich ihnen die Zuversicht einrede, dass wir alle Feinde besiegen werden.

Sie wollen die Welt von anderem, also falschem Glauben reinigen. Wenn sie das nicht schaffen, dann werden ich ihnen zum Trost Geschichten erzählen, in denen das Allmächtige eines Tages Katstrophen über jene Menschen bringt, die unseren Glauben ablehnen. Sie würden mir diese religiöse Geschichte glauben wollen und mich deshalb als einen dem Allmächtigen nahen Verkünder anerkennen.

Ich könnte Geschichten erfinden, in denen das Allmächtige niederträchtige Menschen mit Unglücken bestraft. Betrogene Menschen, die zu ohnmächtig sind sich zu rächen, würden gerne hören, dass das Allmächtige die Rache für sie übernimmt.

Ich könnte erzählen, dass das gütige Allmächtige reiche Ernten schenkt und als Dank dafür geliebt werden will. Wird ihm die Liebe verweigert, dann wird es Strafen über die Undankbaren bringen. Menschen, die in ihrem Leben die Erfahrung machten, dass sie für ihre Fürsorge keinen Dank und nicht die erhoffte Liebe erhielten, werden das zornige Verhalten des Allmächtigen in meiner Geschichte gutheißen und somit glauben wollen.

Sobald wir andere zu unserem Glauben bekehren konnten, belohne ich sie mit Überheblichkeit, die ich mit dem Spruch erwecke, wir können stolz auf unsere Religion sein, weil sie so viele überzeugen kann. Das gelingt uns, weil nur wir mit unserem Glauben die Menschen in wahres Wissen einweihen. Solche Bestätigungen brauchen sie auch für sich selbst, zur Stärkung ihres Glaubens.

Doch all das werde ich nicht erzählen. Denn mehr als meiner Geltungssucht, erliege ich meiner gehässigen Verweigerung, dass ich jenen, die mir ihre Religion aufdrängten, mit gefälligen Reden beglücke.

Einmal war Nubdur zusammen mit Tmaijer beauftragt, das nächste Dorf auf seine Religion hin auszuspähen. Die dortigen Bewohner waren Bekehrungsversuchen nicht aufgeschlossen. Nubdur und Tmaijer wurden ihre religiösen Symbole abgenommen und gezwungen darauf zu spucken. Nubdur befolgte das brav. Tmaijer aber weigerte sich. Sie schlugen auf ihn ein, um ihn dennoch dazu zu bewegen. Doch er gab seinen Widerstand nicht auf.

Nubdur schleppte dann den verletzten Tmaijer den ganzen Weg zurück. Als die beiden bei ihren Leuten waren, berichtete Tmaijer von der Schmach und bestimmte: „In den Gebieten, die wir mit unserer Religion besetzen, werden wir Gläubige anderer Religionen auch misshandeln."

Nubdur verriet ihm: „Dann seid ihr nicht besser. Wenn ihr die Guten sein wollt, dann lasst das."

„Schweig, du Verleumder!", schrie Tmaijer Nubdur an und verpetzte: „Einfach so hat er unser Symbol bespuckt."

Nubdur verteidigte sich: „Das hat mich vor Schlägen bewahrt. Dass du so viel gelitten hast, war eine dumme Entscheidung von dir. Setze deine Kraft, die dir der Glaube gibt, für Hilfreiches ein, und nicht für ein zweckloses Kräftemessen um ein Symbol."

Tmaijer knirschte vor Zorn: „Das ganze Ausmaß der Stärke meines Glaubens werde ich noch unter Beweis stellen, wenn ich Rache an ihnen verübe!"

Nubdur erinnerte daran: „Unser Glaube sollte uns doch Frieden spüren lassen."

„Den Spüre ich nach Befriedung meiner Rachelust."

Einer stellte sich auf Tmaijers Seite: „Er ist die größte Stütze beim Verbreiten unseres Glaubens. Wir sind ihm schuldig, ihm bei seiner Rache zu helfen."

„Ja! Rache für Tmaijer und unsere Religion!", schrien einige entflammt. Nubdur stemmte dagegen: „Ihr entfernt euch vom Willen des Allmächtigen nach Frieden."

„Wir müssen Respekt vor unserer Religion erkämpfen."

Nubdur entgegnete: „Wenn ihr dabei Gewalt anwendet,

dann belebt ihr Misstrauen gegen eure Religion!"

Aber ihnen blieb wichtig: „Mit dem Angriff auf unser Symbol wurden unsere religiösen Gefühle angegriffen. Wir müssen deswegen tätig werden."

„Müsst ihr nicht. Zähmt eure religiösen Gefühle. Lehnt euch in friedvolle Gelassenheit! Das wird jetzt geübt!", kündigte Nubdur an und nahm dem ihm am nächsten Stehenden das Symbol ab, warf es auf den Boden, öffnete dann sein Gewand um auf das Symbol zu urinieren.

Doch schnell war der aufgestaute Schwung seiner Lust sie zu belehren erlahmt und Aufgeregtheit zerrte an seinem Herz, sodass ihm die Entspannung zum urinieren fehlte. Es kam nur wenig und er traf nicht. Dennoch genügte dies, dass blankes Entsetzen unter ihnen fröstelte. Staubiger Wind waberte zwischen den Gestalten hindurch. Mit angespannten Tränensäcke drohten sie: „Dafür werden wir dich jetzt so bitter bestrafen, dass du dir wünschen wirst, nie geboren worden zu sein."

„Nicht geboren worden sein, wünsche ich mir schon seit ich zurückdenken kann."

„Das ist übelster Undank gegen das Allmächtige, das dir dieses wunderbare Leben geschenkt hat."

„... welches ihr mir nun verbittern wollt."

„Weil du Schreckliches getan hast."

„Aber das Allmächtige vergibt mir doch meine Vergehen? Das ist doch der Vorzug eurer Religion?"

„Ja, und weil es dir verzeiht, liegt es bei uns dich zu bestrafen.", war ihre Logik.

„Dann trete ich hiermit aus eurer Religion aus. Hörst du Allmächtiges, ich gehöre nicht mehr dieser Religion an!", schrie Nubdur zu den Wolken und dann zu den Grimmigen: „Und nun wird mir vom Allmächtigen nichts mehr verzeihen, sondern ich werden von ihm bestraft! Dann könnt ihr euch das sparen."

Doch noch immer kamen sie auf den zurückweichenden Nubdur zu. Der meinte eindringlich: „Vertraute ihr nicht dem Allmächten? Also ich vertraue dem Allmächtige. Daher bin ich überzeugt, dass es mich bestrafen wird."

Nubdur stieß einen Schrei aus. Dann beugte er sich in Krämpfen und seine Gliedmaßen zuckten in verdrehte Stellungen. Mit schmerzverzerrtem Gesicht hinkte er von ihnen weg. Er stolperte, fiel hin, kroch ein Stück auf dem Boden, hustete röhrend, rotzte aus, erhob sich, fiel wieder hin, wandte sich wie ein Wurm und erhob sich wieder behäbig. Er schnalzte mit seiner Zunge in seinem geschlossenen Mund seine Spucke hin und her, bis die schaumig war und ließ sie dann aus seinem Mund laufen. Dabei verdrehte er seine Augen und röchelte als würde er ersticken.

So erreichte er einen Hügel, auf den er stieg. Dann schrie er: „Der Boden tut sich auf! Das Allmächtige sendet mich hinab in die Hölle." Dann stürzte er auf der anderen Seite des Hügels hinunter.

Verdeckt vom Hügel, rannte er davon und fand eine Vertiefung in der offenen Landschaft, in die er seinen schmalen Körper legte. Er bedeckt sich bis zum Hals mit trockener Erde und sein Gesicht mit dürrem Gras.

Er vermutete: Die werden nach mir suchen um herauszufinden, ob das Allmächtige mich bestraft hat. Was die wohl mit mir anstellen, wenn sie mich finden? Wenn die mich nur schnell erschlagen würden, wäre mir das willkommen. Aber ich bezweifle, ob die mich so zuvorkommend behandeln würden.

Hier werden die mich nicht suchen, denn die werden mich in den zum Verstecken geeigneten Gebüschen vermuten und nicht hier in dem übersichtlichen Flecken Erde.

Nubdurs Gutenachtgedanken lenkten ihn von seiner Angst vor seinen Verfolgern ab: Reinheitswahn, kein Frieden ohne vorherigen Krieg, verzichtbarer religiöser und geschäftlicher Verdrängungswettbewerb. Dieses unsinnige Treiben der Menschenwesen stellt dem Allmächtigen, als unserem Erschaffer, ein schlechtes Zeugnis aus.

Als Nubdur am nächsten Morgen erwachte, hob er ein wenig seinen Kopf und blinzelte in das unreife Licht der Morgendämmerung. Niemand war in der Nähe.

Mich in der Hölle wähnen, hat sie sicher befriedigt. Der Glaube an die Hölle ist hilfreich.

Nubdur fand Gefallen am Lügen: Mein verlogenes Getue hat mich gerettet. Lügen hat mir auch gegen den Bekehrer aus dem Tempel geholfen. Und hätte ich damals die Wächter am gepfählten Ardamsu angelogen, dann hätte mir das Allmächtige nicht den Sandalenhandwerker zu meiner Rettung in der Gerichtsverhandlung schicken müssen. Wenn man geschickt im richtigen Moment lügt braucht man kein Allmächtiges.

Gäbe es nur Ehrliche und ich wäre der einzige Lügner, dann wäre mir niemand gewachsen. Ich könnte König der Welt werden. Umgekehrt, der einzige Ehrliche unter Lügnern wäre nur Opfer.

Nubdur Pflichtgefühl erinnerte ihn: Besuche deine Eltern. Aber mir graust vor dem Zuhause meiner Kindheit.

Diese Aussicht sog ihn in Verzagtheit hinein, die ihm seinen Blick auf die Natur verdüsterte:

Gras zittert vor einer großen Felsspalte
als würde in dem lichtleeren Spalt
etwas Monströses schnauben

Auch bedrückte ihn wieder seine Angst vor Verfolgern wegen seines Verstoßes gegen das auferlegte Wanderverbot. Er sah sich oft um.

Andere wären an meiner Stelle nicht so unsicher wie ich und hätten die Gelassenheit sich irgendwelchem Spaß hinzugeben. Wie können die über alles hinwegsehen und dann Spaß haben? Wie kann man überhaupt Freude am Leben haben? Das ist mir rätselhaft. Meine öde Kindheit hat mir Genügsamkeit antrainiert. Ich bin wunschlos unglücklich.

Glücklich macht, was Wohlgefühl auslöst. Aber mein Körper scheint keine Gärungen für Wohlgefühl zu kennen. Das was bei anderen diese unerklärliche Freude weckt, langweilt mich. Ich kann kaum den Unterschied zwischen Freude und Unbehagen spüren. Keine Gärung für Wohlgefühl wehrt sich, wenn ich mich bei der Arbeit völlig verausgabe. Überanstrengung die nichts einbringt. Ich ahme den unterwürfigen Fleiß meiner Mutter nach und zum faul sein bin ich zu feige.

Damit Verfolger ihn nicht leicht aufgespürt können, bog Nubdur in einen Pfad ab, der in eine gebirgige Gegend führte. Dort kam er vom Weg ab und irrte dann in der felsigen Landschaft umher. Er wusste nicht in welche Richtung weiter und tat, was ihm leicht fiel – klagevoll grübeln: Für die Suche nach dem Allmächtigen habe ich Lebenszeit und Gesundheit geopfert, von ihm zu künden bin ich Risiken eingegangen und bin nun mehr denn je dem Leben überdrüssig.

Das Erlebnis mit dem Allmächtigen war mir in keiner Situation eine Stütze oder Orientierung.

Was war damals los mit mir im Wald? Abgeschnitten vom aufdringlichen Alltag war dort kein Futter für aufgeregte Gedanken. Kein Ärger rüttelte mich. So konnte ich in mir Frieden finden. Weil ich gerade auf der Suche nach dem Allmächtigen war, glaubte ich, dieses Gefühl wurde vom Allmächtigen geschenkt. Ein missdeuteter Zusammenhang, der oft vorkommt: Das Wohlgefühl beim Tanzen, wird als vom Allmächtigen kommend geglaubt, wenn die Bewegungen des Tanzes angeblich allmächtige Energien anziehen. Das fröhliche Gefühl beim gemeinsamen Singen wird vom Allmächtigen gegeben geglaubt, wenn die Lieder einen religiösen Text haben. Am Ende einer langen Wanderschaft, auf einem Weg mit religiöser Bedeutung, werden die Freude und die Erleichterung darüber, dass die Strapazen geschafft sind, mit der Nähe des Allmächtigen missdeutet, besonders wenn der Weg in einem stillen

Tempel endet.

Ich hatte mein Selbst losgelassen. Eine Grenze zwischen mir und der Welt war dann belanglos. Auch meine Hungerschwäche weichte diese Grenze auf und meine Einsamkeit im Wald öffnete mich der Umgebung. Die Einteilung ob gedacht oder gehört, war nicht mehr eindeutig.

In einem Anfall von demütiger Minderwertigkeit wähnte ich mich unter dem wohlwollenden Blick von was Allmächtigen, das mich heilen will.

Meiner Erleichterung über die vermeintlich geglückte Annäherung entsprach dieses „Na ging doch". Im selben Moment, als ich mir wünscht dies anerkennend vom Allmächtigen zu hören, glaubte ich es zu hören.

Mein Größenwahn schwindelt mir vor, etwas Allmächtiges hätte sich mir zugewendet. Größenwahn brachte den religiösen Glauben an ein nicht existierendes Allmächtiges in die Welt. Für Hoffnung reicht hohler Glaube. Mit jedwedem Glaube erhoffen sich die Leute das unstete Leben als ihnen gewogen: Eine Frau glaubte, dass Edelsteine Glück bringen. Zum Treffen mit einem Mann, den sie begehrte, trug sie einen bei sich, weil sie hoffte, der bewirke, dass dieser Mann sie ebenfalls begehren wird, was aber nicht geschah. Ihr fester Glaube tröstete sie: Dieser Mann kann nicht der richtige für mich gewesen sein, wenn der Edelstein meinem Wunsch nicht nachgeholfen hat.

Ich brauche keinerlei Zuversicht gebenden Glauben, weil ich in dieser Welt nichts zu suchen habe.

Dass ich in der Welt bin ist ein Fehler, der sich behebt: Meine Sinne verabschieden sich schon mal langsam. Ich sehe und höre immer schlechter. Mir schmeckt nichts mehr. Essen ist mir eine Mühsal. Ich schlafe unruhig und richtig wach bin ich auch nie. Meine Dauermüdigkeit geht auf Abstand zur Welt.

Nubdur war an einen Abgrund herangekommen. Innerlich von Verzagtheit zersetzt schaffte er kaum noch einen aufrechten Gang. Ein paar Steine rutschten unter seinen stolpernden Füßen weg. Beinahe hätte er das Gleichgewicht verloren und wäre abgestürzt. Sein Missfallen am Leben liebäugelte mit der gefährlichen Tiefe.

„Was für ein wunderschöner Tag?", sagte eine weibliche Stimme. Neben ihm stand plötzlich eine Frau, als sei sie aus einer Geisterwelt gekommen und leibhaftig geworden. Nubdur war nicht überrascht. Als hätte er das erwartet.

Wahrlich, ein milder und angenehmer Vormittag, beachtete Nubdur erst jetzt.

Die Frau war zum Kräutersammeln hier oben unterwegs. Sie sprach: „Mir scheint du hast dich verirrt."

„Ja, ich weiß nicht mehr wo weiter."

Sie führte Nubdur aus dem bergigen Gelände in die übersichtlichere, niedere Region auf der anderen Seite. Dabei sammelte sie weiter Kräuter ein und Nubdur trug ihren Korb. Weiter unten angekommen, führte die Frau ihn auf den Pfad, der ab hier weniger steinig und stärker ausgetrampelt und so besser zu erkennen war.

Nubdur bedankte sich und sie verabschiedeten sich. Der Frau schickte sich an zu gehen, blieb aber stehen, weil sie meinte, Nubdur benötigt Rat: „Man muss sich ab und an eine Pause vom Ärger nehmen. Wenn ich geknickt bin, dann denke ich mir Gedichte aus. Dann geht es mir besser."

Daraufhin ging sie.

Nubdur stand noch auf der gleichen Stelle, während die Frau schon weit weggelaufen war.

Wieder neckt mich die Einbildung von einem möglichen Zusammensein mit einer Frau, dachte er. Du könntest aus einer Beziehung keine Freude herausholen, sagte ihm seine Laune, die weiterhin in Trübsal versumpfen wollte. Dennoch nagte in ihm das mulmige Gefühl, teilnahmslos das schöne Leben vorüberziehen gelassen zu haben.

Weil ich in Trübsal stecke, bin ich wertvollen Begegnungen nicht zutraulich und ergreife nicht mir gewogene Gelegenheiten was ich dann bereue und darüber werde ich wieder trübsinnig. Mein innerer Kreislauf.

Nubdurs Schlaffheit meldete sich: Es wäre unnötig gewesen sich um sie zu bemühen, weil sie gewiss in festen Händen ist. Ein Dreckskerl wird sie so lange bedrängt haben, bis sie nachgegeben hat und er wird andere, die an ihr interessiert waren, mit Drohungen von ihr ferngehalten haben. So einer behandelt sie sicher schlecht und ihre Gefühle sind ihm egal. Eigentlich steht mir eher eine Frau zu als solchen Typen. Selbst mein Vater hat eine Frau!

Abgehetzt holte Nubdur die Frau ein und sagte plump: „Ich dichte auch manchmal."

Sie war unangenehm überrascht ihn noch mal zu sehen und erwiderte kühl: „Ach ja?"

„Willst du ein Gedicht hören?"

„Eigentlich nicht. Aber bringen wir es schnell hinter uns, damit du Ruhe gibst."

„Es wird umgebogen und richtet sich wieder auf, das Gras unter Kinderfüßen.", zitierte Nubdur das Gedicht von Timteru, weil er mit seinen eigenen nicht zutraute die Frau zu beeindrucken.

„So, du hattest jetzt deinen Spaß. Ich gehe heim. Man erwartet mich alleine zurück."

Sie windete sich aus seinem Dunstkreis. Nubdur dachte an Drecksäcke. Das schob ihn an dranzubleiben: Ich hätte sie fragen sollen ob sie morgen auch wieder Kräuter sammelt und ob ich ihr dabei helfen darf. Aber wahrscheinlich sammelt sie morgen keine Kräuter. Außerdem käme das aufdringlich rüber. Ich frage was Unverfänglicheres: „Gibt es Arbeit in deiner Siedlung für mich?"

„Für dich nicht.", antwortete sie, „Suche in der nächsten Siedlung nach Arbeit. Da hast du vielleicht mehr Glück."

„Vielen Dank für den Ratschlag."

Die hat sicherlich befürchtet, ich will wegen ihr in ihrer Siedlung arbeiten. Die wollte mich gründlich los sein. Das ist niederschmetternd. Aber ich verstehe sie. Frauen begeben sich lieber in die Obhut von Drecksäcken, denn die wissen ihre Frauen zu beschützen und Drecksäcke sind alltagstauglicher als ein dichtender Verlierer, der nicht einmal auf seinen Weg achtgeben kann. Ich bin als Partner nicht geeignet. Wieder ein Hinweis, dass ich nicht in die Welt gehöre.

Als Wind aufkam, setzte sich Nubdur träge in Bewegung.

Nubdur kam an einen Bach. Der Bach stieß seine Erinnerung an: Irgendwo da drüben wohnen meine Eltern.

Nubdur durchschritt das Wasser. Ein schriller Vogelschrei schreckte ihn und er rutschte auf dem glitschigen Untergrund aus und fiel in den Bach. Im Wasser liegend sah er, nicht mehr weit vom Ufer entfernt, auf der anderen Seite, zwischen Bäumen hindurch, die Hütte seiner Eltern, am Rand des nächsten Dorfes stehen.

Er stieg aus dem Wasser und trat näher. Vor dem Haus grub eine Gestalt gebückt mit den Händen im Boden. Seine Mutter. Eine andere Gestalt lehnte sitzend an einem Baum. Sein Vater.

Nubdur machte sich kurz bemerkbar. Mutter wurde bei seinem Anblick ganz hektisch. Ohne ihn zu begrüßen fragte sie: „Warum warst du so lange weg? Ich hätte inzwischen sterben können und du wärst nicht da gewesen. Ich habe mir die ganze Zeit Sorgen wegen dir gemacht."

Nubdur ließ gleich seinen Lebensfrust raus: „Wenn ihr mich nicht in die Welt gesetzt hättet, dann müsstet ihr euch wegen mir keine Sorgen machen und mir wäre dieses entsetzliche Leben erspart geblieben."

„Was redest du da? Was ist so schrecklich am Leben?"

„Das müsst ihr doch wohl selbst am besten wissen."

„Versuche hoffnungsvoll zu sein.", plapperte sein Vater. Nubdur war erstaunt: Ein lebensfreudig klingenden Satz von ihm. Aber der war nutzlos und zeigt das gleiche fehlende Eingehen auf mich wie früher.

Mutter stellte besorgt fest: „Du bist abgemagert. Du musst mehr essen."

„Ich musste viel wandern und hart arbeiten. Das hat mich ausgezehrt."

„Hast du jetzt Arbeit?"

„Nein. Ich finde schwer Arbeit. Mein Arm ist verletzt."

„Weil ich dich als Kind schonte, bist du jetzt wehleidig. Mir tut der Rücken weh. Aber ich jammere deshalb nicht.", sagte seine Mutter kalt und legte ihm nahe: „Im Ort gibt es einen Steinmetz. Frage dort nach Arbeit."

„Der nimmt bestimmt keinen mit verletztem Arm."

„Versuche trotzdem dort unter zu kommen. Die Arbeit wird nicht umbringen.", blieb Mutter stur.

„Ich würde gern schriftliche Arbeit machen."

„Du bist deshalb ohne Arbeit weil du Schreibarbeit willst.", verstand Mutter und verlangte: „Sei nicht wählerisch, sondern ergreife das was du kriegen kannst."

„Das ist leider immer unterbezahlte Plagerei. Mir wird nichts zugetraut sondern nur zugemutet. Deshalb bin ich so ausgemergelt und verschlissen, wie ich schon sagte."

„Sklaven ergeht es schlimmer als dir. Die haben Grund zu jammern."

Der auf dem Boden, im mild temperierten Schatten des Baumes entspannt ausgestreckt liegende Vater redete Nubdur zu: „Nimm alles nicht so schwer."

„Und wie genau soll das gehen? Hilfloses Gefasel.

Du hast gut reden. Du musst nicht mehr so lange leben wie ich! Für dich ist der Lebenskampf bald vorbei."

„Ich habe jedenfalls keine Kraft verschwendet mit wandern. Wozu wandern? Das bringt doch nichts.", spottete Vater und spuckte Nubdur mit dem gleichen verachtenden Blick an wie damals als Nubdur sich ungeschickt über den Liedtext äußerte. Nubdur kam der Blick sofort bekannt vor: Wie lange ich mich an diese Kleinigkeit erinnere.

Dann wetterte Nubdur laut: „Ja, bringt nichts. Aber das ist doch gemäß deiner Anweisung zum erfolglosen Leben!

Ihr seid nicht stolz auf mich, gut so, denn ihr habt keinen Sohn verdient, auf den ihr stolz sein dürft! Ich brauche auch keine Anerkennung von euch."

„Ich wusste, dass er ein geborener Taugenichts ist. Nichts von ihm zu fordern, war das Beste für ihn. Unsere Erziehung war passend für ihn.", sagte Vater aus voller Überzeugung zur Mutter. Nubdur stellte dem aufgebracht entgegnete: „Ich bin nicht als Taugenichts geboren worden. Deine Lehre: Was du nicht kannst, das lasse sein – die hat das angerichtet. Taugenichts hätte ich auch von alleine werden können. Die Mühe mich dazu zu erziehen, hättest du dir nicht machen müssen. Ein Kind kann erst mal nichts und wenn man ihm sagt, alles sein zu lassen was es nicht kann, dann wird dieses Kind zum nichts tun erzogen. Da frage ich euch, für was habt ihr mich in die Welt gebracht?"

„Andere Kinder stellen ihren Eltern nicht solche Fragen.", vermutete Mutter und war empört.

„Die wurden nicht wie ich mit einer eingesperrten, einsamen und öden Kindheit gequält, ohne Spielkamerad, ohne Möglichkeit draußen eigene Fähigkeiten zu erproben, Erfahrungen zu sammeln mit Frechheiten, Freundschaften und...", Nubdur brach ab: Mutter sieht mir schwach aus. Sie so stark mit Vorwürfen zu belasten ist nicht brav von mir.

Mutter verteidigte ihre Fürsorglichkeit: „Du wurdest gefüttert, ohne dass wir von dir dafür verlangten draußen zu arbeiten wie das andere Eltern ihren Kindern antun. Wir verwöhnten dich und als Dank schimpfst du mit uns.

Wir haben dich vor der gefährlichen Welt und den böswilligen Menschen ferngehalten. Was dir als Junge draußen alles hätte passieren können! Du hättest dich verletzen können, eine Krankheit hätte dich erwischen können oder jemand hätte dich mitnehmen können. Nicht raus gehen war das Sicherste.

Der Käfig mit den Vögeln war ins Freie gestellt worden. Nubdur neidete: Die waren nie alleine. Mein Vater wusste, was gut für sie war. Seinen Vögeln schenkte er mehr Aufmerksamkeit als mir und überhaupt allen Menschen. Mein Befinden, war nie sein Gedanke.

Vor dem Schlafengehen zog ich damals die Mundwinkel nach unten und hoffte, die bleiben beim Schlafen in der Stellung, damit meine Eltern meine Unzufriedenheit an meinem Dasein daran ablesen können. Natürlich war dieser Aufruhr so erbärmlich wie wirkungslos.

Nubdur beendete abrupt seine Erinnerungen.

Ich sollte nicht weiter meine Vergangenheit bejammern. Meine Gedanken verfangen sich in der Vergangenheit und deshalb fehlt mir ihr ungeteilter Einsatz in der Gegenwart.

Ein fades Abendessen wurde aufgetischt. Nubdur aß langsam. Das wurde beobachtet.

„Du musst schneller essen wenn du zunehmen willst."

„Ich habe schmerzende Zahnlücken."

„Das vergeht wieder.", ging Mutter darüber hinweg.

Wertloses Gefasel ohne Mitgefühl. Ständig macht sie sich Sorgen um mich, aber das bedeutet nicht, dass sie Mitgefühl hat.

Nubdur erinnerte sich plötzlich, wie er als Kind mit dem Finger Bilder in den Staub auf dem Boden der Hütte malte und Mutter ohne zu zögern darüber fegte. Natürlich musste die Hütte gefegte werden und ich kam auch nie auf die Idee die Vernichtung meiner Bilder zu bedauern, aber wie sie einfach so darüber fegte, erschreckt mich jetzt.

Früh am Abend begaben sich alle in die Nachtruhe. Nubdur schlief unberührt in seinem einstigen Gefängnis ein.

Am nächsten Morgen wollte Nubdur seine Eltern verlassen.

„Bliebe noch zum Frühstück.", bat Mutter.

„Ihr habt nur einen spärlichen Lebensmittelvorrat. Den will ich nicht mindern. Ich suche mir draußen was zum Essen. Und ich muss Arbeit finden."

„Gut, aber gehe nicht wieder so weit weg."

„Ich weiß nicht wie es sich ergibt. Also - ich gehe jetzt."

Mutter fing plötzlich an zu weinen. Nubdur floh vor dem Tränen besudelten Abschied aus der Hütte.

So barsch gegangen zu sein, war nicht brav, tadelte sich

Nubdur draußen, betrat wieder die Hütte und beruhigte Mutter mit: „Ich komme bald wieder."

„Wann kommst du wieder? Ich bin alt und werde bald sterben. Du wirst mich doch nicht alleine sterben lassen?"

„Du hast doch einen Mann."

„Ach der."

„Soll ich jetzt immer bei der bleiben, damit ich nicht deinen Tod verpasse?"

„Ich will immer wissen wo du bist."

Nubdur wollte sie nicht mit einem Versprechen anlügen, das er wahrscheinlich nicht einhalten kann. Deshalb schwieg er dazu. Unter Aufbietung all seiner Willenskraft machte er jetzt einen Schritt zur Tür der Hütte.

„Warte. Ich habe Knieschmerzen."

„Kann ich etwas dagegen tun?"

„Nein. Ich wollte es nur erwähnt haben."

„Schone dich."

„Geht nicht. Ich habe bei meinem Schwager zu tun."

„Soll ich dabei helfen?"

„Nein. Suche du Arbeit um Geld zu verdienen."

„Dazu müsste ich erst mal durch diese Tür."

„Gut. ... warte! Ich koche dir noch was für unterwegs."

„Ihr habt doch nur wenige Vorräte. Behaltet die für euch."

Nubdur wandte sich wieder der Tür zu. Mutter sah verzweifelt aus, weil ihr nichts mehr einfiel, mit was sie Nubdur noch aufhalten könnte. Nubdur wartete kurz, dann öffnete er die Tür und trat mit einem mulmigen Seufzer ins Freie. „Jetzt gehe ich.", hatte er noch gemurmelt.

Sein Vater schnatterte mit den Vögeln. Nubdurs Weggang nahm er nur beiläufig wahr. Nubdur entschied: Ich störe ihn nicht mit meinen Abschied.

Nubdur schritt schnell los. Sein Blick flüchtete hoch zu einem Bergkamm. Dort oben ragte über die Felskante der obere Rand der Sonnenscheibe. Die ersten Sonnenstrahlen breiteten sich wie ein goldener Teppich vor seinen Füßen aus. Nubdur ging an eng nebeneinander gereihten Steinen entlang, die ein Stück weit den Weg aus der Siedlung auf beiden Seiten säumten.

Windige Schatten
streicheln den Boden

Hinter den Steinreihen standen hohe Bäume. Ihre Wurzeln hoben langsam einzelne Steine über Jahre hinweg ein wenig an und durchbrachen so die Ordnung der gleichmäßig gereihten Steine. Die Steine lagen zwar nun unordentlich nebeneinander aber doch in einem angenehm anzuschauenden Rhythmus. Irgendwie passt es immer, auch mein Lebenslauf. - Wirklich? Was für eine weltfremde Wunschvorstellung. Es gibt keine zwingenden Ursachen, die mein Leben passend fügen. Aber das muss mich nicht grämen. Ich brauche keine gut bezahlte Arbeit, denn ich bin genügsam. Ohne Frau und ohne Kinder sein, das seien Merkmale eines unglücklichen Lebens. Ich sollte das nicht glauben, dann empfinde ich mein einsames Leben nicht mehr als unglücklich. Ich wäre satt zufrieden wenn ich von Ärger und Leid verschont bliebe. Dafür würde ich auf Liebe und Sex verzichten. Unzufriedenheit und Gier werden in mir wach, wenn ich höre, was man alles tun muss um glücklich zu sein. Glücklich sein wollen ist stressig. Besser das Leben schlicht halten. Glücksgefühle sind belastend.
Ich dichte. Das ist genug Freude. Mit dem Zeitvertreib brauche ich keine Frau.

Ein Vogel fliegt auf
Der dünne Zweig auf dem er saß
winkt mir nach

Nubdur hörte das Schlurfen seiner Schritte auf dem steinigen Boden.
Lange Zeit begleitet mich schon dieses Geräusch. Ich

fühle mich nirgendwo zuhause, aber ich kann mir selbst ein Zuhause sein. Dafür muss ich aufhören mein Leben herabzuwürdigen. Jedes Leben, egal wie geführt, ist wertlos. Es gibt keinen Grund das Leben ernst zu nehmen, aber dafür leicht, dachte Nubdur fidel und in diese guten Stimmung hinein senkte sich ein sanfter Gedanke: Es gibt das friedenspendende Allmächtige. Ihm hat sicher gefallen, dass ich mich überwunden habe meine Mutter zu besuchen. Dafür hat es mich mit guter Laune belohnt. Von was soll die sonst herrühren?

Nubdur wanderte los. Er sah Blumen. Überall.

Blütenblätter
Entfaltet wie Hände
die Sonne zu preisen

Er ging an einem See entlang zur nächsten Siedlung.

Neben mir die Sonne auf dem See
Sie begleitet mich

In der Mitte der Siedlung gesellte sich Nubdur zu den Tagelöhnern. An diesem Tag wurden Leute gesucht zum Sortieren zahlreicher Schrifttafeln über Warenbestände, Verkäufe und Einkäufe eines reichen Kaufmanns.

Das ist genau die richtige Arbeit für mich, schätzte Nubdur, weil ich lesen kann und gewissenhaft bin.

Sein momentan erhelltes Gemüt war überzeugt: Das Allmächtige hat zum richtigen Zeitpunkt dafür gesorgt, dass Arbeit angeboten wird, die mir liegt und nicht zu weit von meiner Mutter entfernt ist um sie zu besuchen.

Zusammen mit den anderen Bewerbern wartete Nubdur. Er lauschte den Gesprächen um sich und erfuhr dabei, dass viele nicht lesen konnten und wunderte sich wie die glauben konnten diese Arbeit zu bekommen, bei der man Schrifttafeln lesen muss. Wiederum andere äußerten ihre abfällige Haltung gegenüber jeglichem Arbeiten.

Ein Mann mit gruselig ernstem Blick, setzte sich neben Nubdur und fing an über sein Leben zu jammern. Nubdur stellte fest: So bald leidende Gestalte mich sehen, fangen die vor mir an zu jammern. Das hier ist sicher ein Auftrag des Allmächtigen an mich, ihm zu helfen.

„Das Leben bietet mir nichts. Warum erhalten andere mehr als ich?", begann der Tagelöhner.

Nubdur bemühte sich, dem Fragenden Aufbauendes zukommen zu lassen. „Sei zufrieden mit dem was dir gegeben wurde, auch wenn es dir wenig vorkommt. Dann liebkost dich Dankbarkeit.", glitt über Nubdurs Lippen, die dabei schimmerten als seien sie mit feinem Öl einbalsamiert.

„Mir fehlt Geld und Sex."

„Sehr bedauernswert deine Entbehrungen. Mir werden die Tränensäcke ganz schwer. Übe dich in Verzicht, dann wird das Allmächtige dir Zufriedenheit schenken.

Sex genießt unangemessen viel Ansehen. Wenn dir schwer fällt, Frauen zu erobern, dann lasse das sein. Spar dir die Qual etwas zu erzwingen. Probiere das Leben und lasse dann deine eigentümliche Lebenskraft dahin fließen, wo sie leicht hinfließen kann. Quellwasser fließt den ihm möglichen Weg in die Niederungen. Deshalb kommt es so weit. Je mehr du von dem Weg abweichen willst, den deine Energie nehmen kann, desto mehr Energie verschwendest du, ohne was zu erreichen, und das macht dich unglücklich. Vertraue deinem Energiefluss, dann musst du dir keine Fehlentscheidungen mehr vorwerfen."

„Ich will, dass meine Energie zu Frauen fließt. Wer mit vielen Frauen Sex hat, wird beneidet."

„Beneidet von Leuten wie dich. Mache dich locker von deinen Neidzielen. Neid verunstaltet den Lebenslauf.

Mitunter behindern Wünsche sich gegenseitig. Lasse manches sein, damit du freie Kräfte hast für dein Lebensglück. Glücklich ist, wer das Passende für sich gefunden hat. Neid ist dabei ein schlechter Ratgeber."

„Andere werden sexuell, geldlich und beruflich verwöhnt, während meine Energie wie Wasser irgendwo runter fließen soll? Das Allmächtige ist ungerecht, wenn es die
ungleichmäßige Verteilung von Geld und Sex zulässt."

„Das Allmächtige will, dass du übst, mit Demut hinzunehmen, dass andere verwöhnt werden. Es überlässt dich
Ungerechtigkeiten um zu prüften ob du es trotzdem liebst
und verehrst.", antwortete Nubdur streberhaft.

„Auf so perverse Spielchen stehe ich nicht! Ich entscheide hier und jetzt, das Allmächtige nicht zu lieben und nicht
zu verehren wenn es mir nicht einen fairen Anteil spaßigen
Lebens gönnt!

Damit habe ich die Prüfung nicht bestanden. Nun hört
das Allmächtige hoffentlich auf, mich noch länger zu prüfen."

Nubdur verstand den Tagelöhner, aber er verbot sich
ihm zuzustimmen. Brav verteidigte Nubdur das Allmächtige: „Das Allmächtige stärkt uns mit Hoffnung auf ein Ende
von Leid und Entbehrungen."

„Das Allmächtige soll bei Leid eingreifen anstatt nur
Hoffnung auf Besserung geben. Erst durch Taten kann ich
glauben, dass es tatsächlich existiert."

Mit Anstrengung raffte sich Nubdur zu einer Erwiderung auf: „Das Allmächtige will, dass du deinen Zweifel an
seiner Existenz niederringst. Daraus geht dein Glaube ge-
stärkt hervor."

Nubdur erbrach sich innerlich über sein eigenes Schön-
geschwafel, das der Tagelöhner so verstanden hatte: „Das
Allmächtige will sich also absichtlich nicht beweisen lassen
damit ich mir seine Existenz einreden muss?"

Nubdur schwieg, denn seine Fürsprache zu Gunsten des
Allmächtigen war angeknackst. Der Tagelöhner brachte
nun seine Ansichten massiv vor: „Nur weil wir uns
manchmal ausgeliefert fühlen, muss es nicht ein Allmächtiges geben, das uns schützt. Gäbe es keine Gefahren für die
Gesundheit, würde niemand auf die Idee kommen, sich ein

Allmächtiges vorzustellen, das einem von Krankheiten verschont oder heilt, wenn man es darum bittet. Weil wir unseres Glückes nicht sicher sein können, muss es nicht ein Allmächtiges geben, das uns Glück zusichert wenn wir ihm immer schön schleimen."

Nubdur konnte nichts dagegen sagen. Stattdessen dachte er hinzu: Nur weil viele diese lächerliche Angst vor dem Ende des Lebens haben, muss es kein Allmächtiges geben, das uns mit einem ewigen Leben stopft. Ich verstehe sowieso nicht warum manche diese Angst haben. Vielleicht kommt dies von ihrer kindischen Angst vor Dunkelheit. Aber nach dem Tod gibt es noch nicht einmal Dunkelheit.

Plötzlich kam Bewegung in die Menschenmenge um die beiden herum. Die Bewerber stellten sich in einer Reihe auf. „Was ist los?", fragte Nubdur.

„Jemand ist endlich gekommen, der die Leute für die Arbeit im Archiv des Kaufmanns aussucht. Der wird das angewiesen haben.", meinte der Tagelöhner. Alle anderen hatten sich schon schubsend eingereiht, als die beiden sich brav ganz hinten anstellten.

„Ob wir eine Chance haben, genommen zu werden, wenn wir als Letzte anstehen?", fragte der Tagelöhner.

„Die meisten, die vor uns stehen sind Faulenzer, von denen einige nicht lesen können. Die sind für die Arbeit nicht geeignet. Der wird sich bis zu uns durchfragen müssen.", nahm Nubdur an.

Der Einsteller sprach nacheinander mit den Bewerbern in der Reihe und sortierte sie rechts und links von sich auseinander. Kurz vor Nubdur und dem Tagelöhner sagte der Einsteller, er habe genug Arbeiter. Er nahm die rechte Gruppe mit.

„Wie konnten diese Analphabeten und Faulenzer den überzeugen, sie mitzunehmen?", fragte sich Nubdur hilflos.

„Mit was hat sich dieser dumme Kackhaufen verarschen lassen, dass er sich für die entscheiden hat?", stimmte der Tagelöhner mit ein, „Ich würde gerne was leisten, wenn man mir endlich die Gelegenheit dazu gäbe."

„Wer so doof ist, dich abzulehnen hat dich nicht verdient.", tröstete Nubdur den Tagelöhner.

„Gut gesagt, aber hilft mir nix. Andauernd ergeht es mir so wie eben. Was soll bloß aus mir werden? All deine Weisheiten von vorhin stehen jetzt da wie putzige Zwerge, denen Schlamm in ihre niedlichen Gesichter klatschte. Ahnungslose Weisheiten. Vom fiesen Alltag ausgelacht und zur Seite geschubst."

„Das Allmächtige bringt Probleme, um Gelegenheiten zu verschaffen mit Problemen fertig zu werden. Das Vorhandensein von Leid beweist das Wirken eines Allmächtigen. Liebevoll hält es nach einer schweren Lebensphase wohltuende Erleichterung für uns bereit.", rang sich Nubdur ab. Der Tagelöhner sah das so: „Das Allmächtiges ist also für mein Pech verantwortlich. Entweder existiert kein Allmächtiges oder es existiert und es hasst mich. Ersteres wäre das kleinere Übel."

„Das Allmächtige hat heute anderen geholfen. Also lasse dich nicht dazu hinreißen, ihm Hass zu unterstellen oder es zu verleugnen.", mahnte Nubdur.

„Wieso?"

„Es wird behauptet, das Allmächtige lässt jene Menschen, die nicht an es glauben, in ewiges Feuer fallen.", brachte Nubdur mit Mühe heraus, weil er selbst davon nicht überzeugt war. Er setzte sich plumpsend auf den Boden. Der Tagelöhner blieb nüchtern: „Die Körper von Toten verwesen, aber die brennen nicht. Da bleibt nichts übrig für irgendein Feuer. Diese Strafe gibt es nicht."

Ohne eigene Überzeugung bemühte Nubdur dies: „Religiöse behaupten, nach dem irdischen Tod leben wir ohne Körper weiter und die ewige Pein sei ein brennend heißes Verlangen nach der Nähe zum Allmächtigen. Ungläubige werden in einen Ort verbannt, der weit entfernt vom Allmächtigen ist und dann mit einer verzehrenden Sehnsucht nach ihm gequält."

„Das bringt meinen Puls nicht aus der Ruhe. Über diese läppische Rache des Allmächtigen an mir wegen meinem Unglauben kann ich nur gelangweilt lächeln, denn ich habe kein Verlangen mit einem Allmächtigen zusammen zu sein, das meine Wünsche vernachlässigt und zu meinem Verdruss schwachsinnige Lebewesen wie diesen Einsteller zugelassen hat.

Was Allmächtiges würde bestimmt wollen, dass ich ihm ewig die Füße küsse, als Dank dafür, dass ich ihm nahe sein darf, obwohl ich keinen Wert darauf lege. Ich müsste ihm Liebe und Ehrfurcht heucheln. Das würde mich anstrengend viel Überwindung kosten weil ich keinen Grund habe wofür ich es lieben soll. Deshalb: Je weiter weg vom Allmächtigen, desto besser. Dann hat man Ruhe."

„Mit solchen Gedanken wendest du dich vom Allmächtigen ab und dann könnte der Teufels auf dich aufmerksam werden.", zog das Nubdur weiter durch.

„Soll mich das ängstigen? Willst du mich mit der Vorstellung von einem Teufel in die Arme des Allmächtigen treiben? Würde ich an einen Teufel glauben, dann würd ich den sogar anbeten, denn der würde mich nicht leiden lassen, sondern mich zu fiesen Kniffen verführen, was mir helfen würde, der Welt etwas für mich abzugewinnen."

Nubdur war dem erlegen: „Das kann ich gut verstehen. Ein belehrendes Allmächtiges ermahnt gutmütig zu sein. Wer sich daran hält lässt sich ausnutzen, ist nachgiebig, will niemand bedrängen und geht dann leer aus.

Der Teufel würde netten und rücksichtsvollen Menschen helfen deren Willen durchzusetzen und sich unbekümmert zu wehren."

„Es gibt aber keinen Teufel, denn andernfalls hätte der uns jetzt dazu inspiriert, uns rücksichtslos vorzudrängeln. Kein Teufel und kein Allmächtiges gönnen uns einen Sieg."

Nubdur senkte seinen Blick und malte mit seinem Zeigefinger kunstlose Linien in den Staub und dachte: Ich preise ihm nicht mehr länger das Allmächtige an. Es hat mir nicht die nötigen Worte eingegeben um ihn zu überzeugen. Vielleicht weil wir hier weit vom Allmächtigen entfernt sind. Damit wäre erklärt, warum wir es hier kaum wahrnehmen. Diese Welt ist sicher der am weitesten entfernte Ort vom Allmächtigen und deshalb der Ort, in den das Allmächtige jene Menschen verbannt, die es mit Ferne von ihm bestrafen will. Hier zu sein bedeutet sicherlich, schon gestorben zu sein.

Nubdur würgte Worte hoch, die wie auf klebrig wurmigen Beinen über seine Lippen kamen: „Mit der Geburt beginnt die Strafe. Das Allmächtige bestraft uns mit Ungerechtigkeit, noch bevor wir Strafbares tun könnten. Manche werden klein, hässlich und schmächtig geboren. Schlimm daran ist, dass das Allmächtige uns so geschaffen hat, dass starke Menschen leichter respektiert werden. Frauen werden bevorzugt behandelt wenn sie schön sind und vor allem wenn sie blond sind.

Das Allmächtige hat den Frauen die Bürde der Schwangerschaft aufgelastet und durch die Monatsblutung sind Frauen beeinträchtigt. Sie sind zwar schutzbedürftiger aber schwächer als Männer. Glatt unfair für die Frauen. Überflüssigerweise verpetzt der Körper der Frau, ob sie schon den ersten Geschlechtsverkehr hatte.

Menschen werden unschuldig in Zustände geboren, in denen Erfolg bringenden Tatendrang nicht gedeihen kann und wo ein Mangel an Chancen herrscht. Manche Kinder werden durch nachteilige Erziehung zu Grunde gerichtet. Das Allmächtige hat Kinder mit der Fähigkeit ausgerüstet, sich zu ihrem Guten oder Schlechten dem vorgelebten Verhalten der Eltern und ihrer Umgebung anzupassen. Kinder sind für schlechten Einfluss wehrlos empfänglich.

Die angeblich vom Allmächtigen gewährte ausgleichende Gerechtigkeit nach dem Tod würde folglich bedeuten, dass die Ungleichbehandlung der Menschen seine Arbeit ist. Das Allmächtige wäre demnach einverstanden, dass manche ständig von Ärgernissen heimgesucht werden und andere geschmeidig durch ein nettes Leben gleiten.

Die im Diesseits benachteiligten Menschen müssten im Jenseits als Wiedergutmachung ein schöneres ewiges Leben haben als die im Diesseits bevorteilten Menschen. Für diesseitig bevorteilte Menschen wäre ein weniger schönes ewiges Leben wiederum nicht angemessen, wenn die nichts Schlimmes taten."

„Ein gerechtes Allmächtiges gibt es also nicht."

„Ja. Und auch kein Allmächtiges, das uns erziehen will. Der Glaube an ein Allmächtiges vernebelt den Blick auf die wahren Zusammenhänge. Wir bekamen die Arbeit nicht, weil wir uns nicht gleich, als der Einsteller kam, vorgedrängelt haben und nicht weil was Allmächtige prüfen will ob unser Glaube bei Enttäuschung unerschüttert bleibt."

Der Tagelöhner warf Nubdur vor: „Du hast uns mit deinem Gesäusel über das Allmächtige abgelenkt."

„Doch nur, weil du angefangen hast zu jammern.", verteidige sich Nubdur.

„Wird einmal eine Zeit kommen, in der ich nicht jammern will, weil ich sorglos bin?"

„Ja, wenn du tot bist."

„Lobpreis dem Tod.", trällerte der Tagelöhner spontan.

Nubdur erklärte gelöst: „Nicht was Allmächtiges, sondern der Tod befreit von Leid.

Wie schön der Tod ist, kann vorausgeahnt werden: Man lege sich flach hin und sinke weg vor jeglichen Gedanken in den regungslosen Körper hinein. Derart entrückt stellt sich ein Wohlgefühl ein, dessen Ursache eine todesähnliche Entspannung ist. In manchen Kulturen nennt man das meditieren. Stumpfsinnig, wiederholtes, melodisches Aufsagen von immer gleichen Wörtern führt vorübergehend, zu todesähnlich erschlafftem Denken. Der echte Tod ist natürlich unbegreiflich schöner.

Dass das eigene Leben zugrunde geht, ist eine herrlich erfreuliche Vorausschau. Viele Menschen wertschätzen nicht den Tod. Sie raffen Geld, nehmen sich viel vor und gieren nach Erlebnissen, weshalb ihnen die Zeit zum Tod zu kurz vorkommt. Mir nicht. Es gibt nichts, was ich noch erleben will oder besitzen will. Ich kenne nichts was die Sinnleere des Lebens füllen könnte. Diese Erfahrung befreit von Gier. Das ist gesund."

Der Tagelöhner meinte vergnügt: „Was du sagst hilft mir, mich mit meinem wertlosen Leben abzufinden."

„Das Leben mit billigen, kleinen Freuden vergeudet, ist die höchst mögliche Stufe menschlichen Daseins."

„Zählt masturbieren dazu?"

„Natürlich. Menschen, die ihre Lebenszeit mit sich allein verplempern, sind in dem gesunden Menschenzustand für eine friedliche Welt."

Unvermittelt kamen Sinngläubige herbei und meinten zu den beiden: „Ihr lungert hier schon eine Weile herum. Habt ihr nichts Besseres zu tun?"

„Und habt ihr nichts Besseres zu tun als uns anzumachen?", fragte der Tagelöhner und haute zurück: „Es geht euch nichts an, ob wir unser sinnleeres Leben vergeuden."

„Das Leben ist zu wertvoll um es zu vergeuden."

Nubdur wies hin: „Wir alle sind doch gesetzlich verpflichtet unsere Lebenszeit zu vergeuden, mit unnötigen Vorschriften und komplizierten Formularrollen."

Das brachte die Sinnfanatiker auf eine Idee: „Morgen folgt ihr den Steuereintreibern und kassiert nach ihnen die monatliche Abgabe für die Leprakolonie ein."

„Das ist unnötig.", erkannte Nubdur schnell und erklärte ihnen: „Denn die Steuereintreiber könnten beides zusammen eintreiben und später könnte das Geld für die Leprakolonie entnommen werden."

„Dann hättet ihr aber keine Arbeit."

„Wie ist die Bezahlung?", fragte der Tagelöhner.

„Sparsam, weil eure Arbeitsmittel, nämlich Farbe, Pinseln und Schriftrollen, schon viel Geld kosten. Ihr müsst nach Beendigung der Steuereintreibung aus einer Liste mit Eintragungen von den Steuereintreibern entnehmen, wer

Steuern bezahlt hat und deren Häuser mit roter Farbe bepinseln und mit blauer Farbe die Häuser markieren, in denen ihr die Abgabe für die Leprakranken eingenommen habt. Danach müssen die Leute zu euch kommen und mit einem Zeichen auf einer Schriftrolle bestätigten, dass ihr ihre Häuser markiert habt. Danach müsst ihr kontrollieren, ob alle aus den markierten Häusern dies getan haben. Bis zum nächsten Lauf übermalt ihr die roten und blauen Markierungen mit weißer Farbe, damit später wieder mit rot und blau markiert werden kann."

„Das ist alles überflüssig.", bestätigte Nubdur.

„Meckere nicht. Sei froh, dass du jetzt beschäftigt bist und nicht sinnlos dein Leben vergeuden musst."

Voll gegenseitigem Unverständnis starrten sie sich an. Nubdur unterbrach das: „Ihr verweigert euch der Wahrheit vom sinnleeren Leben, jedoch habt ihr sie eben bestätigt."

Empört meinten sie: „Unsere Gemeinschaft verspricht allen ein schönes und sinnvolles Leben."

„Ihr versprecht mir eine mit sinnlosem Stress geknechteten Lebenszeit. Da will ich lieber tot sein!"

Das verdatterte die Erfinder sinnloser Arbeit. Nubdur freute sich: Meine Todessehnsucht hat mir die richtige Erwiderung geschenkt.

Nubdur verließ die Siedlung.

Der Tagelöhner folgte ihm. Am Rand der Siedlung betete jemand. Der Tagelöhner schlug erfreut vor: „Lass uns diesen Gläubigen ärgern."

„Nein. Er hat uns nichts getan.", entgegnete Nubdur und lief uninteressiert weiter.

„Spaßverderber!", beschimpfte ihn der Tagelöhner und blieb stehen während Nubdur weiter ging.

Endlich wieder alleine, freute sich Nubdur.

Der Tagelöhner verhöhnte den Betenden: „Kein Allmächtiges wird deine Bitten hören. Das ist eine hohle Hoffnung. Mit Beten vergeudest du nur deine Zeit."

Der Betende schreckte auf und versprach: „Ich werde

mit Freunden zurückkehren und dann werden wir dich für deinen Unglauben an das Allmächtige zu Tode trampeln!"

„Jeder einzelne, der für den Glauben und das Allmächtige mordet, widerlegt die Existenz eines Allmächtigen.", schleuderte der Tagelöhner dem entgegen und floh aufgeweckt: „Danke für die Warnung."

Die Katalogisierung beim Kaufmann zog sich lange und schludrig hin weil viele der Eingestellten ungeeignet waren und trödelten.

Davon bekam der weiter gewanderte Nubdur nichts mit. Er bedauerte: Die Arbeit wurde mir vor die Nase gehalten und dann doch vorenthalten. Ich hatte wirklich geglaubt, das Allmächtige gönnt mir diesen einen Sieg.

Auf das Allmächtige konnte ich noch nie vertrauen. Die besser Erklärung ist: Es gibt kein Allmächtiges. Vom Teufel hätte ich erwartet, dass er mich zu eigennütziger Rücksichtslosigkeit verführt, zum Beispiel mich zum Einsteller vordrängeln. Aber die Regung kam mir nicht. Den Teufel gibt es also ebenso nicht wie das Allmächtige. Für Rücksichtslosigkeit sind Gärungen zuständig. Doch Gärungen, die mich zuerst an mich denken lassen, quellen nicht in mir. Gegen was Allmächtiges kann ich nicht mehr zürnen, denn meine Gärungen sind es, die mir keinen Sieg gönnen. Meine unbrauchbaren Gärungen machen mich zum Verlierer und verhindern bei mir Selbstachtung.

Ohne Allmächtiges werde ich meine Meinung nun nicht mehr als Willen des Allmächtigen ausgeben können. Jetzt ist auch klar: Verzagte sprachen mich nicht deshalb an, weil was Allmächtiges wollte, dass ich von ihm künde, sondern weil meine trübe Stimmung diese betrübten Menschen anzieht und meine harmlose Bravheit eine Einladung für ihre Belästigungen mit ihren Problemen ist.

Nach Tagen des Wanderns kam Nubdur am heiligen Ort vorbei, um den die Regken und Levoniter vor einiger Zeit wegen einer heiligen Quelle gestritten hatten. Überrascht witterte Nubdur Gelassenheit.

Ein freundlicher Stadtführer erklärte Nubdur: „Sauberleute aus allen Religionen sorgten sich darum, welche Religion die meisten und höchsten Tempel hier beheimaten darf. Mit krankhaftem Ernst machten die Sauberleute dies zu einem überflüssigen und sinnlosen Problem. Den fortschrittlichen Bewohnern sind die Tempel anderer Religion einerlei, weil davon die eigene Religion nicht beeinträchtigt wird.

Die Sauberleute aus den jeweilig anderen Religionen schändeten oder zerstörten die Tempel der anderen. Für ein friedvolles Zusammenleben der Religionen verjagten alle Religionen dann ihre Sauberleute."

„Wie wurden die Sauberleute vertrieben?"

„Einige von uns besuchten ferne Länder, um von dort Geschichten mitzubringen, die dann hier erzählt werden. Wir bauten Theaterplätze, damit Musiker und andere Künstler, auch aus fernen Ländern, auftreten können. Gewürze aus fernen Ländern wurden eingekauft um damit mehr leckere Gerichte zu erfinden. Forscher wurden beauftragt Geräte zu erfinden, die die Arbeit in der Landwirtschaft, im Gebäudebau und im Haushalt erleichtern. Sex vor der Ehe und masturbieren ist nicht mehr Inhalt von religiösen Reden. Wir glauben nicht, dass das Allmächtige an sexueller Enthaltsamkeit Gefallen findet.

Unsere Gemeinschaft war nun von Spaß und von Erleichterungen im Alltag geprägt. Die meisten Bewohner genossen das und hatten weniger üble Laune, die früher in den Konkurrenzkampf zwischen den Religionen strömte.

Die Sauberleute beschimpften uns als Schwächlinge und verfluchten unser angenehmes und unterhaltsames Leben. Dann zogen sie, von uns angewidert, ab."

Nubdur erkannte: Darin bin ich den Sauberleuten gleich, denn Spaß widert mich auch an.

Ihm wurde weiter erzählt: „Die Religionen wurden den

Leuten weniger wichtig und dann war Frieden möglich. Die streitbaren Religionen passten sich nun dem Wunsch nach Frieden an. Früher fanden sie Textstellen in ihren religiösen Schriften, laut denen Andersgläubige verdrängt und Ungläubige geächtet werden sollen, aber jetzt heben Religionen aus den gleichen Büchern solche Textstellen hervor, die friedfertiges Verhalten nahelegen. Jede Religion will nun als Frieden bringend anerkannt werden."

Dieser Ort umwehte Nubdur mit einer Vorausschau auf eine bessere Welt, bis er ein Gotteshaus sah, das Tmaijer gewidmet war. Er wurde bei seinen religiösen Überzeugungsversuchen getötet und mit diesem Bau als Held geehrt. Nubdur war klar: Tmaijer wird bei seinem Einwirken, den Glauben der Leute auszutauschen, Unfrieden ins Zusammenleben gestreut haben.

Nubdur sprach an diesem Tempel einen Gläubigen an: „Diese Widmung könnte Hass und Verachtung schüren gegen die Volksgruppe und Religion, die den Unruhe bringenden Bekehrer Tmaijer ermordete."

„Andere Völker werfen mit Inschriften auf ihren Tempeln uns auch religiöse Morde vor."

„Findet ihr das von denen gut?"

„Nein. Das ist abscheulich."

„Warum macht ihr das denen dann nach?"

„Wenn die uns Vorwürfe machen, dann ist es gerecht wenn wir denen auch Vorwürfe machen."

Nubdur begriff: Die Harmonie des Hasses geht über Frieden.

Nubdur durchschritt eine menschenleere Gegend und traf dann in einer Tiefebene ein, in der sich Menschen erst kürzlich angesiedelt hatten. Dort war Miltmeru mit dem Bau seines neuesten Denkmals vereint. Nach ein paar letzten Ausbesserungen war das Denkmal fertig. Zufriedenheit koste ihn und er schritt mit heiter schwingenden Armen ein wenig vom Denkmal weg.

Dann sah er Nubdur und fragte: „Wie geht es dir?"

„Ich freue mich über das unausweichliche Kommen meines Todes.", antwortete Nubdur.

„Schön für dich."

Zu Miltmeru war eine Frau näher gekommen. Miltmeru stellte sie Nubdur vor: „Das ist Pathire. Sie begleitet mich, seit ich ein Denkmal in ihrem Heimatdorf errichtet habe."

Sie betrachtete mit wuchtig auftreffendem Blick den schlaffen Nubdur und beide fühlten gegenseitige Abneigung.

Nubdur half Miltmeru beim Zusammentragen der Werkzeuge. Miltmeru erzählte dabei: „Der Held dieses Denkmals beklagte öffentlich die Armut. Das brachte die Wohlhabenden gegen ihn auf, weil sie ihm unterstellten, dass er Aufstände organisieren will. Er verbreitete, dass Beamte sich unnütz einmischen, ihren Opfern kurze Fristen setzen aber sich selbst viel Zeit lassen und zermürbend lange schikanieren, wodurch manche unschuldigen Einwohner sogar in den Selbstmord getrieben werden. Damit erregte er die Beamtenschaft, denn die wollte als tadellos gelten. Er besuchte Opfer von Moral, weil die gemieden wurden. Auch Landstreicher, Raufbolde und andere üble Gestalten lud er zu sich nach Hause ein. Er wurde deshalb verdächtigt, er plane mit denen Verbrechen.

Eines Tages brachte unser Held einen fast verhungerten Verbannten mit in die Gemeinde und gab ihm zu Essen. Am folgenden Morgen wurde jemand ermordet aufgefunden und der Verbannte war verschwunden. Der Verdacht fiel auf den Verbannten und unser Held wurde vorgeworfen Mörder in die Gemeinde zu schleppen. Für dies und zusammen mit dem Vorwurf ein Aufwiegler zu sein, wurde er als Gefahr für die Gemeinschaft zum Tode verurteilen.

Er wurde senkrecht eingegraben. Nur sein Kopf schaute heraus. Nach zwölf Tagen erst war er tot. Seine Gedärme waren ihm geplatzt. Während der zwölf Tage flaute der Unmut gegen ihn ab und einigen wurde klar, wie ungerecht das Urteil gegen ihn war, denn er wollt doch nur gütig sein. In der Zeit seiner Qual beschwor er seine Bewunderer, dass sie niemals seinen Tod rächen dürfen."

„Haben die sich daran gehalten?" verdient

„Ja. Da vorne sind sie. Die haben mir von ihm erzählt. Die warteten bis ich mit dem Denkmal fertig wurde, um ihn dort mit einer Zeremonie zu verehren."

Die Bewunderer kamen zu den dreien: „Er ist ein Heiliger. Seine Barmherzigkeit war vom Allmächtigen geführt. Wir werden ihn jetzt alle ehren."

„Viel Spaß damit.", wünschte Miltmeru.

„Mit alle, meinten wir auch euch.", besserte einer nach.

Pathire entgegnete spontan: „Meine Religion hat viele ehrwürdige Heilige. Ich brauche euren Heiligen nicht."

„Wenn du nicht den Wunsch verspürst, unseren erhabenen Heiligen zu verehren, dann bist du vom Bösen irregeleitet.", phantasierten sie mit scharfer Stimme.

Miltmeru schritt ein: „Sie wird teilnehmen. Ich werde ihr klar machen, wie edel seine Entsagung von Rache war."

Nubdur bedachte: Dieser gequälte Heilige untersagte Rache für sich. Das sollte als vorbildliche Haltung andere dazu aufrufen eigene Rachegedanken einzuschläfern.

„Euer Heiliger verhielt sich vorbildlich. Auf den soll mit einer Zeremonie aufmerksam gemacht werden. Ich mache mit.", meinte Nubdur.

Pathire verließ zwischenzeitlich die Zeremonie. Dies wurde missbilligend beobachtet. Nubdur sah das und flüsterte zu Miltmeru: „Die können es nicht verstehen, wenn jemand ihren Heiligen nicht verehren will. Pathires Verweigerung macht sie rasend." „Das habe ich auch bemerkt. Wir entziehen uns ihnen gleich nach der Zeremonie.", flüsterte Miltmeru zurück. Beide wurden gescholten, die Zeremonie mit Geflüster zu entweihen.

Vom Denkmal entfernt meinte Miltmeru: „Es wird weitere Verweigerer wie Pathire geben, auf die sie wütend werden."

„Ja. Wenn jemand ihr friedliebendes Vorbild nicht verehrt, dann können sie nicht friedliebend blieben."

„Das ist widersprüchlich.", erkannte Miltmeru.

„Widerspruchsfreies Verhalten kommt selten vor."

Nubdur begleitete fortan Miltmeru. Sie sahen Denkmäler, die nicht von Miltmeru erbaut worden waren. Manche Denkmäler waren dicht an Hütten errichtet worden, mit denen sich die Erbauer selbst lobten.

„Das Errichten von Denkmälern ist zum Selbstläufer geworden. Ich werde keine Denkmäler mehr bauen.", bekundete Miltmeru. Pathire klärte mit misslauniger Stimme auf: „Wir bauen vor allem deshalb keine Denkmäler mehr, weil uns sein Erspartes ausgegangen ist. Wir müssen erst zu einem fernen Verwandten von Miltmeru und den um Geld anbetteln."

„Ich gebe den Bau der Denkmäler auf, weil ich was Neues vorhabe: Streunende und Unfug treibende Kindern will ich einen Ort bieten, wo sie ihre ziellose Energie in Freude am Erschaffen umwandeln können. Wer in anregende Aufgaben vertieft ist, macht weniger Ärger. Sie sollen erfahren wie schön es ist die eigene Existenz durch eigenes Geschafftes zu belegen.

Sie sollen sich auch in Rhetorik üben, damit ihnen bei Meinungsverschiedenheiten nicht die Worte fehlen und sie deshalb gewalttätig werden oder auch nicht unlogischem Gelaber ohne Gegenfragen das Feld lassen. Dafür brauche ich deine Hilfe. Ich will, dass du dir Ideen für Aufgaben ausdenkst.", trug Miltmeru an Nubdur heran.

Der meckerte in sich rein: Logisch diskutieren, ohne dass Gefühle zu unsachlichem Labern bewegen, ist den Menschen sowieso nicht beizubringen.

Für sein Vorhaben beansprucht Miltmeru wie selbstverständlich meine Lebenszeit. Entlohnen wird er mich nicht, denn er ist pleite. Ich muss Geld verdienen und es täte mir besser mich in meiner freien Zeit mit Gedichten zu entspannen. Ich sollte einen eigenen Weg beschreiten.

Doch schnell wurde Nubdur mutlos: Ich könnte Miltmerus Enttäuschung nicht aushalten, wenn ich ihm absage.

Unterwürfig aber lustlos schlug Nubdur vor: „Die Schüler könnten Gedichte erschaffen."

„Das ist zum Hoden schaukeln wunderbar! Wenn solch nette Bestrebungen, wie das Ausdenken von schönen Gedichten, Bedeutsamkeit zukommen werden, dann wird die Welt sicher friedlicher. Schon junge Schüler müssen wir für Gedichte begeistern."

Die Tage vergingen vor den zurückgelassenen Horizonten. Miltmeru beabsichtigte, seine Schule auf dem Herrschaftsgebiet eines befreundeten Regenten zu bauen. Auf dem Weg dahin, durchquerten sie Miltmerus ehemaliges Herrschaftsgebiet, wo der Verwandte von Miltmeru wohnt, den er um Geld bitten wollte. Pathire betete darum, dass der Verwandte großzügig Geld schenkt. „Beten bewirkt nichts.", spuckte Nubdur aus.

„Tut es sicher!", meinte Pathire nachdrücklich.

Miltmeru ging zu seinem Verwandten, Pathire betete und Nubdur streunte weg: Mit der kann ich nicht alleine sein.

Nubdur wartete in einiger Entfernung auf die Rückkehr von Miltmeru. Plötzlich sah Nubdur eine bekannte Gestalt entlang gehen. Es war diese eine Frau, deren Lächeln für ihn unvergesslich blieb. Dann geschah Überraschendes: Ihr Anblick weckte bei dem am Leben vorgealterten und griesgrämigen Nubdur tatsächlich Freude.

Mit einem Schwebegefühl in seiner Brust ging er zu ihr hin. Sie erkannte ihn, blieb aber nicht stehen. Beim Vorbeigehen schleuderte sie ihm einen vorwurfsvollen Blick zu. In Horror hatte sich Nubdurs Inneres zusammengezogen, als er ihre erloschenen Augen sah. Das stoppte Nubdur während sie sich wegbeeilte.

Nubdur erschauerte: Sie war keine Göttin mehr, sondern nur ein gewöhnlicher, gefallener Mensch.

Sie zog vier Kinder hinter sich her, die verwundert auf Nubdur schauten.

Ich könnte nicht für vier Kinder sorgen. Ich kann kaum für mich selbst sorgen. Den Glanz in ihren Augen von Damals hätte ich auch nicht erhalten können. Mir hätte die Liebe keine Kraft gespendet, sie glücklich zu machen. Aber ihr Blick verrät mir, dass sie mit einem anderen auch nicht glücklich ist. Das schmerzt mich. Anstatt sie so zu sehen, wäre es besser gewesen, ich wäre ihr nicht begegnet. Denn dann könnte ich noch träumen, dass sie glücklich ist.

Doch ihr Mann ist vielleicht mit ihr zufrieden. Wenn dem so ist, dann wäre es nicht nett von mir gewesen, wenn ich mir die Frau damals gekrallt hätte und ihn damit um seine Zufriedenheit gebracht hätte.

Ihr und mein Leben werden bis zu unserem Tod getrennte Wege gehen. Das ist gut, denn sie wird, wie alle Menschen, bei engem Zusammenleben mit eigentümlichen Macken stressen und wegen Unwichtigem nörgeln. Nicht nur meine eigenen sondern auch die Launen der Frau müsste ich aushalten. Das alles ist mir die Liebe nicht wert. Ihrem Drecksack von Mann wird das wahrscheinlich nicht belasten.

Meine sexuelle Lustlosigkeit und meine Ahnung, von Liebesgefühlen überfordert zu werden, wollen mich vor der Versklavung in einer Beziehung verschonen. Ich will nicht geliebt werden sondern Ruhe für mich.

Derweil war Miltmeru bei seinem Verwandten.

„Niemals!", entgegnete der Verwandte auf Miltmerus Bitte um Geld, „Erobere erst deine Herrschaft zurück! Seit du nicht mehr Herrscher bist, sind meine Einnahmen gesunken."

„Ja, weil ich nicht mehr per Gesetz deine Geschäfte vor Konkurrenz schützen kann. Nachträglich sollte meine Hilfe dir aber was wert sein."

„Unverschämt von dir, von mir Geld zu wollen.", verwahrte sich der Verwandte seinen Geiz.

„Deine Undankbarkeit ist unverschämt."

„Wegen dir mache ich jetzt Verluste."

„Vorhin noch waren deine Einnahmen gesunken, jetzt sprichst du von Verlusten. Mache Geschäfte, die auch dann Gewinn bringen, wenn du nicht von mir bevorteilt wirst."

„Verschwinde! Ein Feigling wie du, der so widerstandslos seine Herrschaft aufgibt, bekommt von mir nichts."

Später fragte Pathire erwartungsvoll: „Wieviel gab er?"

„Nichts hat er mir gegeben."

„Pathire war geschockt und schimpfte dann gegen Nubdur: „Du bist mit uns zusammen, also hättest du auch für uns beten müssen. Weil du nicht mit mir gebetet hast, hat das Allmächtige nicht zu unserem Nutzen auf den Verwandten eingewirkt."

„Wenn das Allmächtige nicht hilft, dann werden Unschuldige dafür verantwortlich gemacht.", maulte Nubdur gegen den unfairen Vorwurf und berichtigte: „Das Beten hat deshalb nichts genutzt weil es kein Allmächtiges gibt!"

Pathire war geschockt: „Ein Ungläubiger!"

Nubdur beachtete das nicht und fragte Miltmeru: „Von was sollen wir leben wenn wir deine Schule betreiben?"

„Wir werden sehen.", verscheuchte Miltmeru Nubdurs Frage.

„Deine Sorglosigkeit beunruhigt mich."

„Ich verstehe nicht, wie ein Mensch wie du, der nur noch sterben will, sich Sorgen um seine Zukunft macht."

„Wenn ich mir sicher sein dürfte, dass ich morgen sterbe, würde ich mir keine Sorgen machen. Aber als Schwarzseher befürchte ich, dass ich noch eine Weile in dieser Welt ausharren muss. Also möchte ich wissen ob es einigermaßen erträglich weitergeht."

„Es wird sich schon was ergeben.", nahm Miltmeru an.

Pathire stürzte sich wieder unverdrossen in religiöse

Zuversicht: „Wir beten zum Allmächtigen, damit Miltmeru reiche Spender für unsere Schule findet." Und zu Nubdur gerichtet sagte sie: „Wer nicht mitbetet, soll abhauen!"

Alle drei beteten. Nubdur sagte danach leise zu Miltmeru: „Ich hoffe du vertraust nicht darauf, dass das Allmächtige hilft, sonst sind wir verloren."

„Nein. Es ergeben sich immer Möglichkeiten."

In üblicher Lautstärke meinte Nubdur bestürzt: „Du hoffst auf einen Zufall? Das gibt mir auch keine Zuversicht."

Miltmeru blieb gelassen: „Stelle dir vor, jemand steht mit verbundenen Augen vor einem Brett mit einem kleinen Loch. Die Person erhält einen Stift, der nur knapp durch das Loch passt und dazu die Anweisung, kreuz und quer auf dem Brett herumzustochern. Mit Beharrlichkeit durchgeführt, wird die Person zufällig aber unvermeidlich in das Loch stoßen. Dieser Treffer symbolisiert eine Möglichkeit."

„Natürlich wird irgendwann das Loch getroffen. Entscheidend ist aber ob es ein Loch gibt. Das bleibt der ungewisse Zufall, von dem du dich abhängig machst."

Miltmeru wollte Nubdur ruhig stellen: „Man muss ausdauernd im Leben herumstochern. Dann findet sich was."

Pathire erklärte: „Wenn wir das Allmächtige um Hilfe bitten, dann führt es uns zu Möglichkeiten, die Ungläubige als Zufall bezeichnen."

Das schreckte bei Nubdur sofort Widerspruch auf: „Ich hoffe nicht auf glückliche Zufälle und glaube auch nicht an die Hilfe eines Allmächtigen. Einst glaubte ich an das Allmächtige, aber meine Erfahrungen lehrten mich: Kein Allmächtiges liebt und schützt uns oder ist sonst wie mit uns. Die Wahrheit im Leben vernichtet den Glauben."

„Das Allmächtige ist sehr wohl mit uns. Ich und meine Geschwister hatten uns immer gestritten, schlugen uns und begingen Diebstähle. Ein Vorbeter überzeugte mich, die Rituale seiner Religion zu praktizieren und ihre Texte zu rezitieren. Ich tat das und daraufhin nahm sich das Allmächtige meiner an. Es schickte mir den anständigen und klugen Miltmeru, der meine Gefühle aufpäppelte und nun bin ich ein besserer Mensch. Dank der Gebete dieser Religion hat das Allmächtige mir geholfen."

„Den Zusammenhang von Beten und dem Auftauchen von Miltmeru bildest du dir nur ein. Der Glaube an das Wirken eines Allmächtigen ist typisch menschliches Fehldenken, das Zusammenhänge sehen lässt, wo es keine gibt. Dir ist doch sicher auch schon mal Gutes zugestoßen, ohne dass du vorher darum gebetet hast?"

„Ja. Bei so was ging das Allmächtige in Vorleistung weil es mich liebt."

„Dein Glaube blendet dich. Der Lauf der Dinge geht ohne Einfluss von was Allmächtiges seine Wege.", hielt Nubdur dagegen. Plötzlich trat er in einen Haufen Tierexkremente.

Spontan dachte er darüber: Hat mich das Allmächtige jetzt damit geohrfeigt weil ich gegen ihn redete? - Verfluchte Gewohnheit. Immer noch erkläre ich mir Unangenehmes als Belehrung, Strafe oder Bürde von einem Allmächtigen arrangiert. Doch solche Zusammenhänge existieren nicht.

Trotzig blieb Nubdur bei seinen Ansichten: „Nichts Allmächtiges hat dich gewandelt. Die Kindheit legte bei dir, wie bei allen Menschen, eine bestimmte Grundstimmung fest, von der man vorrübergehend abweichen kann, aber niemals loswerden kann." Dann betonte Nubdur: „Mein misslicher Lebenslauf beweist jedenfalls, dass kein weises Allmächtiges mit uns ist."

Später sahen die drei ein weiteres Denkmal, das nicht von Miltmeru errichtet worden war. Es war einem tapferen Krieger gewidmet - und zwar von seinen Gegnern. Er hatte sich geweigert weiterhin bei Eroberungsfeldzügen mitzukämpfen und forderte öffentlich in seiner Heimat das Ende der blutigen Eroberungen.

Pathire war begeistert und meinte zu Nubdur: „Das Allmächtige hat uns zu diesem Denkmal geführt, um dir zu zeigen, dass Menschen sich ändern können."

„Nicht so voreilig. Diese Frau dort, die mit dem Erbauer spricht, ist vielleicht seine Mutter. Zu der gehen wir."

Es war seine Mutter. Nubdur fragte sie: „Wo ist dein Sohn?"

„Der hält sich versteckt. Er soll bestraft werden weil er vom Leid erzählte, das unsere Eroberungen verursachen."

„Wie war er als Kind."

„Er war hilfsbereit, zu allen nett, fing keinen Streit an, sondern schlichtete sogar. Er spielte auch gerne mit den verachteten Nomadenkinder."

„Warum wurde er ein Krieger?"

„Er war sehr kräftig gebaut. Deshalb umwarb ihn die Armee. Sie redeten ihm ein, etwas Notwendiges für sein Volk zu tun, wenn er half Länder zu erobern. Ihm wurde glauben gemacht, diese Eroberungen müssen sein, um an seltene Heilkräuter zu gelangen, die dort wachsen.

Bei der Ausbildung zum Krieger erwies er sich als äußerst geschickter Bogenschütze denn sein Atem war ruhig und er konnte kleinste Hinweise zu den Windverhältnissen bis zu einem weit entfernten Ziel erkennen. Seine Pfeile trafen sicher die gegnerischen Heerführer, was den Gegner besiegbar machte.

Er wurde mit Bewunderung verwöhnt. Unsere hübschesten Frauen umgarnten ihn. Bald nutzte er seine Bekanntheit um seinem Volk die Eroberungen auszureden, denn die verzweifelten und trauernden Witwen und Waisen nach unseren Eroberungen taten ihm zunehmend leid.

Mir wird vorgeworfen, ich habe ihn zu einem Weichling erzogen. Als Wiedergutmachung muss ich ihn an die Behörden verraten wenn ich ihn sehe.", schloss die Mutter ab.

Nubdur meinte zu Pathire: „Du hast gehört, er wurde nicht ein anderer Mensch, sondern wieder so, wie er als Kind war."

„Du muss immer das letzte Wort haben!", entgegnete sie unsachlich. Miltmeru maßregelte Nubdur: „Rege Pathire nicht auf. Denke dir Aufgaben für unsere Schüler aus."

Ich wollte sie doch gar nicht ärgern sondern nur ihren Irrtum aufklären, dachte Nubdur und fühlte sich zu Unrecht gemaßregelt und das stachelte ihn zu einem zaghaften Aufstand an: „Ich sollte mir Gedanken machen wie ich zu Arbeit komme. Ich muss mir Geld verdienen. Dir dann noch mit deiner Schule helfen ist mir zu viel. Auch möchte ich mir noch Zeit für das Dichten verwahren."

„Wir dichten doch mit den Schülern."

„Das macht keinen Spaß weil es Ehrgeizige geben wird, die der Sache ihrer Leichtigkeit berauben. Gedichtwettbewerbe werden stattfinden, weil Angeber für Anerkennung verbissen einen Preis gewinnen wollen. Der Ruhm der Sieger wird für seine Volksgruppe Anlass für widerwärtige Überheblichkeit sein. Die besten Gedichte zu küren bringt Uneinigkeit und in der Folge verkannte und beleidigte Dichter. Jemand wird mit seinen Gedichten Geld verdienen, weil gut aussehend und nicht weil die Gedichte gut sind. Das wird Missgunst erzeugen. Vorwürfe werden aufkommen, wonach jemand abgeschrieben habe. Sauberleute werden gegen Gedichte wettern, weil deren Inhalt ihrem engen, minderwertigen Weltbild nicht dienlich ist, es nicht unterstützt, es nicht ernst nimmt, vielleicht sogar seine Lächerlichkeit bloßstellt. Religionen werden in manchen Gedichten Angriffe auf religiöse Gefühle ausmachen."

„Sollen wir das Dichten in der Schule bleiben lassen?"

„Mir egal!", maulte Nubdur des Vorhabens mit der Schule überdrüssig und lief schnell von Miltmeru weg weil er sich wegen seiner Aufmüpfigkeit schämte.

Äußerst anstrengendes Abmühen: Dämme gegen befürchtetes Hochwasser wurden gebaut. Wälder wurden gerodet aus Angst vor Waldbrand.

Nubdur hatte beobachtet: Menschen halten Ausschau nach Gefahren oder auch erfinden sie Gefahren.

Der Mond erschien manchmal näher als sonst. Deshalb bringen manche dem Mond Opfer dar, damit er nicht auf die Welt abstürzen möge. Menschen, denen der Mond nicht gefährlich erscheint, sehen stattdessen fremde Sippen als gefährlich an. Die Menschen suchen oder erfinden Gefahren, gegen die sie was unternehmen müssen, denn ohne irgendeinen Überlebenskampf fehlt ihnen Lebensinhalt.

Nubdur erklärte Miltmeru: „Hinter diesen Mühen steckt der Drang den eigenen Tod aufzuschieben. Diese Mühen sind dann entsetzlich, wenn vorbeugend fremde Sippen niedergemetzelt werden, um sich ein längeres Leben zu sichern. Damit dieser Drang nicht zu unnötig feindseligen oder überflüssig übertriebenen Maßnahmen führt, sollte der besser mit harmlosen Handlungen befriedigt werden. Dazu schlage ich vor, erst Sorgen um die Gesundheit schüren und dann lebensverlängernde Gesundheitsregeln anraten. Teetrinker werden alt. Gier zehrt die Lebenskraft schneller auf, deshalb leben Genügsame länger. Schäfer werden alt, weil sie viel an der Luft sind. Frauen werden älter weil sie weniger Alkohol trinken. Schlanke werden älter als Dicke. Männer mit Bart leben länger.

Ob das alles immer stimmt ist zweifelhaft. Doch auch mit gehaltlosen Regeln werden die Leute ihrem Bedürfnis nachkommen, den Tod ein Stück weit zu verscheuchen, sobald sie an die Wirksamkeit der Regel glauben."

Dies müsste sich ausnutzen lassen, vermutete Miltmeru und knetete ausgiebig seine Hoden. Dabei dachte er an Geld. Alsbald kam ihm eine Idee. Er erläuterte Nubdur seine Idee: „Wir verkaufen Essenzen und Anleitungen für ein verlängertes Leben. Das sind dann unsere Einnahmen."

Pathire triumphierte: „Das Beten hat diesmal geholfen, weil wir alle drei beteten."

„Ich hatte nur so getan als ob ich betete!", entgegnete Nubdur zänkisch und wies darauf hin: „Außerdem hattest du das Allmächtigen nicht darum gebetet, dass Miltmeru eine Idee für Geldeinahmen bekommen möge, sondern du hattest um reiche Spender gebetet. Die kamen aber nicht."

„Die kommen noch.", beharrte Pathire.

„Vielleicht wenn Miltmeru welche für seine Schule begeistern kann, aber nicht weil das Allmächtige welche schickt."

Miltmeru befahl Nubdur: „Lasse das sein. Es gibt für dich was zu tun. Denke dir die Herstellung einer Essenz aus. Ich finde sie sollte orangefarben sein."

„Ich weiß nicht wie eine Essenz, die den Tod aufschiebt, herzustellen ist.", wehrte Nubdur ab.

„Die Essenz muss nicht wirken. Es genügt wenn die Leute glauben, dass sie wirkt.", erklärte Miltmeru.

Nubdur war entsetzt: „Unser Auskommen ist abhängig vom Belügen von Kundschaft? Da mache ich nicht mit."

Miltmeru wunderte sich: „Du hast doch eine schlechte Meinung von den Menschen. Dann sollte es dir nicht schwer fallen sie zu betrügen."

„Es wird mehr als genug betrogen in dieser Welt! Da möchte ich nicht auch noch dazu beitragen!", entgegnete Nubdur aufgebracht.

„Jetzt weiß ich warum du nicht zurechtkommst: Du bist übertrieben ehrlich."

„Ich will nicht für enttäuschte Menschen sorgen."

„Die wird es nicht geben, weil sie tot sind bevor sie von der Essenz enttäuscht wären."

„Der Verdacht wird aufkommen, dass unsere Essenz keine lebensverlängernde Wirkung hat. Niemand kauft dann noch die Essenz."

„Dann ändern wir die Farbe und verkaufen die Essenz teurer. Die Angst vor dem Tod bleibt unserem Verkauf wohlgesonnen. Wenn die Leute die Essenz teuer kaufen, dann haben sie das Gefühl, dass sie viel für die Verlängerung ihres Leben getan haben."

„Ich verstehe nicht wie du, mit dieser Art zu denken, eine Schule zur Besserung der Menschen aufziehen kannst."

„Das Geschäft mit der Essenz ist ein notwendiges Übel für meine Schule."

Nubdur dachte missmutig: Dieser Betrug bringt nicht

genug Geld um auch noch mich entlohnen zu können. Sowieso sollte mein Einkommen nicht von windigem Betrug abhängen. Mich kann Miltmeru leicht für seine Zwecke verplanen, weil ich keinen eigenen Willen und keine eigenen Wünsche habe. Mir fallen keine Wünsche ein, die ich für mich verwirklichen möchte, denn ich liebe mich nicht.

Nubdurs Missmut übertrug sich auf die Schule: „Keine Lehren können dem menschlichen Körper austrieben, Gärungen aufzukochen, die unlogisch und verrückt denken lassen. Schlechte Gärungen können nicht verlernt werden."

„Aber wir können versuchen vorteilhafte Gefühle zu erwecken."

„Bei denkschwachen Kindern, denen deine Aufgaben quälende Mühe bereiten, wirst du damit wütenden Frust erwecken.", redete Nubdur die Schule schlecht. Seine Bravheit befahl ihm damit aufzuhören: Ich tue Miltmeru weh mit diesen Aussagen. Die Schule bedeutet ihm viel.

Ich würde gerne Miltmeru diesmal meine Mithilfe verweigern. Aber das würde ihn betrüben. Mir fehlt der Mut ihm das anzutun.

- Aber mir kann ich antun zu bleiben!

Treue macht unfrei. Als Kind blieb ich Mutter treu. So blieb ich zu lange zuhause, mit der Folge, dass ich nicht ausprobierte was gut für mich ist. Andererseits schränken Gesetze sowieso eigenwillige Vorhaben ein. Gesetze sind wie besorgte Mütter die einem alles versauen. Strebt man nichts an, dann erspart man sich Ärger mit Verwaltungen. Die werden sich auch bei Miltmerus Plan mit der Schule einmischen. Das wird dem Armen viel Kraft rauben und ihn immer wieder von seiner Arbeit und auch Erholung abhalten.

Miltmeru erwog indes: Der nörgelnde Nubdur könnte meine Lust auf meine Schule schwächen. Es wäre besser wenn er ginge, allerdings von sich aus, denn ich will nicht so hart zu ihm sein und ihn vertreiben.

Pathire überdachte: Miltmeru soll Nubdur wegschicken.

Mit einem Typen, der die Existenz eines Allmächtigen leugnet, kann das Vorhaben nicht gelingen.

Nubdur dachte weiter: Miltmeru wird mir den Ärger mit den Ämtern überlassen. Grausige Aussichten. Aber wenn ich ihn damit im Stich lasse, fühle ich mich gleichfalls schlecht. Also muss ich bleiben. Wenn ich das tue, muss ich diese Pathire ertragen, die mich zum Beten zwingt und so blöd von der Existenz eines Allmächtigen schwätzt. Meine Meinungen dazu, kann ich nicht abwürgen. Eine tarne ich jetzt als Idee für den Unterricht: „Kindern sollten üben Witze zu machen. Das schult abwegige, unlogische und lausige Behauptungen zu erkennen und zu hinterfragen. Zum Üben sind Religionen geeignet."

Pathire meinte zu Nubdurs Überraschung: „Lächerlichen Glauben blamieren ist eine klasse Idee."

„Diese Idee schließt deine Religion mit ein."

„Ganz gewiss nicht, denn meiner Religion gebührt unverletzter Respekt. Ihre Gebete schufen das Wunder, dass ich mich nun mit meinen Geschwistern und Eltern vertrage."

„Du hast doch deine Eltern und Geschwister verlassen."

„Ja. Jedoch falls ich noch mit ihnen zusammen wäre, dann würde ich mich mit ihnen vertragen wollen.

Ich wurde vom Bösen befreit. Die untauglichen Lehren anderer Religionen hätte das nie bewirkt. Es macht mich deshalb zornig, dass andere ihren wertlosen Glauben gegenüber meinem für überlegen halten."

„Dein Körper versorgt dich immer noch mit schlechten Gefühlen. Die haben nur ihre Richtung geändert, weg von deinen unmittelbaren Nächsten und hin zu Menschen anderer Religionen.", machte Nubdur ihr klar und erläuterte ihr: „Mit jeder Religion hätte du dir einbilden können, dass das Allmächtige dir half und Miltmeru in dein Dorf lenkte. Jetzt ist es eben diese eine, der du das zuschreibst. Und nun findest du sie unerschütterlich und uneingeschränkt toll. Das ist allgemein immer so: Das Gefühl der Begeisterung verbietet kritische Gedanken über das Objekt der Begeisterung."

„Das kann ich nachvollziehen.", stieg Miltmeru mit ein und merkte leichtsinnig an: „Das ist wie bei einer hübschen Frau, deren Fehler man übersieht weil sie einem sehr gefällt."

Pathire merkte auf: „Ach, ich habe Fehler?"

„Nein, dich meinte ich nicht damit."

„Wen dann?"

„Irgendwelche anderen, auf die meine Theorie zutrifft."

„Dann bin ich also nicht hübsch genug um Fehler bei mir zu übersehen?"

„Ich finde dich hübsch und ich habe keine Fehler bei dir bemerkt, die mich stören.", antwortete Miltmeru bemüht formuliert. Pathire war damit nicht zufrieden.

Zur Erleichterung von Miltmeru zog Nubdur Pathires Gereiztheit zu sich. Mit stierigen Augen hörte sie was Nubdur hervorbrachte: „Witze über Religionen aber auch über Gesinnungen sollen verbreitet werden um zu überprüfen wie weit sich Menschen entwickelt haben. Betroffene, die nicht wegen religiöser, politischer und völkischer Witze beleidigt sind, haben sich höherentwickelt."

„Über meine Religion wird nicht gelacht!"

„Deine Religion verurteilt Gewalt, aber ihre Verbreitung wird mit Gewalt betrieben. Dieser Widerspruch dürfte mit einem Witz beehrt werden."

„Wenn mal für die Verbreitung unseres Glaubens Gewalt benötigt wird, dann beauftragen wir damit Krieger, die einer anderen Religion angehören. So halten wir unser Gebot, keine Gewalt zu üben, ein."

„Das ist aber wirklich ein Witz."

Pathire holte mit Zorn getriebener Schnelligkeit eine Holzschaufel vom Wagen und hielt sie Nubdur entgegen. Der versuchte Pathire zu bannen: „Kläre mich darüber auf, was ich Falsches sagte."

Pathire antwortete nicht und schwang stattdessen die

Schaufel gegen Nubdurs Kopf. Nubdur hob seine Ellenbogen vor seinen Kopf. Der Schlag drang schmerzhaft in seine Ellenbogen. Nubdur sprach zu ihr: „Du bestätigst gerade, dass deine Religion dich nicht gebessert hat."

Dies kitzelte ein dämonisches Grinsen auf ihre Gesicht und sie erklärte: „Doch, ich habe mich gebessert, denn ich lächle jetzt beim Zuschlagen." Dann haute sie nach dem denkungslosen Bauch von Nubdur. Der kippte zu Boden und versuchte weitere Schläge mit seinen nach oben gehaltenen Füßen abzuwehren und meinte: „Ungläubige haben keine Hassausbrüche wegen verletzter religiöser Gefühle."

Miltmeru grätschte zwischen die beiden und hielt Pathire fest: „Genug jetzt Liebling."

Nubdur richtete sich vorsichtig auf und meinte zu Pathire: „Mit solchem Verhalten, wie deinem eben, ziehst du deine Religion mehr in den Dreck als jeder Witz. Ob eine Religion friedliebend macht, offenbart sich im Verhalten ihrer Mitglieder und Religionsführer bei Sticheleien gegen ihren Glauben. Sich als friedlich loben, solange nichts Aufregendes reizt, ist keine Errungenschaft.

Wahre Gläubige sind dem Allmächtigen nahe aber dem Irdischen mit seinem Gelaber fern. Wer im Frieden des Allmächtigen lebt, kann sich nicht darüber aufregen, wenn man sich über seine Religion lustig macht."

„Doch. Weil das eine Provokation ist."

„Das Wort Provokation wird als leerer Grund benutzt, weil Religiöse keinen sachlichen Grund nennen können, wenn sie wütend und gewalttätig werden."

„Ich bin wütend, weil ich nicht verstehe, warum man sich über eine Religion lustig machen muss.", gestand Pathire ehrlich.

„Muss man genauso wenig, wie sich darüber aufregen. Humor hilft, wie eine Religion, das Leben und die Menschenwelt zu ertragen. Humor ist deshalb neben Religionen gleichberechtigt wichtig für viele Menschen und muss deshalb frei ausgeübt werden dürfen.

Überheblicher Stolz und eingebildete Unfehlbarkeit ertragen keinen Humor gegen sich. Das ist witzwürdig. Wenn über das eigene Volk lustig gemacht wird und die Bewohner das nicht ärgert, dann fand Höherentwickelung statt.

Natürlich sollen mit den Witzen keine Lügen verbreitet werden oder gehetzt werden.

Religionen erlauben sich die Freiheit, sich allseitig einzumischen, wollen aber selbst unangetastet bleiben.

Eine Freiheit, die nicht den Humor zulässt, ist ungerecht. Gerechte Freiheit erlaubt unterschiedliche Glaubensrichtungen und auch Witze über Glauben."

„Witze über Religionen beleidigen das Allmächtige."

„Ein Allmächtiges kann nicht beleidigt werden, weil so etwas nicht existiert."

„Es existiert, denn ich spüre seine Wut gegen Leugner wie dich.", entgegnete Pathire aufgebracht.

„Gläubige können nichts Überzeugendes gegen den Zweifel an der Existenz eines Allmächtigen vorbringen. Manche meinen die fortbestehende Ungewissheit beseitigt zu können, indem sie Zweifler mundtot machen, was unsinnig ist und somit lächerlich."

Pathires Gemüt war überstrapaziert und sie konnte nur noch dagegen schreien: „Ich will nicht länger sowas hören!"

Den ganzen weiteren Weg schielte Pathire wütend zu Nubdur hinüber, aber plötzlich hellte sich ihr Gemüt auf, denn ein Triumpf über Nubdurs Ansichten stand in Aussicht: „In dieser Gegend ist meine Religion beheimatet. Unser Glaube an das Allmächtige macht uns hilfsbereit und friedlich. Bei uns gibt es nichts worüber man sich lustig machen könnte - siehe selbst."

„Das werde ich."

Während Pathire und Miltmeru nett in einer Unterkunft kuschelten, traf Nubdur bei seinem abendlichen Rundgang in der Siedlung natürlich mal wieder auf Unerfreuliches. Eine aufgeregte Meute stritt mit einer anderen Gruppe von

Leuten. Nubdur hörte angewidert zu.

„Wir mögen euch hier nicht."

„Ihr würdet doch ebenso andernorts Unterschlupf suchen, wenn ihr befürchten würdet von religiösen Sauberleuten getötet zu werden.", hielt einer von hierher Geflohenen den Einheimischen vor.

„Scheußlich diese Sauberleute. Die sind schuld, dass ihr nicht da geblieben seid, wo ihr wart."

„Wenn ihr eure Gegend ebenfalls von uns sauber halten wollt, dann seid ihr auch Sauberleute."

„Wir müssen unsere religiösen Werte vor euch schützen.", phantasierte ein Einheimischer eine Erklärung für ihre Abwehr gegen die Geflüchteten.

„Wir hörten, dass einer eurer religiösen Werte gebietet, Schutzbedürftige aufzunehmen.", erklärte ein Verfolgter und tadelte: „Eure religiösen Werte sind durch euch in Gefahr wenn ihr sie nicht verwirklicht."

„Geflohenen zu helfen finden wir richtig, aber das müssen nicht gerade wir tun. Also verschwindet!"

Jäger und Gejagte stoben in die Dunkelheit.

Am nächsten Morgen sah Nubdur, dass doch einige Einheimische sich um die Geflohenen kümmerten.

Miltmeru und Pathire machten sich erholt auf den Weiterweg, während Nubdur wegen der Umtriebe des gestrigen Abends grübelte: Die Bewohner versuchen sich vorzustellen, wie eine Zukunft mit den hierher Geflüchteten aussehen könnte: Ängstliche befürchten vermehrt Diebstähle. Die Offenherzigen eher bereicherndes Zusammensein.

Befürworter von, helfe dir selbst, vermuten, dass die angebotene Hilfe nicht zur Selbsthilfe antreibt. Des Helfens Unlustige glauben, dass die hierher Geflohenen, wenn ihr Bedürfnis nach Schutz befriedigt ist, immer mehr fordern werden für ihre anspruchsvoller werdende Zufriedenheit.

Sich beengt Fühlende befürchten, dass sich die Schutzsuchenden dauerhaft einnisten. Sauberleute unterstellen, dass die sich nicht hier anpassen können und dann unzufrieden werden.

Einheimische mit unharmonischen Gärungen phantasieren über die Geflohenen überzogene Vorwürfe und Befürchtungen wenn vereinzelte Geflohene sich furchtbar verhalten. Andere Einheimische wollen, dass die teils berechtigen Vorwürfe verschwiegen werden, um vermehrtes Aufkommen von Groll gegen die Geflohenen zu verhindern.

Unterschiedliche Gefühle phantasieren das Zusammenleben mit den Schutzsuchenden unterschiedlich. Wie es tatsächlich kommen wird, ist nicht vorausschaubar, weil unbekannt ist, welche Gefühle in den einzelnen Schutzsuchenden ihr zukünftiges Tun bestimmen.

„Denkst du dir Aufgaben für meine Schule aus?", fragte Miltmeru von der Seite her Nubdur wegen dessen abwesenden Blicks. Nubdur erwachte in die Gegenwart und trug vor: „Viele Fragen beantworten wir uns phantasierend: Kann ich dem, der oder denen trauen? Wird mir dies oder jenes gelingen? Bin ich einer Gefahr oder Aufgabe gewachsen? Und ihr beide habt sicherlich vorab phantasiert, ob ihr euch gegenseitig gut tut, vielleicht sogar ein Leben lang.

Phantasieren können wir einfach so, wie masturbieren. Beides wurde uns nicht beigebracht. Die Angst der Kinder vor der Dunkelheit phantasiert ihnen versteckte Wesen. Oder Angst vor Strafe regt sie zu phantasierten Lügen an: „Es waren Mäuse. Die haben vom Gebäck gegessen."

Wahrheitserfinder phantasieren von verborgenem Weltgeschehen, Geschichtsschreiber phantasieren sachliche Gründe für vergangene Kriege, die aber nur aus wild gewordenen Gefühlen geführt wurden.

Die Reihenfolge von Erinnerungen wird neu phantasiert, um wunschgemäße Zusammenhänge herzustellen.

Soll irgendwas wunschgemäß eintreten, dann werden Gründe phantasiert, warum es so kommen wird. Das was tatsächlich eintrifft bleibt davon natürlich unbeeindruckt.

Wir können unseren Vorstellungen nicht trauen.

Was wir denken, das diktieren uns Gefühle. Ihre Kraft erhalten Gefühle von Gärungen. Was wir phantasieren und glauben hat seinen Ursprung in unseren Gärungen. Eine Gärung im Bauch artikuliert sich manchmal durch furzen.

Denken ist nur eine umständlichere Art zu furzen!

Wir versuchen unser Tun sachlich zu rechtfertigen, was aber nur als schwachsinniges Gelaber abgeht, weil uns eigenwillige Gärungen antreiben, die wir nicht begreifen können und beherrschen.

Warum ich wie besessen all dies erzählen muss, weiß ich deshalb nicht."

„Vielleicht willst du uns beeindrucken?"

„Selbst wenn es so wäre, das Wort beeindrucken erklärt nichts, denn die Frage bliebe, warum ich beeindrucken wollte. Irgendeine Gärung treibt dazu an.

Unsere Vorstellungen sind auf die Erfahrungen mit unseren Gärungen begrenzt. Die Idee von den Gegensätzen kommt von Gärungen, die wir als gegensätzlich empfinden, wie hellwach oder müde sein.

Körperliche Vorgänge wie hungrig und satt werden, Wachsen und Altern beeinflussen unser Denken mit der Idee, dass alles einen Anfang hat und wieder endet.

Am liebsten würden viele dauerhaft wohlige Gefühle genießen. Das lässt eine paradiesische Ewigkeit phantasieren. Diese Vorstellung von der Ewigkeit weist nur in eine Richtung. Eine echte Ewigkeit hätte auch eine ewige Vergangenheit. In endlos langer Zeit wird alles möglich. Diese unendlich vielen Vorgänge in der unendlichen Zeit brauchten und brauchen unendlich viel Raum. Die unendlich in alle Richtungen weisende Zeit und der Raum sind eins. Wegen der unendlichen Vergangenheit waren Zeit und Raum schon immer unendlich. Eine Ewigkeit, die überall war, ist und sein wird. Endlos Zeit und Raum für unendlich viel Mögliches, von Nichts bis zu vielfältiger Fülle."

„Eine unendliche Vergangenheit, in der seit ewig unendlich viel geschah, fällt mir schwer vorzustellen."

„Weil es für diese Vorstellung keine Gärungen gibt."

„Aber du hast dir das doch ausdenken können."

„Meine todesschlaffen Gärungen sind zu kraftlos um mögliche Vorstellungen zu begrenzen."

Miltmeru hakte nach: „Du hast mir damals in meinem Zelt erzählt, wir bewegen uns in einem Raum, der ausgedehnt und gefüllt ist vom Geist des Allmächtigen, über den wir mit Beten auf andere einwirken können."

„Raumausdehnung ist durch unendlich viele Ereignisse bedingt und nicht wegen einem aufgeblähten Geist.

Damals entspannte ich mich in deinem Zelt. Meine Gärungen blubberten harmonisch miteinander in meinem Körper. Das phantasierte mir einem allmächtigen Geist, der unser Miteinander harmonisieren kann.

Das Gefühl aus harmonischen Gärungen wird als gute Laune bezeichnet. Die äußerte sich bei mir damals mit entzückend netten Gedanken."

„Du hattest mal gute Laune?"

„Nur kurz und ungewohnt, denn die schale Stimmung in meinem Elternhaus trimmte in mir zuvorderst bedrückende Gärungen. Unter dieser Bedrücktheit strampelt sich manchmal Aufgeregtheit durch. Diese beiden am meisten aufgereizten und eingeübten Gärungen kann mein Körper immer schneller und leichter aufkochen."

Miltmeru gab Nubdur zu bedenken: „Wenn du auf deine Kindheit zurückschaust, dann rührst du diese Gärungen gedanklich an. Schaue nach vorne."

„Umgekehrt: Meine Gärungen erinnern mich an meine Kindheit. Das kann ich nicht beeinflussen. Meine Gärungen lassen mich auch nach vorne schauen, zum Tod, der Zuflucht vor Ärgernissen."

„Ärgernisse sind die Nahrung deiner Trübsal, dessen Hunger verhindert, dass du Ärgernisse bewältigst.

Weil du dich nicht wehrst, belastet dich das Leben."

„Das ist wahr. Verträumtes Philosophieren liegt mir mehr als mir Ideen gegen ungerechte Gesetze oder gegen

unlogisch handelnde Beamte und sonstige Angreifer aus-
zudenken. Ich kann fleißig sein, aber nicht wehrhaft gegen
Überforderung. Meine hilflosen Gärungen der Wehrlosigkeit passen nicht zur gegnerischen Menschenwelt.

Meine führendste Gärung fühlt sich in Worten ausgedrückt so an: Mein Leben ist mir zuwider und mir wertlos.“

Pathire war entsetzt: „Auf so was käme ich nie! Was du
sagst ist schrecklich. Du beleidigst unser aller Leben!“

„Ich sprach nur über mein Leben. Warum darf ich nicht
sagen, dass ich mein Leben nicht mag?“

„Weil das niemand hören will!“

„Weil ich die Wahrheit vom wertlosen Leben bezeuge.
Diese Wahrheit scheust du - sollte dir aber gefallen, weil
sie zur Lebensverneinung führt, die gesund und richtig ist.“

„Lebensverneinung ist furchtbar!“, wies Pathire ab.

„Warum?“

„Erkläre du mir erst was an deiner Lebensverneinung
so toll sein soll.“, umging Pathire die Frage.

„Gerne. An Lebensverneinung Gesundete finden nichts
Weltliches, das Neid oder Gier wert wäre. Sie nehmen sich
und die Welt nicht wichtig, weshalb sie keine Rachegefühle
wegen verletzter Ehre oder Stolz bekommen.

Lebensbejahenden hingegen ist bedeutungsloses Gel-
tung in der bedeutungslosen Menschenwelt wichtig. Sie
stören ihr Volk mit Ideen, die keiner braucht.

Andere Lebensbejahende nutzen ihre Mitmenschen für
ihre Gier aus. Rücksichtslos wollen sie das Beste nur für
sich. Sie bekommen nie genug bei dem unmöglichen Versuch ihrem Leben Sinn zu geben.

Mit Hingabe ringen sie um Gebiete, Märkte, Gesin-
nungshoheit und die Alleinherrschaft ihrer Meinung.

Lebensbejahende sehen nicht die Sinnleere des Daseins.
Sie nehmen stattdessen die Welt fürchterlich ernst und
erkranken folglich an Bedeutungswahnsinn, der sie damit
quält, den Glauben, unsere Verhaltungsweisen und unsere
Meinung zu steuern. Diese von Weltlichkeit Besessenen

wollen, dass wir uns zu ihren Ansichten bekennen.

Sie haben hehre Ziele, die sie nie vollenden könne aber dennoch nicht aufgeben wollen. Je rigider sie sich vorstellen wie alles sein soll, desto mehr Feinde sehen sie und sind dann bereit ihr Leben und das von anderen für ihre völkischen oder religiösen Ziele wertlos zu opfern.

Lebensverneinende haben erfreulicherweise nichts Weltbewegendes vor. Sie lassen jede Weltanschauung, Tradition oder jeden Glauben, gleich wertlos, in Ruhe nebeneinander gammeln ohne Verbreitungswillen.

Den weltabgewandten Lebensverneinenden bedeuten wirtschaftliche und religiöse Gebietseroberungen nichts. Wären alle so, dann würde jegliches Geschiebe auf der Welt ermüden. Wir könnten auf eine gemütliche Zukunft vertrauen und dann Gelassenheit wagen. Gelassene Menschen machen sich gegenseitig keine Angst. Sich aufreibende Schadensbegrenzer und sich aufopfernde Helfer sind dann nicht mehr nötig.

In der Schule sollte Lebensverneinung gelehrt werden: Wir sind nur juckende Parasiten auf dieser Welt und zwar für ewig unveränderlich. Um dieser Wahrheit zu entfliehen, kämpfen Lebensbejahende um ihre religiöse oder völkische Erhöhung und Geltungssucht. Jedoch vergebens winden sich diese ruhelosen Störenfriede aus der Wahrheit ihrer bedeutungslosen Geburt heraus."

Pathire flüsterte Miltmeru ins Ohr: „Du musst diesen Kerl loswerden. Denke daran, ich bin schwanger. Mein Kind soll, wenn es erwachsen ist, mit ungebremstem Tatendrang Vieles angehen und erreichen. Es soll mitwirken und sich einbringen. Es darf deshalb nichts von dem seinem Lob auf die Lebensverneinung mitbekommen."

„Nubdur, kein Wort mehr über Lebensverneinung!

Eure Streiterei kann ich auf Dauer nicht dulden. Hört auf oder ich muss mich bald von einem von euch trennen."

Pathire war empört: „Ach, meine Anwesenheit steht in Frage!?"

„Ich habe doch nur dramatisiert.", beschwichtigte Miltmeru und fragte dann: „Ist sonst noch jemand beleidigt?"

„Also ich nicht.", antwortete Nubdur.

„Dann lasst uns in Ruhe weitergehen.", wollte Miltmeru abschließen. Aber in Pathire nagte die Angelegenheit noch: „Wie konntest du sagen, dass du dich zwischen dem und mir entscheiden willst? Liebst du mich überhaupt?"

„Aber natürlich.", versicherte ihr Miltmeru und versuchte sie zu küssten. Pathire drückte ihn weg: „Ich will einen Liebesbeweis."

„Wenn ich wieder Geld habe, dann kaufen wir was Schönes für dich."

„Na gut, ich verzeihe dir.", belohnte sie seinen guten Willen und umarmte Miltmeru. Der freute sich die Szene überstanden zu haben.

Nubdur bedachte indes: Für Miltmeru ist Pathire natürlich besser als ich düster denkenden Verlierer. Es wäre mir unangenehm wenn Miltmeru wegen mir auf Pathire verzichten würde. Die Verantwortung für den Verzicht könnte ich nicht ertragen.

„Ich möchte nicht, dass du dich jemals für mich und gegen Pathire entscheidest.", sagte Nubdur zu Miltmeru und gleich war Nubdur das Gesagte peinlich, denn Miltmerus plötzlich verdutztem Gesicht verstand Nubdur sofort: Nie würde er mich dieser Pathire vorziehen. Das war doch klar.

„Helfe mir auf den Wagen. Ich will weiter.", bat Pathire Miltmeru. „Ja, meine Liebste."

Nubdur zog sich in Gedanken zurück: Schön, dass ich ohne menschliche Bindung bin. So muss niemand traurig sein wenn ich in den ewigen Tod gehe. Das finde ich nett und brav von mir. Frei sein für den Tod fühlt sich behaglich an.

Das Trio war in das Dorf der Kräuter sammelnden Frau gekommen. Sie entdeckte Nubdur und führte ihn von Miltmeru weg zu sich nach Hause. Sie gab ihm Essen und sagte dem verdutzen Nubdur: „Ich finde toll, dass du dich für Gedichte interessierst. Willst du mir eines vortragen?"

Sie schaute Nubdur verträumt an. Ihm verging der Appetit: Die hat mir damals klar zu verstehen gegeben, dass sie nichts mit mir zu tun haben will. Später war ich erleichtert, dass ich mir ersparen durfte, mich weiter um sie zu bemühen und ich mir nicht leichtsinnig eine anstrengende Beziehung aufbürdete. Was soll das jetzt?

Nubdur antwortete: „ Mir fällt kein Gedicht ein."

„Vielleicht morgen. Du kannst bei mir übernachten. Ich lebe alleine."

Nubdur wurde schlecht: „Ich muss mal raus."

Nubdur flüchtete aus dem Dorf und schrie zum Himmel: „Lass mich endlich in Ruhe!"

Miltmeru und Pathire hatten Besorgungen erledigt und verließen mit der Karre das Dorf. Als Nubdur sie entdeckte, rannte er hinterher. Miltmeru fragte ihn: „Was machst du hier? Warum bist du nicht bei der Frau? Die mochte dich." Und im Flüsterton: „Die war hübsch."

Das brachte Nubdur zum Grübeln: Ja, warum bin ich nicht bei ihr? Niederträchtige Gärungen haben mich dazu bewogen vor ihr zu flüchten. Soll ich zurück? Aber was soll ich dann dort machen? Meine Gärungen werden mich nur dazu anregen, ihre Gefühle zu misshandeln. Schöne Momente lassen meine Gärungen nicht zu.

Bis zum nächsten Morgen hatte er sich immer noch nicht entschieden und er dachte: Jetzt noch zu ihr zurückzukehren wäre unhöflich. Ich weiß nicht wie ich entschuldigen soll warum ich so lange von ihr weg blieb.

Ihre fröhlich verträumte Art hätte mich aus meiner alltäglichen Aufgeregtheit entschweben lassen. Ich bin aber nicht in Stimmung für einen fröhlichen Menschen. Sie hatte eine süße Strenge an sich. Die täte mir orientierungslos Streunenden gut. Ihre Geradlinigkeit würde mir vielleicht lehren gedanklich voll in der Gegenwart zu sein. Wenn mit ihr mein Leben eine Wendung nähme, dann hätte diese

Frau meine erdrückende Vergangenheit entmachtet. Was hält mich davon ab, zu ihr zurückzukehren? Gelegenheiten in die Scheiße zu galoppieren lasse ich mir nicht entgehen aber so eine Gelegenheit schon. Ich werde mich doch nicht mit Lebensglück beschenken lassen. Wo käme ich dahin, spottete Nubdur über sich. Ich habe mich daran gewöhnt unglücklich zu sein. Unglücklich sein erscheint mir weniger anstrengend als glücklich sein. Mein düsteres Herz scheut das Licht. Mein Selbsthass sucht die schmerzlich zermürbende Reue, wegen verpasster Gelegenheiten. Wieder halten meine Gärungen mich von möglichem Glück fern.

Ich will sterben.

Auf dem Weiterweg nörgelte Nubdur: Ich brauche ein geruhsames Leben. Eine Frau wäre mit dabei zu viel. Dennoch quält mich Bedauern, es mit Kräuterfrau nicht versucht zu haben. Ich bin uneins mit mir. Wenn sie mit mir befriedigenden Sex hätte, dann wäre mir vielleicht Lob und Befriedigung bei der Arbeit weniger wichtig und ich würde mich nicht mehr zwanghaft zu viel verausgaben.

In der nächsten Siedlung sah Nubdur den Tagelöhner. Nubdur ging zu ihm hin: Es könnte mich trösten, wenn er mit mir das Dasein als bedeutungslos beschimpft und den Tod preist.

Der Tagelöhner sah froh und munter aus und war teuer gekleidet. Nubdur ahnte: Mit dem ist nicht mehr gut jammern.

Der Taglöhner erzählte: „Ich musste damals von der Stadt wegfliehen. Als ein Fluss mir den Fluchtweg versperrte, versteckte ich mich im dichten Gebüsch am Fluss. Dort drinnen traf ich auf einen jungen Mann, der heimlich die Waschfrauen am Fluss beobachtet. Als er mich fragte, was ich hier mache, log ich, dass ich auch gekommen war um die Frauen zu beobachten. Wir tauschten uns darüber aus, welcher Typ Frau uns am besten gefällt. Darüber freundeten wir uns an.

Der junge Kerl erbte bald nach dieser Begegnung die Handelsflotte seines Vaters. Seine Arbeit für mich ist, in den Orten wo wir anlegen, eine Frau zu finden, die seinem Geschmack entspricht und ihren Körper für Geld zugänglich gibt. Ich führe sie dann in ein Versteck wo er mit ihr Sex hat. Das soll heimlich abgehen. Moralisten und Religiöse könnten nicht mehr mit ihm Geschäfte tätigen wollen wenn sie erfahren, dass er käuflichen Frauen zugetan ist.

Meine Arbeit gefällt mir. Sie ist einfach, ich komme rum und er bezahlt mich großzügig. - Und wie geht es dir?"

„Ich würge weiterhin ohne Appetit mein Leben runter."

„Dann noch viel Glück mit deinen Weisheiten.", sagte der Tagelöhner schnell und ging weg. Am liebsten hätte Nubdur ihm nachgerufen: Es kann dir alles wieder genommen werden. - Oder ihm wird noch mehr Gutes beschert. Ich bin aber nicht neidisch auf ihn, dachte Nubdur trotzig und vermutete: Seine Freude mit seinem wohlgesonnenen Lebenslauf wird ihm Furcht vor dem Ende seines tollen Lebens bringen. Mir könnte das nie passieren. Meine Gärungen würden mit jedem, egal wie geartetem Lebensgeschick hadern. Mir bleibt das unaufhaltsame Sterben meiner Lebensjahre als Freude treu.

Nubdur wanderte mit Miltmeru weiter und lächelte sich unterwegs in die Vorstellung von seinem Ende hinein: Was mich ausmacht und kennzeichnet ist meine eigentümliche Art zu versagen und an der Welt zu verzweifeln. Diese meine Eigenarten werden von meinen dominierenden Gärungen festgelegt. Nach meinem Tod hören diese Gärungen auf zu quellen und damit erlöschen die unter dem Namen Nubdur vereinten Eigenschaften. Das bedeutet, das einzigartige Individuum Nubdur gibt es nicht mehr. Auch meine Erinnerungen gehen unter. Die Erinnerungen an mein ungenießbares Leben sind nur eingetrocknete Gärungen, die den Tod nicht überleben. Wenn mein Körper zerfällt, dann lösen sich diese erstarrten Gärungen auf. Nichts von mir bleibt. Nie wieder muss ich Nubdur sein. Wunderbar, denn ich hatte es niemals leicht mit mir.

Nubdur sonnte sich in der Begeisterung für sein Ende. Das erschlaffte ihn so angenehm, dass er sein Sterben erahnen konnte: Ich sinke tief in mich hinein, mitten in die grundlegenden, Leben spendenden Gärungen. Diese Gärungen sind nicht von Erlebtem beeinflussbar. Ihr warmes Schaffen fühlt sich so schön an, dass es dafür keine vergleichbare Erfahrung gibt und es nur stümperhaft als in sanfte Liebe getaucht beschrieben werden kann.

Ich sinke in diese wenigen noch quellenden aber mächtigen Gärungen. Alles was einem möglich ist zu empfinden und zu spüren, ist dort stets gleichzeitig bereit und fließt ineinander: Die erlöschenden Energien dieser letzten Gärungen fühlen sich als hell an und steigen hoch und ich meine ich werde angehoben. Ich lausche in das Licht, das sich nach Nähe anhört, die vielstimmig tuschelt. Das Getuschel durchweht mich wie eine Brise, die mich wohlig erzittern lässt. Die Brise erwärmt sich zu einem Sog, der wie ein goldbrauner Brummton vorbei streicht während ich schwungvoll hindurchschaukle. In einer elegant gebogenen Spiralbewegung gleite ich hinunter, auf eine platschnasse Heiterkeit, die als gelinde Welle umhertollt, auf der ich lustige ins Trudeln komme. Erlebtes tanzt um mich ringelnd in immer heller werdendes, süß schmeckendes Licht verschwindend hinein.

Der letzte Lebensfunke schläft ein und ich fühle endlich keine eigene Existenz mehr. Meine miesen Gärungen, die mich nur quälen konnten, mir nie halfen und mir aller verpatzten, sie verfaulen mit meinem Körper.

Mit dem Tod erreiche ich die höchste Daseinsstufe, weil ich dann aufgenommen bin in die Harmonie der Natur. Allerlei winziges Getier zieht in meinen Leichnam ein. Die unschuldigen Tierchen fühlen sich heimelig in meinem Kadaver. Endlich ist mein lästiger Körper für was gut. Glücklich räkeln sie sich in mir und laben sich an mir. Mein

Körper und seine widerlichen Gärungen enden als Tierscheiße und werden eins mit der Erde. Bunte Blumen und grünes Gras wachsen daraus hoch und meine Knochen liegen mitten in dieser Pracht. Eine allerliebste Vorstellung.

Die Freude über dieses glückliche Ende streichelte über Nubdurs Gesicht. Miltmeru sah das und fragte: „Was ist mit dir? So fröhlich habe ich dich noch nie gesehen."

Nubdur erklärte gerne: „Ich genieße die allerherrlichste Vorstellung wie mein elendes Ich schön friedlich verrottet. Keine Beamten belästigen mehr, keine Ärgernisse überfallen mich, ich werden nicht weiter von Sorgen gehetzt, kein Selbstbetrug mehr mit quälendem Hoffen, keine Erinnerungen an meinen verkommenen Lebenslauf verfolgen mich und keine irren Gefühlsregungen veranlassen mich zu selbstschädigendem Verhalten.

Der Körper spendet die Kraft zum Denken. Ohne Körper also kein Denken. Nach dem körperlichen Untergang bleibt kein Geist für ein Leben nach dem Tod. Wäre in uns ein vom Körper unabhängiger Geist, dann könnten dem Körper eingeflößte Drogen unser Denken und Verhalten nicht beeinflussen.

In welchem geistigen Zustand würde man nach dem Tod weiterleben? Alt und verblödet? Oder in seinen besten irdischen Jahren? Wird darüber verhandelt? Aber diese Fragen stellen sich nicht, denn es gibt kein Leben nach dem Tod des Körpers. Das ist entspannend schön.

Der Glaube an ein ewiges Leben würde mir meine Freude auf das Ende meines irdischen Lebens vergraulen."

Nubdur lobte den Tod:

Meine völlige Auslöschung
Kein Bedauern zeiht hinten
kein Ärger droht vorne
keine Hoffnungen locken zu Enttäuschungen hin
kein Stolpern von Niederlage zu Niederlage

Pathire hielt dagegen: „Im Leben nach dem Tod werden Entbehrungen und Erlittenes ausgeglichen."

„Ich brauche keinen Ausgleich, sondern will nur, dass ich für immer erlösche. Dann ist Erlittenes gegessen."

Pathire gab nicht auf: „Im Leben nach dem Tod gibt es keine Krankheiten."

„Wenn ich tot bin, dann werde ich sicher nicht mehr krank.", blieb Nubdur unbeeindruckt.

„Wir dürfen über unseren Tod hinaus mit jenen zusammen sein, die wir lieben", behauptete Pathire. Nubdur erwiderte: „Ich liebe niemand, auch nicht mich."

„Du bist ein armes Geschöpf."

„Nein, denn ich darf sterben. In sich selbst Verliebte finden sich so toll, dass sie sich nicht vorstellen können, nicht mehr zu sein. Das sind arme Geschöpfe.

Im Tod kann man nichts und niemand vermissen, auch nicht sich selbst. Niemand kann denken: Schade, ich bin nicht mehr, ich hätte gerne mehr Lebenszeit gehabt. Tot sein bemerkt man nicht, wie nie geboren.

Die Scheu vor dem Tod kann ich nicht nachvollziehen. Wenn ich sehe wie belanglos das Leben der Leute ist, müsste ihnen doch gleich sein ob sie baldigst sterben."

„Das Leben geht nach dem irdischen Weggang ewig in einem Paradies weiter.", begehrte Pathire auf.

„Diese Idee, dass irgendwo ein Paradies für die Menschen existiert, entspringt dem Bedeutungswahn der Menschen. Wir sind ein Sack warmer Scheiße, die langsam abkühlt. Der kalte Kadaver vereint sich mit der Erde. Ansonsten gehen wir nirgendwo hin."

„Du magst dich So fühlen! Ich aber nicht!", ging Pathire dagegen an, „Ich versickere nicht als Scheiße in der Erde sondern gehe ins Paradies!"

„Wo soll dieses Paradies existieren? Und wozu? Was gäbe es in der Ewigkeit nach dem Tod zu tun? "

„Das Allmächtige lieben.", freute sich Pathire.

„Eine abschreckende Aussicht. Das Allmächtige würde erwarten, dass ich es liebe für das Leben, das ich nie wollte, aber mir aufzwang. Das Allmächtige würde im Leben nach dem Tod mich weiterhin quälen und dann erwarten, dass ich es dennoch von Herzen verehre, als Liebesbeweise von mir an das Allmächtige. Glücklicherweise wird es diesen ewigen Liebesterror eines ehrsüchtigen Allmächtigen nicht geben, denn das Allmächtige ist eine Phantasie."

„Das Allmächtige wird gute Menschen mit einem sorgenfreien Leben im Paradies belohnen.", wollte Pathire ihren Glaube Nubdur schmackhaft machen. Doch Nubdurs Blick wurde davon nicht benebelt: „Ein Paradies wäre mit niederträchtigen Heuchlern bewohnt, die in ihren Lebzeiten schlecht zu ihren Mitmenschen waren und dann dem Allmächtigen schleimten, damit es Ihnen ihre Vergehen vergibt und sie dann ins Paradies dürfen.

Es wäre bewohnt von sich selbst als normal auszeichnende Leute, die Kraft ihrer Macht oder Position legal Leute fertig machten, was sie aber nicht hätten müssen. Normale sind nicht brav, aber rigoros stur und gnadenlos. Sie scheuchen ständig die Braven auf. Dies wird vom Allmächtigen laut religiöser Lehren nicht verurteilt. Diese fiesen Normalen bekommen also freien Zugang ins Paradies.

Da wäre ich lieber bei Meinesgleichen, nämlich jenen Leuten, die wegen ihrer Schwachheit nur schafften rücksichtsvoll, ehrlich, brav, zurückhaltend und gutgläubig zu sein und deshalb kein erträgliches Leben für sich durchsetzen konnten und aus Enttäuschung über das Allmächtige, das sie im Stich ließ, es nicht verehrten, weshalb sie vom Allmächtigen nicht ins Paradies gelassen werden, aber in den ewigen Tod dürfen, wo man in Sicherheit ist vor dem Allmächtigen.

Doch sowieso kann es kein Paradies geben mit Menschen darin, weil Menschen nicht paradiesfähig sind!

Im perfekt angenehmen Dasein würden die Insassen kleinste Unstimmigkeiten zu riesigen Probleme steigern, weil eine Ewigkeit ohne Aufregungen auf Dauer für Menschen unerträglich ist.

Im Paradies würde sich die Leere und Sinnlosigkeit des Lebens entblößt zeigen, weil dort keine Sorgen, keine Gefahren, keine Drogen und kein Spaß von der Sinnleere ablenken.

Spaß wäre im wunschlos glücklich machenden Paradies keine Abwechslung oder Höhepunkt mehr.

In einem Paradies, in welchem einem an nichts fehlt, ist persönlicher Aufstieg zwecklos. Erfolgreiche Kämpfernaturen würde das Erringen von Besserstellungen vermissen.

Die Insassen würden das Paradies in Gebiete für bestimmte Moralvorstellungen, Meinungen und ehemaligen weltlichen Zugehörigkeiten aufteilen. Aus den Gebieten heraus würden die Insassen ihren Einfluss ausbreiten wollen, für Stolz auf Stärke und Rechthaberei.

In einem Paradies müssten wir uns alle ausnahmslos lieb haben. Doch Hohn und Verachtung zwischen einzelnen Gemeinschaften würden weiter gepflegt werden, weil die sich auch im Paradies als wertvoller einbilden wollen.

Die Menschen hätten in einem sorgenfreien Paradies keine Überlebenskämpfe nötig und würden sich aus Langeweile sticheln.

Die Machertypen würden vom Allmächtigen den Erhalt von Macht fordern, damit sie, gegen die ewige Langeweile, sich als Schöpfer oder Zerstörer betätigen können.

Sauberleute würden vorschreiben wie dem Allmächtigen gegenüber verhalten werden muss, die Einhaltung überwachen und gegen Verstöße vorgehen.

Leidgeprüfte werden mit dem gerechten Ausgleich für ihr Erlittenes im irdischen Leben nicht zufrieden sein und deshalb das Allmächtige beschimpfen. Die Sauberleute würden die Schimpfenden bestrafen wollen und das Allmächtige müsste eingreifen: „Im Paradies gibt es keine Bestrafung." Das würde manche Abenteuerlustige dazu herausfordern zu prüfen ob das liebende Allmächtige doch seine Gutmütigkeit verlieren kann: „Lasst uns das Allmächte verspotten um zu erleben ob und was dann passiert."

Manche würden fragen: „Diese Leute waren böse. Warum durften die auch ins Paradies?"

Das Allmächtige würde erklären: „Weil ich ihnen vergeben habe."

Darauf käme der Einwand: „Mir hast du nicht vergeben müssen weil ich nicht böse war. Dafür will ich, dass es mir besser geht als denen." Das Allmächtige würde verwundert fragen: „Wie noch besser?"

Ein Allmächtige hätte mit uns in einem Paradies keine Freude, sondern wir würden es in den Wahnsinn treiben.", beendete Nubdur seine Szenen aus einem Paradies und fragte Pathire: „Würdest du auch im Paradies mich hauen wollen, wenn ich über das Allmächtige oder deine Religion lästere?"

„Natürlich."

„In einem Paradies würden wir so sein wie wir schon immer waren.", stellte Nubdur fest.

Die Drei gingen weiter in Richtung Miltmerus Vorhaben. Hinter ihnen wehte ein Wind Staub auf. Der Wind weht weiter durch viele Jahrhunderte, in denen sich niemals ein guter oder geschmackvoller Grund zeigte, warum etwas Allmächtiges sich uns hätte zumuten wollen.

Epilog

Das welke goldfarbene Blatt - zusammengerollt
Hat einen Sonnenstrahl eingewickelt

Nach lange andauernder Hitze regnete es stark. Die drei fanden Unterschlupf in einer nicht allzu tiefen Höhle. Draußen zog sich das Tageslicht zurück. Pathire und Miltmeru kuschelten sich in ein Schläfchen.

Nubdur blieb wach und grübelte: Die Menschheit erarbeitet sich eine irrsinnige Historie. Wäre die Menschheitsgeschichte die Handlung eines literarischen Werkes, dann würden seine Leser eine sinnvolle Motivation und Zweck für all das Kämpfen vermissen. Rache wird an Unschuldigen vollzogen. Viele hegen Feindseligkeiten aus Unwissen gegen Menschen, die nicht ihre Feinde sind. Völker können ihr gegenseitiges Misstrauen nicht auflösen. Um einem Krieg vorzubeugen wird angegriffen. Wenn nach massenhaften Toten ein Krieg endet, dann rätseln Gelehrte warum der sein musste. Als Erklärung werden nach Gefühl Ursachenketten erfunden, die aber keinen tatsächlichen Zusammenhang bilden.

Die Figuren in der verworrenen Handlung haben unterschiedliche Sichtweisen von einer Wahrheit, die niemand von ihnen ganz kennt und niemand ganz kennen will, weil niemand seine eigene einseitige Sichtweise aufgeben will. Gehässige glauben unwahre Unterstellungen. Friedliebende verleugnen echte Bedrohungen. Beide halten an ihren unvollständigen, vereinfachten Wahrheiten fest. Unwahres geht ihnen gut rein wenn es anspruchsloser und schlichter ist als die Wahrheit.

Die Welterklärer verkünden nicht was tatsächlich vor sich geht, sondern wollen ihre gefühlte Sicht der Dinge einflößen. Quatsch wird verbreitet, der bald als gehaltlos überholt ist oder zu dem bald Gegenteiliges gesagt wird.

In den Völkern dieser Geschichte gibt es Figuren, denen die Geschichte, in der sie leben, nicht gefällt, weshalb sie eine eigene Geschichte erfinden. Bizarre Helden, die sich selbst absichtlich mit Unwahrheit verwirren.

Gläubige töten Ungläubige. Damit bekräftigen Gläubige, was Ungläubige sagen, nämlich, dass kein Allmächtiges mit uns ist.

Wesen, die noch nie unter Menschen lebten, würden die Handlungen in unseren Geschichtschroniken als völlig unverständlich verspotten. Die absurdeste und unlogischste aller Geschichten ist leider unsere Realität.

Alle verblüffen mit unverständlichem Tun.

Dass ich selbstzerstörerisch brav bin, ist auch nicht nachvollziehbar. Aber meine Gefühle wollen das so.

Freiheit wird gelobt aber nicht erlaubt. Eigenwillige Lebensweisen und Eigenverantwortung werden gesetzlich erschwert. Herrscher legen fest, was für uns alle gut sein muss. Mit gut meinen, werden die Beschlüsse für Unfreiheit beschönigt. Die meisten nehmen das hin, weil die Diktatur unserer körperlichen Bedürfnisse uns auf Unfreiheit trainieren. Möchte ich den Tag mit Gedichten verbringen, unterbricht mich dabei immer wieder Hunger, der mich nötigt mich mit Nahrung zu versorgen. Möchte ich ein einfaches, ruhiges Leben führen, wird mir das von der Lust auf Partnerschaft vereitelt. Wir sind also Sklaven unserer Gärungen. Deshalb sind wir gewohnt uns unterzuordnen.

Freies Denken wird für das Gefühl der Zugehörigkeit zu einer Gemeinschaft und zu einem gemeinsamen Glauben aufgegeben. Wer sich dem verweigert wird geächtet. Der von der Sippe ausgeübte Mitmachzwang bei Traditionen und die gesetzlich gesteuerte Lebensgestaltung vereitelt ein freies Leben.

Die Willkür unserer Gärungen bereitet uns Angst vor ausgelassener Freiheit. Diese Angst ist leider berechtigt.

Würden Menschen vollkommener Freiheit ausgesetzt werden, dann würde ungezügelte Selbstsucht herrschen. Wir sind so angelegt, dass wir mit uneingeschränkter Freiheit nicht verantwortungsvoll umgehen können.

Hunger lehrt uns Gier. Die Gier ist als gesellschaftlicher Wert anerkannt und wird gesetzlich geschützt, weil in der Gier ein notwendiger Antrieb für wirtschaftlichen Erfolg gesehen wird. In Gier hergestellte Waren haben mindere Qualität im Vergleich zu gewissenhaft hergestellter Ware.

Wenn alle Händler mit ihrem Verkauf von guter Ware zu fairen Preisen ein ausreichendes Auskommen haben, dann ist überflüssig, dass sich die Händler gegenseitig die Kundschaft wegnehmen wollen. Leider peitscht die Gier sie dazu an, immer mehr verkaufen zu müssen. Also versuchen die Händler sich auf dem Marktplatz immer breiter zu machen und andere zu verdrängen. Nutzloses Gezerre ist unser Lebensinhalt. Verkäufer erhöhen die Preise ihrer Waren. Darauf folgen Aufstände der Arbeiter für mehr Lohn um sich die Waren leisten zu können. Danach erhöhen die Verkäufer wieder ihre Preise.

Die versklavende und gewinngeile Geschäftswelt ist ein Ausbund der menschlichen Wesensart. Jeder Hersteller glaubt, dass er mehr Gewinn macht wenn er wenig Lohn zahlt. Das muss nicht gelehrt werden, denn die Gier bringt auf diese Idee. Mehr Geld einnehmen, wenn man konkurrierende Händler ausschaltet, ist kein ausgedachtes Wissen, sondern natürliche Weisheit unserer Gier.

Wir lernen von schlechten Erfahrungen. Einmal zu nahe am Feuer gewesen lehrt, dass man sich an jedem Feuer verbrennen kann. Nach einer schlechten Erfahrung mit einer Person aus einer ethnischen oder religiösen Gruppe, neigen wir dazu, vorsichtshalber alle aus dieser Gruppe mit unberechtigt ausgeweitetem Misstrauen oder Abscheu abzudecken. Sowohl schlecht meinende als auch gut meinende Leute erschließen sich die Menschheit mit Wahrheit verachtenden Verallgemeinerungen.

Kleine Mengen von Pflanzengiften lassen Menschen sehen, hören und denken, was nicht ist, aber sie halten es für real. Sie halluzinieren. Viele Menschen halluzinieren Dämonen, Hexen, geheimnisvolle Kräfte, Zusammenhänge und Verschwörungen auch ohne Einnahme von Drogen.

Übersichtlich und sachlich erfassen ist den Menschen nicht möglich, aber tatsachenblind und begrenzt. Deshalb geht ein kurz formulierter Brocken Geschwafel gut rein, auch wenn der die Tatsachen verfälschend einfach darlegt.

Unser enges Denken mündet in unausgewogenes Handeln, diktatorische Besserwisserei und die verhängnisvolle Trennung in Gut und Böse. Sowohl feindselige als auch sich friedfertig ausgebende Menschen können sich ihre Welten nie ohne Bösewichte vorstellen. Auch unter den Weltverbesserern gibt es Sauberleute, die mit ihren unfairen Vorwürfen gegen ganze Gruppen auch Unschuldige treffen.

Wir nehmen spaltend wahr, weil wir innerlich gespalten sind. Wir haben keine Mitte. Wäre jemand ohne Leid und ohne Freude, dann wäre so jemand in einem ausgeglichenen, mittigen Zustand, der aber nicht bleibt, weil unsere Gärungen bald entscheiden, ob der als glücklich und entspannt gefühlt werden soll oder als unbefriedigend und langweilig. Ausgewogenheit führt zu Stillstand. Bewegung wird durch unausgeglichene Gärungen ermöglicht. Diese inneren Schräglagen sind unser Antrieb und die Ursache für Leben überhaupt. Wenn sich unsere Gärungen ausbalanciert haben, dann sind wir tot.

Wir wollen entspannt sein, meiden aber nicht Gelegenheiten für Aufregungen. Wir hören Rednern zu, von denen wir wissen, dass sie eine Meinung haben, die uns nicht gefällt. Wir wollen das Neueste hören, auch wenn es uns nichts angeht, nur um uns darüber aufzuregen oder es erst falsch auffassen und dann aufregen.

Ein liebendes Allmächtiges hätte uns nicht mit Gärungen erschaffen, die uns dazu drängen uns freiwillig und überflüssig zu ärgern.

Obwohl vielen nicht gut tut in Geschichtschroniken zu lesen, tun sie das dennoch. Sie zürnen dann nachträglich über Niederlagen, Erlittenes, Verpasstes und Verluste. Wird dies in einem Volk gepflegt, dann nimmt sich dieses Volk die Achtsamkeit und Kraft für seine Zukunft. Gedanklich in Vergangenem suhlende Völker sind im Jetzt weniger erfolgreich. Genauso wie ich mich mit meinem Gejammer über meine Vergangenheit schwäche. Also besser die Vergangenheit mit Frieden abschließen. Völker sollten ohne Rache verzeihen oder Reue zeigen und wieder gut machen und dann nach vorne blicken. Das wäre vorteilhaft, aber viele lassen sich von fiesen Gefühlen misslich führen.

Mit meiner Sehnsucht nach dem Tod kann ich das Menschsein ungeschönt sehen.

In Ruhe und Frieden leben wollen - das redet sich die Menschheit bloß ein. Irgendwelche wollen lieber sinnlos verändern, besserwissend stören, überflüssige Ziele durchsetzen, ehrgeizig wetteifern, eigene Vorteile sichern.

Manche verbreiten Angst um sich nicht minderwertig zu fühlen, stellen sich quer um sich wichtig zu machen, halten sich Feinde um wer zu sein, verursachen Probleme um nicht bedeutungslos zu sein.

Übereifer drängt dazu neue Fehler und Ungerechtigkeiten auszuprobieren. Menschen machen grundsätzlich erst mal alles falsch bevor sie es dann anders falsch machen. Oft wird verbissen verändert ohne Fortschritt.

Ein wohlwollendes Allmächtiges hätte nie Wesen erschaffen, über die manchmal der Lust herfällt, einen Kampf zu führen, ohne Notwenigkeit. Die Kotrollfrage vor jedem Tun wäre: Was soll das an Gutem bringen? Auf diese Frage bietet das viele unnötige und oft sogar unheilvolle Bestreben keine gehaltvolle Begründung.

Immer wieder tauchen Verrückte auf, die von ihren schrecklichen Gärungen zu gewalttätigen Sinnlosigkeiten getrieben werden. Friedliebende wollen den Opfern von Verrückten nicht kämpfend zu Hilfe kommen. Sie geben sich großkotzig als friedliebend während sie anderen die Drecksarbeit des Kampfes gegen Verrückte überlassen. So lange die Friedliebenden nicht selbst bedroht sind, frönen sie weltfremden Träumereien, wonach mit Verrückten verhandeln werden könne und man Verrückten Verständnis entgegenbringen müsse, und dass kriegslüsterne Wahnsinnige zu stoppen seien, ohne Waffen.

Gutmeinende hoffen, dass sich bald Gutes bei den Verrückten zeigt, obwohl Irrsinn dauerhafter Bestand derer Wesensart ist.

Friedliebende fordern normale Beziehungen zu aggressiven Völkern, ohne zu sagen wie das aussehen soll.

Um Hass gegen eine Religion, aus der Gewalttäter kommen, einzudämmen, erfinden Friedliebende Gründe, wegen denen die Sippe der unschuldigen Opfer die Gewalttaten verdient hat. Damit bessern die Friedliebenden nicht die Welt sondern unterstützen die Übeltäter und geben Rechtfertigungen für weitere Angriffe.

Friedliebende Verkünder verschweigen religiöse Morde, damit keine Unruhe aufkommt. Das ist so als würde man Kindern vorenthalten, dass sie sich an Messern schneiden können, damit sie keine Angst vor Messern bekommen.

Gutmütig sinnende Gärungen verlocken zu helfen. Hilfesuchende gewöhnen sich ans verwöhnt werden und geben sich weiterhin hilflos. Die Helfer werden von ihrer Gutmütigkeit aufgezehrt, bis sie eine abgekämpfte Laune bekommen, die sie als Verachtung gegen jene, die nicht helfen, rausjagen. Gegenüber den nicht Helfenden fühlen sie sich erhöht. Helfer veredeln sich als Helden des Gebens. Das Helfen versorgt sie mit Lebensinhalt und Stolz. Dafür benötigen sie unabdingbar das Elend anderer. Altersschwache Menschen foltern sie, indem sie deren barmherzigen, menschenwürdigen Tod hinauszögern.

Hitzige Gärungen machen zielstrebig, ungeduldig und drängen auf unnachgiebige und rigorose Verwirklichung eigener Interessen. Solche Gärungen verdummen bis zu roher Rücksichtslosigkeit und machen blind für möglichen Schaden durch das eigene Tun. Was als böse bezeichnet wird, ist Tun zur eigenen Befriedigung ohne Umsicht und ohne Verständnis für andere.

Unser spaltendes Denken ist vernarrt in Unterschiede zwischen den Völkern zwecks Verachtung. Die Erhöhung des eigenen Volks ist ein vergeblicher Fluchtversuch aus der Wertlosigkeit, die wir niemals loswerden, weil sie das Menschsein ausmacht. Kein Volk sollte sich einbilden, besser zu sein, denn ausnahmslos alle Völker lassen sich zu verrücktem Unfug hinreißen. Unkenntnis über sich selbst macht glauben dies sei nicht so.

Alle erben mit ihrer Geburt die vorhandenen traditionellen Abneigungen von und gegen die Sippe, in die sie hineingeboren wurden. Dabei kann man nichts dafür, auf welcher Seite einer Grenze man geboren wurde. Die eigene Farblosigkeit wird mit entgegengebrachten und erwiderten Abneigungen vollgekotzt um daraufhin stolz sagen zu können: Ich bin wer, wir sind wer. Mit ankommenden und rausgehenden Abneigungen kleiden sich Völker, damit deren Individuen was haben, womit sie sich als zusammengehörig erkennen können.

Warum sollte was Allmächtiges solche Wesen erschaffen, die sich nicht ertragen können? Dahinter kann unmöglich ein guter Wille stecken. Deshalb erscheint mir als unwahrscheinlich, dass ein Allmächtiges uns erschuf.

Je mehr jemand seine eigene Sippe liebt, desto weniger kann so jemand jene ertragen, die anders sind. Wir können nur selektiv lieben. Menschliche Liebe ist eine ausschließende. Selbst Menschen, die mit ihrer Liebe am liebsten die ganze Welt umarmen würden, bleiben nicht ununterbrochen so. Auch ihre Gefühlslage kippt mal in den fauligen Morast aus Grimm hinein und dann schließen sie doch welche aus ihrer verlogen allumfassenden Liebe aus.

Menschen vermuten und unterstellen - Tiere nehmen

wahr. Menschen reden viel, verstehen aber wenig, denn sie deuten das Gehörte passend zu ihrer inneren Welt um - Tiere geben wenig von sich, lauschen aber genau.

Menschen sind nicht klüger als Tiere, sondern komplizierter. Würmer, die in der Erde wühlen, führen ein harmonischeres und würdevolleres Leben als Menschen. Sich zurechtfinden und für sich sorgen, das bringen auch Würmer fertig. Aber sie vergeuden nicht ihre Kräfte für Streit wegen unwichtiger Meinungen, behelligen sich nicht mit religiösen Bekehrungen, quälen sich nicht mit unnötiger Angst vor dem Tod, zerstören nicht sinnlos und brauchen für ihre Gemeinschaft keine ungerechten Gesetze.

Wölfe werden von ähnlichen Gärungen gequält wie die Menschen. Wölfe wissen nicht wie es geht, sich friedlich auf die Jagdgebiete ausgewogen zu verteilen, sondern teilen sich in Sippen auf, die sich gegenseitig abgrenzen, bedrohen und vertreiben. Wölfe sehen Wölfe aus anderen Sippen als fremd an und dann als Feinde.

Wegen ihrer Vernarrtheit in Grenzen zähmen sich Menschen Wölfe als Bewacher. Ein Wolf ist seinem Halter treu ergeben und blickt zu ihm auf wie zu einem gütigen Herrscher. Dadurch fühlt sich mancher Mensch aus seiner Minderwertigkeit erhoben.

Menschen phantasieren sich, aus Ablehnung ihrer Nichtigkeit, den Größenwahn, sie seien das Meisterwerk einer totalen Allmacht und nichts weniger als eine größtmögliche Allmacht muss es sein, die sich fortwährend um die Menschen kümmert.

Meine Todessehnsucht durchdringt die menschlichen Illusionen und sieht Wahres.

Die Menschen lügen sich über ihre überflüssige Existenz hinweg, mit der Wahnvorstellung, sie seien zu höherem bestimmt, ohne dies belegen oder beschreiben zu können. Tiere bekümmert die Belanglosigkeit des Lebens nicht und sie flüchten deshalb nicht in größenwahnsinnige Einbildungen über sich.

Die Menschen müssen notgedrungen, für ihr Überleben und ihre Vermehrung, in der Schöpfung Schaden anrichten. Wir passen demnach nicht dazu. Ein allmächtiger Schöpfer hätte uns seiner Welt nicht aufgebürdet.

Ein fehlerloses Allmächtiges hätte kein Wesen mit solch unbequemen Eigenschaften ausgestattet, wegen denen es Feindseligkeiten ersinnt, rastlos Unruhe aufscheucht und sich für Verdrängungen überflüssig verausgabt.

Die Existenz der missratenen Menschenwesen und die Existenz eines unfehlbaren Allmächtigen schließen einander aus. Es gibt kein Allmächtiges, weil es uns gibt!

Pathire und Miltmeru murmelten lieblich im Schlaf während Nubdur weiter grübelte: Die kranken Menschenwesen werden für alle Zeiten sich gegenseitig unnötig bedrängen und belästigen. Dies muss ich erfreulicherweise an mir nur begrenzt erdulden, weil mich der Tod vom Hiersein erleichtern wird. Doch leider nicht allzu bald. Mein Körper hat die Heilung meiner Armverletzung ohne medizinischen Pfusch geschafft. Zum Leben ist zu wenig Kraft in mir aber zum Sterben noch zu viel.

Mein Leben vergeht schleppend langsam. Schön wäre wenn ich bis zu meinem Ende wenigstens unempfindlich gegen Ärgernisse sein könnte. Vielleicht kann meine Todeserwartung das bewirken, denn angesichts des Todes ist nichts Weltliches eine Aufregung wert. Wenn mich nichts aufregt, dann kann ich Unrecht gegen mich verzeihen. Die Vergegenwärtigung des Endes meines Lebens macht mich zu einem besseren Menschen.

Gedanken an meinen Tod lindern meinen Lebensschmerz und beglücken mich. Ich empfinde jetzt sogar Liebe - für den Tod. Und der Tod ist liebevoll zu mir. Nicht so das Leben, das mich mit unehrlichen Geschäftsleuten und untauglichen Beamten aus der Ruhe peitscht. Der Tod nimmt mich fort von Ärgernissen, Verdruss und meinem Entsetzen über wirre Gesinnungen und gehässigem Wahn.

Wenn der Tod die Zeit für mich stoppt, dann kann die Welt mir nichts mehr antun. Durch den Tod bleibe ich nicht verloren in dieser Welt.

Ich brauche kein Allmächtiges, das mich bestraft oder mir vergibt oder mich liebt, sondern ein Allmächtiges, das mein gescheitertes Leben und mein Selbstmitleid für immer auslöscht. Der Tod ist dieses Allmächtige.

Entzückt würdigte Nubdur den Tod mit einem Liebesgebet: Du liebevoller Retter. Mein pochendes Herz ist dein. Drücke es so fest an dich bis es still steht.

Ich kann den Tod lieben weil er mir keine Angst bereitet. Das Leben macht mir Angst, weil es mich mit Ungerechtigkeiten prügelt, plötzlich zum Kämpfen herausfordert und Überanstrengungen verlangt. Was Angst macht, kann man schwer lieben. Folglich liebe ich das Leben nicht.

Tot sein tut nicht weh. Der jammernde Körper gibt endlich Ruhe und verfault. Mein Körper ist dann zu was nützlich, nämlich als Nahrung für Aasfresser, Insekten und Pflanzen. Abgenagte Totenschädel sehen aus als würden sie grinsen. Wenn mein Fleisch aufgefressen ist, dann werde auch ich endlich grinsen.

Die kuschelige Vorstellung zu sterben ist für mich wie eine beruhigende Meditation.

Nach meinem Tod kann ich mich über nichts mehr aufregen. Ich sollte jetzt schon so tun. Die Aussicht auf den Tod gibt mir die Gelassenheit dazu. Mit dem Tod vergesse ich jeden unlogischen Quatsch den ich je hören musste. Wenn Wahrheitsbesserwisser aus allen Lagern ihr verlogenen Vorstellungen ausgeifern, dann überhöre ich das, als sei ich schon tot. Wahrheitsbesserwisser sind auch Opfer von Lügen, weshalb sie sich mit eigenen phantasierten Vorstellungen behelfen.

Weil ich sterben werde, muss ich mir keine Gedanken mehr machen wenn die Menschheit bei ihren Problemen im Kreis läuft und gegnerische Seiten aus Trotz und Unnachgiebigkeit ihren Streit nicht aufgeben.

Ich zähle mich schon jetzt nicht mehr zur Menschheit.

Mich sollte nicht berühren, dass wegen engsichtiger Besserwisser an der Macht nie eine gerechte Gesellschaft erschaffen wird, dass nur ichbezogene Trickser was erreichen, und dass immer wieder mit kranken Vorstellungen und Übereifer dem unabänderlich sinnlosen Leben hartnäckig Sinn eingehämmert werden soll, und dass Unfreiheit notwendig ist um die Orientierungslosigkeit einzufangen und die uferlosen Begehrlichkeiten der Menschen zu beherrschen. Mit Lästern gegen ferne Menschen wird das leere Leben mit Überlegenheitsgefühl ausgestopft. So fühlt man sich besser ohne besser zu sein. Gemeinsame Feindseligkeit gegen mindestens ein Volk fördert das Zugehörigkeitsgefühl zum eigenen Volk. Sich der ganzen Menschheit zugehörig fühlen, würde das vereiteln, aber kaum jemand will sich allen Menschen gleichsetzen.

Dem Tun der Menschen geht nicht folgerichtiges Denken voraus, sondern es wird von ihren eigenmächtigen Gärungen angetreten. Ich sollte mich also nicht weiter ergebnislos damit plagen, mir das irrige Verhalten der Menschen logisch zu erklären. Logisches Nachdenken führt zu quälendem Unverständnis über das menschliche Getue.

Ich muss nicht mehr lähmendes Bedauern mit jung ermordeten Menschen haben, die ihre Lebenspläne nicht verwirklichen konnten, denn Angesichts der sinnlosen Qual des Lebens ist ein junger Tod ein Geschenk.

Freude auf den Tod tut sowohl Leidenden als auch Peinigern gut. Fieslinge sollten wissen, dass ihre siegreich begangenen Gemeinheiten angesichts des Todes die Mühe nicht wert waren. Jene, die sich an Nomaden stört, können sich auf das endgültige Ende ihres Lebens freuen, ab dem sie dann nie wieder Nomaden sehen werden. Auch die Nomaden sollen sich auf ihren Tod freuen. Das hilft ihnen Demütigung hinzunehmen. Die Nomaden denken auch wie Sauberleute mit gehörig unkorrekten Vorurteilen. Diese Ansicht ist zwar nicht fair von mir, weil nicht alle Nomaden

Sauberleute sind, aber zukünftig denke ich nicht mehr darüber nach was fair ist. – Das ist entlastend. Stumpfsinnige Flachdenker kümmert auch nicht was fair ist. Beschränkt denken verhindert Ungerechtigkeiten zu erkennen. - Entspannend! Von Deppen wird bei der Arbeit weniger gefordert. Die sind keinen Erwartungen ausgesetzt. - Gemütlich! Dödel sein, das ist der kleine Tod, weil man dann ein wenig von der Menschenwelt losgelöst ist. - Befreiend!

Mit dem tröstenden Ausblick auf mein Ende, kann ich mir vielleicht gleichgültig machende Gärungen anerziehen. Ich will nicht mehr wissen für was Sex und Partnerschaft gut sein sollen. – Entspannend. Wie die Leute über mich denken löscht der Tod. Somit muss ich nicht brav sein bis zur Selbstmissachtung. – Erleichternd! Anerkennung und Demütigungen von den von Gärungen gelenkten Marionetten bedeuten mir gleichermaßen nichts. - Unabhängig! Vielleicht kann ich zukünftig meine Bravheit zügeln und sie nur zur Tarnung von Hinterlist zeigen. - Hilfreich! Frust und Mühsal brennen meine Lebenszeit runter. - Gelegen!

Ich betrachte nun mein Leben aus der Richtung des eigenen Todes. Das vergegenwärtigt mir, wie der Tod jede Peinlichkeit, jedes Missgeschick und jedes Misslingen verschlingt. Das nimmt die Angst vor Versagen. Der Tod macht Mut. Er ist meine Stütze. Er heilt mein Gemüt. Er tröstet mich. Der Tod bringt Erlösung. Diese Aussicht besänftigt.

Bald geht die Sonne auf. Was mag ich dann dichten?

Sonnenaufgang
Heute hinein
in Unbekümmertheit

oder

Sonnenaufgang
Mein Leben entledigt sich
um einen weiteren lästigen Tag

Die ganze Nacht bis zum Morgengrauen regnete es. Aber dann kein Regengeprassel mehr.

Die Schlafenden erwachen
Ihr Blick geht zum Ausgang der Höhle
Flink fliegt eine Schar Vögel vorüber
Dahinter ein frisch gewaschener Tagesbeginn

Nubdur zögerte aus der Höhle zu treten. Seine Gärungen hielten den Atem an.

Werde ich mich mit leeren Hoffnungen und einfältigem Spaß einlullen können? Werden übles Gerede und garstige Geschehnisse mich nicht mehr erschüttern können? Kann die Freude auf den Tod mich dermaßen wandeln? Werden mich nun Gärungen erfahren lassen, dass das dem Tode versprochene Leben, gerade weil es bedeutungslos und leer von Sinn ist, vornehmlich Heil und Befreiung birgt?

Ungewissheit pulste in seinem Hals, während er zum hellen Ausgang ging.

Sonnenaufgang
...